LA METAMORFOSIS INFINITA

LA METAMORFOSIS INFINITA

Anatomía de una venganza

PAUL PEN

Editado por HarperCollins Ibérica, S. A.
Avenida de Burgos, 8B - Planta 18
28036 Madrid

La metamorfosis infinita
© Paul Pen, 2022
Representado por la Agencia Literaria Dos Passos
© 2022, 2023, para esta edición HarperCollins Ibérica, S. A.

Diseño de cubierta: LookAtCia
Artista imagen de cubierta: Samuel de Sagas

ISBN: 978-84-9139-718-2
Depósito legal: M-25321-2022

Para mi hija Alegría:

Tu muerte no fue un final,
sino el inicio de una bella metamorfosis.

Para mis otros hijos, a los que conocí gracias a ti:

Aire, Luz, Vida y Pío.

PARTE I

LO MÁS BONITO DE LAS MARIPOSAS

No voy a empezar esta historia contando cómo mataron a mi hija. Ni voy a limitarme a contar lo relativo a mi venganza. Aunque sé que es lo que ahora interesa a todo el mundo, para mí, esa historia de venganza es mucho menos importante que la historia de mi hija. Si todos los libros que leí en mi vida han enseñado a esta mujer que no acabó sus estudios de secundaria hasta los treinta a juntar palabras con cierta armonía, y si al leer estas palabras alguien siente que ha conocido, no a mí ni a mi venganza, sino a mi hija Alegría, entonces leer, estudiar y decidirme a escribir este libro habrán sido decisiones acertadas. Porque el público, los medios, lo que quieren saber ahora es dónde conseguí el arma, cómo planeé matarlos. Me preguntan si era necesario hacerlo delante de tanta gente, si realmente me provoca algún alivio saber que han muerto. Si ha merecido la pena. Se cuestiona qué sería del mundo si otras personas me tomaran como ejemplo, qué pasaría si la sociedad al completo empezara a corromper la justicia recurriendo a violentos correctivos ajenos al sistema. Algunos, los más retorcidos, me preguntan por el olor de la sangre, por el fragor de la estampida. Seguramente acabe respondiendo a todas esas preguntas en estas páginas, pero no pienso empezar por ahí. Porque me niego a que la vida de mi niña quede reducida a mi venganza. O a su muerte, a su asesinato, a lo más horrible que le pasó nunca. Eso es lo peor que se le puede hacer a una víctima, reducirla a algo que nada tiene que ver con ella. Mi hija no fue un cuerpo abandonado en un callejón, por mucho que así la describieran tantas palabras escritas sobre ella. Tantas noticias, tantas imágenes recordándome día tras día, año tras año, que mi hija fue un cuerpo abandonado en un callejón.

Pero mi hija no fue eso. Mi hija fue los mejores diecinueve años de mi vida. Mi hija fue la mariposa más bonita que haya existido nunca. Y eso que, como ella misma me enseñó, existen mariposas en este mundo con tantos colores que ni siquiera tenemos palabras para describirlos. Mi hija fue la dueña de unos hoyuelos que sigo echando de menos cada día, los que aparecieron en sus mejillas la primera vez que me dijo su nombre. Mi hija fue una manita buscando la mía bajo la colcha cuando seguía teniendo pesadillas con lo que nos hizo su padre, fue la dueña de los mechoncitos puntiagudos que formaban sus pestañas mojadas después de llorar. Fue también la niña de la que se enamoró este país gracias al fenómeno viral del vídeo en el que aparecía bailando como Shakira, con cuatro años, mientras comía patatas fritas sobre la barra del Burger King en el que yo trabajaba por aquel entonces. Morirse fue lo menos importante que mi hija hizo en su vida, aun cuando su muerte transformó la vida de tantas personas.

Se supone que somos las madres las que enseñamos a vivir a nuestras hijas, pero a mí fue Alegría la que me enseñó el mundo. La que me hizo verlo de una manera que jamás hubiera imaginado, tan lleno de cambio, de posibilidades, de renacimiento. La que me hizo entender la vida como una constante e interminable transformación. Mi hija solía contar que entendió lo que era la belleza la primera vez que vio emerger una polilla del capullo en el que había entrado un gusano de seda. Lo vio ocurrir en una simple caja de zapatos en la que yo había metido cuatro gusanos que me había regalado una de sus tías del centro de acogida, pero Alegría aseguraba que ser testigo de aquella metamorfosis a quien transformó de verdad fue a ella.

12

Así era mi hija, capaz de identificar la belleza aunque se manifestara dentro de una vieja caja de cartón. Esa tarde, mientras ella observaba fascinada el milagro de la metamorfosis, señalándome con su dedito la mariposa blanca que extendía sus alas en una esquina de la caja, yo le dije que el verdadero milagro de mi vida era ella. Y, al besar su manita, noté el sabor de las moras que había comido, cogidas del mismo árbol del que arrancábamos las hojas para alimentar a los gusanos, como si ella también fuera una oruga destinada a convertirse en mariposa. Algo que, de alguna manera, acabó haciendo. Y que supone el único final feliz que puedo encontrarle a esta historia que no lo tiene.

Alegría fue un milagro desde su nacimiento. Es más, desde su concepción, porque me quedé embarazada de ella incluso tomando la píldora. De alguna manera, ella decidió que tenía que existir y ninguna barrera o tratamiento hormonal iba a impedírselo. Al segundo mes de falta, comprobé con una prueba rápida de farmacia lo que supuestamente era imposible que ocurriera. Antes de decirle nada al padre, esperé a que un análisis de sangre y una ecografía confirmaran lo imposible. Para mí fue una sorpresa. Para mi ginecóloga, una rara excepción. Y para el padre de Alegría, una tragedia. La responsabilidad del embarazo, además, recayó en mí, porque el padre sospechó que yo me había olvidado de tomar la pastilla o que, incluso, la había dejado de tomar a propósito, para engañarle. El mismo día en el que se enteró de la noticia, fue cuando el muy cerdo —a quien voy a referirme como Cerdo a partir de ahora—, me retorció la muñeca por primera vez con sus dedos manchados del hollín del taller. Sus manos eran grandes, el dorso y los dedos cubiertos de vello negro hasta los nudillos. También fue la primera vez que me pidió que me deshiciera del bebé, gritando que no estábamos preparados para traer un crío al mundo. Amenazó con dejarme si seguía adelante con el embarazo, amenazó con dejarme cuando Alegría nació y siguió amenazando con dejarme cada día de la vida de nuestra hija. Yo por aquel entonces era tonta, tenía que serlo, porque aún pensaba que me quería. A su manera. Sobre todo cuando me pedía perdón y me besaba los moretones que él mismo me había provocado. Yo estaba o muy enamorada o muy sola, una de dos. Escapé de casa con catorce años y viví en la calle durante otros tres, hasta que conocí a Cerdo y me acogió en la nave donde dormía, compartida por vagabundos, camellos y drogadictos. Para mí, que él me ofreciera cobijo fue una de las mayores muestras de amor que había recibido en la vida, por eso todo lo que me hizo luego —incluso cuando me dislocaba algún hueso, el hombro se me desencajaba fácilmente— acababa perdonándoselo. Tampoco nadie me había dicho nunca que quería vivir en mi boca, y él me lo dijo al amanecer de la primera noche que pasamos juntos. Lo hizo con sus labios pegados a los míos, nuestros alientos excitados mezclándose al hablar:

«Quiero vivir en tu boca».

Y yo, como una idiota, caí rendida. Hizo otras cosas buenas por mí, como convencerme de que tener un empleo —y no andar pidiendo limosnas o robando carteras— era necesario para vivir dignamente. Él lo había aprendido cuando entró a trabajar a media jornada en el taller de un conocido. Decía que el trabajo le había enseñado lo que significa ser una persona decente, aunque después descubrí que en otros asuntos la decencia no le preocupaba tanto. A base de insistir, me convenció para pedir trabajo en un Burger King del barrio. Allí, el día de la entrevista, una encargada me miró de arriba abajo, haciéndome sentir con su mirada más flaca de lo que ya era, más fea de lo que ya me consideraba, y menos válida de lo que ya me hicieron sentir mis padres. Yo me limité a sonreír a la encargada, como si conseguir aquel puesto para juntar panes con carne y lechuga dependiera de caerle bien o no. Y debí de caerle bien porque me dio el empleo. O quizá se lo hubiera dado a cualquiera.

Teniendo dos sueldos a compartir, Cerdo y yo decidimos alquilar algo donde pudiéramos vivir a solas sin que ningún colgado nos vomitara de madrugada mientras dormíamos —algo que nos sucedió dos veces en la nave—. Tras una búsqueda rápida de piso, nos quedamos con el alquiler más barato que encontramos, un cuchitril con más cucarachas que ventanas. En un colchón en el suelo de ese piso fue donde concebimos a Alegría sin esperarlo. Y también fue en ese piso, en todas sus esquinas, donde Cerdo amenazó tantas veces con dejarme. Al final tardó cuatro años en cumplir sus amenazas, nos abandonó una noche en la que mi hija volvió a convertirse en un milagro, porque fue ella la responsable de que yo milagrosamente salvara la vida.

Esa madrugada, Cerdo llegó borracho del bar y entró en casa repitiendo por millonésima vez que él nunca quiso tener un hijo, que yo le engañé, que esta no era su vida, que debí haber abortado, que todo era una estrategia mía para atraparlo. Cada acusación fue seguida de un puñetazo a una puerta, una patada a la pared o la explosión de algún vaso. Aquel cuchitril se recorría en tres zancadas, así que al inicio de una frase Cerdo se encontraba en la cocina rompiendo un plato y al final de esa misma frase ya estaba en el dormitorio, agarrando mi tobillo bajo la sábana para tirarme al suelo desde la cama. Después derribó la columna de libros que yo siempre formaba en mi mesilla —leer era la manera en que, desde pequeña, aprendí a escapar de la realidad—. Comenzó a lanzármelos uno a uno, sin detenerse, aunque yo le gritara que dolía de verdad, que me había dado en el ojo con la esquina de una cubierta dura, o que no podía respirar del miedo. Mientras me los lanzaba, Cerdo preguntaba si por leer me creía más lista que él, si era de esas páginas de donde había sacado la idea de engañarlo haciéndole creer que no iba a quedarme embarazada. Que no soportaba la forma en que esos libros me hacían hablar, usando palabras raras, frases largas, que a quién pretendía engañar creyéndome una mujer educada cuando no lo era. Que solo era una mentirosa. Una imbécil a la que ni siquiera sus padres querían. Que solo él me quería y mira cómo se lo pagaba yo, con engaños, mentiras, niños sorpresa. El lomo de uno de los libros más gordos abrió un agujero en una pared, la que daba a una despensa reconvertida en dormitorio en la que dormía Alegría. Esos frágiles tabiques permitieron seguro que los vecinos escucharan todo lo que estaba pasando, y cómo la niña rompía a llorar, pero ninguno de ellos llamó a nadie —en el edificio vivíamos un hatajo de parias que procurábamos no meternos en los problemas de los demás, bastante teníamos ya con los nuestros—.

Aunque traté de calmar a Alegría diciéndole a través del agujero en la pared que no pasaba nada, que siguiera durmiendo, que papá estaba un poco enfadado, pero que ahora se metería en la cama conmigo y mañana desayunaríamos galletas los tres juntos, la niña vino a la habitación. Llegó justo cuando Cerdo me agarraba del pelo y me arrastraba al baño. Después me metió la cabeza en el retrete y tiró de la cadena tantas veces como tuvo paciencia. Me atraganté en el agua, que también me taponó los oídos. Alegría trató de detener a su padre, le dio inútiles puñetazos que se estrellaron contra sus piernas, hasta que Cerdo se la quitó de encima y la llevó de vuelta a la despensa. La dejó encerrada allí, poniendo una silla bajo el picaporte.

Cuando regresó a por mí, yo había huido del baño al salón. Allí usé como arma un ventilador de pie al que le faltaba la malla protectora. Al embestir a Cerdo con el ventilador, las aspas que giraban, afiladas como cuchillas, le abrieron un corte profundo en la mejilla. Tras limpiarse con el brazo la sangre que brotó de su herida, me gritó que me preparara, que iba a enredarme el pelo en las aspas hasta que me arrancara el cuero cabelludo. Que yo podía estar muy orgullosa de esa melena que me llegaba hasta la cintura, pero que a él le parecía un montón de asqueroso pelo negro. El aparato me sirvió de eficaz escudo hasta que cometí el error de alejarme demasiado, estirando el cable hasta que se desenchufó. En cuanto el ventilador se detuvo, Cerdo saltó a por mí y me llevó de vuelta al baño, gritando que le había desgraciado la cara, que tenía que pagar por ello. Atascó el váter con una esponja y una piedra pómez que encontró en la ducha. Comprobó que, al tirar de la cadena, el agua ya no corría, tan solo se llenaba la taza. Entonces bajó la cremallera de su bragueta y vació su vejiga, salpicándome las piernas con la espuma de su orina y llenando el baño de un olor a pis alcohólico que me hizo toser. Ese mismo pis lo acabé tragando cuando me metió de nuevo la cabeza en la taza, esta vez sin ánimo de dejarme sacarla. Mientras me ahogaba, tiró varias veces de la cadena hasta que el agua se desbordó, empujando mi cara contra la cerámica. Golpeé mis rodillas contra el suelo a modo de súplica para que me dejara respirar. Agité las manos contra todo lo que me quedaba al alcance —papelera, mampara de la ducha, escobilla, un rollo de papel— buscando algo con lo que defenderme, pero resultó inútil. Aquellas enormes manos llenas de vello me tenían sometida a su fuerza, completamente a su merced. Y su voluntad fue mantenerme debajo del agua y del pis hasta que me sentí morir. La última imagen que vi antes de creer que me despedía del mundo fue la carita de Alegría arrugada contra mi pecho el día que la di a luz.

Cerdo desapareció del piso sin más. Sin preocuparse por lo que pudiera pasarme dejándome como me dejó. O quizá deseando que pasara. Fue Alegría quien, con sus propias manos —las mismas que años después me sabrían a mora—, empezó a romper la pared de aquella despensa que usábamos como improvisado dormitorio para ella. A partir del agujero que había abierto el libro lanzado por Cerdo, pudo ir desbaratando una pared que en realidad era un falso tabique de cartón y yeso levantado por el dueño de la propiedad para inventarle estancias a un cuchitril. Tras abrir con sus manitas un hueco lo suficientemente grande, Alegría se coló, como se colaba en los tubos del parque de juegos del Burger King, en el dormitorio contiguo. Desde allí fue a buscarme al baño y me encontró con la cabeza aún metida en el retrete. Años después, ella diría no recordar nada de todo aquello, incluso me acusaba en broma de estar inventando la historia para hacerla sentir como una heroína, pero ninguna madre debería necesitar contarle un cuento tan horrible a su niña. Alegría tiró de mi pelo empapado hasta conseguir sacarme la cabeza de la taza, momento en que mi cuerpo se venció hacia atrás, dejándome desplomada en el suelo, pero proporcionándome al menos la posibilidad de respirar. Y no fue eso lo único que hizo Alegría. A sus cuatro años, pensó también en buscar mi teléfono móvil. Fue tan lista de desbloquearlo usando mi contraseña. Ella solita presionó el número de emergencia y explicó a la operadora que su madre estaba inconsciente, consiguiendo que viniera la ayuda que finalmente me salvó la vida. Sin la reanimación que me practicaron allí mismo, en el suelo del baño y fuera de todo plazo recomendado, yo no estaría hoy escribiendo esto.

A veces me pregunto si salvar la vida esa noche mereció la pena para acabar sufriendo mucho más cuando a la que mataron fue a ella. El dolor de lo que hicieron a mi hija acabó con mi vida de una forma mucho más dolorosa de lo que supuso ahogarme en el pis de Cerdo. En ocasiones pienso que, a mis cuarenta y nueve años, yo he vivido solo diecinueve, los mismos que vivió mi hija. Primero, porque su nacimiento quitó valor a todos los años que hubo antes de ella, ni siquiera entiendo qué sentido tenía vivir en un mundo en el que Alegría no había nacido, quién era yo en ese entonces. Y después, porque su muerte ha quitado valor a todos los años que han venido detrás. Durante meses tras su asesinato, cuando por fin conseguía dormir alguna hora suelta gracias a alguna pastilla, siempre soñaba con la manita caliente de Alegría buscando la mía bajo la colcha. Solía despertar justo antes de que ella por fin me agarrara, como si ni siquiera en sueños se me pudiera conceder el deseo de volver a tocar a mi niña. Una noche del primer invierno sin ella, creí que no podría soportarlo más. Desperté apretando el puño en el aire, como siempre agarrando la nada que dejaba la mano de Alegría al desvanecerse en el sueño. La sensación de pérdida fue tan demoledora, tan devastadora la añoranza de algo imposible de recuperar, que supe que, si volvía a sentirla en otro despertar, no superaría ese invierno. Moriría de pena allí mismo, en la cama, o acabaría ahorcándome con las sábanas o lanzándome por el balcón. Bajé de la cama tan triste como para buscar alivio en las medidas más desesperadas. Me dirigí al fregadero. De debajo, cogí un guante de goma y lo llené de agua caliente, cerrándolo con un nudo. Después lo metí en otro guante, uno de lana que Alegría usó durante sus últimos años. Todavía olía a ella. Volví a la cama y entrelacé los dedos con aquella cosa en el intento desesperado de luchar contra el vacío que me mataba por dentro.

Después del incidente del váter, mi hija y yo no volvimos a vivir en el cuchitril que compartíamos con Cerdo. Aquella agresión tan salvaje cambió algo en mí para siempre, decidí que jamás permitiría que ningún hombre volviera a ponerme ni un solo dedo encima, ni una sola vez. A Cerdo se lo permití desde el principio, porque comenzaron como pequeñas faltas de respeto que no parecían tan graves. A las primeras agresiones físicas también les busqué enfermizas justificaciones. Pero que te ahoguen en un váter es una lección definitiva para aprender que la violencia tiende a escalar y que es mejor cortarla de raíz. La médico y el enfermero que me salvaron la vida en el baño ya me preguntaron si pensaba denunciar al agresor. Después, me instaron a hacerlo todas las mujeres del centro de acogida al que nos derivaron. Pero lo que terminó de convencerme fue ver el bracito herido de Alegría mientras le ponía el pijama unas noches después —se le había amoratado, casi ennegrecido, por la fuerza con la que Cerdo se la había arrancado de las piernas antes de llevársela a la despensa—, y el desconcierto que anidó en su rostro al no entender por qué papá le había hecho eso a mamá y por qué éramos nosotras las que nos quedábamos sin casa. También me confesó que le daba mucho miedo que papá volviera a por ella, que la encerrara en la despensa otra vez o la ahogara en el baño como a mamá. Esa noche, tumbadas en la cama de aquel piso de acogida, las cabezas en la almohada y mirándonos de frente bajo la manta con la que nos cubríamos cada vez que queríamos hablar en secreto, posé dos dedos en el pijamita de mi hija a la altura de su corazón, sintiéndolo latir bajo mis yemas, y le hice una promesa:

19

«Nunca permitiré que nadie vuelva a hacerte daño».

Fue al día siguiente de aquella promesa cuando denuncié por primera vez a Cerdo. Lo que no previmos es que él también desaparecería. No volvió nunca al cuchitril y no respondió a ninguna de sus citaciones judiciales. Llegó a estar en búsqueda y captura, pero a las autoridades les resultó imposible dar con él, o quizá no se esforzaron tanto. Fue necesario que muriera otra mujer, otra pareja de Cerdo, para encontrarlo.

Esa nueva novia corrió peor suerte que yo, pero también supo pelear mejor: defendiéndose con un cuchillo, logró herir tanto a Cerdo que el muy idiota no pudo ni escapar de la escena del crimen. Lo detuvieron allí mismo, junto al cadáver de esa víctima que murió peleando. Que murió matando, mejor dicho, porque Cerdo tampoco sobrevivió a sus heridas. Lo ocurrido con esa mujer a la que nunca conocí acabó marcando mi vida más de lo que fui consciente en ese momento. Primero, porque me enseñó que, a veces, la única manera de responder a la violencia es con violencia —a lo mejor nos hemos pasado de la raya con tanta educación, tanto control, tanta vanagloria del perdón y de la caridad, condenando por defecto lo que no deja de ser una básica norma de supervivencia: matar al que te mata, o al que quiere hacerlo—. Y segundo, porque la muerte de esa otra mujer inocente ha pesado en mi conciencia desde entonces. Mi cobardía, mi falta de acción durante tantos años, concedió a Cerdo la libertad necesaria para acabar matando a otra mujer que lo merecía tan poco como yo. Por el contrario, la valentía que esa víctima sí mostró, la forma de defenderse con la misma agresividad con la que la atacaron, no logró salvar su propia vida, pero sí salvó la de otro montón de mujeres a las que Cerdo ya nunca tendría acceso. En varios artículos que se escribieron sobre el suceso y en programas matinales de televisión, se repitió la opinión de que Cerdo había burlado al sistema judicial de este país, muriendo a manos de su víctima antes de poder ser juzgado por ese asesinato y por maltratos anteriores como el mío. Pero yo me pregunto, ¿acaso existe sentencia más justa para un asesino que la que decide imponerle su víctima? A mí ese supuesto sistema judicial que imparte justicia me falló por completo. Nos ha fallado a mucha gente. Todas las víctimas de todos los asesinos que han existido en la historia de la humanidad seguirían vivas si se hubieran defendido matándolos. Ojalá Alegría pudiera haberse defendido como se defendió esa mujer que acuchilló a Cerdo, y ojalá los cinco salvajes que mataron a mi hija hubieran acabado muertos en el mismo callejón que ella.

A veces un nudo de ansiedad me ahoga en el pecho cuando siento que estoy olvidando a mi niña. Que ya no recuerdo su rostro feliz, sus labios rosa pálido enmarcando la blanca amplitud de su sonrisa. O los dos colmillos superiores ligeramente torcidos. O sus hoyuelos. O la melena rubia de la que tan orgullosa estuvo desde los cuatro años, tras pedirme por favor que no le volviera a cortar el pelo. De pequeña le encantaba hacerse dos coletas a los lados, ya de mayor lo llevaba casi siempre suelto, con la raya en medio. A los quince, probó a teñírselo de negro para parecerse más a mí, con dieciséis le dio por llevarlo azul y, tras unos meses verdes que nunca me gustaron, regresó finalmente a su rubio natural. Así es como aparece en el último retrato suyo que me regaló, una foto en blanco y negro que tenía enmarcada en el salón.

Eran muchos los recuerdos de Alegría a los que recurría cuando sentía que la rabia me iba a consumir. Las mariposas eran el alivio más inmediato. Me ponía en el ordenador documentales sobre su metamorfosis o releía los libros sobre lepidópteros —así las llamaba ella a veces— que fue acumulando en sus estanterías. Lo que Alegría presenció de pequeña con los gusanos de seda realmente la dejó marcada, y su fascinación por esos insectos creció hasta convertirse en su principal afición. Por Internet compraba huevos de una u otra especie de mariposa y ansiosa esperaba a verlos eclosionar en casa. Después alimentaba a las orugas semana tras semana, fascinada con su crecimiento. Cada especie necesitaba comer un tipo de planta diferente, y también las orugas de cada especie eran diferentes, así que en primavera me llenaba la casa de floreros con ramas de aligustre habitadas por enormes orugas amarillas con rayas azules y un rabito al final —de estas yo decía que parecía que iban en pijama—, y en verano los cambiaba por tallos de hinojo que devoraban unas orugas verdes con puntitos naranjas. Alegría conocía el nombre científico de las decenas de especies diferentes que acabó criando en casa, sabía que las amarillas eran *Acherontia atropos* y las verdes *Papilio machaon*. Para mí, eran todo gusanos que se transformaban en mariposas. «Y polillas», me recordaba siempre Alegría. A ella le gustaban especialmente las polillas. O mariposas nocturnas, como prefería llamarlas. Porque las que le gustaban a ella no eran las polillas pequeñas que se comen la ropa en los armarios, sino especies enormes de exóticos colores y apariencias, poco conocidas por la gente no aficionada. Su favorita era la familia de los satúrnidos —con ejemplares grandes como cometas—, pero le atraían todas las especies nocturnas, le resultaba fascinante la idea de una mariposa volando en la oscuridad, guiada por la luz de la luna.

Año tras año, mantuvo por la metamorfosis la misma fascinación que demostró la primera vez que asistió a ella en la caja de cartón del piso de acogida. Cuando las orugas completaban su ciclo vital y salían de sus crisálidas convertidas en mariposa, Alegría me las traía para enseñármelas, para que compartiéramos lo que a ella no dejaba de parecerle un milagro. Con la boca abierta me explicaba que aquellas orugas a las que yo veía vestidas en pijama se habían convertido en estas polillas oscuras que parecían tener una calavera dibujada en el tórax. Y que las preciosas orugas verdes del verano ahora eran estas espectaculares mariposas amarillas con colas como de golondrina y unos diseños en las alas que parecían trazados por un artista. Entre confundida y conmovida, Alegría me preguntaba una y otra vez cómo era posible, cómo dentro de una crisálida podían reorganizarse los tejidos de una oruga rechoncha y terrestre para crear una criatura voladora, tan bella y tan diferente. Ella sabía la respuesta científica —venía explicada en los libros de su estantería—, pero Alegría prefería dejarse asombrar por el prodigio, instándome sin cesar a maravillarme con ella. Decía que no existen en el mundo seres tan variados y de tanta belleza como las mariposas, pero para mí lo más bonito de las mariposas será siempre la manera en que mi hija las miraba. Después tenía que mirarlas yo sola, experimentando cierto alivio a mi ansiedad mientras veía un documental sobre satúrnidos o cuando pasaba las páginas de los viejos libros de Alegría —aunque terminara llorando cada vez que aparecía la foto de una oruga amarilla con su pijamita de rayas—.

También seguía mirando el vídeo viral de Alegría de niña, que aún estaba en todas las plataformas. Se hicieron incluso remixes. Eran treinta segundos que grabé con el móvil una tarde al final de mi jornada en la hamburguesería. Cuando acababa el turno, solía regalarle a ella unas patatas fritas, de las pequeñas, a las dos nos encantaban con kétchup y mucha sal. Era la recompensa con la que la premiaba por haberme esperado pacientemente en el coche, o escondida en el almacén. Ese día ella estaba subida al mostrador mirando cómo cerraba la caja. Las de la tarde eran las horas más tranquilas en el establecimiento, apenas había jefes o clientes que nos pudieran llamar la atención, así que los trabajadores podíamos hacer cosas como freírnos unos aros de cebolla, o subir el volumen de la música y bailar en la cocina con coronas de papel en la cabeza. Alegría estaba comiendo sus patatas sobre el mostrador cuando uno de mis compañeros hizo precisamente eso, subir el volumen del hilo musical en el que sonaba una canción de Shakira. Entonces mi hija empezó a bailar moviendo las caderas como habría visto hacer a la propia Shakira en el videoclip. La imagen resultó tan cómica, tan encantadora, que tuve que grabarla con el móvil.

En el vídeo, Alegría movía la cintura como si de verdad estuviera replicando los movimientos de la cantante, su cara mostrando un regocijo tal que miles de comentarios repetirían después que lo mejor de las imágenes era las ganas que daban de regresar a una edad en la que los placeres se disfrutaban con tanto abandono. Para colmo, Alegría se las ingeniaba para comer una patata sin dejar de bailar, potenciando aún más la sensación de puro disfrute. El vídeo culminaba con una sonrisa plena de la niña, mostrando un montón de dientes llenos de kétchup. También arrugaba la naricita como si fuera consciente de su travesura, los ojos cerrados entregada a su particular éxtasis. Al terminar de grabarlo, se me ocurrió subirlo a la única red social que yo usaba, pensando que solo lo verían los veinte conocidos que tenía en ella. Pero una de las antiguas compañeras del piso de acogida lo volvió a compartir iniciando un fenómeno viral que acabó llevando el vídeo incluso a la televisión. Cuando mi encargada lo vio en un programa de entretenimiento, me comunicó que iba a tener que despedirme por hacer un uso inadecuado de las instalaciones del restaurante al haber permitido subir a mi hija al mostrador, con el agravante de haber tenido la osadía de compartir públicamente las imágenes. Pero al día siguiente, cuando el vídeo alcanzó millones visitas con el título de *La niña de Burger King*, algún jefe superior de la empresa decidió indultarme a cambio de la promoción gratuita que la viralidad de mi hija estaba proporcionando a la cadena, en concreto a sus patatas fritas. No existe mejor campaña publicitaria que la de ver cómo un producto hace sonreír tanto a una niña.

La gente conectó en masa con Alegría, quizá no exista nada más sencillo de entender que la sonrisa de un niño. Los más exagerados dijeron que era un contundente manifiesto en favor de la humanidad, puesto que en apenas medio minuto el vídeo dejaba claro que, si era posible para una persona experimentar siquiera un momento de tanta felicidad, entonces la mera existencia del ser humano quedaba justificada. Dijeron que el vídeo de mi niña era el sentido de la vida en sí mismo. A mí esas lecturas me parecían muy rebuscadas, yo en realidad solo veía a mi hija bailando, pero para mí eso sí que era suficiente para justificar mi mera existencia. Más descorazonador fue observar cómo, algunos años después, la propia Alegría veía ese vídeo y se ponía triste. Ocurrió durante el curso escolar más duro para ella, el primero del instituto, cuando experimentó el acoso, el abuso y las burlas de sus compañeros. Al regresar de clase, Alegría se ponía en casa las imágenes de ella misma bailando de niña y, con los ojos llorosos, me preguntaba:

«¿Cómo hago para volver a ser tan feliz?».

Aquello dotó al vídeo de un cariz triste que me dificultó volver a verlo de la misma manera durante ese tiempo tan complicado para Alegría, pero tras su muerte volví a ver las imágenes sin cesar, como si fuera una medicación en forma de cápsula que contenía toda la felicidad de mi hija. Entonces era yo quien le preguntaba al móvil cómo hacer para que la niñita que bailaba tras la pantalla regresara a mi lado.

Quizá la última vez que fui feliz, la última vez que sonreí de verdad, fue la tarde del mismo jueves en el que, por la noche, mataron a Alegría. Sonreí llena de orgullo por algo que me contó que había visto en la calle, mientras volvía a casa al terminar las clases en la academia de peluquería en la que estudiaba. La casa era la misma en la que vivimos después de pasar por dos centros de acogida, tras un oportuno y ya merecido golpe de suerte al ganar un sorteo que nos procuró una vivienda de protección oficial. Era un piso de dos dormitorios, en la decimoprimera planta de un edificio recién construido en la ampliación de un barrio obrero, al otro lado de la carretera de circunvalación de la ciudad. Allí nos instalamos antes de que Alegría cumpliera los seis, y en esa misma casa celebré yo sola los veinte años que no llegó a cumplir. Ni los veintiuno, ni los veintidós, ni los veintitrés. Ni los treinta y uno, que eran los que hubiera cumplido el pasado mes de junio.

Aquella tarde yo estaba preparando ya la cena, aunque faltaba mucho para que anocheciera, cuando Alegría anunció su llegada con un portazo. La regañé como siempre que dejaba caer la puerta de esa manera, igual que la regañaba por dejar encendidas las luces de toda la casa, dos hábitos suyos que nunca logré erradicar. Sin pararse siquiera a responder a mi regaño, me besó en la mejilla por detrás, su barbilla sobre mi hombro, como hacía desde que empezó a superarme en altura. Parecía que iba a contarme algo muy importante, lo anunciaban la profundidad de sus hoyuelos y la manera en que mostraba los colmillos cuando sonreía del todo. Yo le pregunté qué le pasaba, y ella me explicó que su emoción venía porque había visto a un señor mayor en la calle, esperando a cruzar en el lado opuesto de un paso de cebra, caminando a solas mientras se comía un helado. Dijo que el hombre paseaba tranquilo, que andaba con facilidad a pesar de tener una edad que superaría los ochenta, y que, cada vez que saboreaba la bola de chocolate sobre el cucurucho, una pequeña sonrisa aparecía en su rostro. Mi respuesta no fue muy entusiasta al escuchar aquella descripción de una escena de lo más cotidiana, y le pregunté por qué me lo contaba tan emocionada. Ella me respondió que las diminutas sonrisas que se le escapaban al señor al saborear el helado le habían dejado claro que la vida es algo que siempre se puede disfrutar. Dijo que ese hombre, que a su edad habría atravesado seguro épocas difíciles, que habría conocido el dolor de la muerte y la enfermedad, que habría sufrido el duelo de mil pérdidas distintas, de trabajos, de amores, de sueños, aún caminaba una tarde de verano de mil batallas después sonriendo al sabor del chocolate de una heladería de barrio. Que un placer tan insignificante era para él de lo más significativo en ese momento. De todo ello, Alegría concluyó: «Quizá vivir no sea más que eso, mamá. Ser capaz de sonreír al final del día y sentirte medianamente contento». Añadió que ella podía hacer eso, y que yo también podía. Y que entonces nada de lo malo que nos había pasado, o que nos pasara nunca, tendría ninguna importancia. Yo le pregunté si no era acaso un truco demasiado fácil para aprender a conformarse con lo que uno tiene, y la mirada de Alegría brilló con serena profundidad antes de contestar:

«Es justo eso, mamá. Ser feliz con lo que se tiene en el momento que se tiene. ¿Te parece poco?».

Fue en ese momento, viendo a mi hija llegar a conclusiones profundas sobre la vida y el dolor a partir de un encuentro casual con un señor mayor comiendo un helado, cuando le dediqué la que hoy recuerdo como mi última sonrisa feliz. Una sonrisa que no se parecía en nada a las sonrisas que he aprendido a impostar desde entonces al responder que estoy bien cada vez que alguien me lo pregunta. Y también ahora sé que no, que lo que decía Alegría no era poco. Que ser feliz con lo que se tiene no significa conformarse, significa valorar lo que se tiene porque en cualquier momento se puede dejar de tener.

Esa última noche mi hija no cenó conmigo. En la mesa serví un solo plato, el mío, dejándole su pollo con puré de patata dentro del microondas, para que lo recalentara cuando volviera, si venía con hambre. Yo comí mi plato mientras Alegría terminaba de arreglarse en el baño. Era el último jueves del curso de peluquería, que acabaría al miércoles siguiente, a finales de junio. Y, como todos los jueves desde que lo empezara, había quedado para salir con las compañeras de la academia. En realidad en el grupo había tres chicos, pero todos usaban siempre el genérico en femenino, a ellos no les importaba. Alegría abrió la puerta del baño dejando escapar una cálida corriente de aire húmedo con olor a cereza —ese era el olor de mis noches desde que ella descubriera, de niña, su champú favorito—. Después escuché durante varios minutos el secador de pelo alternando velocidades, culminando con el largo siseo del pulverizador de laca. Desde el baño me gritó que había vuelto a equivocarse y se había depilado las piernas con mi cuchilla. Que, de todas formas, había que comprar cuchillas nuevas porque estas, que no tenían banda hidratante, le dejaban la piel más irritada. Y que hoy, que quería ponerse el *short* vaquero, al final iba a tener que ponerse pantalón largo. También me pidió que no dejara mis tampones tan a la vista. Al final, cuando el remolino de olores, temperaturas y tarareos en que se convertía mi hija al arreglarse, apareció de nuevo en la cocina, lo hizo vestida con el *short* —la supuesta irritación al depilarse no habría sido para tanto—. Mientras en la mesa yo pelaba una naranja como postre, Alegría acometió en la puerta el giro habitual con el que me enseñaba el estilismo que hubiera decidido ponerse. Además del pantaloncito vaquero, llevaba unas zapatillas blancas con el acento de la marca en rosa y una camiseta gris estampada que le quedaba grande a propósito, de tal forma que el cuello caía por un brazo, mostrando el hombro. Las mangas las llevaba enrolladas y el bajo metido por el pantalón. Desde que se había hecho un tatuaje un año atrás, Alegría se esforzaba por vestir ropa que le permitiera mostrarlo. Tirantes, escotes, cuellos palabra de honor y barco inundaron su armario desde ese día, prendas que dejaban al descubierto la parte trasera de su hombro derecho, donde decidió tatuarse su especie de mariposa favorita. Que en realidad era una polilla.

Alegría había querido tatuarse una mariposa desde el día en que celebró su décimo cumpleaños, celebración que, al coincidir con el día en que comienza el verano, yo siempre trasladaba a la piscina pública del barrio. Aquella mañana en que mi hija completaba su primera década de existencia, íbamos buscando sitio para extender la toalla en el césped cuando pasamos junto a una joven que tomaba el sol bocabajo, en bikini. El tatuaje de una mariposa adornaba su hombro. Alegría se acuclilló a observarlo sin que la chica, que escuchaba música en su móvil, se diera cuenta. Tras unos segundos de examen, mi hija llamó su atención tocándola con un dedo. Creí que iba a felicitarla por el tatuaje, pero cuando la joven se apoyó en los codos y se quitó los auriculares, lo que Alegría le dijo fue que era guapísima y tenía una piel preciosa, pero que le habían hecho mal el dibujo. Que sentía muchísimo tener que decírselo, pero que esa mariposa no existía en realidad. Que se parecía mucho a una que llamaban pavo real, pero que la verdadera pavo real no era así. Que los ocelos no eran de ese color. Y que a lo mejor a ella no le importaba, pero que tenía que saber que llevaba grabada en la piel una mariposa mal dibujada. La joven sonrió a las primeras palabras de Alegría, pero no entendió muy bien lo que le decía sobre la mariposa, así que pedí disculpas en su nombre y tiré de ella instando a que nos marcháramos. Al voltearme, ya lejos, vi cómo la joven le pedía a una amiga que le revisara el tatuaje y cómo esta encogía los hombros y hacía con el pulgar un gesto de que todo estaba en orden. Esa misma tarde, Alegría decidió que quería tatuarse una mariposa. Pero que la suya tenía que ser una fiel reproducción de una especie real, no cualquier fantasía inexacta dibujada por la imaginación y falta de conocimiento de un tatuador. Me dijo que le preocupaba cómo y dónde íbamos a encontrar a un buen artista que copiara con exactitud la ilustración de alguno de sus libros y yo le respondí que, de momento, encontrar a ese tatuador no era preocupación ni suya ni mía, porque todavía no había cumplido los once y hasta que no fuera mayor de edad no pensaba dejar que se hiciera ningún tatuaje. Tampoco me sobraba el dinero, así que no teníamos forma de pagar a un tatuador de alta precisión como el que ella quería —por aquella época, en la mente infantil de Alegría nos estábamos haciendo ricas, porque me habían ascendido a encargada de un nuevo Burger King que abrieron en el barrio, más cerca de casa—. Aunque en esos momentos pensé que el tatuaje sería un capricho pasajero, la idea no se le fue de la cabeza. Y además empezó a fijarse en que los tatuajes inexactos de mariposas abundaban en las pieles de la gente. Se ponía muy pesada cada vez que nos topábamos con alguno —de repente en el autobús alguien se agarraba a la barra superior y una manga larga caía desvelando un tatuaje científicamente incorrecto en un antebrazo— y yo le decía que se lo tomara con calma, que no todo el mundo era una entomóloga repelente como ella. Entonces Alegría arrugaba la nariz, se hacía la ofendida y decía que alguien tenía que poner un poco de orden en aquel caos de mariposas inventadas. Que por eso era tan necesario que ella se tatuara cuanto antes una especie de verdad. Con cada cumpleaños, cada inicio de verano o cada visita que hiciéramos a la piscina, el recuerdo de la joven de los auriculares regresaba a su mente y, con él, renacían y aumentaban los deseos de tatuarse. A base de mucho insistir, consiguió que yo le concediera el permiso que necesitaba para tatuarse un año antes de lo acordado, cuando cumplió los diecisiete. Aunque, al final, casi le dieron los dieciocho mientras decidía qué especie tatuarse. Siendo algo que quería hacer desde pequeña —y para lo que había ahorrado las pagas de sus últimos cumpleaños—, pensé que habría tomado ya la decisión de qué especie quería tatuarse exactamente. Pero cuando supo que de verdad iba a llevar para siempre en su cuerpo el dibujo de una misma mariposa, sin posibilidad de cambio, le atacaron las dudas y los nervios. Dudó si elegirla basándose solo en una mera cuestión estética, en cuál era más bonita o quedaría mejor al tono pálido de su piel, pero le pareció un motivo demasiado superficial. Entonces se convenció de elegir alguna especie con un significado más profundo, pero llegaron nuevas dudas sobre cuál debía ser ese significado. Valoró una *Bombyx mori*, por ser la primera especie cuya metamorfosis había visto en su vida, la del gusano de seda en el piso de acogida —los nombres científicos de las especies me los acabé aprendiendo de tanto oírselos nombrar a ella—. También valoró una *Danaus plexippus*, porque la clásica monarca simbolizaba con su migración el deseo de Alegría de conocer el mundo. Pensó en una *Ornithoptera alexandrae*, la mariposa diurna más grande que existe, o una *Chrysiridia rhipheus*, una de las especies más coloridas, pero ambas le parecieron un tanto presuntuosas, y mi hija solía identificarse más con aquello que no era lo favorito, con las cosas y personas que menos llamaban la atención. Por eso, de las opciones anteriores, se fue al extremo opuesto, y durante unos días pareció que había decidido tatuarse una *Orgyia detrita*, una especie que desafiaba todos los tópicos de los lepidópteros, pues la hembra ni siquiera tiene alas, ni ningún color diferente del blanco. Representa sin duda a la gran perdedora del mundo de las mariposas, y a Alegría le parecía bonito dedicarle su tatuaje a una especie que nunca nadie se habría tatuado, ni querría tatuarse jamás. Si la idea de que mi hija se hiciera un tatuaje no terminaba de hacerme gracia, la posibilidad de que acabara eligiendo a la mariposa hembra más fea que existe —me enseñó una foto y parecía más bien una araña— me horrorizó, pero no dije nada porque sabía que si me oponía, entonces ella la defendería con más ganas. Así que solo asentí cuando me enseñó la foto de aquella criatura que parecía cualquier cosa menos una mariposa y le dije que la decisión era suya. Por suerte, mi estrategia surtió efecto y Alegría acabó decidiéndose por una especie realmente bonita. De las más bonitas que existen, o quizá yo así la vea porque Alegría me enseñó a apreciar su belleza. Y también por todo lo que ha significado después.

«*Actias luna*, mamá, mi tatuaje será una *Actias luna*».

Me lo dijo mostrándome en su móvil la imagen del insecto. Era una polilla grande —siempre supe que acabaría eligiendo una mariposa nocturna— de color verde pálido, con un punto en cada ala, patas rosas y dos curiosas colas embelleciendo las alas inferiores. Le dije que era preciosa, de verdad lo era, y que parecía sacada de un cuento de hadas, como si brillara en la oscuridad. Ella, como siempre, adornó la descripción aún más, explicándome que la inspiración lunar de su nombre científico, unida a la forma tan curvada de sus alas y el verde fantasmal de su color, le hacían pensar que esas polillas eran en realidad espíritus que nos visitaban del más allá, que por alguna razón veía en ellas a novias no correspondidas que murieron de falta de amor y regresaban desde la luna al mundo de los vivos para espiar a sus amantes. A mí la historia me resultó muy evocadora —la clásica exaltación de la belleza que Alegría hacía de las cosas más mundanas—, pero cuando ella misma se la repitió al tatuador, tumbada ya en la camilla del estudio, este le avisó de que él tan solo iba a replicar exactamente el dibujo de la mariposa que aparecía en el libro que le habíamos llevado. «La luna, las novias y los espíritus seguirán estando solo en tu cursi imaginación», avisó el tatuador antes siquiera de coger la aguja y encender la máquina. Lejos de ofenderse, Alegría respondió que eso era justo lo que quería. Le explicó que habíamos venido a este estudio por la recomendación de una chica con la que había contactado por Internet tras ver la fiel reproducción que le había tatuado en el brazo de una *Morpho* azul. Alegría se lanzó entonces a soltar su manifiesto en contra de los tatuajes de especies de lepidópteros que no existen, pero calló a mitad de palabra cuando sintió el dolor de la aguja posándose en su piel, no como una mariposa, sino como una avispa de afilado aguijón. Yo me salí del estudio, a la calle, porque no soportaba ver sufrir a mi niña.

Así que el tatuaje que Alegría dejaba al descubierto al girar en la cocina frente a mí, ajustando su amplia camiseta mientras yo pelaba mi naranja con los pulgares, era el de una *Actias luna*. Lo primero que me preguntó es si se veía bien el tatuaje con el cuello de la camiseta a un lado y le respondí que sí. Me preguntó si la camiseta gris pegaba con el acento rosa de sus zapatillas deportivas y le dije que también. Si le quedaba bien metida por dentro. Me preguntó si el *short* vaquero era demasiado corto y le dije que no, que ella tenía unas piernas y una figura que merecía la pena lucir. Me preguntó si se había pasado con los colores de su nueva paleta de maquillaje y le dije que tampoco, que ojalá yo supiera hacerme los ojos tan bien como ella. Entonces anunció con una sonrisa que estaba lista, que se iba, y me dio las gracias por ser su consejera de moda. Se despidió de mí rogándome que durmiera tranquila, que a lo mejor volvía tarde, pero que no tenía de qué preocuparme, porque iba a estar en todo momento con sus amigas. Y que al volver a casa calentaría la cena que yo le había dejado en el microondas. Que no se acostaría con el estómago vacío. Después me besó en la mejilla. De camino a la salida, se volteó para dedicarme la última mirada que me dedicaría nunca, justo antes de cerrar la puerta con uno de sus clásicos portazos, como el que me había hecho regañarla horas antes. A solas en la cocina, terminé de comerme la naranja y tiré los restos de cáscara a la basura sin saber que mi hija se había marchado para siempre.

Cuando volví a ver el *short* vaquero y la camiseta grande que Alegría vestía, fue dentro de una bolsa de plástico que me entregaba una doctora en el hospital. Desde allí me habían llamado media hora antes para informarme del ingreso urgente de mi hija, admitida en estado crítico. No guardo ningún recuerdo de cómo llegué desde mi casa al hospital, pero luego supe que un camillero tuvo que retirar mi coche de la zona de ambulancias donde lo dejé tirado sin más, aún en marcha y con la puerta abierta. A la Unidad de Cuidados Intensivos me dejaron entrar tan solo unos minutos. Alegría aún seguía viva en ese momento, pero la médico me advirtió de lo delicado de su situación y me preparó para lo peor.

En la bolsa con su ropa que después me reclamaría la policía, algunas prendas estaban rajadas por la mitad porque el personal de la ambulancia había tenido que cortarlas con tijeras para asistir a Alegría. Cuando ella me las había enseñado en la cocina esa tarde, las prendas olían al suavizante de flores blancas que más le gustaba, el que yo le compraba en el supermercado de la esquina. Era ropa que yo misma había metido en la lavadora el día anterior, separando las prendas de color oscuro de las de color claro. Prendas que había tendido a mano en cuanto se acabó el ciclo de lavado, para que no se arrugaran de más, apretujadas en el tambor. Prendas que había planchado al volver a casa por la noche —después de un turno de cena especialmente duro en el restaurante—. Las había doblado, una por una, para después colarme en la habitación de Alegría, pasada la medianoche, y distribuirlas en las perchas y cajones de su armario, a oscuras y en silencio, tratando de no despertarla. Ahora, en la bolsa, la ropa rasgada no olía a flores blancas, sino a cerveza y sudor. A miedo. Al pis que se le escapó a mi niña aterrorizada. Revisando las prendas, sentí en la punta de mis dedos el latido fantasma del corazón de mi hija, recordando la noche en que posé las yemas sobre su pijamita y le prometí que jamás permitiría que nadie volviera a hacerle daño. Pero en la camiseta había manchas de sangre, huellas de pisadas, polvo de asfalto. Las bragas, desgarradas de algún tirón, tenían también restos de sangre seca. Y semen. Antes de desplomarme en la sala de espera en la que me entregaron aquella bolsa, vi cómo se iba extinguiendo una ráfaga de imágenes formada por los hoyuelos de Alegría despidiéndose de mí con una sonrisa horas antes, el beso que me había dado en la mesa de la cocina, la mirada que me dedicó antes de salir y, al final, su carita arrugada contra mi pecho el día que la di a luz, que fue la misma imagen que vi cuando me creí morir ahogada a manos de Cerdo. Será porque también en ese momento sentí que me moría.

Poco después de recuperar la consciencia, me comunicaron que mi hija había fallecido. Apenas recuerdo nada de aquellas primeras horas, y lo que recuerdo es una fabricación de mi mente en la que el hospital se cubrió de niebla. Sé que es imposible que ocurriera, pero el recuerdo que guardo tras escuchar la confirmación de su fallecimiento es el de una densa niebla inundando la sala de espera, cubriendo las sillas, la máquina expendedora de café, la puerta de acceso al aseo en el que vomité la cena nada más llegar. La niebla alcanzó mis tobillos y ascendió a mis rodillas, mi cintura, mis hombros y mis ojos hasta envolverme por completo y dejarme flotando en un blanco vacío al que lancé una pregunta:

«¿Qué le han hecho?».

Y después otra:

«¿Por qué?».

Desorientada en esa niebla que inundaba el hospital, exigí a gritos hablar con el equipo médico. Tenía algo importante que decirles. A la doctora la encontré entre la niebla, de la que también emergieron, por lugares que nunca esperaba, una enfermera preguntándome si estaba bien, otra gritándome que me relajara, una tercera haciéndome firmar papeles que no era capaz de leer, un médico que me miró desde arriba porque me había caído otra vez al suelo, alguien abriéndome una vía en el antebrazo… Recuerdo también un amargo sabor a naranja, un desagradable regusto de fruta podrida que me acompañó durante todo el trance, como si la muerte de una hija supiera a naranja putrefacta. Supongo que debió de quedarse adherido a mi garganta cuando, nada más llegar, vomité la cena y la naranja del postre en el aseo de la sala de espera.

Esas primeras horas son meras imágenes inconexas surgiendo de la nada, como si el mundo se hubiera quedado vacío al perder a mi niña. A ella me dejaron verla en algún momento, un instante en el que se disipó la niebla para mostrarme el rostro herido de mi hija. La besé como si estuviera en la cama y no en una camilla, y le susurré la misma frase con la que siempre la arropaba al final de cada día, como si me estuviera despidiendo de ella solo por esa noche y no para siempre:

«Eres mi alegría».

Las primeras informaciones de lo que le había ocurrido a mi hija me llegaron poco a poco, como caían con un *plip* las gotas del suero y la medicación conectadas a la vía en mi brazo. *Plip*. Un médico me confirmaba que las lesiones eran las propias de una agresión múltiple. *Plip*. A mi móvil llamaba una compañera de academia de Alegría preguntándome qué había pasado. *Plip*. Otro amigo me contaba por mensaje que no entendía nada, que se despidió de ella muy cerca de casa. *Plip*. El conductor de la ambulancia dejaba unos papeles en el mostrador de enfermería y yo le preguntaba a gritos si podía contarme qué había visto, a lo que él respondía negando con la cabeza, retirándome la mirada con unos ojos llorosos que delataban que nada bueno. *Plip*. Yo reclamaba a gritos la presencia de alguien que me explicara qué había pasado. *Plip. Plip. Plip.*

Cuando una de las bolsas de medicación se vació y dejó de gotear, una pareja de jóvenes accedió a la zona de espera de Urgencias donde me encontraba, en una silla de ruedas. Por mi estado de desconcierto, o por el dolor en mis ojos, dedujeron que lloraba ante una tragedia de la gravedad de la muerte de una hija, no al fallecimiento previsto de un padre o un abuelo. Me preguntaron si era la madre de la chica atacada en la calle. Asentí mientras secaba las lágrimas de mis labios con la muñeca. La joven, no mucho mayor que Alegría y aún arreglada como si hubiera salido a cenar —su raya del ojo se alargaba hasta la sien—, se sentó a mi lado y me dijo que había sido ella quien había llamado a la policía y a la ambulancia. Regresaba a casa tras una cita con su novio —al nombrarlo, acarició la pierna de él a su lado— cuando escuchó gritos saliendo de un callejón. El callejón que me describió se encontraba muy cerca del paso de cebra donde Alegría había visto cruzar al señor mayor esa misma tarde. Dijo que el barullo de voces masculinas acallando los gritos y gemidos de una chica la llevaron a imaginarse lo peor, y por eso llamó enseguida a la policía. Después se quedó allí, esperando escuchar la sirena de alguna ambulancia o coche patrulla, que tardaron unos cinco minutos en aparecer. La joven se emocionó al relatar ese espacio de tiempo, al recordar los gemidos de la chica, que le sonaron como los de un animal herido. También me pidió perdón por no haber reunido el valor necesario de acercarse a la esquina del callejón, que quizá si esos hombres la hubieran visto habrían salido corriendo y la agresión hubiera durado menos. Pero que la violencia del alboroto la asustó. Y que por eso esperó agazapada en un soportal, a oscuras. Que siguió oyendo golpes, alguna risa, insultos. Que hubo uno en particular que gritaron sin parar, pero que no podía ir dirigido a Alegría, así que quizá se estuvieran peleando también entre ellos. Fue cuando la sirena resultó audible en las cercanías del callejón cuando los atacantes huyeron, corriendo en estampida por la misma calle en la que se encontraba la joven, que pudo ver entonces que eran varios hombres. En la sala de espera, me mostró una mano extendida para aclarar que eran cinco, y esos cinco dedos me enfrentaron por primera vez a la brutal realidad de la muerte de mi hija, asesinada a patadas por cinco salvajes. Después la joven me explicó que había venido al hospital porque necesitaba saber si su llamada había servido de algo. Y me preguntó cómo estaba mi hija.

«Se llamaba Alegría», contesté.

La joven me abrazó, disculpándose por no haber evitado la tragedia, por no haber hecho algo más, por no haberse acercado al callejón. Yo, sin embargo, le di las gracias por haber hecho todo lo que podía. Y le hice ver que, de haberse enfrentado a esos hombres, quizá ella también estaría muerta en una camilla de ese mismo hospital. Su novio le masajeó la espalda mientras ella se derrumbaba, llorando rímel sobre mi hombro como lloraba yo sobre el suyo. Claro que todo eso lo dije antes de saber lo que había ocurrido exactamente en el callejón, porque pronto supe que a esa joven probablemente no la hubieran matado. Y que el asesinato de mi hija fue un tipo muy concreto de crimen.

Alegría se había despedido de sus compañeras de academia en la puerta del último bar que visitaron esa noche. Habían quedado un grupo de once amigas, ocho chicas y tres chicos, para cenar en un restaurante japonés del barrio, aunque la autopsia de mi hija revelaría después que ella tenía el estómago vacío. Sus amigas me confirmaron que no había cenado nada —tan solo bebió mientras las demás compartían *sushi* y *yakisobas*—, porque dijo que prefería cenar cuando llegara a casa, que su madre le había dejado un plato de pollo en el microondas. Tras la cena, visitaron varios bares en la calle por la que salen la mayoría de jóvenes del barrio, todos hacen un circuito parecido yendo a los mismos locales a las mismas horas. Del grueso del grupo, Alegría se despidió sobre las dos de la mañana en el último bar. Varias de las compañeras se quedaron dentro, tenían ganas de seguir bailando. Otras, que también decidieron irse en ese momento, se separaron de Alegría en la puerta, tomando direcciones diferentes para volver a sus casas. El portero de ese local declaró más tarde que le llamó la atención lo guapa que era la chica del tatuaje de la mariposa. Solo uno de los chicos compartió camino de vuelta con mi hija, no para acompañarla específicamente —ella nunca iba con miedo por la calle—, sino porque sus casas estaban en la misma dirección. De él se separó en una esquina con un rutinario beso de despedida en la mejilla y la promesa de verse al día siguiente en la academia. Alegría caminó sola durante el último tramo, dejando atrás el casco central del barrio a medida que callejeaba hacia lo que aún se conocía como la zona nueva, la ampliación donde se levantaron varios edificios de protección oficial como en el que vivíamos nosotras. Minutos después se encontraría en el callejón con el grupo de asesinos, quienes hacían en ese momento el viaje contrario a ella, regresando al barrio en busca de una discoteca tras una visita a un coche que tenían en un descampado que se solía usar como aparcamiento. El porqué de esa visita al coche en mitad de la noche de fiesta explica mucho del estado en el que se encontraban cuando se cruzaron con mi hija.

El grupo de asesinos lo conformaban cinco amigos con edades comprendidas entre los veinte y los veintidós años. Habían salido esa noche a celebrar el cumpleaños de uno de ellos, el mayor, que era el primero en llegar a los veintitrés. Ellos no eran del barrio, habían ido en coche haciendo un viaje de unos veinte minutos, porque sabían que, aparte de los del centro de la ciudad, el nuestro era uno de los barrios más animados los jueves por la noche. Esto se debía a la alta población de estudiantes del barrio, matriculados en alguna de las escuelas y academias de diferentes oficios que confluían en la zona, como la academia en la que Alegría aprendía a ser peluquera. El grupo empezó la celebración en el propio coche, bebiendo en el descampado. Allí aparcaron con el maletero abierto, usando la bandeja como barra. En ese maletero guardaban neveras con hielos, refrescos y bebidas energéticas, además de botellas de alcohol. La bebida más suave que tenían era cerveza de doble malta, el resto eran licores de alta graduación: *whiskey*, vodka, ron y tequila. Completaba el arsenal alcohólico una botella de Jägermeister. Por si el alcohol se les quedaba corto, entre los cinco reunían también cuatro tipos de droga: porros, un gramo de cocaína, medio de ketamina y cinco pastillas de éxtasis —más tarde supe que habían comprado toda esta droga en la misma nave ocupada en la que viví una temporada con Cerdo, hacía tantos años—. Del maletero emergía el brillo azulado de un neón que enmarcaba dos enormes altavoces instalados allí. Había más neón en el interior del coche y en los bajos, generando un campo de luz azulada en mitad de la oscuridad del aparcamiento. Todo esto —las neveras, las botellas, los altavoces, la luz de neón— resultaba visible en una foto que el cumpleañero subió en ese momento a una red social. Fue además la foto que los medios utilizaron en sus primeras informaciones sobre el suceso, y la que acabó convertida en la foto oficial de la pandilla. De esa imagen, en la que todos aparecen sin camiseta, surgió también el apelativo con el que la prensa se referiría a ellos a partir de entonces: los Descamisados.

En la fotografía, los cinco amigos posan, frente al maletero, para la cámara de un móvil que encajaron en la valla metálica que delimitaba parte de ese terreno olvidado. Al principio se valoró la presencia de una sexta persona que hubiera hecho la foto, pero ellos mismos explicaron que usaron la función de cuenta atrás del teléfono, el cual engancharon entre los rombos de alambre de la verja. El chico del cumpleaños aparece en el centro, desafiante como un espartano, con los brazos cruzados y el pecho elevado, inflando aún más una anchísima complexión conseguida con horas de gimnasio —y mucho anabolizante, como se desvelaría más adelante—. Lleva una barba completa, a excepción de una calva a un lado de la barbilla. A su derecha, con una rodilla en el suelo y los brazos levantados como si celebrara una victoria, está el más flaco de todos —el resplandor azul del neón marca la sombra de sus costillas—, con la boca abierta como si gritara con ganas y una gorra en la cabeza, puesta hacia atrás. A continuación, sentado en el maletero, se encuentra el más tatuado, con el pecho, piernas y brazos cubiertos de tinta. Su pose en la foto parece querer dejar claro que el grupo se está abandonando al vicio: con las piernas estiradas en el aire, aspira con fuerza un porro convirtiéndolo en un punto naranja incandescente en la imagen, al tiempo que, con una mano, muestra a cámara la botella de Jägermeister y, con la otra, un vaso de plástico de los que usaron para mezclar las bebidas. Un periódico hizo un análisis pormenorizado del montón de tatuajes de este chico y también de los del resto de amigos. Buscaron simbologías que explicaran sus conductas, pero entre varios motivos tribales, fantásticos, caligrafías árabes y japonesas, números romanos e insignias deportivas, lo más extremo que encontraron fue el retrato de un pitbull mostrando los dientes, dibujado en el omóplato del más tatuado, que resultó ser el inocente perro de su hermana. En la foto, hacia el otro lado del cumpleañero, se encuentra el más alto de los cinco, que saca media cabeza a los demás. Agita en el aire su camiseta, como un hincha deportivo, a la vez que se agarra la entrepierna en una actitud chulesca, amenazadora, sexual o quizá acomplejada —que fueron algunas de las muchas interpretaciones que se hicieron de ese gesto—. El quinto amigo es el que aparece más comedido en la imagen, aunque no lo fue en la agresión. De escasa estatura, más aún estando al lado del otro bigardo, tiene las manos en los bolsillos, los hombros caídos. Lleva la camiseta quitada, igual que todos, pero colgada del cuello como una toalla de gimnasio. A pesar de ser de noche, y de que los neones del coche tampoco podían alumbrar tanto, tiene puestas las gafas de sol, un detalle que muchos asociaron al intento de que no aparecieran en la foto unos ojos seguramente perjudicados ya por el efecto de las drogas. Lleva barba, como el del cumpleaños, pero solo alrededor de la boca, en forma de perilla. Todos visten zapatillas deportivas. Dos de ellos, el alto chulesco y el flaco de la gorra, llevan pantalón de chándal y los otros tres, pantalones vaqueros de diferentes longitudes: el bajito de las gafas de sol y el del montón de tatuajes lo llevan largo y, el anchote del cumpleaños, corto. Todos llevan también alguna pulsera o cadena al cuello. Fue el espartano, el del cumpleaños, quien subió la foto a la red social justo después de recoger la cámara de la verja, regalando sin saberlo a la prensa la imagen con la que el país entero los conocería. Acompañó la fotografía con un pie que decía: *A por todas*. Si hubiera puesto solo eso, alguien podría entender que no era más que una frase hecha, un grito de celebración, pero el chico quiso hacer más evidente el doble sentido de sus palabras añadiendo una aclaración: *Pero todas, todas. Guapas, feas o incluso gordas*. No lo escribió con todas las letras ni los signos de puntuación, pero ese era el mensaje. Un mensaje que dejaba bien claro el ánimo de ligoteo agresivo con el que el grupo encaraba la noche, lo dispuestos que estaban a salir a la caza de mujeres y según qué baremos calificaban a esas mujeres.

Quizá sea porque yo soy incapaz de verlos de otra forma —cada vez que miro la imagen pienso que dentro de sus cabezas ya están, de alguna manera, planeando matar a mi hija—, pero me resulta imposible ver en la foto a un grupo de cinco amigos pasándoselo bien. Yo solo veo a cinco salvajes a punto de cometer una atrocidad. El del cumpleaños, tan enorme, con ese entrecejo apretado y el desconcertante punto calvo en su barba, parece el retrato robot de un Criminal. Y si a un criminal le concedo cierta inteligencia, y mucha frialdad al cometer su crimen, en el chico de los tatuajes veo más a un simple Matón, alguien que puede matar en un calentón, como han matado a mordiscos a sus dueños perros como el que decoran su omóplato, presas de un repentino ataque de agresividad. Al flaco de la gorra no me resulta difícil visualizarlo con esa misma gorra convertida en capucha, la capucha de un Verdugo, alguien que mata porque así se lo mandan, porque es lo que toca y porque lo dicen los demás. En el más alto de todos, con tanta pierna, tanto brazo, codo y rodilla, tanta articulación, veo directamente un Bicho, una alimaña que posó sobre el cuerpo de mi niña las mismas sucias patas con las que se agarra la entrepierna en la fotografía. Al último, el de la perilla, que aparece tan apocado en la imagen y que luego alegaría no acordarse de nada de lo que había pasado durante la noche, solo puedo referirme como Idiota, porque también afirmó que él ni siquiera tenía ganas de salir esa noche y mucho menos consumir tanta droga, pero que le dio vergüenza decir que no a sus amigos. Y como de Alegría aprendí que es muy bonito cuando los nombres de las personas coinciden con lo que son o lo que aportan al mundo —e igual que para mí Cerdo solo tiene el nombre de Cerdo— para mí los Descamisados no tienen más nombre que esos: Criminal, Matón, Verdugo, Bicho e Idiota. Y en grupo solo puedo llamarlos como lo que son, unos asesinos. En la prensa se escribieron cientos de artículos refiriéndose a ellos con sus iniciales, sus empleos, sus características físicas. Se han hecho de ellos perfiles completos humanizando a esas bestias —contando su infancia, entrevistando a sus madres, sus primos, su abuela—, pero ahora soy yo quien cuenta la historia y para mí no existe otra forma de nombrarlos.

Aparte de ellos, el coche en la foto generó muchos comentarios. Era una berlina que tenía más de veinte años, de un rojo granate muy gastado. Quemaduras de sol descascarillaban la pintura del capó y de las cuatro puertas, dando al vehículo un aspecto descuidado que contrastaba con lo invertido en el equipo de música y la iluminación interior. Preguntado acerca de ello por alguna reportera, que además comentó lo impropio de esa carrocería tan destartalada viendo el culto al cuerpo que profesaba el dueño, Criminal dijo que prefería no pintar el coche porque para él las imperfecciones eran marcas de carácter. Lo dijo mirando desafiante a la cámara de la reportera y señalando con chulería el círculo calvo a un lado de su barbilla. Otra polémica emergió de una pegatina en el coche, que podía verse en la foto junto al faro trasero izquierdo, cerca de la pierna tatuada de Matón. Era un triángulo de color turquesa, un símbolo muy parecido al de un partido de extrema derecha que durante esos años experimentó un vertiginoso ascenso en número de votantes. La insignia propició decenas de teorías y supuestos móviles del crimen durante los primeros días, hasta que alguien se tomó la molestia de investigar fotos más antiguas del coche de Criminal, en las que ya aparecía la pegatina y en las que se podía ver que pertenecía realmente a una tienda de artículos de *skate*. Varios portavoces del partido extremista mencionado aprovecharon la circunstancia para hacer campaña, exagerando el agravio de una opinión pública que, dijeron, los condenaba por defecto. Aseguraron además que entre sus votantes no existía escoria humana del perfil de los asesinos, ganándose una oleada de aprecio que echaron por tierra cuando añadieron que tampoco del perfil de Alegría, no fuera nadie a equivocarse. Otra polémica sin sentido fue la que tuvo que afrontar un artista de música urbana y *dancehall*, conocido por su pelo rapado y camisetas blancas de tirantes, que empezaba a despuntar en aquel momento. Se supo que suya era la canción que el grupo de amigos escuchaba mientras se hacía la foto porque alguien reconoció la portada del álbum en el teléfono conectado a los altavoces del maletero, apoyado sobre una de las neveras. Las letras de toda la discografía del cantante fueron minuciosamente analizadas, destacando de ellas frases que se consideraron incitadoras a la violencia, a la sumisión femenina, al consumo de drogas o la práctica de sexo en grupo. Al cantante le costó superar el bache, fue víctima de boicots en algunas plataformas y perdió contratos publicitarios, pero poco a poco logró recuperar su reputación, si bien ciertas acusaciones lo volverían a perseguir más adelante. Yo misma traté de defenderlo cuando parecía que el huracán mediático acabaría por destruirlo injustamente, contando que a la propia Alegría le fascinaba el cantante. Revelé un detalle que era verdad, que mi hija, el día del asesinato, había estado tarareando por la tarde una de sus canciones, mientras se secaba el pelo en el baño, tras abrir la puerta y llenarme la casa de olor a cerezas por última vez. Estas polémicas de los primeros días, que se extendieron de manera tan circunstancial a personas completamente ajenas al caso, fueron las primeras pistas que tuve de la dimensión que el asesinato de Alegría iba a alcanzar y cómo la gente se volcaría con él. Qué magnitud no tendría la onda expansiva del suceso para que la foto de cinco chicos en un aparcamiento amenazara la carrera del cantante cuya música escuchaban en ese momento, o del partido político al que supuestamente apoyaban.

El grupo pasó cerca de tres horas en el aparcamiento al principio de la noche. Mientras en un restaurante japonés del barrio Alegría dejaba pasar las bandejas de *sushi* que comían sus amigas, los cinco hombres que acabarían matándola empezaban a quitarse las camisetas, insultarse en broma y no tan broma, liar porros y pinchar música *dancehall* en el maletero del coche. En esas primeras horas, empezaron bebiendo cerveza, para luego pasar a las mezclas de licores. Las primeras rayas de cocaína y puntas de ketamina —pequeñas dosis de la droga que tomaban con el extremo puntia-

43

gudo de una llave— las tomaron cuando consideraron que las necesitaban para compensar la borrachera, aunque el porcentaje de alcohol en su sangre habría revelado que estaban borrachos desde mucho antes. Aparte, la ketamina no es una droga que se deba usar para contrarrestar los efectos del alcohol, siendo como es igual de depresora, pero, además, disociativa. No es algo que sepa porque lo leyera luego en la prensa o en el sumario del caso, lo sé porque yo misma la he probado —el tiempo que viví con Cerdo en la nave probé casi de todo, las noches son muy largas cuando se vive en la calle—. La única droga que reservaron para más adelante fueron unas pastillas de éxtasis, azules y con una *R* estampada en uno de los lados. Bicho, el más alto de todos, explicó en alguna declaración que no querían que se les subiera la pastilla en un aparcamiento, que para ese colocón necesitaban estar ya en una discoteca.

Pero antes de la discoteca, también tenían ganas de ir de bares. Finalizada la ingesta de alcohol, los Descamisados vaciaron los hielos derretidos de las neveras en el suelo y cerraron el maletero y el coche, sin preocuparse por recoger vasos o botellas vacías que habían dejado tiradas por el terreno. Pidieron recomendaciones a unos jóvenes del barrio que bebían en otro vehículo, en la esquina opuesta del mismo aparcamiento. Uno de estos chicos, que resultó ser estudiante de la misma academia de peluquería a la que iba Alegría, en un curso inferior, contaría luego que el de la gorra —o sea, Verdugo— preguntó cuál era el mejor bar para ligar. Que necesitaban ya empezar a entrar a tías y pillar. Que llevaban tal calentón que estaban a punto de empezar a liarse entre ellos en el coche. El chiste fue mal recibido por el resto de amigos, que corearon una cantinela improvisada, como de cántico deportivo, que decía «el de la gorra es maricón, maricóóón, maricóóón», al tiempo que los cuatro se apartaban de él y se tapaban el trasero con las manos. En su declaración, el estudiante dijo que hacía tiempo que no veía un despliegue de homofobia tan arcaico en unos chicos tan jóvenes, pero los Descamisados al completo defendieron en sus declaraciones que eso no era homofobia, que eran bromas típicas entre amigos varones heterosexuales. Y, por si acaso, dejaron claro que su amigo el de la gorra no era maricón. El propio Verdugo quiso dejarlo muy claro, repitiéndolo más veces de las necesarias en un escrito de su abogado. Sintiéndose personalmente ofendido por el cántico, el estudiante de peluquería decidió no brindarles ninguna recomendación de ningún bar, pero su novio, que era quien le acompañaba, lo hizo igualmente. Les habló de la zona de bares típica a la que iba todo el mundo, informándolos de las mejores horas para ir a cada local. También les dijo que, a la única discoteca del barrio, no iba casi nadie hasta que cerraran los bares, así que aún tenían tiempo de sobra. Los Descamisados le dieron las gracias y se marcharon de allí entre risas, más insultos y una repetición del cántico «el de la gorra es maricón», que acabó evolucionando a «el que hoy no moje es maricón».

Es bastante probable que Alegría se cruzara durante la noche a alguno de sus futuros asesinos, porque varios testigos visuales situarían posteriormente a los Descamisados en los mismos locales que había visitado el grupo de amigas de mi hija —en realidad, todo el mundo hacía el mismo circuito—. Pero cuando hablé con las amigas de Alegría en los días posteriores, ninguna recordaba haberlos visto durante la noche. Ellos mismos defenderían que el primer encuentro con Alegría fue en la desembocadura del callejón, que en ningún momento estaban persiguiendo a ninguna chica de la que se hubieran encaprichado antes. Criminal, siempre el más hiriente de todos, dijo que, en un bar, él nunca se fijaría en una chica como Alegría, que habló con ella porque se les apareció delante y porque en el callejón no había dónde elegir. Otro de los amigos, el bajito de Idiota, que basó gran parte de su defensa en que no se acordaba de la agresión, aseguró que fue antes de llegar a los bares cuando se inició su laguna de memoria, así que no podía saber si se encontraron a Alegría antes o no. Aparte de confirmar su presencia en distintos locales, numerosos testigos de aquella noche, gente que interactuó con el grupo de amigos, definieron su estado como exaltado, deplorable o insoportable. Por lo visto hicieron numerosas visitas al baño, siempre en grupo y entrando de dos en dos en los cubículos. Matón reconocería que, si bien las pastillas y la ketamina las habían dejado en el coche, a los bares sí llevó lo que quedaba del gramo de cocaína, que fue lo que estuvieron consumiendo en esas visitas a los lavabos. Los movimientos del grupo entre la gente que llenaba los bares fueron torpes, tropezándose con quienes también iban al aseo o derramando las copas de quienes simplemente se encontraban de pie o bailando en el local. Una chica que acababa de cumplir la mayoría de edad contó que los cinco, uno detrás de otro, intentaron ligar con ella de malas formas y, al menos dos camareras, aseguraron que sus comportamientos correspondían al del tipo de cliente que más odian, el que las trata como si fueran algo más que camareras. A una de ellas, Bicho intentó pagarle metiéndole el billete en el escote, alcanzándola al otro lado de la barra con sus brazos largos como patas de saltamontes.

El portero del bar frente al que más tarde Alegría se despediría de sus amigas declaró que, al ver entrar al grupo en su local, le pareció que eran unos niñatos pasados de vueltas deseando meterse en líos. De hecho los paró para cachearlos, algo que no solía hacer en esa puerta y para lo que no sabía si tenía permiso, pero que le pareció adecuado como advertencia de que el consumo de drogas no era bien recibido en ese local. Por fortuna para ellos, Matón acababa de desechar la bolsa del gramo de cocaína en el baño del bar anterior, bolsa que él mismo e Idiota chuparon y restregaron por sus encías para aprovechar hasta el último resto de polvo. El portero no encontró nada en los bolsillos del grupo, así que los dejó pasar, pero avisó a su compañero de dentro que los vigilara con especial atención. Al final se quedaron muy poco rato en ese local, aunque tuvieron tiempo de increpar repetidamente al DJ por la mala música que pinchaba. Ese fue, según dijeron, el principal motivo por el que prefirieron volver a su coche, para poder escuchar la música que a ellos les apetecía, tomarse las pastillas, y hacer tiempo hasta que llegara la hora en que la discoteca estuviera animada.

Alegría y sus amigas entraron a este mismo local después de que ellos se marcharan, lo aseguró el portero sin atisbo de duda, así que el tiempo que Alegría pasó en este bar fue, más o menos, el mismo tiempo que los asesinos estuvieron en su coche por segunda vez. La pareja de chicos del descampado, a los que habían pedido recomendaciones, ya no estaba allí. Lo que se sabe de ese espacio de tiempo proviene de las declaraciones del propio grupo de amigos. Al parecer, encendieron de nuevo los neones y el equipo de música del vehículo, compartieron cuartitos de éxtasis hasta que se acabaron las cinco pastillas que tenían, y terminaron de beberse las últimas cervezas calientes que quedaban en el maletero. Lo hicieron todo en poco más de una hora, momento en que empezaron a sentir seriamente los efectos del éxtasis y decidieron marcharse de una vez a la discoteca, estuviera animada o no. Lo que quedaba del medio gramo de ketamina se lo llevó Matón metido en el calcetín, para luego, como él mismo dijo, poder flotar en la pista de baile.

Por las distancias recorridas antes de encontrarse, se estableció que Alegría debía de estar despidiéndose de sus amigas al mismo tiempo que los Descamisados volvían a cerrar el coche y se dirigían de vuelta al barrio. Como escuché infinidad de veces en el juicio, de haber salido ellos un poco antes, o Alegría un poco después, el encuentro entre ambas partes no se hubiera producido, o habría tenido lugar cuando ella aún estaba con su compañero de academia, lo que quizá hubiera derivado en que no ocurriera nada de lo que ocurrió. La defensa de los cinco salvajes repitió durante el juicio, de forma incansable, supuestos en los que la agresión no tenía lugar, imaginando diferentes escenarios hipotéticos en los que Alegría nunca se cruzaba con los Descamisados. Recalcaron al jurado popular, una y otra vez, para confundirlos con jerga técnica, que la naturaleza del encuentro anulaba automáticamente agravantes como el de premeditación o alevosía, fuera esto verdad o no. Varias opiniones especializadas calificaron de inteligente tal estrategia de la defensa, pues se consiguió ir metiendo poco a poco en la cabeza del jurado la idea de que el asesinato de mi hija había sido prácticamente una casualidad. O que ella tenía parte de responsabilidad en que la confluencia se hubiera producido. Aún se me encoge el estómago al recordar las caras de ciertos jurados asintiendo a los abogados cuando remarcaban lo arbitrario del encuentro, enumerando todas las cosas que mi hija podría haber hecho de diferente forma para no acabar caminando sola por la calle a las dos de la mañana. Como si encontrarse con sus asesinos hubiera sido culpa suya.

Alegría se había despedido de su último compañero con un beso pocos minutos antes de acceder al callejón donde se produjo la agresión. Era un callejón formado por el espacio entre las partes traseras de dos grandes edificios. En sus fachadas delanteras, que daban a sendas calles, se encontraban los portales de acceso a las viviendas y, en cada planta, había balcones, terrazas y ventanas de salones o habitaciones. A las partes posteriores de cada edificio daban únicamente las escaleras entre pisos, así que tan solo unos tragaluces que ni siquiera podían abrirse, uno por cada planta, rompían la uniformidad de ladrillo de estas fachadas traseras. El callejón era un lugar sombrío de día y muy oscuro de noche, atravesado longitudinalmente por un sumidero de drenaje. En el callejón se guardaban durante el día cuatro contenedores de basura, en dos áreas delimitadas por unos bordillos salientes con forma de medio rectángulo. Apenas le llegaba la luz de las farolas de las calles que lo rodeaban y, solo cuando alguien bajaba o subía a pie las escaleras, activando una luz automática, se iluminaban en las fachadas los tragaluces, como pequeños cuadrados luminosos que se apagaban pasados unos segundos. Alegría nunca tuvo miedo de caminar por la calle, así que tomaba ese callejón con frecuencia, a la hora que fuera, porque le ahorraba tener que cruzar dos pasos de cebra para llegar al mismo sitio. Yo sí solía regañarla por usar el atajo. Primero, por su seguridad, esa que a ella no le preocupaba tanto. Y segundo, porque cuando llovía se formaba en el callejón un barro de polvo que manchaba las suelas de su calzado y, después, mi alfombra de la entrada. Hoy desearía que Alegría hubiera logrado regresar a casa aquella noche y me hubiera llenado de huellas de barro la alfombra de la entrada. Que la hubiera destrozado con sus pisadas. Y que la hubiésemos tenido que tirar juntas a un contenedor, porque de esa manera lo que seguiría estando en mi casa sería mi hija y no una estúpida alfombra que ahí sigue, en la entrada. Pero ni Alegría regresó a casa esa madrugada ni hubiera traído barro en sus zapatillas, porque aquella noche de verano el atajo estaba completamente seco.

Ella se encontraba a mitad del callejón cuando, en su desembocadura, apareció el grupo de asesinos. Siempre imagino esa escena desde el punto de vista de mi hija, caminando por un túnel oscuro en cuya salida aparece de pronto una amenaza. Como un ratón que ve asomarse una serpiente a la entrada de su madriguera. Fue Criminal, el anchote anabolizado con la calva en la barba, el primero que reparó en mi hija. Y fue él quien detuvo al grupo, agarrando hombros y mangas de camisetas, chistando para que miraran hacia lo que venía por el callejón. Las versiones sobre lo que ocurrió exactamente fueron variadas, cada uno de ellos lo contó de una forma, e incluso las reconstrucciones de los hechos de un mismo acusado fueron evolucionando con el paso del tiempo. Si Criminal dijo en su primer interrogatorio que fue él quien empezó a hablar con una chica que se acercaba por el callejón, en otro interrogatorio posterior diría que fue esa chica desconocida quien inició la conversación con ellos. Los otros cuatro también modificaron varias veces sus versiones, retorciendo y deformando la realidad una y otra vez para adaptarla a sus intereses. Para mí la única versión válida sería la que pudiera contar Alegría, pero a ella le cerraron la boca para siempre y le arrebataron el derecho a defenderse. Ella ya no pudo decir nada, pero su cuerpo herido dijo mucho. Y los testimonios de los Descamisados, aunque diferentes y cambiantes, sí dibujaron parte de un relato común que fue lo que acabó tomándose por verdadero, como hechos probados por el tribunal. A ello contribuyeron también los testimonios de los dos únicos testigos de lo ocurrido: la joven que llamó a la ambulancia desde el soportal y un adolescente que usó el baño de su casa en un séptimo piso, a las horas de la madrugada en que se produjo la agresión, y pudo escuchar, aunque lejanamente, parte del altercado.

Fue Criminal el primero que habló a Alegría. De hecho, le chistó, como si quisiera llamar la atención de un perro:

«¿Tú, qué haces por aquí tan sola?».

Ella aún no había salido del callejón, así que ellos verían poco más que una silueta avanzando entre las sombras, pero Criminal declaró que supo enseguida que era una chica volviendo de fiesta por el olor a perfume que la precedía. Para mí, fue como si hubiera dicho que olió a su presa. También aseguró Criminal haber reconocido en la oscuridad el brillo de un hombro al descubierto, algo que le resultaba muy atractivo en una chica. Cuando Alegría alcanzó la acera iluminada, el grupo al completo comprobó que Criminal no se equivocaba, y los cinco soltaron comentarios sobre el físico de mi hija, en alto y delante de ella: «Joder», «Hostias, pues sí que está buena», «¿Esta de dónde sale?» o «Qué ojo tienes, cabrón». Cosas de ese tipo y sus múltiples variantes, según las diferentes declaraciones a lo largo del tiempo. A estas lindezas, mi hija, supuestamente, respondió de manera favorable, dándoles las gracias por los piropos y riéndose con ellos. Por lo visto, recibió con ilusión los comentarios positivos que hicieron sobre su tatuaje de la mariposa. Reconozco que Alegría no era muy sensible al peligro, pero esto roza un punto de inconsciencia que me cuesta aceptar. El caso es que contestó a la pregunta de Criminal contándoles que estaba volviendo a casa después de salir con sus amigas, que vivía muy cerca. Después, según los asesinos, ella misma prosiguió la conversación preguntándoles lo mismo a ellos, que qué hacían por allí, tan alejados de la zona de bares. Y ella habría escuchado de manera amigable lo que ellos le contaron sobre sus motivos para haber venido a este barrio en coche, en busca de buena fiesta. Le dijeron que tenían el coche aparcado en un descampado, e incluso le ofrecieron ir a visitarlo para beber lo que allí tenían, que no eran más que restos de licor puro, sin hielos ni refrescos para mezclar. A eso, por supuesto, mi hija dijo que no. Ninguno de ellos mintió a ese respecto en ninguna declaración, todos confirmaron la negativa de Alegría. Pero Matón, el tatuado, hizo un comentario muy desafortunado en el juicio al rememorar este episodio, declarando que «con lo puestos y cachondos que íbamos, si se hubiera venido al coche podría haber pasado de todo». Lo dijo como si esa noche no hubiera pasado nada, haciendo que incluso su propio abogado se revolviera en la silla.

Si bien Alegría rechazó irse al coche con ellos, no mostró impaciencia por separarse del grupo e incluso le pidió a Bicho, el más alto, permiso para beber de la lata de cerveza que llevaba en la mano. Él le preguntó si no le daba asco beber de la lata de un desconocido, a lo que Alegría, siempre según ellos, respondió:

«No cuando el desconocido es tan guapo».

Me cuesta mucho creer que mi hija contestara de esa forma, no porque fuera tímida o pacata, que no lo era en absoluto, pero ese descaro concreto, y encima dirigido precisamente a Bicho —para mí, el más feo de todos—, no me cuadra. Es una de las interacciones que nunca me he creído, por mucho que acabara admitiéndose como válida gracias a que los Descamisados y su defensa se desvivieron por reforzarla, adjudicando así a mi hija la primera insinuación de tono sexual que hubo en toda la conversación. Como si todas las barbaridades disfrazadas de piropo que le dijeron antes, nada más verla salir a la luz de las farolas, no fueran comentarios sexuales. Como si todo el proceder del grupo durante aquella noche, desde que compartieron la foto con aquel revelador texto o desde que abandonaron el coche por primera vez para ir a los bares a entrar a tías y pillar no dejara suficientemente claro que todo lo que hacían esos cinco tíos drogados hasta arriba, a las dos de la mañana, tenía por fuerza una connotación sexual. En cualquier caso, que mi hija dijera eso o no es indiferente, porque tampoco justificaría lo que ellos hicieron después. Alegría bebió de la lata de Bicho y se la devolvió con una sonrisa, comentando lo caliente que estaba.

«¿Tú o la cerveza?», contestó él, ganándose las risotadas de sus amigos.

El grupo la invitó a que los acompañara a la discoteca, ofreciéndose a pagarle todas las cervezas que quisiera tomar allí.

«Cervezas frías y sin las babas de este guarro», aclaró Criminal.

Bicho, molesto por el insulto, empujó a su amigo. Borracho como estaba, no controló la fuerza de sus manos y Criminal, que tampoco esperaba tal impacto contra su pecho, cayó derribado hacia atrás, raspándose un brazo contra la esquina de uno de los edificios que delimitaban el callejón. Tras la caída, Criminal contraatacó enseguida, abalanzándose contra Bicho e iniciándose entre ambos una pelea de empujones y pechos inflados. Dos machos alfa chocando sus cornamentas. «Todas las noches acabábamos a hostias. Normalmente contra otra gente. Pero a veces entre nosotros», aclaró a este respecto Criminal en el juicio, quitándole importancia, «Eso pasa en cualquier grupo de tíos, no me jodas». De hecho, mientras transcurría la pelea, ninguno de los amigos dio importancia al enfrentamiento. Matón y Verdugo incluso jalearon a los que se pegaban como a gallos de pelea, entre risas. Hasta que a Bicho se le fue la mano y le partió el labio a Criminal, salpicando sangre, momento en que decidieron separarlos.

Mientras eso ocurría, el quinto descamisado que quedaba libre, Idiota, habría agarrado a mi hija con la supuesta intención de protegerla, arrastrándola dentro del callejón para separarla del altercado y que no recibiera ningún golpe. La empujó contra la pared y usó su propio cuerpo como escudo. Eso es lo que él supuso que intentaba, porque no recordaba nada de lo ocurrido, así que en su declaración él solo podía elucubrar en función de lo que le habían contado después sus amigos. Ellos confirmaron que fue él quien arrastró a Alegría de vuelta a la oscuridad del callejón. Pero no lo habría hecho para protegerla, sino que habría aprovechado la oportunidad para forzar un acercamiento sexual con ella. El que parecía más apocado en la foto, el bajito de la perilla con sus hombros caídos, no dudó en apropiarse de mi hija en un momento de caos para empujarla contra una pared y meter las manos bajo su camiseta, algo que resultó especialmente sencillo en una prenda tan holgada como la que vestía Alegría. Los demás aseguraron que, cuando Verdugo y Matón lograron separar a los de la pelea y los cuatro devolvieron su atención a la chica, encontraron a Idiota manoseándola en el callejón. «Estaba encima de ella como un koala», describió Bicho en su declaración, provocando inapropiadas risas ahogadas de sus compañeros en la sala del juicio. También coincidieron todos en repetir que mi hija no se resistió, sino todo lo contrario, que entró completamente al juego con Idiota, supuestamente manoseando su trasero con las mismas ganas con las que él manoseaba sus pechos. Esto, por supuesto, también es mentira. Mi hija jamás haría algo así. Quizá haya chicas que, de camino a sus casas, deciden repentinamente enrollarse con un tío claramente drogado, en un callejón oscuro, mientras sus amigos se pelean hasta sangrar en una acera. Quizá las haya, y desde luego no sería yo quien las juzgara por ello, yo misma me dejé hacer una y otra vez por mi maltratador en el colchón de una nave ocupada por vagabundos hasta que un drogadicto me vomitó encima. Pero mi hija no era así. No lo era. Por eso sé que a mi hija ese Idiota ya la estaba forzando. Ahí empezó todo. Y, sin embargo, es algo de lo que siempre dudará alguna gente, porque se puso en duda, infinidad de veces, por parte de los medios y de los implicados en el juicio. Al fin y al cabo, cinco personas vivas, las voces de esos cinco salvajes, pudieron repetir una y otra vez, reforzándolo con sus rostros y sus miradas vivas, el mensaje de que mi hija consintió lo que estaba ocurriendo. Pero la voz apagada de mi hija muerta, los ojos, la cara y las palabras sin pronunciar de los labios de un cadáver al que nadie pudo escuchar ya, jamás pudieron rebatirlo. Fue una batalla perdida, por injusta y desequilibrada, desde el principio. La única voz que pudo alzarse en defensa de mi hija, negando que ella hubiera consentido aquello, fue la mía. Pero la mía era la de voz de una madre a la que siempre se le presupone el juicio nublado con respecto a su propia hija. Me dijeron que quizá no la conocía tan bien como creía. Que quizá Alegría no era la chica que yo pensaba. Que quizá sí quiso enrollarse a trescientos metros de casa con el primer desconocido borracho que se le cruzó. Y no solo con él, sino con sus cuatro amigos.

Cuando los cuatro amigos vieron a Idiota aprovechándose de mi hija, lo primero que hicieron fue aplaudir.

«Mira el pequeño cómo se lo monta», dijo Bicho.

Después, recuperaron la cantinela que habían inventado en el descampado y corearon lo de «el que hoy no moje es maricón, maricóóón, maricóóón». Se jalearon unos a otros, celebrando esa victoria del quinto amigo como si fuera la de un equipo. Tan propio sintieron el triunfo, que se aproximaron a él, rodeándolo. A él y a mi hija, que en ese momento vería frente a ella una pared de hombres aprisionándola. «A ver, hay que entender que estábamos muy pasados», dijo Matón cuando la acusación le preguntó si, en el supuesto de que de verdad Alegría hubiera consentido besarse con Idiota, era normal que los amigos se sumaran también al acto, si era una práctica habitual del grupo de amigos compartir los ligues. «Estábamos del revés», respondió a la misma pregunta Criminal, «no sabíamos ni lo que hacíamos». No les interesaba saber lo que hacían, claro. Porque lo que hacían era manosear a mi hija como si fuera el ansiado trofeo de la noche, una de esas mujeres a las que querían cazar desde que aparcaron el coche en el descampado: guapas, feas e incluso gordas. Teniendo a su merced a una de esas mujeres, sobre Alegría recayó entonces el calentón contenido durante toda la noche de cinco salvajes salidos. Diez manos la avasallaron, cinco bocas respiraron alientos babosos y alcoholizados sobre su piel. Los dedos de Verdugo quedaron estampados en morado en uno de los brazos de Alegría, igual que habían quedado marcados los de su padre, también en un brazo, cuando era una niña. Un chupetón, que había acabado en mordisco, dejó en su cuello una herida con la forma exacta de la dentadura de Bicho. Nunca podré conocer el miedo que debió de sentir en ese momento Alegría, pero debió de ser lo suficientemente intenso para enco-

54

gerle la garganta hasta imposibilitarle gritar, porque no gritó. Y en esa ausencia de gritos ellos vieron un argumento más para defender que mi hija no se estaba resistiendo. Pero si no gritaba, estoy segura de que les estaba pidiendo por favor, entre los susurros agónicos que corresponden a una chica que acabó haciéndose pis encima del miedo que tenía, que la soltaran. Que la dejaran marchar. Que tenía hambre y un plato de pollo la esperaba en el microondas de casa. Y que su madre también la esperaba. Que por favor la soltaran. O quizá no llegó a decir nada de eso, solo pensarlo, porque ya le estaban tapando la boca en ese momento, aunque ellos negaran haberlo hecho. Y lo negaron incluso cuando el rostro de mi hija tenía en la mejilla las cuatro heridas delatoras que dejó una mano que la amordazó con tanta fuerza como para clavarle las uñas. Fue una de las mentiras que sí pudo rebatir Alegría, aunque fuera a través de su cuerpo herido y no con su voz. La marca de las uñas pertenecía a la mano derecha de Matón.

Durante ese asqueroso manoseo fue cuando alguno le desabrochó el sujetador. Cuando alguno le dio aún más de sí el cuello de la camiseta hasta romper la costura. Cuando empezaron a intentar desabrocharle el *short* vaquero. Criminal fue el que finalmente logró desabrochárselo. Ellos negaron haberse sacado siquiera el pene, pero Idiota tuvo que hacerlo, porque suyo era el semen que manchaba las bragas de Alegría, las que mi hija cogió del cajón donde yo las dejé dobladas la noche anterior mientras ella dormía en la habitación. Ese malnacido, que encima dijo no acordarse de lo que había hecho, estaba tan cachondo con la situación que se bajó el pantalón de chándal mientras se restregaba contra mi hija y eyaculó en cuanto Criminal logró quitarle a ella el pantalón vaquero. Las bragas ni siquiera habían bajado aún, solo las manchó por fuera. Así se corrió Idiota sobre Alegría: drogado y con las gafas de sol puestas, en un callejón a oscuras, sin acordarse de lo que hacía y magreado por todos sus amigos. De los amigos no había rastros de semen en la escena, quizá fue verdad que ellos no se sacaron el pene, pero sus calzoncillos, los de todos, estaban manchados por dentro del líquido preseminal que se les escapó mientras fantaseaban con lo que iban a hacerle a una chica a la que tenían apresada contra su voluntad. Criminal reconoció haber sido él quien le bajó las bragas, aunque insistió en que no le costó demasiado, que mi hija le ayudó a hacerlo. Esta es otra de esas cosas que sé que son mentira. Porque los informes confirmaron que él tenía ambas manos arañadas y que a mi hija se le desprendieron varias uñas de gel de la fuerza con la que lo arañó, del ímpetu con el que se resistió a lo que le estaban haciendo. Las bragas, además, no estaban simplemente bajadas, sino desgarradas. Pero aparte de eso, lo sé porque también sé la razón por la que Alegría se dejó las uñas tratando de evitar que se las bajaran. Y me parte el alma conocer a la perfección el nuevo terror que debió de invadirla entonces. Qué inmenso debió de ser su temor al intuir lo que implicaría que la tocaran sin ropa interior.

Fue Criminal el primero que metió la mano entre las piernas de mi niña. El primero que descubrió lo que, a las matronas y al médico que asistieron mi parto, les llevó a anunciarme que había tenido un niño. Yo no había querido conocer el sexo de mi bebé a través de ninguna ecografía, quedarme embarazada había sido suficiente milagro, me daba igual lo que viniera. Así que cuando posaron sobre mi pecho el precioso bebé al que di a luz sin compañía de su padre, lo primero que me dijeron fue lo único que yo quería oír, que estaba sano. Y, después, que era un varón precioso. Mirar a la carita arrugada que ya movía los labios buscando mi pecho fue el instante más feliz de mi vida —quizá por eso lo recordaría después en los dos momentos que me creí morir—, y esa felicidad no varió ni un ápice cuando algunos años más tarde supe que no era un niño lo que tenía en los brazos en aquel momento, sino que era Alegría. Porque mi hija ya era quien era en ese momento, por mucho que su anatomía indicara otra cosa. Y por mucho que yo le pusiera un nombre equivocado, acorde solo con su cuerpo y no con su alma. Su nombre de verdad lo elegiría ella más adelante.

«¿Qué mierda es esta?», escupió Criminal en el callejón. Y lo escupió de nuevo incluso en el juicio, al relatar lo ocurrido mientras recreaba el gesto de asco con el que retiró la mano de entre las piernas de mi hija, como si hubiera tocado una de las ratas que deambulaban por ese mismo callejón. O como si hubiera sido él quien vivió una experiencia traumática en aquella agresión. Viéndolo recrear así, tan lleno de rabia, lo ocurrido una noche de hacía tanto tiempo, me pude imaginar perfectamente el odio con el que gritaría esa pregunta a Alegría en el callejón. El odio que sentía hacia lo que era mi hija. Que fue el odio que acabó por matarla.

Alegría supo que era una niña desde siempre. No es que lo supiera, es que lo sentía. Es que lo era. A mí me lo dijo, con sus propias palabras, una mañana del verano en el que había cumplido cuatro años. Vivíamos todavía en el apartamento, con Cerdo, fue unos meses antes de que intentara ahogarme en el váter. Esa mañana desayunábamos los tres juntos —él engullendo a toda velocidad porque llegaba tarde al taller— cuando Alegría detuvo la galleta que mojaba en su leche. La dejó reservada a un lado, como si algo más importante que el desayuno la hubiera interrumpido, algo que no podía aplazarse ni un segundo y que requería de su inmediata intervención. El gesto captó la atención de Cerdo y la mía, que observamos expectantes lo que iba a hacer, sin que Alegría se diera cuenta. Ella, que había dormido con una camiseta y unos calzoncillos como único pijama, se bajó de su silla. Repitiendo una maniobra que no parecía improvisada, tiró de las mangas para meter los brazos debajo de la camiseta. Después sacó las manos por el cuello y lo estiró hasta poder sacar también los brazos al completo, descubriendo los hombros y deslizando la prenda hacia abajo, hasta ajustarla de nuevo a la altura de su pecho. El bajo de la camiseta le llegaba ahora casi hasta las rodillas, como si fuera un vestido. Sin darse cuenta todavía de que la observábamos, Alegría volvió a su silla, cogió su galleta húmeda dejando atrás un trozo que se quedó pegado al mantel y se la metió a la boca con un gemido de disfrute. Antes de coger la siguiente galleta, usó ambas manos para echarse hacia atrás un pelo largo que no tenía, pero imaginaba. Al verlo, Cerdo dio por finalizado su apresurado desayuno, apartando con un bufido su taza de café sobre la mesa como si de pronto se le hubiera cortado la leche. Cuando me acerqué a la puerta para despedirlo, me señaló con un dedo acusatorio y me dijo que no le gustaba nada que mi hijo hiciera ese tipo de cosas. Al regresar a la mesa, Alegría me preguntó qué había dicho papá y le dije que nada importante. A ella no le extrañaba que su padre no le diera un beso de despedida por las mañanas, nunca lo hacía.

Yo llevaba tiempo dándome cuenta de que el comportamiento de mi hijo era más femenino de lo que se suele esperar en un niño, pero jamás traté de contenerlo o cambiarlo. «Si así es nuestro hijo, así voy a quererlo», acababa soltándole a Cerdo en las continuas discusiones que iniciábamos por algo que hubiera hecho Alegría que a él no le gustara, como pedirme mis anillos y pulseras para jugar. Esas discusiones terminaban siempre con Cerdo recordándome, una vez más, que él nunca quiso tener un hijo, y mucho menos uno con «problemas», la palabra que él usaba para definir lo que veía. Fue a partir de su cuarto año de vida, finalizando el tercero más bien, cuando mi niño empezó a rechazar su ropa, a insistir que lo disfrazara de princesa en todas las fiestas, a llorar cuando le cortaba el pelo. Yo trataba de ayudarle sin saber exactamente lo que le ocurría, así que encontraba para sus problemas soluciones primarias que nunca eran suficientes. Si su ropa no le gustaba, yo trabajaba turnos extras en el Burger King para poder comprarle ropa nueva, pero se la volvía a comprar de niño, así que él la rechazaba en cuanto se la regalaba. Cuando accedía a que se disfrazara de princesa para el cumpleaños de algún vecinito en aquel edificio de cuchitriles —ganándome miradas y comentarios malintencionados de otros padres—, una pasajera felicidad le invadía, pero volvía a acabar en berrinche cuando le quitaba el disfraz en casa y lloraba como si le estuviera arrancando su propia piel. Igual que lloraba como si lo estuviera torturando cada vez que le llevaba a cortarle el pelo a casa de la vecina del octavo. Tras aquellos sofocos, le preguntaba qué más podía hacer, y mi hijo se encogía de hombros como si se rindiera, como si aceptara que, fuera lo que fuera lo que le estaba ocurriendo, jamás íbamos a encontrarle una solución.

Hasta que la solución la encontró ella misma, simplemente contándome lo que le pasaba de verdad, durante aquel desayuno que su padre abandonó enfadado. Cuando regresé a la mesa tras despedir a Cerdo en la puerta, Alegría mojaba otra galleta en la leche. Esperé a que la tragara antes de ponerla de pie en la silla y tratar de colocarle la camiseta como la llevaba al principio. No porque me importara que la hubiera convertido en un vestido, sino porque me importaba que la hubiera roto. Extendiendo hacia arriba sus brazos, le pedí por favor que dejara de hacer fuerza y se comportara. Que a lo mejor todavía podía arreglar la prenda si dejaba de moverse y no rompía la costura del cuello. Ella se resistió aún más, gritando que quería llevar un vestido y no una camiseta. Y yo le dije que le compraría un vestido si tanto lo quería, pero que esa camiseta era una camiseta y romperla era tirar el dinero que a mamá tanto le costaba ganar. En el forcejeo, Alegría derribó su vaso de leche, derramando el líquido, que fluyó hasta el borde de la mesa. Cuando la leche goteó sobre mis pies descalzos, perdí la paciencia. Tiré de la camiseta de golpe, colocando el cuello en su sitio y obligando a Alegría a sacar los brazos por dentro de las mangas. Ella se quedó allí de pie, sin atreverse a hablar, asustada por mi enfado. Ahora tenía la camiseta puesta de manera correcta, pero finalmente rota, la había desgarrado yo misma al tirar con tanta fuerza. Fui al fregadero a por un trapo con el que limpiar la leche en el suelo. Al volver a la mesa, me encontré a Alegría con el cuello de la camiseta otra vez a la altura del pecho, alisando los bajos de lo que para ella era una falda. Antes de que pudiera decirle nada, ella me cogió una mano y la apretó. Con fuerza. De pie sobre su silla, me miró a los ojos más seria de lo que la había visto nunca y dijo:

«Mamá, tú sabes que soy una niña».

Me quedé mirándola sin decir nada, hasta que ella me preguntó por qué lloraba. Entonces la levanté de la silla, cargándola entre mis brazos, y besé su mejilla, su oreja, su pelo, mientras ella se aferraba a mi cuello y anudaba sus piernas a mi cintura.

«Lloro de felicidad por tener una hija tan preciosa como tú», le dije.

Nunca, ni siquiera cuando era un bebé y su vida dependía literalmente de que yo me levantara o no a darle el pecho cada tres horas, sentí tanta responsabilidad hacia ella. Tantas ganas de protegerla. De hacer con mi cuerpo una muralla que la refugiara de un mundo que de pronto me pareció aterrador. Una madre siempre quiere una vida sin complicaciones para su hija, y lo que la mía acababa de revelarme era una complicación de las grandes. Una complicación que me hizo morirme de miedo y abrazarla con tanta fuerza como para sentir su corazón latiendo contra mi pecho. Ojalá hubiera sabido en aquel momento que no era necesario sentir tanto miedo. Y que Alegría acabaría demostrándome más tarde que son precisamente las grandes complicaciones las que esculpen a las grandes personas, y también que muchas veces la vida solo es tan complicada como uno desee vivirla. Ella, desde muy pequeña, venció ese miedo que a mí me paralizaba tomando la decisión más sencilla y liberadora que puede tomar una persona: ser feliz siendo quien era. Cuando, pasados los años, yo le decía lo valiente que había sido al tomar esa decisión desde tan pequeña, ella negaba con la cabeza quitándole importancia. «Yo no tomé ninguna decisión, mamá. Y ser uno mismo no es ser valiente, es la única opción que existe. ¿Quién iba a ser si no?», me preguntaba. Entonces yo le contaba que mucha gente deja pasar su vida entera sin atreverse a ser quienes son de verdad. Y ella se ponía muy triste.

Desde esa misma mañana empecé a aceptar que el bebé que había tenido hacía cuatro años, la carita arrugada sobre mi pecho, en realidad siempre fue una niña. A Cerdo no se lo dije, por miedo a su reacción. Mientras mi hija pequeña me daba lecciones de valentía, yo, una mujer de más de veinte años, callaba cobarde frente al hombre que podía soltarme una bofetada en cualquier momento, o decirle algo horrible a nuestra hija, que para él seguía siendo, y tenía que ser, un niño. Alegría y yo acordamos que mantendríamos en secreto lo que me había contado, hasta que mamá decidiera qué hacer. Hasta que mamá fuera tan valiente como ella. Delante de Cerdo, seguí llamando a mi hija por el nombre que no le gustaba, poniéndole la ropa que no le correspondía. A cambio, lo único que me pidió ella es que no le volviera a cortar el pelo. Cuando empezó a crecer más de la cuenta, en presencia de su padre se lo peinaba de la manera más similar a un niño que pudiera conseguir, pero en cuanto él se marchaba al taller, o si tardaba en regresar del bar, dejaba que Alegría se paseara por el cuchitril haciéndose con el pelo las dos coletas, aún cortas, de las que tan orgullosa se sentía. Aunque me inquietaba pensar qué haríamos cuando tuviera el pelo tan largo que no se pudiera peinar como el de un chico, al final la situación nunca llegó a darse, porque Cerdo decidió ahogarme en el váter antes de que ocurriera. Si hubo algo bueno de aquel incidente en el que mi hija me salvó la vida atravesando una pared, fue que encontré por fin la fortaleza para abandonar y denunciar a Cerdo. No fue solo un paso fundamental hacia mi libertad, sino que mi hija por fin pudo dejar de esconderse por mi culpa. Aún hoy me avergüenzo de esos meses en los que yo misma forcé a Alegría a seguir fingiendo, tan solo para contentar a un energúmeno que no valía ni la décima parte que ella. Desde que salimos de aquella casa en una ambulancia, mi hija ya solo fue mi hija, para mí y para el resto del mundo.

En los dos centros de acogida a los que nos fueron derivando, ya la presenté como a una niña, usando provisionalmente la forma femenina del que era su nombre, aunque a ella esa opción tampoco le gustaba mucho. Algunas compañeras que la vieron desnuda mientras la bañaba entendieron lo que ocurría sin necesidad de preguntarme. Y a las que sí me preguntaron les contesté con la verdad, convencida como estaba de no volver a ocultar la realidad de mi niña. En aquellos hogares, lo único que recibí por parte de mujeres que huían de vidas tan horribles como la mía fue amor y comprensión. Todas ellas —tanto en el primer centro, más grande, como en la segunda casa, un piso más pequeño y familiar— trataron siempre a Alegría como la niña que era. Y ella lo agradeció queriendo tanto a esas mujeres, pero tanto, que acabó llamándolas tías. A todas. Incluso a la psiquiatra que nos visitaba regularmente para brindarnos apoyo y diagnóstico psicológico. A esta especialista le pregunté sobre lo que ocurría con mi hija y, tras mantener algunas conversaciones entre las tres, y en privado con Alegría, me comunicó de manera extraoficial un diagnóstico de lo que ella consideró disforia de género —yo misma había llegado varias veces a ese término al buscar en Internet otras palabras que me resultaban más familiares, como transexualidad—. Mi primera pregunta fue si aquello era algo definitivo o solo una fase, a lo que ella contestó encogiéndose de hombros mientras cerraba los elásticos de una carpeta. Lo único que me recomendó es que escuchara siempre a mi hija, que no menospreciara nunca sus sentimientos, ni la identidad que manifestara, por considerarla demasiado pequeña. «Tú siempre supiste que eras una niña, ¿verdad? Desde que tuviste uso de razón», me dijo. Asentí, entendiendo a la perfección el significado de sus palabras.

Otra de las tías de Alegría, una mujer diminuta de sonrisa perenne —que era la que mejor cocinaba y se tomaba la molestia, en los desayunos de los domingos, de hacerle a Alegría tortitas con formas de animales—, fue quien me dio los primeros gusanos de seda que yo regalé a mi hija en una caja de zapatos. Para alimentarlos, las dos arrancábamos hojas de un árbol de morera que había en un parque de la esquina, al final de la calle donde estaba el piso de acogida, cuya dirección debíamos mantener en secreto para evitar que nos visitaran exnovios y maridos problemáticos. Sentada sobre mis hombros, Alegría cogía las hojas de las ramas y las iba dejando caer en una bolsa de plástico que yo mantenía abierta a modo de cesta. Si por casualidad pasaba un coche de policía, escondíamos la bolsa llena de hojas y fingíamos jugar a escalar el árbol. Tras la recolecta, que yo siempre concluía con dolor de cuello por los vaivenes de Alegría sobre mis hombros, nuestro premio era comernos varias moras del árbol, riéndonos cuando a alguna nos tocaba una de las ácidas, de las que nos hacían enseñar los dientes y cerrar los ojos.

En su caja de zapatos, las orugas se comían las hojas a tal velocidad que casi teníamos que salir a diario a arrancar más. Y aunque yo siempre me quejaba delante de Alegría del trabajo que daban esos bichos, en realidad me alegraba de que fueran tan voraces, porque así disfrutaba de otra tarde de primavera compartiendo moras con mi niña. Inicialmente, los gusanos blancos, que no hacían otra cosa que comer, no llamaron especialmente la atención de Alegría, solo eran un entretenimiento más de entre el montón de juguetes y juegos que teníamos en el salón común. Pero cuando un día los gusanos se retiraron a las esquinas de la caja y empezaron a soltar hilos de seda por la boca, un ataque de extrañeza sobrevino a Alegría. Asombrada, sin dejar de preguntarme qué estaba pasando, siguió el proceso por el cual las orugas fueron dando forma a la seda, tejiendo una perfecta cápsula ovalada de color anaranjado. Cuando el primero de los gusanos desapareció por completo dentro de su capullo, Alegría abrió mucho la boca antes de tapársela con las manos. Y me preguntó si el gusano se había muerto. Si se iban a morir todos. Yo le expliqué que no, que todo lo contrario, que estaban a punto de empezar una nueva vida, pero ella no me creyó. Su lógica infantil entendió que, si unos gusanos que se pasaban el día moviéndose por la caja, comiendo sin parar, de repente dejaban de comer y se quedaban inmóviles, atrapados en una trampa de seda, solo podía significar que sus vidas habían terminado. Como les pasaba a las cucarachas que se quedaban inmóviles, muertas, en el baño del cuchitril después de que echáramos insecticida. Alegría pasó varios días triste, y cuando alguna de sus tías del piso de acogida le preguntaba qué le ocurría, contestaba que se le habían muerto los gusanos. Pero yo insistía en que se equivocaba. Y le pedí que confiara en mí cuando le expliqué que el gusano seguía vivo ahí dentro. No solo eso, sino que estaba convirtiéndose en algo mejor. Ella me preguntó si podíamos abrir el capullo para asegurarnos y le dije que no, que la única función de ese capullo era, precisamente, proteger al gusano del mundo exterior, que nada pudiera entrar a hacerle daño. Alegría se quedó pensando unos segundos y me preguntó si no podíamos nosotras tejer un capullo en el que vivir tranquilas, sin miedo a que entrara papá a hacernos daño. Al oír eso, la abracé contra mi pecho para que no me viera llorar, hasta que pude contestarle que nosotras ya estábamos seguras donde estábamos: en casa, con todas sus tías.

Una tarde de algunas semanas después, vislumbré algo de movimiento a través de las paredes de uno de los capullos. Corrí en busca de Alegría, que jugaba con una de sus tías, la que aún llevaba vendas en la cara de las quemaduras que le había provocado su pareja. Nos sentamos juntas en el sofá, con la caja de zapatos sobre mis rodillas, las dos observando lo que acontecía dentro de ella. Alegría dijo que estaba muy contenta de que el gusano regresara, que tenía ganas de volver a verlo, y yo tuve que hacer un enorme esfuerzo para no desvelarle lo que descubriría a continuación. Cuando del capullo emergió, no el gusano que Alegría esperaba, sino una mariposa —en realidad una polilla, como ella misma me corregiría años después—, sus párpados se abrieron hasta donde alcanzaban y me miró con unos ojos que contenían para mí toda la belleza del mundo. La respiración se le detuvo con el pecho inflado, después de una súbita inspiración, arrebatada por una confusión inicial que enseguida se transformó en completo asombro. Incapaz de hablar, tan solo extendió su dedito para señalarme a la mariposa que se detuvo en una pared de la caja a extender sus pequeñas alas blancas. Ella se quedó mirándola con el parpadeo detenido, la respiración contenida, como quien observa un milagro. Como la estaría observando yo a ella en ese momento.

Alegría se pasó la tarde de un lado a otro del piso, contándoles a todas sus tías que esas mariposas que tenía en la caja eran los mismos gusanos de antes. Que habían hecho magia dentro de sus capullos de seda naranja y que de repente eran diferentes y tenían alas. Les prometía que era verdad, aunque no se lo creyeran y les pareciera imposible, a lo que sus tías contestaban que por supuesto que era posible, y que todas las mariposas del mundo antes habían sido también gusanos. Orugas. Escucharle decir aquello a su tía de la cara vendada dejó a Alegría nuevamente entre descolocada y fascinada, y quizá fuera ese el momento preciso en el que germinó en ella su futuro interés de criar el mayor número de especies que pudiera, asistir al mayor número posible de metamorfosis diferentes. Mientras paseaba la caja de habitación en habitación, colándose incluso en el baño que usaba alguna compañera, yo me acerqué a la cocina para agradecerle a Tía Tortitas, que estaba removiendo una olla con un cucharón de madera, que me hubiera regalado los gusanos. Ella contestó que dármelos a mí había sido su segunda opción, después de pensar seriamente en «echarlos a una de estas ollas para darle más sabor al guiso». Reímos como dos hermanas que preparan juntas la comida, sin que yo pudiera imaginarme que era la última vez que la vería en la cocina. Al día siguiente, Tía Tortitas nos anunció a todas la peor noticia que podíamos recibir de una compañera en aquella casa: que había decidido volver con su marido, que en realidad no era para tanto lo que le había hecho, que hay que aprender a perdonar y que le apetecía mucho volver a su casa. Ocurría más a menudo de lo que cabría esperar, mujeres regresando al lado del hombre que peor las trataba, una situación que solía acabar de dos formas: o la mujer volvía a la casa de acogida, o se iba directa al cementerio. Yo me despedí de ella pidiéndole que se replanteara lo que hacía. Y Alegría, sujetando la caja de zapatos, le dijo que estaría esperándola para hacer más tortitas con formas de animales, que la próxima vez podían intentar hacer una mariposa. En la puerta del piso, Tía Tortitas se despidió de todas nosotras forzando una sonrisa que siempre le había salido natural. Se marchó con la habitual cabeza gacha con la que se iban quienes no contaban con la aprobación de las demás. Cuando corrimos al salón para despedirla otra vez desde la ventana, como hacíamos siempre, ella ni siquiera se volvió para mirarnos, tan solo siguió caminando con la bolsa de supermercado en la que llevaba sus únicas pertenencias. En nuestro tiempo acogidas, Alegría y yo vimos marcharse a muchas compañeras. Y aunque algunas lo hacían con futuros más alentadores que el de Tía Tortitas, para mi hija siempre fue una tragedia ver marcharse a alguna de sus tías. Hasta que llegó el día en que las que nos marchamos fuimos nosotras, algo que resultó aún más dramático. Fue una mañana en la que tuve que desabrochar los dedos de Alegría del marco de la puerta del piso, al que se aferraba suplicando que no nos marcháramos, pidiendo por favor a sus tías que me detuvieran. Ya en la calle, cargándola con su pecho contra el mío, su barbilla sobre mi hombro, la oí sorber mocos junto a mi oreja mientras decía adiós con la mano a las únicas tías que tuvo en su vida, que se despedían de ella desde la ventana del salón.

A donde nos dirigíamos era al piso de protección oficial que me había tocado en el sorteo, al que Alegría entró con cinco años y del que salió una noche con diecinueve para no volver jamás. Durante el primer año que pasamos allí fue cuando grabé el vídeo de ella bailando como Shakira en el mostrador del Burger King. De la viralidad de aquel vídeo, a mí lo que más feliz me hizo fue leer tantos y tantos comentarios hablando de mi hija en femenino, porque nadie vio en ella más que lo que era: una niña feliz. Su sexto cumpleaños lo celebramos ya en la piscina pública del barrio, donde lo seguiríamos celebrando año tras año. Durante el séptimo, me pidió por favor que le comprara un bikini como el que llevaban otras niñas. Sin ocultar mi sorpresa, señalé mi pecho y después el suyo para que entendiera cuál era la utilidad de la parte de arriba de un bikini. Le dije que no había ninguna necesidad de que ella lo llevara aún. Pero Alegría señaló entonces a varias niñas de su edad, o incluso menores, que ya paseaban por el césped con bañadores de dos piezas, aunque la de arriba no tuviera nada que cubrir. Ese verano no accedí a comprárselo, tuvo que esperar a su siguiente cumpleaños, el octavo, para recibir como regalo su primer bikini. Se lo puso nada más desenvolverlo. En casa, frente al espejo, deslizó una y otra vez los tirantes de la parte de arriba hasta que dio con la que consideró la manera perfecta de ajustarlos a sus hombros. Después, ya en la piscina, se pasó la mañana entera caminando por el bordillo, de un lado a otro, orgullosa de mostrar su nuevo bañador de dos piezas a todo el barrio. Sin embargo, tras el primer baño, tumbadas las dos en la toalla a la sombra de una morera, me fijé cómo su felicidad se desvanecía, cómo el rostro se le ensombrecía al observar el cuerpo de otras niñas mayores y compararlo con el suyo propio.

«Mamá, creo que yo solo soy el gusano», dijo.

Le pregunté a qué se refería y me contestó que ella nunca iba a ser como tenía que ser. Que se iba a quedar siendo una oruga que no llega a convertirse en mariposa. Le respondí que ninguna niña de ocho años es aún como va a ser de mayor, pero ella se puso seria y me dijo que no me hiciera la tonta. Que las dos sabíamos a lo que se refería. Que su caso era diferente.

«Ni siquiera tengo un nombre que me guste, me recuerda mucho al otro», añadió.

Enjugó unas lágrimas que inundaron sus ojos de repente y se mezclaron en sus mejillas con gotas de agua de piscina. Cuando lloraba, sus pestañas se convertían en encantadoras hileras de húmedos mechoncitos puntiagudos. A Alegría nunca le había gustado la forma femenina de su nombre de nacimiento, modificación que habíamos empezado a usar como solución provisional, pero que seguíamos manteniendo por inercia tanto tiempo después. Le pedí que se sentara en su toalla y yo me senté en la mía, frente a ella, las dos con las piernas cruzadas. Cogí sus manos y le dije que el verdadero regalo de su octavo cumpleaños tenía que ser un nombre. Pero que lo tenía que elegir ella. Que yo ya me había equivocado una vez y no quería volver a hacerlo. Ella me preguntó si no sería un lío volver al colegio con un nombre diferente, que pensaba que ya no se lo podía cambiar o los profesores se enfadarían, y yo le recordé que el colegio siempre nos había tratado muy bien. Y que, en cualquier caso, no debía preocuparle lo más mínimo lo que opinara el colegio porque las clases acabarían en unos años, pero su nombre la acompañaría de por vida. Ella entonces dibujó una diminuta sonrisa, tan tímida como pícara —igual que cuando me preguntaba si me gustaba un dibujo que me hubiera hecho mientras yo cocinaba—, y me reveló que ya tenía pensado un nombre desde hacía un tiempo. Yo tomé aire, percibiendo el olor del pelo mojado de mi hija, del cloro, del césped calentándose al sol, y le pregunté cuál era. Noté cómo los ojos, incluso los oídos, se me abrían, prestándole toda mi atención. Ella me pidió que le repitiera una frase que yo misma le decía varias veces a lo largo del día, y con la que me despedía cada noche al dejarla en la cama. Supe a qué frase se refería. Antes de apagarle la luz del cuarto, solía despedirme de ella diciéndole: «Eres mi alegría». Pero no entendí qué podía tener eso que ver con su nombre. Confundida, entorné los ojos sin decir una palabra. Hasta que ella me lo explicó:

«Quiero llamarme así, mamá. Quiero llamarme Alegría».

Entonces fueron mis lágrimas las que se mezclaron con agua de piscina en mi cara. No solo porque me pareció un nombre precioso sino porque, de esa manera, podíamos imaginar que yo la había estado llamando por su nombre correcto todas las noches, desde el primer día. En las mejillas de mi hija aparecieron en ese momento unos hoyuelos que juro que nunca antes habían estado ahí, como si hubieran esperado, agazapados en su rostro, a que ella sonriera siendo Alegría para, también ellos, empezar a existir. Desde aquella primera vez, sus hoyuelos acabaron convertidos en uno de los rasgos que más me enamoraban de mi niña, perfecta medida de su estado de felicidad. El nombre que mi hija eligió para sí misma fue la mejor descripción, o quizá augurio, de cómo sería ella, de cómo debería ser cualquier niña: alegre. Un adjetivo sin género que define una cualidad preciosa. Hubo una temporada que Alegría tuvo fijación por encontrar adjetivos sin género y llegó a la particular conclusión de que los adjetivos más hermosos e importantes con los que se puede definir a una persona son los que no tienen género: «¡feliz!», «¡libre!», «¡fuerte!». Me los gritaba de repente cuando descubría uno nuevo, tuviera la boca llena de cereales o de pasta de dientes. Yo la felicitaba, conmovida con la ilusión con la que ella iba confirmando su teoría, al tiempo que evitaba rebatírsela haciéndole ver que otros adjetivos sin género definen también cualidades muy negativas: cruel, egoísta, triste.

El colegio público del barrio no puso ningún problema cuando les comunicamos el nuevo nombre con el que queríamos que se refirieran a ella. El director, que rondaría mi edad y llevaba un *piercing* en el *septum*, me dijo incluso que le parecía un nombre precioso, mucho mejor que el que habíamos usado hasta ahora, demasiado delator del nombre original de mi hija. También le pareció muy bonito el hecho de que ella misma lo hubiera elegido, incluso me preguntó si no deberíamos todos los padres esperar a que nuestros niños elijan sus nombres. El resto de profesores siguieron teniendo la misma precaución que habían tenido hasta entonces de no repetir, delante de ella, ni de sus compañeros, el nombre que aparecía en ciertos reportes de notas o documentos de identificación. No porque fuera un secreto que ocultar sino porque a Alegría no le gustaba oírlo, y yo prefería limitar las probabilidades de que alguien pudiera repetírselo. Sus mejores amigos —y seguramente toda la clase gracias a la rumorología— conocían la realidad de mi hija, y la comprendieron con la misma naturalidad con la que nosotras tratamos el asunto desde el primer año. La profesora de ese primer curso reaccionó diciéndome que, para ella, que mi hija fuera transgénero la definía tanto, o tan poco, como la definía a ella misma ser vegana, cosa que, me dijo, deberíamos ser todos si no queremos que este planeta se vaya a pique. En ese aspecto, fuimos muy afortunadas. Los primeros años de trayectoria escolar de mi hija no fueron nada complicados, al contrario que muchas otras niñas y niños en su situación. El colegio permitió siempre a Alegría usar el baño que le correspondía, respetó su elección de pronombres y, ante algunos malentendidos inofensivos que se produjeron con nuevos profesores, o en alguna revisión médica, el colegio reaccionó siempre con actitud abierta y dialogante hacia todas las partes. Si en ese tiempo algún padre se quejó o algún compañero criticó a Alegría a sus espaldas, lo hicieron con la suficiente discreción —o el colegio lo bloqueó con la suficiente eficacia— para que no nos enteráramos ni Alegría ni yo. El momento de mayor vergüenza que mi hija pasó en toda su educación primaria fue cuando, en quinto curso, alguien redescubrió el vídeo del Burger King y todos sus compañeros le dedicaron por sorpresa, en el patio, un *flash mob* imitando sus movimientos. Tras un paralizante ataque de vergüenza inicial, Alegría acabó uniéndose a la coreografía entre risas, parodiando su propio vídeo con movimientos más exagerados y absurdos que el original, ganándose con ello el aplauso de sus amigos, que siguieron bailando mientras coreaban el estribillo de la canción de Shakira.

La armonía se rompió al inicio de la secundaria, o quizá al inicio de la pubertad. Ambos factores coincidieron creando una nueva realidad más complicada para Alegría. El cambio de etapa no solo implicó un traslado de centro, del colegio al instituto, sino también el encuentro con nuevos compañeros desconocidos, muchos de los cuales habían entrado ya de lleno en la pubertad. Al volver de clase, asustada como una niña que relatara una horrible pesadilla nada más despertar, Alegría me contaba cómo a algunos de esos compañeros les estaba empezando a cambiar la voz, a hacérseles más grave, y me suplicaba que le prometiera que a ella no iba a ocurrirle lo mismo. Me describía cómo se les marcaba la nuez a los chicos y se examinaba su propio cuello buscando una igual. Suspiraba aliviada al no encontrarla, pero enseguida la mirada se le perdía, imaginando los horrores de un futuro inminente en el que su cuerpo iba a rebelarse contra ella.

«Mamá, por favor, no», me suplicaba, apretándome fuerte la mano para exigirme que lo evitara.

Toda la felicidad con la que Alegría había vivido su niñez empezó a derrumbarse entonces, al cumplir los doce. Además del miedo a lo que le ocurriría a su propio físico, en ese primer curso de secundaria fue víctima también de algunas burlas, algo novedoso para ella. No fue la actitud mayoritaria de sus compañeros, solo la de unos cuantos abusones del instituto, una pandilla de cuatro cafres que la acosaron durante todo el año con métodos tan sucios y primarios como sería la educación que recibían de sus padres. Los métodos incluían gritarle a Alegría nombres masculinos en el pasillo, dejarle sobre su pupitre botes de espuma de afeitar o pasearse por el patio con pelucas rubias, imitándola de forma ridícula. A diferencia del comprensivo director del colegio, la directora del instituto, una madre de familia numerosa y con rictus de institutriz, desoyó todas mis quejas. Llegó a decirme que bastante tenía ella con contar con una niña como Alegría entre su alumnado como para encima tener que preocuparse por lidiar con los problemas que su presencia, evidentemente, iba a provocar. Añadió que cada madre debe aprender a cargar con la cruz de su hija y que yo debía haber asumido ya cuál era el enorme peso de la cruz de la mía. Creo que las palabras de esa mujer me dolieron más que algunos puñetazos de Cerdo. Si en ese despacho hubiera tenido cerca un ventilador sin malla metálica como el que teníamos en el cuchitril, la hubiera atacado allí mismo como lo ataqué a él, pero a ella me habría asegurado de cortarle la cara a tiras con las aspas antes de que se me desenchufara el aparato. En realidad, salí del despacho sin responder, con el estómago tan encogido por la indignación, el daño y la humillación, que tuve que sentarme en el suelo para respirar hondo y no vomitar.

Claro que si la directora no estaba dispuesta a hacerme caso a mí, sí tuvo que prestar atención cuando fue todo su alumnado el que se levantó en contra de ella, del instituto y de los abusones. Ocurrió tras un episodio en la cafetería, a la hora del almuerzo; todo el mundo estaba allí. Alegría comía con dos amigas, sentada a una mesa, cuando un calzoncillo cayó en su bandeja. Uno de los

cafres le gritó que era suyo, que se lo había dejado en el vestuario
después de la clase de educación física —por supuesto que no era
suyo, ella solo usaba ropa interior femenina—. Alegría ya se había
acostumbrado a que los abusones la increparan y había decidido
que la mejor respuesta era el silencio, así que retiró los calzoncillos
como si no le molestaran y siguió hablando con sus amigas. Mientras, en el resto del comedor las bocas se callaban y los cuellos se
giraban hacia los abusones, que se aproximaban a su mesa. El líder
de aquel grupo de cafres, un larguirucho con bigote incipiente y
una voz más de hombre que de niño, le dijo a Alegría que dejara de
hacerse la tonta, que cuando uno se deja los calzoncillos olvidados
en el vestuario lo mínimo que puede hacer es recogerlos, que para
el resto de alumnos es muy desagradable encontrarse los calzoncillos sucios de alguien en el banco donde se sienta para cambiarse.
Alegría le dijo que él sabía perfectamente que esos calzoncillos no
eran de ella, que ninguna chica usa calzoncillos. «Ya, pero es que
tú no eres una chica», le respondió él, justo antes de recoger el calzoncillo de la mesa y hundirlo en los espaguetis con tomate que
comía Alegría, asegurándose de rebozarlo bien en la pasta. Mientras los tres secuaces rompían a reír, las dos amigas de Alegría se levantaron de sus sillas en actitud defensiva. Otros compañeros se
acercaron a la mesa para mostrarles su apoyo. Las amigas se enca-
raron al grupo de cafres, pidiéndoles que la dejaran en paz. El líder
les preguntó si acaso Alegría no podía defenderse sola, si necesitaba
que la protegieran dos guardaespaldas tan feas como eran ellas.
Antes de que el líder pudiera añadir nada más, el calzoncillo lleno
de pasta con tomate se estampó en su cara. Alegría lo restregó es-
parciendo bien la salsa y los trozos de espaguetis por todo su rostro,
hasta que dejó el calzoncillo colgando de su oreja.

«Claro que puedo defenderme sola», dijo ella.

Un aplauso explotó en el comedor. Los tres secuaces, buscando pelea, se lanzaron contra los primeros compañeros varones que
se habían acercado a la mesa. El líder se limpió el tomate de los ojos
y se arrancó el calzoncillo de la oreja gritando nuevas barbaridades

a Alegría. Antes de que pudiera embestirla —que es, seguro, lo que habría hecho—, aparecieron en el comedor dos profesores, alertados por el aplauso, y frenaron la pelea. Cuando preguntaron qué había pasado, un montón de alumnos tan excitados como indignados empezaron a contar de forma atropellada lo ocurrido. Alegría, sus amigas y el grupo de cafres contaron en volumen ascendente versiones opuestas de la misma cosa. Sus voces, que se pisaban unas a otras, conformaron un jaleo ininteligible. Los profesores acabaron tomando la resolución de mandarlos a todos al despacho de la directora: a los cafres, a Alegría y a sus dos amigas. Todo el mundo esperaba que los castigados fueran los cafres, o cuando menos su líder, pero tras varias conversaciones que mantuvieron con la directora, la única que salió castigada con una expulsión de tres días, a partir del siguiente, fue Alegría. Según la directora, ella era la única que había llevado a cabo una agresión que podía demostrarse de manera objetiva, al restregar la cara de un compañero con un calzoncillo lleno de espaguetis. Para esa mujer con cara de institutriz, todas las provocaciones que los cafres habían llevado a cabo antes no se consideraban agresiones verbales. Tampoco dio importancia a que hubieran sido ellos los que iniciaron todo el embrollo provocando a mi hija con unos calzoncillos que no eran suyos. Ni quiso escuchar las decenas de testimonios de alumnos que habían sido testigos de lo ocurrido e insistían en que los únicos culpables habían sido los abusones.

Pero si la directora del instituto creyó que se estaba saliendo con la suya ese primer día que impuso el castigo a Alegría, al día siguiente comprobó que estaba muy equivocada. A primera hora, la clase de Alegría se sentó en el patio y se negó a levantarse hasta que el colegio anulara la expulsión de su compañera. La directora se tomó a risa el pequeño motín, eran tan solo una veintena de compañeros. Pero, a medida que avanzó el día, el resto del alumnado de otras clases se fue sumando a la protesta. Supongo que, además de apoyar a Alegría, les resultaba divertido, como niños que eran, protagonizar su primera gran rebelión y sentirse como los héroes de alguna película o serie que habrían visto, además de perderse varias clases en el proceso. Con el paso de las horas, la situación escaló hasta tal punto que acabaron por suspenderse las clases y se programó una reunión de urgencia con el profesorado al completo. Tras la reunión, todos ellos, excepto uno, salieron del despacho de la directora y se fueron directos al patio. Los estudiantes, que seguían allí sentados, pensaron que salían a amenazarlos con algún castigo grave para lograr que se levantaran y regresaran a las aulas, pero lo que hicieron esos profesores fue sentarse junto a ellos. Tiempo más tarde supe que, en aquella reunión, la directora, tratando de defender su postura, había dicho: «No olvidemos que los calzoncillos podían ser de esa niña, porque, por mucho que diga, ni siquiera es una niña de verdad». Al oír esas palabras, casi todos los profesores, excepto uno, se dieron cuenta de cuál era en realidad la causa por la que la directora había impuesto el castigo a Alegría. Y por eso decidieron salir al patio para unirse a la sentada. Una de las profesoras, antes de salir, avisó a la directora de que, o encontraba una solución a lo ocurrido, o ella contactaría con su hermano periodista, que trabajaba en la versión digital del periódico más progresista del país y seguro encontraría de lo más interesante para su medio la historia de una rebelión adolescente en contra de la transfobia de una directora de instituto. Esa misma tarde, sin yo saber nada de lo que había pasado, recibí una llamada del centro informándome de que se levantaba el castigo a Alegría. Los padres de los abusones recibieron también llamadas, en este caso para informarlos de que sus hijos quedaban castigados con tres días de expulsión. Aunque temimos posibles represalias de los abusones en su regreso a clase, cuando lo hicieron no buscaron vengarse de Alegría, sino que la ignoraron, como si no existiera. De hecho, completaron sus años de instituto ignorándola por completo. Después de lo ocurrido, los cafres no hicieron muchos más amigos en todo ese tiempo. La directora, por su parte, terminó el curso tras el incidente, pero, al inicio del siguiente, y sin dar explicación alguna, dejó de ocupar su despacho. El puesto lo heredó un nuevo director que tampoco era muy amable, pero con el que no tuvimos ningún problema grave.

Aquel incidente del calzoncillo fue la primera vez en que pude sentir el apoyo mayoritario de una sociedad, una juventud, cada vez más comprensiva y abierta —algo que supuso un antecedente de lo que viviría más adelante, a una escala mucho mayor, tras el asesinato—. Pero aunque el asunto se saldó finalmente con una resolución positiva, los insultos recibidos durante todo el curso habían hecho mella en mi hija, afectada como estaba por la inminente llegada de la pubertad. Fue ese año cuando Alegría miraba sin parar su vídeo viral y me preguntaba con ojos llorosos cómo podía volver a ser tan feliz como antes. Me decía que prefería quedarse siendo una niña para siempre, que todo era más sencillo antes. Para una madre, que su hija le diga que prefiere no crecer es como si le dijera que prefiere morirse. Y lo tuve que escuchar varias veces, tan aterrada como estaba ella de los cambios que iban a producirse en su cuerpo. Si del desarrollo de sus compañeros hablaba con terror, observaba el de sus compañeras con una admiración que rozaba la envidia. Me describía cómo, a una de las mayores de la clase, de las nacidas en enero, se le habían empezado a notar los pechos, y acariciaba en el aire el relieve imaginado de unos iguales que crecieran sobre su plana anatomía. Yo trataba de mostrarme fuerte delante de ella, asegurándole que, de alguna manera, todo iba a resolverse. Pero tras apagarle la luz de su cuarto y desearle buenas noches recordándole, como siempre, que era mi alegría, me encerraba en mi habitación tan asustada como ella. Porque sabía que se acercaba el momento de enfrentarme a una fase de la realidad de mi hija a la que venía temiendo enfrentarme desde hacía años. La parte que iba a hacer que su pubertad se asemejara a una enfermedad que combatir con intervención médica, tratamientos, pastillas, inyecciones. Claro que eso era solo la manera equivocada en que lo veía yo, como persona no trans, o quizá como madre. Porque si bien yo hubiera deseado poder ahorrarle a mi hija su transición —las madres solo queremos que nuestras hijas sean como todas, como las demás, sin darnos cuenta de lo lamentable que puede llegar a ser esa aspiración—, para Alegría era un viaje que estaba deseando emprender. Un viaje con el mejor destino posible. La primera vez que supo y entendió que existían tratamientos hormonales que podían ayudarla a desarrollarse, casi por completo, como la mujer que era, sus hoyuelos alcanzaron una profundidad similar a la del día que me dijo su nombre por primera vez. A mí, tener que medicar a mi hija para replicar lo que a sus amigas iba a ocurrirles de manera natural me indignaba por injusto, lo consideraba algo inadecuado ajeno al desarrollo de una niña sana como era ella, pero Alegría asumió desde el primer instante que esa era la opción de la que disponía y celebró tenerla, sintiéndose afortunada y agradecida de vivir en la época que le había tocado vivir. Hablaba del día en que pudiera iniciar cada fase de su tratamiento, enumerando los cambios que las hormonas evitarían o producirían en su cuerpo, con la misma emoción con la que esperaba cada curso el inicio del verano, y cada verano, el inicio del curso. Yo también acabé contagiándome de su ilusión, de la normalidad con la que ella hablaba de sus circunstancias. Sobre todo porque, al saber que ella también iba a tener opción de crecer como quería, Alegría empezó a sentirse mucho mejor otra vez. Empezó a perder el miedo al ver cómo se ensanchaban las espaldas de sus amigos y tampoco tuvo ya tanta envidia cuando lo que se ensanchaban eran las caderas de sus amigas.

Las opciones de tratamiento en realidad no era una, eran muchas, y diferentes especialistas nos informaron de diferentes estrategias, cada una con sus ventajas y sus riesgos. Finalmente, Alegría tomó sus primeras dosis de estrógenos y bloqueadores de testosterona unos cursos después, aún en el instituto. Sentadas en la cocina después de desayunar, con las dos pastillas sobre la mesa junto a un vaso de agua, le recordé que fue también después de un desayuno, hacía más de diez años, cuando, vestida con una camiseta convertida en vestido, me dijo por primera vez que era una niña. Ella no se acordaba de ese momento, pero mencionó otro que recordábamos ambas, la tarde en la piscina en la que me dijo sentirse como una oruga que no podría convertirse en la mariposa que era. Ahora, apretándome la mano sobre la mesa con una sonrisa que era puro hoyuelo, me dijo:

«Voy a poder ser también la mariposa, mamá».

Se tomó las dos pastillas seguidas y cerró los ojos, relajando el rostro, desdibujando la sonrisa. Realizó una honda y lenta respiración, como si quisiera ser muy consciente del cambio que acababa de iniciar en su cuerpo, aunque fuera imposible sentirlo aún. Yo me sequé una lágrima con los dedos, admirada por su belleza.

Con el paso del tiempo, el efecto que tuvieron las hormonas en Alegría fue espectacular. Iniciar el tratamiento tan joven, cuando su pubertad biológica todavía no había causado estragos en su cuerpo, permitió que su desarrollo fuera casi el de cualquier mujer, y fue precioso ver a mi hija crecer a gusto en un cuerpo no tan diferente del de aquellas amigas a las que envidiaba años atrás. En ese tiempo, también actualizamos legalmente su nombre, y Alegría pasó a ser Alegría a todos los efectos. Varios funcionarios, igual que había hecho el director del colegio, le dijeron que era un nombre precioso, y solo tuvimos una mala experiencia con una trabajadora que trató de poner absurdos impedimentos durante una de las fases del papeleo. En cuanto a la cirugía de reafirmación de género —de la que tanto se hablaría después en el juicio, en los medios, de la que tanta gente opinaría como si tuviera derecho a opinar sobre la más absoluta intimidad de mi hija—, Alegría prefirió no llevarla a cabo. Tras alcanzar un punto en el que se sentía feliz con su cuerpo, en el que aceptaba su realidad de mujer trans independientemente de su genitalidad, prefirió no someterse a esa intervención. Cuando Alegría cumplió la mayoría de edad y celebramos en la piscina su decimoctavo cumpleaños, le dije que no podía llegar a imaginarse el orgullo que sentía de tener una hija como ella y de haberla visto crecer frente a mis ojos para convertirse exactamente en lo que quería ser. Ella acarició con la punta de sus dedos el tatuaje de la *Actias luna* que revoloteaba en su espalda, junto al tirante de su bikini. Permaneció en silencio, perdida en algún pensamiento, hasta que me dijo:

«¿Sabes, mamá? Creo que todos nacemos con una preciosa mariposa dentro. Es nuestra responsabilidad dejarla volar».

Sonreí conmovida a las palabras de mi hija. Ella se encogió de hombros, como si se avergonzara de expresar algunos de sus pensamientos de manera tan poética. Pero yo le levanté la barbilla y le dije que lo que acababa de decir era muy bonito. Aunque también muy triste, porque son muchos quienes nunca tendrán el valor de dejar volar a la mariposa que llevan dentro. O peor aún, como ella misma me respondió, a quienes no se lo permitan. Me pidió que no nos olvidáramos de que, aunque ella hubiera contado con el apoyo de su madre, del colegio y de sus amigos del instituto, había una gran parte de personas iguales que ella que no eran tan afortunadas. Al escuchar decir eso, en mi alma reverberó un eco de aquel terror que sentí cuando Alegría me contó que en realidad era una niña, cuando imaginé un futuro aciago que nada había tenido que ver con la realidad. La abracé en ese momento como la había abrazado entonces, tan fuerte como para sentir su corazón latiendo sobre el mío. Sentí ese latido hasta que el eco temeroso se desvaneció, y entonces me sentí la madre más afortunada del mundo por poder celebrar la mayoría de edad de mi hija en la piscina de siempre, abrazándonos con los bikinis mojados a la sombra de la misma morera bajo la que me había revelado su nombre por primera vez. Lo que no podía imaginar en ese instante era que, poco más de un año después, sería a mi hija a quien cinco asesinos no le permitirían ser como era. Y todo porque un salvaje simplificó su vida entera a lo que encontró bajo su ropa interior.

«¿Eres un tío?».

A esa estúpida pregunta redujo Criminal la transición de mi hija. Y gritó la pregunta una segunda vez en el callejón para que también sus amigos se enteraran de lo que acababa de descubrir. Al oírlo, los demás se quedaron callados, mientras Criminal se limpiaba la mano en el pantalón corto vaquero como si acabara de tocar algo repugnante. Idiota siguió restregándose contra ella, manchándola con los últimos restos de semen, los que se le encontraron a mi hija en el vientre y las piernas. Criminal lo agarró de los hombros y lo separó de Alegría, no para librarla a ella de su sufrimiento, sino para que su amigo no siguiera poniéndose en vergüenza frotándose semidesnudo contra un tío, que fue la descripción que Criminal se empeñaba en seguir haciendo de mi hija en el juicio, desoyendo cualquier protesta en la sala o recomendación de su abogado.

En el callejón, Matón le preguntó a Criminal qué demonios estaba diciendo, mientras Alegría, en estado de *shock* —esto lo imagino yo porque nunca podré saber cómo se encontraba realmente, no me fío en absoluto de lo que contaron ellos— intentaba subirse, con manos temblorosas, unas bragas que ya no estaban en sus piernas, sino desgarradas en el suelo. Ella misma las pisó con las suelas de sus zapatillas, que quedaron estampadas en la prenda. Según los asesinos, Alegría enseguida se cubrió la entrepierna con las manos, con el fin de seguir manteniendo su engaño. Engaño. Todos repitieron esa palabra hasta la saciedad en sus declaraciones, queriendo convertir la identidad de mi hija en una suerte de disfraz con el que ella supuestamente habría querido engañar a los acusados. Tan convencidos estaban de que así era, que Criminal confesó, sin ninguna vergüenza, que él mismo había agarrado las muñecas de Alegría, le había levantado los brazos, y le había pedido a Matón que, si no se creía lo que él acababa de decir, iluminara a la chica con la linterna de su móvil. Que dirigiera la luz debajo de su cintura para que todos pudieran ver lo que él había tocado. Cosa que Matón hizo. Así, de una manera tan indigna, humillando a mi hija sexándola como si fuera un animal, todos vieron unos genitales que no esperaban, algo que hizo estallar sus diminutas mentes y que convirtió a Alegría, para ellos, sin ninguna reserva, en un hombre.

«No éramos cinco tíos contra una tía. Éramos seis tíos, así que mucho de lo que se nos acusa aquí no tiene ningún sentido», llegó a declarar Matón. Ese engaño sirvió incluso de base para que la defensa armara otro de sus recurrentes escenarios hipotéticos en los que la agresión no tenía lugar, al tiempo que cargaban un poco más de culpa sobre la víctima. Alegaron con firmeza que si Alegría no hubiera ocultado a los cinco hombres su verdadera naturaleza, la agresión no se habría producido. Verdadera naturaleza. Aún hoy me pregunto qué sabrían esos abogados sobre lo que define la verdadera naturaleza de una persona.

Los amigos de Idiota contaron que, al ver lo que iluminaba la linterna, su reacción fue vomitar. Pero yo me niego a pensar que nadie pueda vomitar por algo así. El cuerpo de mi hija jamás podría provocar tal reacción. Si vomitó, sería por la borrachera que llevaba, o por el asco que se dio a sí mismo, pero no por nada que tuviera que ver con mi hija. De hecho, si alguien tenía que vomitar en ese callejón, era ella. Los repugnantes eran ellos. Bicho, sin embargo, insistió en el juicio que le parecía normal que su amigo vomitara al ver a mi hija porque, al haber llegado al orgasmo, era como si de verdad se hubiera acostado con un tío, y que es normal que un hombre heterosexual vomite al descubrir que un tío lo ha engañado para liarse con él. El propio Idiota, como en toda su declaración, mantuvo no acordarse de haber vomitado. Igual que tampoco se acordaba de otra información fundamental: que fue él mismo el primero en agredir físicamente a Alegría. Es un dato que yo también pongo en duda, creo que sus supuestos amigos trataron de cargarle a él con el inicio de la violencia sabiendo que su laguna de memoria no le permitiría rebatir nada, y que quizá a ellos los eximiría de algo no haber sido los primeros en golpear. Porque yo me apostaría el habla a que fue el propio Criminal, tan asqueado como estaba de haber tocado la intimidad de mi hija, el que le soltó en ese mismo momento la primera bofetada, o el primer puñetazo. En mi relación con el padre de Alegría me vi muchas veces frente al rostro de un hombre al que se le calienta el puño y te lo estampa en la cara, y esa agresividad tan primitiva que aprendí a identificar en Cerdo, la reconocí varias veces en los ojos de Criminal durante sus declaraciones. Sobre todo cuando describía la identidad de Alegría como si fuera una ofensa personal. Como si ella lo hubiera engañado para menospreciar su hombría. Él, que fue el primero en dirigirle la palabra en el callejón, el que la atrajo al grupo, el que dijo haber reconocido el olor de una chica que vuelve a casa de fiesta, el que vio el destello seductor de un hombro, interpretó la realidad de Alegría como un ataque frontal e intencionado a su masculinidad. Pero por muy segura que yo estuviera de lo que había ocurrido, lo que quedó recogido como hecho probado por el tribunal fue que, tras vomitar al otro lado del callejón, Idiota regresó fuera de sí y empujó a Alegría contra la pared, ataque que era consistente con un enorme raspón que su cuerpo tenía en la espalda. Sin embargo, la clavícula fracturada de mi hija, que se rompió a causa de la fuerza del empujón, me hace sospechar de nuevo que quien dio ese empujón tuvo que ser Criminal, porque Idiota era bastante más bajito y la habría empujado, como mínimo, a la altura del tórax.

Ocurriera como ocurriera, alguno de ellos empujó a mi hija contra la pared, fracturándole la clavícula y provocándole ese enorme raspón que se hizo al deslizarse espalda abajo hasta el suelo. La camiseta la tenía en ese momento arrebujada en el cuello. Fue más o menos en este instante cuando el testigo adolescente entró al baño de su casa en el séptimo piso, que daba justo a la esquina del edificio. A través de la rejilla de ventilación escuchó un barullo de voces alteradas gritando un montón de palabrotas. El baño no tenía ventanas y ninguna de todo el piso daba a la parte trasera del callejón, así que no pudo ver nada, solo escuchar. Por la rabia con la que gritaban los insultos, imaginó que se trataba de una pelea callejera, algo que no era tan raro en el barrio, y mucho menos los jueves. Medio dormido como estaba, tampoco prestó atención al altercado más allá del tiempo que tardó en usar el retrete, tiempo que fue suficiente para quedarse con algunas frases que se le solicitó repetir en el juicio. «Qué asco, tío», fue la que confirmó haber entendido con mayor certeza, porque la repitieron varias veces. También creyó haber escuchado algo como «Se la corto yo a patadas». Pero la frase que tuvo más relevancia en su declaración fue una que el adolescente adjudicó a una voz que recordaba especialmente ronca y que había gritado: «Sujétame o lo mato». De los cinco asesinos, la voz más ronca pertenecía a Matón —a quien ya dije yo que imaginaba perfectamente matando a alguien en un calentón—, así que no me cuesta nada verle gritando eso con la cara hinchada de la rabia y la borrachera, encarándose a Alegría, escupiéndole perdigones de saliva como un perro rabioso mientras sus amigos lo agarraban del pecho, del codo. El adolescente, antes de tirar de la cadena y regresar a dormir a su cuarto, a donde ya no llegaba el sonido de la pelea, escuchó también varias veces la palabra «maricón».

Tras el empujón, Alegría quedó sentada en el suelo, la espalda contra la pared. Matón y Criminal reconocieron haberla obligado a levantarse otra vez, instándola a mostrar pelea. «Ya he dicho que no era raro que nuestras noches acabaran a hostias, y nunca he tenido más razón para partirle la cara a alguien que a ese tío», declaró Criminal. El juez le solicitó en ese momento que no volviera a referirse a la víctima en masculino o se vería obligado a expulsarlo de la sala. Su abogado esta vez le dirigió un asentimiento para que acatara la orden a partir de entonces, pero acompañó el asentimiento con una minúscula sonrisa que, a mi entender, revelaba lo satisfecho que estaba de la cantidad de veces que había logrado su cliente manifestar que para él la víctima era realmente un hombre, algo que podía cambiarles la manera de entender el crimen a algunos jurados. De pie y semidesnuda en el callejón, Alegría siguió sin decir palabra, aunque gemía como un animal herido. Esa fue la descripción que hizo del sonido la joven a la que luego conocí en el hospital. En ese momento, ella acababa de esconderse en el soportal tras escuchar el alboroto del altercado. El insulto del que ella ya me había hablado en la sala de espera, el que ella consideró que no podía ir dirigido a Alegría, era precisamente el «maricón» que tantas veces había escuchado también el adolescente del séptimo piso. Y que sí iba dirigido a mi hija. En su testimonio, la joven relató su llamada a la policía y los cinco minutos, más o menos, que transcurrieron hasta que la primera sirena resulto audible a lo lejos. Enumeró los golpes que recordaba haber escuchado, elucubrando a petición de la fiscalía a qué tipo de agresión creía ella que podía pertenecer cada uno: si sonaba más a una patada contra una espalda, a un puñetazo contra una cara o a un impacto de una cabeza contra el suelo. Aunque la declaración de la joven pretendía reforzar la tesis de la acusación, y aunque repitió otras barbaridades que recordaba haber oído en boca de ellos, hubo una frase de la que, irónicamente, acabó apropiándose la defensa. Una frase que, según ellos, demostraba que los acusados no tenían intención de matar a la víctima, ni la dieron por muerta o gravemente herida en ningún momento. La frase, que quedó adjudicada a Bicho por cómo la joven describió su voz, iba dirigida a Alegría y decía:

«A ver si a partir de mañana aprendes a no engañar a la gente. A ver si aprendes a decir lo que eres de verdad».

La defensa, obviando que se tratara de una amenaza que además volvía a considerar la identidad de mi hija como un engaño, prefirió centrarse en la parte de la frase que hablaba de un futuro inmediato en el que los acusados imaginaban viva a la víctima: mañana. Un mañana para el que además le ofrecían un consejo, fuera este más o menos válido. Lo que argumentaron los abogados fue que ningún asesino, ni nadie que tratara realmente de matar a alguien, daría a ese alguien lecciones sobre cómo comportarse en el futuro, porque matar implica necesariamente acabar con el futuro de la víctima. Así que si los propios acusados no dieron por terminado el futuro de Alegría en ese callejón, algo que dejaron claro al entonar una frase tan concreta como la que recordaba la joven testigo, entonces quedaba demostrado que no querían matar a Alegría ni pensaron que moriría a causa de la agresión. Con este argumento, la defensa buscaba cimentar su teoría de que la muerte de Alegría no era un asesinato, sino un homicidio. Ver ligeros asentimientos entre los miembros del jurado me colmó de una rabia que a punto estuvo de hacerme llorar, igual que a punto estaba de llorar la joven del soportal cuando bajó del estrado y me miró con unos ojos tan confundidos como estarían los míos ante el retorcido razonamiento de la defensa. Tan solo moviendo los labios, la joven me pidió perdón mientras caminaba fuera de la sala. Como si ella tuviera alguna culpa de que se le estuvieran dando tantas vueltas a un caso que en la mente de cualquier persona sensata solo tenía una lectura: cinco salvajes habían agredido sexualmente a una mujer para después matarla a golpes en un callejón.

El golpe fatal, el que se consideró la causa más probable de la muerte de mi hija, fue el que recibió en el cráneo cuando, tras haberla vuelto a poner de pie después del primer empujón, alguno de ellos le dio una patada en los talones. Fue un barrido de pierna que la derribó hacia atrás. Se preguntó muchas veces en el juicio quién había propinado esa patada —patada que se sabe que existió por la lesión en los talones de Alegría—, pero los cinco asesinos se mantuvieron firmes negando que hubiera ocurrido. Ellos, claro, defendieron que mi hija se cayó sola porque los *shorts* vaqueros se le enredaron en los tobillos y, aturdida como estaba, perdió el equilibrio. Lo dijeron como si, en ese caso, no siguieran siendo ellos los culpables de la caída, como si no hubieran sido ellos los que le habían bajado los vaqueros hasta los tobillos o los que la habían dejado aturdida por el terror que le provocaron. En esa caída, la cabeza de mi hija golpeó el bordillo saliente, con forma de medio rectángulo, que delimitaba una de las dos zonas para contenedores de basura. A esa hora de la madrugada, los contenedores no estaban ahí sino en la acera de la calle, esperando a que los recogiera el camión correspondiente. El golpe contra la afilada esquina del bordillo provocó a Alegría un severo traumatismo craneoencefálico que, casi con total seguridad, la dejó inconsciente desde ese mismo momento. Aun aceptando el demencial planteamiento de que la caída de mi hija fuera un accidente —que no lo fue, porque solo pudo ocurrir con la intervención de los cinco salvajes—, ninguno de ellos se molestó tampoco en asistirla cuando vieron que no volvía a levantarse. Muy al contrario, fue entonces cuando empezaron a patearla. Durante varios minutos. Las lesiones que se encontraron en su cráneo delataban que alguno de ellos, o más de uno, tuvo que haber agarrado su cabeza para golpearla de nuevo contra el suelo. Esto también lo negaron, aprovechando en esta ocasión que resultaba imposible probarlo, pues se aceptó como válida una ilógica posibilidad de que Alegría se hubiera golpeado más de una vez al caer —primero contra el bordillo de los contenedores y después contra el suelo—, o que se hubiera golpeado a sí misma durante algún tipo de ataque o sacudida nerviosa antes de que llegara la ambulancia.

Los cinco asesinos relataron esta parte de la agresión —la de las patadas, la caída, el cráneo roto— más nerviosos de lo que habían relatado todo lo anterior, quizá porque para esta no eran capaces de inventar ninguna justificación, por absurda que fuera. Lo que pasó antes trataron de excusarlo con razones ridículas: si ligaron con mi hija fue porque ella les siguió el juego, si se cabrearon al descubrir que era una mujer transgénero fue porque ella los había engañado a ellos, y si Idiota la empujó contra una pared fue porque esa es la reacción normal de un hombre heterosexual al descubrir que ha alcanzado un orgasmo sobre una chica como Alegría. Pero ni siquiera la más absurda y cruel de las lógicas podía encontrar una razón al porqué no asistieron a una mujer que queda tirada en el suelo tras una caída, por qué se siguieron ensañando con ella. Por qué no, simplemente, la dejaron en paz. Nada, salvo el puro odio y una enfermiza alevosía, que sin embargo no se reconoció como tal en la sentencia, podía explicar por qué tuvieron que seguir pateándola, insultándola y vejándola, semidesnuda en el suelo, cuando ella ya ni siquiera se movía, después de encogerse en posición fetal. Criminal, con esa actitud calculadora que lo invadía a ratos, como brotes de inteligencia que le advertían solo a veces de las consecuencias que podían tener sus palabras, negó haberle dado patadas una vez que cayó al suelo. Pero sus propios amigos lo contradijeron, implicándole en el pateo múltiple igual que se implicaron ellos mismos, conscientes de que era algo que no podían negar y que se había dado por probado por las lesiones en el cuerpo de mi hija. Matón, que en esa jornada del juicio llevaba camisa larga como si quisiera tapar sus tatuajes, fue el primero en reconocer lo que hicieron, alegando que de alguna manera, aunque fuera a patadas, tenía que soltar la rabia de saberse engañado por un tío con peluca. Cuando usó esa palabra para referirse al pelo del que tan orgullosa estuvo siempre mi hija —aquel que protegió desde los cuatro años, rogándome que no se lo cortara porque era lo que más le hacía sentir como la niña que era— bajé la cabeza, sentada en la sala, y sentí cómo dos lágrimas caían sobre mis muslos. Matón trató enseguida de restar importancia al pateo argumentando que no eran patadas para matarla. Que eran solo un pequeño castigo por haberse reído de ellos en su cara. Que tenían controlado el daño que estaban haciendo. Que siempre lo controlaban, por muy borrachos o drogados que estuvieran. Que ya habían pateado a más gente de la misma forma y nadie se les había muerto nunca. Verdugo, el de la gorra en la foto, que cuando no la llevaba dejaba al aire una calvicie en la coronilla sorprendentemente acusada para un veinteañero, trató de defenderse diciendo que él solo se dejó llevar. Esquivando las miradas de sus amigos en la sala, aseguró que fueron Matón y Criminal los que empezaron a soltar patadas y los que, a gritos, animaron y casi obligaron a los demás a hacer lo mismo. Dijo que si, por él fuera, no hubiera pegado a una persona que ya no se mueve ni se defiende, pero que estaba tan perjudicado por las drogas que las palabras de sus amigos le sonaron a órdenes. Pensó que era obligado atenderlas. O sea que parte de la muerte de mi hija se debe a que un cobarde prefirió unirse al rebaño y no se atrevió a enfrentarse a sus propios amigos para hacerles ver que patear a una mujer inconsciente en el suelo es un crimen salvaje. Ya lo describí antes como lo que era, un verdugo, ejecutando a alguien solo porque así se lo ordenan. Otro de ellos, Bicho, respondió a las preguntas relativas a este fragmento de la agresión con monosílabos, tratando de huir de cada pregunta con evasivas y rascándose de forma nerviosa el cuello, haciendo crujir los nudillos. Idiota, como siempre, vestido en el juicio con una chaqueta que le quedaba grande y larga, haciéndole parecer aún más bajito, alegó que no se acordaba de nada de lo ocurrido. A pesar de ello, la acusación le formuló las mismas preguntas que a los demás, obteniendo en cada ocasión la misma respuesta: «No me acuerdo».

Amnésicos, cobardes, mentirosos. Agresivos, drogados, salidos. Así eran los cinco hombres que patearon a mi hija, herida ya de muerte en el callejón. Lo único que deseo cada vez que pienso en ese momento es que Alegría de verdad estuviera inconsciente tras la caída. Que no sintiera ya más dolor. Que no pudiera seguir pensando en lo que le estaba ocurriendo. Quiero convencerme de que mi hija se hizo pis encima antes de caer al suelo y no en este momento, como concluyeron algunos informes. Deseo que la cima de su terror ocurriera lo antes posible y después ya no sintiera nada. Que no recibiera ni una sola de las patadas, que no escuchara ni un insulto más. Que por favor no oyera las risas que la joven del soportal aseguró que se produjeron mientras la pateaban. En el juicio, la fiscalía solicitó a la testigo que tratara de replicar, o incluso imitar, cómo habían sonado esas risas. El eco de una carcajada en el silencio de la sala, justo después de que la joven hubiera relatado la sucesión de golpes y vejaciones que recordaba haber escuchado, provocó entre los asistentes una toma de aliento común seguida de chasquidos de lengua, negaciones de cabeza. Una mujer sollozó en algún rincón. El vello en el antebrazo de la persona que se sentaba a mi lado se erizó. Así, entre risas, cinco hombres que sudaban alcohol pisotearon las manitas de una niña que arrancaba conmigo hojas de morera para alimentar a sus gusanos de seda. Cinco salvajes salidos, incluyendo el que había eyaculado en las bragas de mi hija, patearon sin miramientos la misma tripita que tan orgullosa mostró ella en la piscina la primera vez que se puso un bikini en su octavo cumpleaños. Cinco mierdas drogados, llenos de odio, agarraron el cabello de cereza de mi hija para golpear su cabeza contra el suelo, llamando maricón de mierda a la preciosa niña que eligió para sí misma el nombre de Alegría. En su cadáver, la mariposa verde tatuada en su espalda era de color negro.

La agresión no se detuvo hasta que la ayuda que la joven del soportal había pedido por teléfono anunció su llegada con unas sirenas lejanas. Ese fue el momento en que los cinco huyeron en estampida, escapando por la calle donde se refugiaba la joven. Ella pudo ver claramente que quienes corrían eran cinco hombres, además de identificar que había uno muy alto, uno muy bajito y uno que llevaba gorra. También se fijó en el cuerpo excesivamente tatuado de otro, que corría sin la camiseta puesta. Así los describió ella en su inmediata declaración a la policía, quienes pusieron en marcha enseguida un operativo que resultó eficaz en mucho menos tiempo del esperado. Bastó con chequear varias redes sociales en busca de fotos que se hubieran publicado en las últimas horas y que hubieran incluido etiquetas de localización en el barrio. No había tantas y, entre las que aparecieron, se encontraba la que Criminal había subido en el descampado, la foto de todos ellos en el coche. Como ubicación, Criminal había registrado el nombre genérico del barrio. En las pantallas de los ordenadores de la comisaría apareció así la imagen de cinco hombres sin camiseta que se correspondían, de manera muy fiel, con la descripción ofrecida por la joven del soportal. Uno muy alto, uno muy bajito, uno con gorra y otro muy tatuado. Apenas había margen de error. Además, el texto de «a por todas» que acompañaba la publicación, resultaba muy acorde con el tipo de agresión que había recibido la víctima del callejón. Uno de los agentes reconoció el descampado donde estaba aparcado el coche en la foto. Tras acercarse al lugar y comprobar que el vehículo seguía en el mismo sitio, la búsqueda de los cinco sospechosos se trasladó inmediatamente a la zona de bares del barrio. Apenas tardaron un par de horas, las últimas de la noche, en dar con ellos. Los encontraron bailando en la pista de la discoteca a la que tantas ganas tenían de ir, flotando en un éxtasis de ketamina. Matar a una chica después de abusar de ella no les pareció razón suficiente para interrumpir su noche de fiesta. Quien se la acabó interrumpiendo fue la policía, que ordenó encender las luces de la discoteca y, entre los abucheos de los asistentes que no sabían lo que ocurría, se llevó a los cinco a comisaría antes de que despuntara el alba.

Esas últimas horas de la madrugada fueron las mismas horas durante las que yo recibí la llamada del hospital. Durante las que dejé mi coche en marcha tirado en Urgencias. Durante las que vomité naranja y supe que mi hija había muerto antes de que el mundo se llenara de una espesa niebla blanca. Mientras a ellos los retenían en comisaría para tomarles sus primeras declaraciones, yo, desorientada en un pasillo del hospital —sola, de pie, perdida—, veía por un ventanal el más horrible amanecer que puede existir. El del primer día del resto de una vida en la que tu hija ya no está.

Desde que los llevaran a comisaría esa misma noche, los cinco acusados permanecieron en prisión preventiva hasta la celebración del juicio. Lo que ellos no sabían en ese momento es que estar encerrados quizá les estaba salvando la vida. Porque fue en el preciso instante en el que los primeros rayos de luz iluminaron el hospital durante aquel asqueroso amanecer del primer día sin mi hija, cuando prendieron en mí la ganas de venganza que me han traído hasta donde estoy ahora. Allí mismo me negué a ser otra vez la mujer que se deja ahogar en un váter lleno de pis. Y me prometí ser en esta ocasión como la otra novia de Cerdo, la que impartió justicia por sí misma aplicando a su asesino la única sentencia justa: la que le impondría la víctima. Porque cuando alguien muere asesinado solo queda gente viva para jugar a hacerse los justos, para procesar, condenar, sentenciar, indultar. Pero nunca el muerto, o la muerta, puede opinar sobre qué sentencia elegiría ella, aunque todos sabemos cuál sería. Me negué a ser la madre de una hija a la que matan a patadas y solo se queda mirando, maldiciendo lo ocurrido. Odiando sin actuar. Culpando al mundo, al sistema. No. Ahí mismo, luchando por mantener el equilibrio agarrándome al asidero del pasillo, prometí vengarme. Quizá en aquel momento aun creyera que la justicia sería aliada mía en la venganza. O que incluso me ahorraría tener que recurrir a ella. Aun debí pensar, ingenua de mí, que el sistema haría el trabajo sucio encerrando a los asesinos de por vida, alejándolos de una sociedad para la que resultaban peligrosos. A lo mejor pensé que los vería envejecer hasta morir en la cárcel y que eso, de alguna manera, sería suficiente para aplacar mis ganas de hacer con ellos lo mismo que hicieron ellos con mi hija. Pero qué equivocada estaba si pensé eso, y seguro que lo pensé porque todos confiamos en la justicia hasta que, a quien matan, es a nuestra propia hija.

Lo que jamás imaginé es que el deseo de venganza pudiera ser un sentimiento tan intenso. Tan arrebatador. Desde el mismo instante en que supe que iba a devolver a esos cinco salvajes el mismo sufrimiento que habían causado a mi hija, jamás me asaltaron las dudas sobre si debía hacerlo o no. El odio que sentí hacia ellos fue tan poderoso como el amor que había sentido hacia Alegría. Quizá uno se transformó en el otro, porque era igual de incondicional. De ciego. ¿Acaso puede albergar algo más que odio una madre a cuya hija matan de la manera en que mataron a la mía? ¿Puede alguien decirme cómo se supera eso? No, nadie puede, porque el dolor de los demás, en realidad, no se entiende. Se imagina, pero no se siente, y eso hace que sea imposible entenderlo. Mucha gente me dijo, cuando se juzgaron mis actos, que podían imaginarse lo mucho que duele que maten a tu hija. Pero lo mucho que duele que maten a tu hija es otra cosa. Es algo que deforma tu ser, que trastoca el transcurrir del tiempo. Que distorsiona para siempre tu existencia. Y mi existencia, desde aquel amanecer, se redujo a un objetivo: anestesiar el inconsolable dolor que provocaba en mi alma el saber que esos malnacidos seguían vivos, mientras a mi hija le diseccionaban el tórax en una camilla.

Al otro lado del ventanal frente a mí, el sol me dejaba claro que el mundo iba a seguir girando aunque Alegría hubiera muerto. Con su brillo de un amarillo mortecino, que contagiaba al cielo de un púrpura enfermizo, quizá intentaba mandarme el mismo mensaje que ha estado mandando a la humanidad día tras día: que el sol siempre acaba saliendo, que la luz siempre gana a la oscuridad. Que el bien siempre vencerá al mal y que, por tanto, siempre hay esperanza. Pero el sol que sale cada mañana no es más que una bola de fuego a la que volvemos a ver tras haberle dado la espalda porque estamos a un lado o a otro del mundo. Nada de lo que hace, ni el absurdo renacer de un nuevo día, tiene ningún mensaje para nosotros, y nada de lo que hagamos nosotros significa nada para el mundo. A esa bola de fuego no le importaba que el mal de cinco asesinos hubiera vencido a la pura bondad que era mi niña. Y le daba igual que, al apagarse ella, se hubiera apagado también para siempre la luz en mi mundo. Por mucho que ese sol tratara de contradecirme desbordando el horizonte de un brillo esperanzador, a mí la única esperanza que me quedaba por albergar era la de volver a abrazar a mi hija. Y esa era una esperanza que ya no tenía sentido.

Lo más doloroso de aquel desengaño definitivo con la vida fue no lograr hacer mías las palabras que mi hija me dijo la misma tarde de su muerte, cuando me reveló que quizá la felicidad reside en conformarse con lo que se tiene en el momento que se tiene. Porque quizá yo podría haberme conformado con el tiempo durante el que tuve a Alegría junto a mí. El día que nació, tan solo tenerla sobre mi pecho durante un segundo me pareció un milagro. Y fue un milagro que pude disfrutar durante diecinueve años. Sé perfectamente que Alegría me hubiera dicho que me quedara con eso, que agradeciera ese tiempo. Que odiar a sus asesinos a la única a la que iba a hacer daño era a mí misma, y que de esa manera ellos volvían a ganar, porque no solo acababan con la vida de ella sino también con la mía. Y no le faltaría razón. Estoy segura de que mi hija hubiera encontrado la manera de perdonarlos, porque ella era mucho mejor persona que yo, más lista, más preparada. Alegría era más buena. Pero ella está en el cielo con las nubes y las mariposas. Fui yo la que se quedó aquí abajo con la injusticia, la sangre y las vísceras. Fui yo la que no supo encontrar la manera de dejar de odiar a quienes me arrebataron unas manitas con sabor a mora. A quienes me quitaron para siempre los dos besos con los que mi hija se despedía de mí cada noche. Quienes vaciaron una habitación en la que entraba de puntillas a colocar ropa limpia mientras mi hija dormía, sintiendo en su pausada respiración el latir de mi mundo, entendiendo solo en esos momentos lo que significa la palabra hogar.

Aún después del juicio, los asesinos siguieron privados de libertad hasta que se conoció la sentencia, algo que tardó más de un mes en llegar. En total, desde la noche del asesinato de Alegría hasta el día del anuncio de la condena pasaron casi dos años. Durante todo ese tiempo, comenzando ya en la misma mañana tras la tragedia, cuando los primeros medios se hicieron eco de la muerte de una joven a manos de una pandilla de cinco hombres, la opinión pública estuvo siempre de mi lado. Del de Alegría. Del de la víctima. Los pocos buenos recuerdos que puedo albergar de aquellos primeros años son los relacionados con el apoyo que recibí de la sociedad al completo. Políticos, escritores, celebridades del cine, la televisión, la radio, analistas políticos, gente anónima en sus redes sociales. Todos utilizaron sus altavoces, con mayor o menor alcance, para mostrar su repulsa hacia un tipo de violencia que empezaba a ser demasiado común y que, en el caso de mi hija, había tenido el peor desenlace. Mentiría si dijera que no se produjo un sutil cambio de energía cuando se supo que Alegría era una mujer transgénero —algunas de la voces favorables callaron a partir de ese momento porque consideraban que el detalle alteraba la naturaleza del crimen—, pero fue minoritario. El muro de apoyo hacia mí y mi hija siguió siendo igual de sólido. Por supuesto que hubo excepciones, y también se escribieron algunas barbaridades sobre nosotras. Se dijo, por ejemplo, que era normal que yo, con la cara de madre loca que tenía, prefiriera culparlos a ellos antes de aceptar que mi hija era una fresca que había querido montárselo con cinco tíos, porque además ya se sabe lo promiscuas que son las chicas como Alegría. También se criticó mi manera de educarla, al haberla dejado expresarse con su género sentido desde tan joven. Un anónimo llegó a publicar en una red social que, en el fondo, seguro que me alegraba de la muerte de Alegría, porque librarse de la carga que supone tener una hija transexual es un alivio para cualquier madre. Barbaridades sin sentido que ni siquiera me dolían, de tan irreales que eran.

En el primer mes tras el asesinato, hubo numerosas concentraciones en todas las ciudades importantes del país, pero fueron decayendo en número durante el largo período de espera hasta el juicio. Fue un período durante el cual, aunque no hubiera manifestaciones públicas, la repulsa hacia el crimen continuó creciendo, gracias a que los medios siguieron desvelando detalles sobre lo ocurrido en el callejón y sobre el pasado de los Descamisados, el cual incluía numerosos crímenes menores. Cuando se publicaron varias conversaciones de chat de los cinco amigos, resultaron tan polémicas y ofensivas que incluso algunos de sus familiares dejaron de aparecer en televisión para defenderlos. El pasado de Alegría también ocupó horas de televisión, y fue entonces cuando la gente descubrió que la víctima del callejón era aquella niña pequeña de la que el país entero se enamoró al verla bailar como Shakira sobre el mostrador de una hamburguesería. El detalle generó un nuevo terremoto de indignación popular, pues hizo sentir a muchas personas que conocían a la víctima desde pequeña. Las imágenes de la mancha de sangre en el callejón adquirían un significado más doloroso cuando se fundían con las de una niña conocida que movía la cinturita llena de felicidad. Además, ayudó a desacreditar informaciones sensacionalistas que se publicaron sobre la transición de Alegría, pues todo el mundo pudo ver que había sido una niña desde siempre. El vídeo volvió a hacerse viral, triplicando el número de visitas que ya tenía, además de aparecer en los informativos de todas las cadenas. La propia Shakira, autora de la canción, publicó un precioso mensaje dedicado a la memoria de mi hija. Preguntada sobre el caso en una entrevista, la artista comentó que quizá la historia de Alegría, un nombre demasiado bonito para tener un final tan triste, podría inspirar en el futuro alguna de sus canciones. En este período se dio a conocer también la afición de mi hija por las mariposas, y una foto de su tatuaje fue muy compartida y comentada en los medios y redes sociales. Hubo incluso gente que, como muestra de solidaridad, cambió su foto de perfil por la imagen de la mariposa verde que Alegría llevaba en la espalda. Todo este sentir fue aumentando y contagiándose a la población a medida que se acercaba el juicio, hasta que el fin de semana anterior a su comienzo, la gente volvió a salir a la calle en masa. Todas las concentraciones organizadas en las principales ciudades del país vieron superadas sus previsiones de asistencia. Y fue en una de estas manifestaciones donde nació un símbolo, quizá la más bonita consecuencia que surgió de todo ese apoyo. Fue un símbolo que nos unió a todos y que se siguió usando cada vez que un grupo de gente se manifestaba en contra de la violencia contra la mujeres, transgénero o no. La comunidad LGTBI+ también lo adoptó desde el principio y lo ha usado de forma recurrente en concentraciones de repulsa contra crímenes homófobos o en marchas del Orgullo. Es un símbolo que me sigue conmoviendo cada vez que lo veo porque, aunque a día de hoy represente de forma genérica a toda una lucha social —es posible que mucha de la gente que lo usa ni siquiera conozca su origen—, en realidad sigue invocando a Alegría de una manera muy concreta, muy directa, pues reproduce la imagen de lo que para ella era la mayor expresión de belleza en el mundo.

El símbolo surgió en la última concentración del fin de semana, organizada en la plaza más grande del centro de la capital, de cuya cabecera yo formaba parte junto con otras víctimas, además de políticos y líderes de diferentes asociaciones y colectivos. Entre nuestras labores se encontraba la de llevar la pancarta principal que exigía justicia, nuestros dedos formando un larguísimo ciempiés que recorría la parte superior de la tela plástica. También habíamos preparado unos manifiestos que leeríamos subidos a un escenario, una vez que el recorrido de la marcha culminara en la plaza. Los manifiestos de mis compañeros versaron principalmente sobre los Descamisados, sobre reformas legislativas y responsabilidades políticas, pero el mío se centró en Alegría. Primero, porque yo prefería hablar de mi hija que de sus asesinos, y segundo, porque a mí la jerga legal y política ya se me escapaba entonces, igual que se me sigue resistiendo a día de hoy, incluso después de haber estado obligada a entenderla. Antes del crimen de mi hija, desconocía la diferencia entre juicio o vista oral, asesinato u homicidio, qué hace exactamente un fiscal, un jurado, o si de verdad un abogado era capaz de mentir para defender a un criminal. Después del juicio de Alegría, después de tener la oportunidad de ver en primera fila cómo funciona la justicia, perdí tanto la fe en el sistema, que no quise saber más de él. Por eso yo me limité en mi manifiesto a hablar sobre mi hija, desde el corazón, aunque mis palabras se criticaron e incluso censuraron porque se saltaban muchas de las normas sociales y de corrección política que tan fácil resulta respetar cuando no han matado a ningún hijo tuyo. A mitad de mi discurso —cuando ya sorbía mocos en el micrófono y retiraba las lágrimas que me había provocado recordar en voz alta los gusanos de seda de Alegría—, vi emerger algo entre la multitud. Algo que me dejó sin habla. Un hombre había alzado sus manos sobre las cabezas de los asistentes. Después había volteado las palmas hacia sí mismo y enganchado los pulgares entre sí. Entendí enseguida lo que estaba formando. Para dejarlo aún más claro, el hombre dobló los dedos un par de veces, imitando un aleteo. Aquellos pulgares unidos formaban un cuerpo, y el resto de cada mano eran las alas. Mi mirada se quedó tan fija en aquella repentina aparición de una mariposa, que una de las cámaras que retransmitía en vivo la manifestación siguió la dirección de mis ojos hasta recoger un primer plano del signo. Todo el país vio en sus televisiones esa mariposa hecha con dos manos, sobrevolando la muchedumbre. La imagen apareció también en dos grandes pantallas situadas en ambos extremos del escenario, así que el resto de manifestantes pudieron ver el gesto que el espontáneo mantenía en alto. Conocedores todos del amor de Alegría por las mariposas, comprendieron a la perfección el homenaje que contenía aquel símbolo. Un segundo par de manos se alzó entonces entre las cabezas, formando otra mariposa que aleteó de la misma forma, doblando los dedos. A esa la acompañaron otras dos, otras cinco, otras quince mariposas. Veinte más. Aún de pie sobre el atril, notando el corazón latir en mi garganta encogida, observé cómo centenares de manos se elevaban entre la multitud hasta que miles de mariposas acabaron volando sobre la manifestación. Cada una de esas mariposas me hicieron recordar el rostro de mi hija al mirarlas. Y tan poderosa resultó su memoria, invocada por la comunión de todas esas manos, que sentí cómo su presencia, de pronto, inundaba la plaza. Sintiéndola tan cerca, tan presente, de mis labios sellados emergió una palabra:

«Alegría».

Su nombre reverberó en el silencio de la concentración cuando los micrófonos lo amplificaron. La hermosa nube de mariposas se transformó entonces en un aplauso que fue creciendo en intensidad hasta que pude sentir el apoyo de toda esa gente como algo físico, como un abrazo real, cálido. O quizá fueran las manos de mis compañeros de cabecera, que corrieron a sujetarme cuando intuyeron que iba a desplomarme allí mismo, superada por la emoción.

Desde aquella retransmisión en directo, el símbolo de las manos se contagió a todas las manifestaciones organizadas durante cada jornada del juicio. Enseguida se supo que el espontáneo que había formado la primera mariposa era un hombre sordo, y que lo que había dibujado con las manos era precisamente una mariposa en lenguaje de signos. Sin saberlo, estaba regalando el gesto de su comunidad a toda la población. A lo largo de la vista oral, multitud de mariposas siguieron revoloteando por las calles del país, al tiempo que cánticos y pancartas clamaban justicia. O demandaban la aplicación de condenas máximas. Incluso de la pena de muerte. A gritos se recordó, día tras día, que lo ocurrido en el callejón era un asesinato. Un crimen de odio. Se mancharon paredes con pintura roja escribiendo los nombres de los asesinos. O cosas como *NOS HAN MATADO A TODAS*. Cinco maniquíes masculinos aparecieron una mañana colgando de un puente. La repulsa general parecía tan unánime que todos dimos por sentado que el jurado popular opinaría lo mismo. Y que ningún juez podría hallar atenuantes en este caso ni sorprender con una sentencia compasiva hacia los acusados. Pero está claro que lo que la gente creemos que es la justicia es una cosa. Y lo que el sistema judicial es en realidad es otra muy diferente.

Cuando se publicó la sentencia, nada resultó ser como la población, ni yo, esperábamos. Lo que era un asesinato se consideró un homicidio. Lo que era una violación se consideró un abuso. Y las condenas que exigía la fiscalía por varios delitos quedaron reducidas a menos de la mitad del tiempo solicitado. A doce años en total. Esa fue la condena que recibieron cinco hombres por violar y asesinar a una mujer inocente. De esos doce años, los acusados ya habían cumplido dos en prisión preventiva, así que saldrían a la calle en solo diez más. El mayor de ellos tendría treinta y cinco años. El menor, treinta y tres. Saldrían con la condena íntegra cumplida, listos para retomar su vida con una edad a la que aún tenían tiempo de rehacerla. Podrían echarse novia, casarse, ser padres, formar una familia. Doce años después de matar a mi hija, cinco asesinos vivirían cinco veces la vida que le arrebataron a ella, mientras mi hija, doce años después de morir asesinada, iba a seguir convertida en ceniza. Alegría no dio un solo paso más tras caerse de espaldas en el callejón, pero ellos iban a poder pasear, durante años, por prados y por playas, de la mano de las hijas que aún tenían tiempo de tener. Unas hijas a las que querrían como yo quería la mía. Y unas hijas por las que, seguro, ellos también matarían.

Entre la gran cantidad de cosas que jamás entendí de la condena a los asesinos de mi hija destacaba una: cómo el hecho de ser cinco pudo beneficiarlos de la manera en que siento que lo hizo. Cómo la gravedad del delito y la responsabilidad de cada acto se fue despersonalizando al dividirse entre cinco culpables hasta llegar a un punto en el que pareciera que nadie hizo nada. Cuando, a mi modo de ver, la pena debió haberse multiplicado por cinco. Porque mi hija sintió que la mataban cinco personas, que debe de ser como morir cinco veces. El odio con el que te patean cinco hombres es, obligatoriamente, cinco veces más grande que el odio con el que te patearía uno. Tirada en el suelo, a Alegría no la mataron una vez. La mataron cinco veces. Criminal la pateó hasta matarla. Matón la pateó hasta matarla. Verdugo pateó a mi hija hasta matarla. Bicho la pateó hasta matarla. Idiota la pateó hasta matarla. Que ocurriera todo a la vez no resta valor a ninguno de los actos individuales. Y, sin embargo, eso es justo lo que siento que pasó en el juicio. La masa imprecisa que formaban como grupo los cinco asesinos resultó mucho más difícil de someter a leyes referidas a individuos. Así, la responsabilidad de los horrores que contaba el cuerpo de mi hija acabó recayendo en una injuzgable y monstruosa quimera de cinco cabezas, las mismas cabezas que esos salvajes sacudieron una y otra vez durante el juicio, respondiendo que no a todo lo que se les preguntaba. Encogiéndose de hombros, desviando miradas, respondiendo con evasivas, traspasándose la culpa hasta desgastarla.

Durante el tiempo que se alargó todo este errático discurrir de la justicia, mi deseo de venganza no flaqueó. De hecho, fue creciendo durante la espera por el juicio, durante el juicio, durante la espera por la sentencia, tras la sentencia, y durante el otro año que se invirtió en recursos y apelaciones que no sirvieron para nada porque la sentencia firme acabó siendo la misma: doce años. De los que ya solo les quedaban nueve por cumplir. El sistema judicial en el que aún llegué a confiar agarrada a un asidero del pasillo en el hospital me había fallado por completo. Y la indignación social que sacudió el país tras conocerse la sentencia —que aún alcanzó más de un clímax en las semanas posteriores, o incluso algunos meses después— acabó también diluyéndose en el olvido. El término «descamisado» ha permanecido como una forma coloquial de referirse a un agresor sexual, y las madres aconsejan a sus hijas al salir de casa que se cambien de acera si ven a algún chico con pinta de descamisado. Pero las leyes cuya modificación se exigía a gritos en las calles no llegaron a modificarse, y quienes gritaban en esas calles acabaron perdiendo el interés. Encontraron otras cosas por las que preocuparse. Solo en cada aniversario, cuando las televisiones rellenaban su parrilla al inicio de cada verano con especiales sobre el caso, volvía la chica del callejón a agitar algunas conciencias, conciencias que se calmaban al cabo de otras semanas.

Pero aunque el tiempo pasara y la gente se olvidara de Alegría, a mí su ausencia me seguía doliendo igual, minuto tras minuto. Sobre todo cuando su mano se desvanecía entre las mías en cada despertar. Y también por las noches, cuando me descubría a mí misma en la oscuridad de su habitación susurrando a una cama vacía:

«Eres mi alegría».

Ese inmenso dolor acababa siempre transformado en puro odio hacia las personas responsables de esa ausencia, en indignación al imaginarles un futuro mejor que el de mi hija, que el mío propio. Y por eso tuve tan claro que tendría que ser yo finalmente quien aplicara una justicia más justa. Y por eso también le pedí una y otra vez a cualquier ser superior dispuesto a escucharme que, en los siguientes nueve años, mi ansia de venganza no perdiera ni un ápice de su intensidad. Que me hiciera arder hasta convertirme en ceniza si era necesario, pero que, cuando esos salvajes salieran de prisión, yo mantuviera aún las mismas ganas de interrumpir sus futuros. De convertirlos en el mismo que el de mi hija. En ninguno.

Los nueve años pasaron. En el calendario, al menos. Porque en mi vida fueron, a la vez, una eternidad y un instante. La eternidad que siento que pasa a cada minuto que no estoy con mi hija. Pero también el instante que parece que ha transcurrido desde el momento en que supe que Alegría había muerto, un momento que revivo constantemente en mi cabeza hasta convertirlo en un eterno presente del que no consigo escapar. Pasado todo ese tiempo, mi deseo de venganza no solo permaneció intacto, sino que aumentó, incluso, acrecentado por el dolor de cada minuto transcurrido en esa eternidad. En ese instante.

Dos meses antes de la fecha de liberación de los asesinos, la indignación social comenzó a crecer de nuevo, haciéndome ver que nadie se había olvidado realmente de mi hija. Pero mientras la gente más civilizada volvía a clamar por reformas legales, aplicación de penas máximas o una revisión del caso, a mí lo único que podía aliviarme era llevar a cabo una venganza. Tomar el camino que se considera erróneo para combatir con violencia la violencia que había acabado con mi hija. Curiosamente, al final no fui yo la única que tomó ese camino.

El plan de venganza lo fui trazando en esos nueve años de los que dispuse. Fue un plan resultado del dolor y de la desesperación, de obsesionarme con la idea de que matar a los asesinos de mi hija era el único alivio posible a mi sufrimiento —quizá el plan que idearía cualquier madre que se queda sin recursos para combatir su dolor y a la que solo le queda una cosa por probar: acabar con la vida de quienes provocaron ese dolor—. Se trataba de un plan que no podía llevar a cabo sola, sino que requería de la participación de ciertas personas. Personas a las que hoy considero mis otros hijos y que acabaron convertidas en protagonistas invisibles de esta historia de venganza cuya realidad nadie conoce. Así les prometí a ellos que sería, que protegería su identidad hasta el final. La verdad de lo que ocurrió solo quedará recogida en estas páginas que nadie leerá hasta que ni ellos, ni yo, existamos ya.

De ellos, de ellas, lo más importante que necesitaba era su presencia. Eran siete personas para las que escribí siete cartas que envié a las siete direcciones que tanto me había costado conseguir. Decidí escribir porque quería que leyeran de mi propia letra lo que tenía que contarles. Que mi petición llegara en un mensaje cuyo papel pudieran tocar, cuya tinta pudieran oler. Que pudieran sentir cómo esas palabras las había escrito para ellos la mano de una madre. Quería que esas personas que iban a leer mis cartas pudieran respirar parte del aliento que a mí tantas veces se me cortó al escribirlas. Quería concederles tiempo para valorar con calma lo que les estaba pidiendo. Tiempo para que tomaran una decisión razonada. Sabía que lo que les pedía podría parecerles una locura —que lo que pretendía hacer era condenable desde varios puntos de vista—, pero también confié en que comprenderían lo importante, lo indispensable, que su presencia resultaba para mí. Porque si accedían a mi petición, podíamos llevar a cabo juntos, y solo juntos, la más terrible pero hermosa venganza que fui capaz de imaginar.

PARTE II

EL REENCUENTRO

AIRE

Aire se tomó su tiempo antes de abrir la carta. La encontró en el buzón a la entrada del camino, tras realizar el que era siempre su primer paseo del día. Uno que, nada más levantarse, la llevaba desde la puerta de casa, a lo largo de todo el camino de arena, hasta la intersección con la carretera. Allí, en una bolsa de tela que colgaba del buzón en un poste, el dueño de la única tienda del pueblo le dejaba siempre pan recién hecho, huevos frescos, una botella de leche. Y, si le sobraba, añadía también alguna pieza de bollería o un tarro de mermelada o miel. Aire llevaba tiempo insistiéndole en que no era necesario que lo hiciera, que tenía que cuidarse la salud, pero no tanto, y que a sus sesenta años largos la estaba malcriando como ningún otro hombre la había malcriado antes. A eso, el dueño de la tienda le respondía que para él no suponía ningún esfuerzo. Que pasaba por la carretera igualmente y no le costaba nada frenar la furgoneta en el arcén unos segundos, rellenarle la bolsa, y asegurarse así de que desayunara huevos recién puestos en su granja y pan recién hecho de sus hornos. Aire intentaba hacerle ver que los desayunos a domicilio eran una medida innecesaria para el cuidado de su estado de salud, que no formaban parte de ningún tratamiento y que ella estaba bien, que podía hacer vida normal como cualquier otra persona, que solo tenía que cumplir con su medicación. Pero el dueño entonces arrugaba la frente y decía que los médicos no tenían ni idea de cómo tenía que cuidarse. Que seguro que la estaban atiborrando de pastillas cuando ella lo único que necesitaba era comer cosas ricas del pueblo y respirar aire puro. Siempre que la conversación alcanzaba ese argumento indiscutible, ella sonreía al dueño de la tienda e inspiraba de forma teatral como para darle la razón. Tras llenar y vaciar sus pulmones de un aire de campo tan fresco que sabía dulce en la boca, Aire le agradecía una vez más que tuviera con ella tan bonito detalle.

Esa mañana, el dueño de la tienda había metido en la bolsa dos huevos con restos de plumas, leche, una hogaza de pan que aún conservaba el último latir del calor del horno y, como añadido extra del día, un envase de plástico con mantequilla casera de la que preparaba su mujer. Ella, igual que su marido, se había quedado tan impresionada cuando Aire les habló de su enfermedad, su operación y su mudanza definitiva al campo en busca de una vida más sana, que también colaboraba de vez en cuando en el saludable desayuno a domicilio que su marido le servía desde entonces. Aire abrió la tapa del envase, olió la mantequilla y el apetito hizo sonar sus tripas. Fue entonces cuando se dio cuenta de que había un sobre dentro del buzón. En los cerca de diez años que llevaba viviendo en el campo, muy pocas veces había tenido tal visión. Ya sin padres, viuda, con un único hijo que jamás le escribiría una carta pudiendo llamarla por teléfono, sin cargas bancarias y sin ningún negocio cercano al que pudiera interesar siquiera como objetivo publicitario, a ese buzón en mitad de la nada tan solo llegaba la correspondencia electoral en años alternos o, anualmente, la que la citaba para un nuevo chequeo médico —en el cual, como cada año, Aire seguiría desafiando previsiones, superando holgadamente su esperanza de vida—. Al sacar el sobre y ver su nombre escrito a mano por una caligrafía desconocida, los pulmones de Aire quedaron detenidos a mitad de una respiración. Aunque el nombre que leyó como remitente —el que yo había puesto, el mío—, no significaba nada para ella, de alguna manera intuyó que esa era una comunicación que llevaba años esperando. No había forma de que supiera quién la enviaba, y era imposible que imaginara la petición que contenía, pero completó la respiración convencida de cuál era el origen de esa carta.

Con las asas de la bolsa de tela colgando de un hombro, volvió por el camino de arena sujetando el sobre en las manos. Anduvo despacio, tomando hondas respiraciones para calmarse. Sin detener el paso, fijó la mirada en el horizonte, lejanísimo en las extensas llanuras que la rodeaban. A ambos lados del camino, los campos de girasol despertaban con el primer calor de la mañana, las enormes flores amarillas preparándose para seguir la trayectoria del sol durante todo el día. Se remangó el jersey de lana, quería sentir en la piel la brisa matutina tan plagada de fragancias. Infló sus pulmones para apoderarse del perfume de la hierba húmeda que crecía en torno a los postes de luz, también del aroma del polvo que levantaban sus pisadas. Disfrutó incluso del olor lejano del excremento de vaca, tan orgánico, tan delator de vida cercana. De pronto, ella misma se sintió tan llena de vida, tan sana, que sus ojos se humedecieron en agradecimiento a un algo más grande que ella. Un algo que quizá era el creador, o la creadora, de todo lo que la rodeaba en ese momento. Un algo que le había concedido una segunda oportunidad para valorar la vida, que a punto había estado de perderla por ser incapaz de interrumpir un mal hábito. Observando la belleza del mundo que podría haberse perdido, Aire pestañeó varias veces para secar la emoción en sus ojos. Lo hizo justo a tiempo de poder enfocar su mirada en una bandada de pájaros que sobrevolaba un cielo tan uniformemente azul que parecía pintado.

Aire entró a casa por la puerta que no se había molestado en cerrar. En su antigua casa, en la ciudad, siempre echaba la llave, incluso cuando bajaba solo un minuto a comprar tabaco al local de al lado. Pero en esta casa, aislada en el campo, sin vecinos, lo peor que podía pasar era que se le colara en el salón algún erizo, al que ella acabaría invitando a un bol de leche. Aire descargó la bolsa de tela en la mesa de la cocina. La carta la dejó en el estante de las especias que había sobre el escurreplatos, encajada entre dos de los botes. Esforzándose por no pensar en ella, quebró el par de huevos en un plato hondo. Le añadió trozos de tomate cortado, pimiento verde, tres giros completos del molinillo de pimienta negra. Esperó a que se calentara la sartén batiendo los huevos, concentrándose en el rítmico sonido del tenedor contra el plato hondo. Con la tortilla al fuego, cortó dos rebanadas de pan, las metió en la tostadora. Encendió el hervidor de agua, rellenó de té un infusor y lo metió en una taza. Preparó en un platito una cucharada de la mantequilla casera, para usarla después sobre el pan tostado. Lo hizo todo sin darse cuenta de que lo hacía, porque sus pensamientos permanecieron atrapados en la carta que sobresalía entre los botes de orégano y perejil. En ella siguió pensando mientras desayunaba la tortilla, las tostadas. También mientras bebía su té más rápido de lo normal, sin esperar a que se enfriara siquiera, deseando que el efecto de la teína la despejara cuanto antes. No quería enfrentarse a lo que podía descubrir dentro de ese sobre ni con un ápice de la modorra mañanera de la que habitualmente no lograba deshacerse hasta la tercera infusión.

Empezó a fregar los restos del desayuno mientras tomaba la segunda taza. A través de la ventana sobre el fregadero, a lo lejos, divisó el parque eólico que la hipnotizaba cada día mientras lavaba los platos. Una veintena de enormes molinos blancos se alzaba como un complejo futurista fuera de lugar entre girasoles y balas de paja —para ella seguían siendo molinos aunque alguien del pueblo la había corregido explicándole que se llamaban aerogeneradores—. Algunos días, mientras fregaba después de comer, podía quedarse mirando el movimiento circular de las aspas con el grifo abierto, ensimismada, enjabonando y aclarando varias veces el mismo colador de espaguetis. También le ocurría después de cenar, porque aunque de noche los molinos no se veían, en la oscuridad flotaban las luces rojas que señalizaban su posición y altura, parpadeando cada vez que el propio giro de las aspas las eclipsaba. El efecto era igual de hipnótico, o más, que el del rotor durante el día. Terminó de fregar el desayuno frotando los restos de huevo pegados a la sartén. Al dejarla en el escurreplatos, sus ojos se detuvieron en la carta. Pero volvió a retirar la mirada, aún no se sentía suficientemente despierta. Iba a necesitar la tercera taza, esa era casi siempre la que acababa por despejarla del todo. Para tomarla, lo habitual era que regresara a la mesa, donde la degustaba lentamente escuchando ya algún libro en su reproductor de *compact discs*. A veces se le iba una hora entera enfrascada a través de sus oídos en alguna novela, dando pequeños sorbos a la infusión. Desde que se mudó al campo, había leído más libros que nunca, y lo había hecho sin pasar una sola página. Esa mañana, Aire no se sentó, se quedó de pie junto al fregadero, cambiando el peso de su cuerpo de un pie a otro, demasiado inquieta como para volver a sentarse. Bebió el tercer té mientras se quitaba las gomas de ambas trenzas, desenredándolas, solo para tener que volver a trenzarlas. El movimiento de sus dedos trenzando cabello gris seguía el ritmo acelerado de su pulso. En cuanto dio el último sorbo a un té que había olvidado azucarar, desechó la taza en el fregadero y cogió el sobre de la estantería. Rasgó una de sus esquinas para abrirlo por el lateral. Entonces pensó que, en ninguna de las novelas que había escuchado en los últimos años, abriría un personaje una carta que podía ser tan importante sentada a la mesa después de desayunar.

Con el sobre a medio abrir entre las manos, Aire salió de casa. A paso ligero, recorrió el mismo camino que había realizado al despertar, hacia la carretera, hacia el desayuno en el buzón. Esta vez, giró antes de alcanzarlo, accediendo a un sendero que discurría en paralelo a la carretera. A lo lejos, vio el bosque de molinos. En ellos fijó su mirada, contando los giros de las aspas como si realizara una cuenta atrás que acabaría en el momento en que abriera el sobre a los pies de uno de ellos. Al décimo giro, el calor acumulado de la caminata la obligó a quitarse el jersey. Lo ató a su cintura con dos nudos, los que necesitaba hacerse desde que dejar de fumar duplicara todos los diámetros de su cuerpo. Al trigésimo giro, la fricción de sus muslos entre sí la obligó a reducir la marcha, no quería hacerse rozaduras. Y cuando llevaba contadas cincuenta o sesenta vueltas de las aspas, le asaltó una duda que aminoró aún más su velocidad. ¿Por qué estaba tan segura de que la carta contendría un mensaje tan personal? Colocó el sobre frente a sus ojos: nadie que no escriba por un motivo personal mandaría ya una carta escrita a mano. ¿Y por qué estaba tan segura de cuál era su origen? Leyó su propio nombre escrito en grande, en el centro del sobre. En la esquina, el del remitente le resultaba completamente desconocido. ¿Y si ese nombre que no recordaba era el de una olvidada compañera de colegio que de pronto, a los sesenta, se había quedado viuda, se sentía sola y quería retomar el contacto con viejas amigas como ella? Releyó el nombre y apellido en voz alta, buscando alguna sonoridad reconocible, pero no halló en su memoria ningún eco lejano de sí misma pronunciando aquel nombre en los pasillos del colegio. ¿Y si aún existía una opción en la que ni siquiera estaba pensando que iba a convertir esa carta en algo totalmente diferente a lo que esperaba? Invadida de pronto por las dudas, Aire se obligó a llenar sus pulmones, una vez más, del embriagador aroma matutino que inundaba el campo en primavera. Y pensó en cuántas primaveras pudo haberse perdido. Volver a ser consciente de su respiración reavivó la certeza de que esa carta era lo que ella imaginaba. Lo sabía. Lo sentía. Así que retomó la marcha, la cuenta atrás. Siguió caminando hasta que fueron más de doscientos los giros que les contó a las aspas.

El giro número doscientos trece lo susurró con las manos tocando la base de uno de los molinos, la barbilla dirigida al suelo. Allá arriba, sobre su cabeza, giraba la turbina, más alto que cualquier edificio que recordara de la ciudad de la que había escapado hacía años. El ruido de las aspas cortando el aire resultó menos atronador de lo que esperaba, sonaban como tres cuchillos que untaran suavemente el aire, como había untado ella la mantequilla casera en sus tostadas. Hasta los coches que pasaban por la carretera resultaban más ruidosos. Rodeada de los enormes troncos blancos del parque eólico, Aire por fin sintió haber encontrado un lugar lo suficientemente alejado de su cotidianidad como para abrir una carta cuyo contenido vaticinaba igual de excepcional. Se sentó a los pies de uno de los aerogeneradores, apoyando la espalda en la torre. Sintió fría la tela sudada de la camiseta contra su piel. Metiendo el dedo en el agujero de la esquina que había rasgado en la cocina, terminó de abrir el sobre. Y sacó las dos hojas escritas a mano.

Al leer las primeras frases, supo que había acertado: el origen de la carta era justo el que imaginaba. Pero a medida que siguió leyendo, la excitación, el regocijo de satisfacer una curiosidad, se fue transformando en asombro. En dolorosa incredulidad. En rabia. Cuando cambió de hoja, la dimensión que adquirió el mensaje superó cualquier expectativa. Y al terminar de leer aquellas palabras escritas desde el dolor más profundo al que puede enfrentarse una madre, Aire no dudó ni un segundo en que respondería a la petición que se le hacía.

LUZ

Luz se quedó mirando a cámara, manteniendo durante varios segundos la sonrisa seria que había ido perfeccionando con los años. Un oxímoron gestual con el que conseguía un rostro neutro pero amable, grave pero sereno, igual de válido para despedir el informativo tanto si la última noticia había sido negativa como si había sido positiva. Manteniendo esa sonrisa, contaba mentalmente hasta cinco y retiraba entonces la mirada del objetivo para aparentar que organizaba los papeles sobre la mesa. Antes adornaba aún más ese momento conversando con su compañero de forma afectada, gesticulando para la cámara, sabedora de que los espectadores no escucharían nada, pero sí podrían ver lo bien que se llevaban, potenciando la sensación de cercanía entre ambos presentadores y generando confianza hacia la pareja televisiva. Pero una de esas veces, un micro mal cerrado la puso en un aprieto al emitir las críticas que dedicó al símbolo color turquesa de un partido de extrema derecha. Todo el país escuchó cómo le decía a su compañero que ese color era un color demasiado bonito —«El color del mar Caribe», dijo exactamente— como para que se lo apropiaran ahora «esos putos machistas». No dijo nada que no hubiera dicho en un restaurante, o en el camerino mientras se desmaquillaba, pero en ese momento no solo la escucharon sus amigas o su maquilladora, sino millones de personas. Algún compañero de sonido había olvidado bajar su micrófono y su insulto se escuchó alto y claro incluso sobre la sintonía de despedida, en volumen ascendente, del informativo. Tuvo que pedir varias disculpas en privado, en despachos de la cadena, y otras tantas en público, para conseguir el perdón de una parte de la audiencia que se había sentido ofendida por la alarmante falta de imparcialidad de una presentadora de informativos, a la que, si algo se le exige, es objetividad. Ella alegó que aquellas palabras, aunque se hubieran colado en una emisión pública, formaban parte de su privacidad, de una opinión personal que jamás compartiría voluntariamente fuera de un círculo íntimo y que, por supuesto, jamás influiría, ni un poquito, en su profesionalidad al tratar las noticias del día. A pesar de sus disculpas y alegaciones, fue necesario que pasaran varias semanas para que el público lo olvidara o para que dejara de aludirse al episodio en columnas de opinión y en monólogos de apertura pronunciados por presentadores de programas nocturnos en cadenas de la competencia. Desde que aprendiera la lección, Luz ya nunca hablaba con su compañero durante la sintonía de despedida. No decía nada, ni bueno ni malo, tan solo se esmeraba en su teatral labor de ordenar los papeles o subrayar con el marcador palabras al azar como si estuviera plenamente concentrada en ello.

Ahora mantuvo la sonrisa seria hasta que el regidor gritó que estaban fuera del directo y la sintonía enmudeció. Entonces su sonrisa viró definitivamente hacia la seriedad. Hacia la tristeza. Puso la tapa al marcador amarillo y lo lanzó a la mesa con tanta fuerza que se deslizó sobre la superficie hasta caer al suelo. Del bolsillo de su chaqueta, sacó un frasco de colirio. Se puso tres gotas en cada pupila, parpadeó para repartir la solución sobre sus córneas. Después recostó la cabeza en la silla y la reclinó, lo último que vio antes de cerrar los ojos fueron los focos del techo. Lágrimas reales amenazaron con asomar a su párpado inferior, pero luchó contra ellas, no quería que se mezclaran con el colirio y debilitaran su efecto. A su lado, oyó cómo se acercaba, rodando, la silla de su compañero de mesa, un clásico presentador de pelo blanco y guapura televisiva, que le sacaba treinta años y dos décadas de experiencia. Sabía que iba a recordarle que no debía dejar que le afectaran ciertas noticias, que su trabajo era comunicarlas sin sentirlas, que si no acabaría volviéndose loca. En efecto, eso fue justo lo que le dijo, aunque también añadió que comprendía que estuviera furiosa, que la liberación de esos cinco asesinos a él también le parecía un insulto a la justicia. Al orden social. Ella buscó la mano de él sobre la mesa, a ciegas, y se la apretó en señal de agradecimiento. Cuando, pasados unos segundos, abrió sus ojos barnizados de colirio y lágrima, la imagen que vio de su pareja televisiva fue una mancha desenfocada, acuosa, que le recordó a ciertas visiones del pasado. Usando las manos como abanico, Luz se ventiló los ojos para secarlos, mostrándose avergonzada por acabar tan afectada una jornada laboral a la que ya debería estar más que acostumbrada. Su compañero, a modo de consuelo, le recordó que no era algo que le ocurriera a menudo. Y tenía razón. Pero el caso con el que acababan de cerrar el informativo, el de los Descamisados, de cuya futura liberación venían hablando en las noticias desde meses atrás, la removía por dentro.

«Es esa chica, Alegría», explicó a su compañero, «me parte el corazón».

Él le aclaró que no era la única. Que esa joven primero conquistó y luego rompió el corazón de todo el país. Le recordó que él ya estaba al frente del informativo cuando ocurrieron los hechos, doce años atrás, y que, en su larguísima carrera, recordaba pocas noticias que hubieran provocado una respuesta tan unánime en la población. Dijo que, cuando mataron a esa chica, todo el mundo sintió que habían matado un poco a su hija, a su hermana, a su mejor amiga. Luz añadió que, por aquel entonces, ella estaba terminando el primer curso de Periodismo, así que tenía más o menos la edad de la víctima. Y que lo que ella sintió, como muchas otras compañeras de clase, fue que a la que podían matar era a ella misma. Quizá por eso le asustaba tanto pensar que quienes violaron y mataron a esa joven volverían a las calles, libres, en las próximas semanas. Se quedó mirando a los ojos del presentador, que no dijo nada más, quizá no encontró palabras de consuelo o calificativos adecuados para semejante insensatez del sistema. Una auxiliar de producción gritó el nombre de él con urgencia —alguien requería de su presencia inmediata en un despacho—, y el presentador se despidió de Luz con un rápido masajeo del hombro. Le repitió que no se llevara las noticias a casa, que procurara desprenderlas de su piel como haría con el maquillaje en el camerino. Ella agradeció su preocupación con un asentimiento, pero en cuanto se quedó sola dirigió los ojos al monitor en el que se había quedado congelada la imagen de cinco chicos sin camiseta, bebiendo del maletero de un coche aparcado en un descampado. Vasos, costillas, axilas y músculos iluminados por el brillo azulado de un neón. Aunque sabía que el realizador podría regañarla, Luz se levantó y apagó el monitor, no soportaba ver a esos chicos. En la pantalla, que se quedó negra, apareció el rostro derrotado de su propio reflejo, y advirtió lo enrojecidos que tenía los ojos. Sus lágrimas, aunque contenidas, habrían reducido el efecto del colirio. Echó mano del bolsillo en busca del frasco, pero no logró exprimir ni una gota. La anterior dosis lo había vaciado.

Regresó a su mesa de la redacción con manos temblorosas, el pulso acelerado. Si no se daba prisa, los globos oculares empezarían a acartonársele. A agrietársele. Abrió el cajón inferior, donde guardaba siempre una reserva mínima de cinco frascos. Abrió uno nuevo. Recostada en su silla de la redacción, se echó tres gotas en cada ojo. Y suspiró aliviada mientras los cerraba. Enseguida escuchó en su mente la voz de su oftalmólogo suplicándole que parara. Que hacía años que podía dejar de usar el colirio porque sus globos oculares no se iban a acartonar en ninguna situación, y mucho menos a agrietarse. Que lo único que ella había desarrollado con los años era una fobia derivada de su dolencia inicial y, con la fobia, una adicción perniciosa a los frasquitos de colirio. Pero que su trabajo como oftalmólogo había terminado hacía tiempo, que había sido un éxito y sus ojos estaban fisiológicamente perfectos. Que ella lo que necesitaba en realidad era superar una adicción, para lo cual sería mejor concertar cita con un psicólogo, un psiquiatra o un hipnólogo. Luz se meció en la silla, girándola a un lado y a otro. Era una silla menos aparente que la que tenía en el plató, pero mucho más cómoda. También tenía una tercera silla arriba, en un despacho que apenas visitaba: la cadena le había concedido uno en la planta superior, junto a varios directivos, pero ella prefería trabajar más cerca de sus compañeros, experimentar en grupo los brotes de adrenalina que provocaban ciertas noticias o la proximidad del directo. Volvió a abrir los ojos y se guardó el frasco de colirio en el bolsillo, en el del pantalón esta vez —la chaqueta tendría que devolvérsela al estilista antes de salir—. La última vez que visitó al oftalmólogo le preguntó si el exceso de colirio podía ser dañino para el ojo y él, a regañadientes, reconoció que dañino, lo que se dice dañino, no. Así que Luz dedujo que esa supuesta adicción al colirio no sería tan grave. Peor sería que dejara de echárselo un día y sí se le acartonara el ojo. O se le agrietara. O se le cayeran las córneas y acabara ciega. Hubo un tiempo en el que la ceguera era una amenaza real que se cernía sobre su vida y no quería volver a pasar por ello. Ocurrió, además, al inicio de la carrera, y aún hoy se le encogía el estómago de angustia al recordar la desesperación que le provocaba la idea de perder la capacidad de leer y no poder acabar sus estudios. Cuántos miedos se le habían juntado entonces. El miedo a quedarse ciega por un desorden genético que empezó a agravarse al final de su adolescencia, y el miedo que acababa de recordar junto a su compañero en el plató, el que se extendió entre las chicas de la universidad tras el caso de Alegría.

«Alegría…».

Luz susurró el nombre a una redacción semivacía de grandes ventanales al tiempo que lo tecleaba en su ordenador. Leer en el teleprónter tantas noticias sobre los Descamisados estaba intoxicando su recuerdo de aquella chica tan guapa a la que le gustaban las mariposas. En varias de las últimas reuniones de contenido, ella había insistido en que debían incluir en la escaleta piezas de recuerdo a la víctima, dar más espacio a las declaraciones de su madre, que además se expresaba muy bien cada vez que emitía un comunicado o hablaba a cámara. O enviar reporteros a las manifestaciones que, aunque no tan masivas como entonces, empezaban a resurgir en las calles de algunas ciudades ante la proximidad de la liberación de los asesinos. Pero en esas mismas reuniones, el director del informativo, apoyado por el de la cadena, rebatiría su enfoque alegando que el período de repulsa por el crimen y de duelo por la víctima estaba superado. Que ya le dedicaron suficientes horas a Alegría y a las manifestaciones cuando se produjo el asesinato. Que el crimen en sí, la muerte, formaba parte del pasado, que no podían seguir montando piezas con imágenes de archivo porque la actualidad es, precisamente, lo contrario al pasado. Y que en el presente y en el futuro inmediato, gustara más o menos, los protagonistas de la noticia eran, e iban a ser, ellos. Los acusados. Que además saldrían cumpliendo íntegra su condena. Y se reinsertarían en la sociedad como ciudadanos de pleno derecho. Ellos eran quienes tenían algo que decir ahora, y eran sus declaraciones las que interesaban. Por injusto que resultara, la actualidad mandaba, y solo los Descamisados podían nutrir al informativo de contenido inédito. Contenido inédito que, además, era el que los espectadores querrían ver en sus pantallas. Se horrorizarían, se indignarían e incluso insultarían en voz alta a las imágenes de sus televisores, en bares y salones, pero querrían verlo. Y era esa audiencia la que mantenía vivo el informativo, atrayendo la inversión publicitaria que pagaba los sueldos de todos los que trabajaban en él. Incluyendo el de la propia Luz, como se encargaría de recordarle el director para terminar de quitarle las ganas de seguir luchando por un contenido orientado al recuerdo de la víctima. Añadiría, subiéndose las gafas con el pulgar, que quienes quisieran volver a ver las imágenes de Alegría bailando de niña, las que se emitieron un millón de veces hacía doce años, no tenían más que buscar el vídeo en su ordenador o teléfono.

En su ordenador, los resultados que obtuvo Luz tras la búsqueda listaban miles de noticias sobre el crimen, numerosas fotografías de Alegría. Varias imágenes de mariposas. También la última foto que existía de ella viva, una que se había tomado con el móvil en el ascensor en el que bajó a la calle aquella noche. Luz admiró la natural belleza que irradiaba, sonriendo llena de vitalidad al espejo del ascensor, formando una V con dos dedos extendidos. Podía, como analizaron los medios, estar haciendo la señal de la paz o replicando un gesto que los jóvenes usaban en los selfis sin saber cuál era su origen o su significado. Pero daba igual, para Luz lo bonito de esa imagen era ver a una chica feliz haciéndose una foto en el ascensor porque se veía guapa y se sentía bien consigo misma. Con sus piernas al descubierto, su gigantesco escote en el cuello y unos hoyuelos que envidiarían todas sus amigas. En los espejos del ascensor, en una de las hileras de reflejos infinitos, se apreciaba también el tatuaje de una gran mariposa verde. Una profunda tristeza invadió a Luz al pensar en el viaje interior que habría tenido que recorrer esa chica para llegar al punto de serenidad y felicidad que se apreciaba en la foto. Y cómo se lo habían arrebatado todo de la peor manera posible. Aunque la alta tasa de criminalidad y de suicidios en la población transgénero no constituía un contenido que su informativo se molestara en cubrir —ni siquiera ella perdería sus fuerzas en luchar por él en las reuniones de contenido—, Luz sabía que era mucho más elevada que en el resto de la demografía. Y resultaba descorazonador saber que Alegría, quien había gozado de una singular aceptación por parte de sus entornos sociales, desde pequeña a mujer adulta, había acabado formando parte, igualmente, de tan triste estadística.

Aunque lo había visto mil veces ya, Luz presionó la miniatura del vídeo de Alegría bailando como Shakira. Se quedó embobada con los movimientos de cinturita de la niña. Antes de que nuevas lágrimas anularan el efecto del colirio, apartó la mirada de la pantalla, dejó el teclado en vertical a un lado del escritorio y amontonó los papeles sobre la mesa formando una pila de responsabilidades de las que ya se ocuparía al día siguiente. En lo alto, colocó la correspondencia del día: una decena de sobres que no había tenido tiempo de abrir. Descartó, primero, los que eran invitaciones a eventos de marcas comerciales. Después, los que eran notas de prensa disfrazadas de regalos, también de marcas comerciales, que aún pensaban que regalándole un lote de cremas podría ella colar una cuña publicitaria en mitad del informativo. Al final se quedó solo con tres cartas redactadas a mano. En una habían escrito su nombre con tantos errores que la reservó para otro momento, no se sentía con fuerzas de leer caligrafías complicadas. Solía hacerlo, siempre, y a veces salían grandes historias de esas cartas, pero seguro que podía esperar a mañana. En la segunda, reconoció el bolígrafo de gel morado con el que le escribía un admirador que saltaba de tierna poesía a fantasía pornográfica de un párrafo a otro. Pasaba de decirle que su pelo rubio y curvada figura la convertían en una guitarra bañada en oro, a soltarle que se masturbaba con el informativo mirando fijamente el lunar sobre su labio, hasta salpicarle la cara en la pantalla. Ese sobre fue directo a la papelera. El último que le quedaba tenía una presentación impecable, todo escrito en mayúsculas perfectamente legibles. El nombre de la remitente le resultó familiar, pero, aunque forzó su memoria, no fue capaz de ubicarlo. Después del informativo era tal la acumulación de nombres, datos y cargos en su cabeza, que podía estar leyendo el nombre de la presidenta del Gobierno y no caería en ello. Le dio la vuelta al sobre en busca de la solapa. La rasgó de forma irregular, venía bien pegada. Rompió los restos de papel adhesivo y, justo antes de extraer el contenido, su memoria cansada recordó el motivo por el que le sonaba ese nombre, al visualizarlo en forma de rótulo en el informativo:

«La madre de Alegría».

Lo susurró como había susurrado el nombre de ella hacía unos minutos. Emocionada de recibir una carta de esa mujer a la que tanto admiraba y por la que tanta empatía sentía, se propuso luchar por sus contenidos, con más ahínco, en futuras reuniones de redacción. Imaginó que era eso lo que ella iba a pedirle en la carta: que le concedieran algo de tiempo para hablar de Alegría en el informativo. Quizá los invitaba a grabar algo en su casa, para contar a la audiencia cómo una madre supera el asesinato de una hija o cómo se enfrenta a la liberación de sus asesinos. Pero pronto se dio cuenta Luz de que las palabras que leía nada tenían que ver con tiempo de televisión o con recibir a un operador de cámara en casa. Cuando leyó realmente el contenido de la carta, Luz echó la silla hacia atrás y apoyó la frente en la mesa sobre uno de sus antebrazos para llorar sin que la viera nadie. Una redactora, sentada varias mesas más allá, le preguntó si estaba bien. Ella levantó una mano para tranquilizarla, dijo que solo necesitaba unos segundos. Después se reclinó en el asiento, parpadeando para secar sus ojos. Nerviosa, buscó en el bolsillo del pantalón el frasco de colirio recién abierto, pero detuvo la trayectoria de su mano en el aire, a media parábola. Pensó que, quizá, de verdad, como decía su oftalmólogo, no lo necesitaba. Y que la vida era un regalo demasiado valioso como para complicársela innecesariamente con manías y miedos infundados.

VIDA

El metrónomo se detuvo. Vida volvió a darle cuerda. Con el peso corredizo ajustado en un tempo de *adagio*, soltó la varilla para que se reiniciara el movimiento pendular que marcaba el ritmo de lo que iba tocando. Antes de devolver sus dedos a las teclas, se peinó hacia atrás el pelo con ambas manos y se quedó hipnotizado con el vaivén a izquierda y derecha de la varilla, absorto en sus intermitentes chasquidos a un lado y a otro. Como si fuera el constante latido de un corazón. Sobre el piano, palpitaban también las llamas de tres velas, convertidas en la única iluminación del salón después de que las sombras —la de la mesa de centro, la gramola en una esquina, el estuche de un violonchelo junto al sofá— se hubieran ido arrastrando por el suelo de madera oscura de roble hasta evaporarse por completo al caer la noche. Perdido entre partituras y memorias, a Vida lo había envuelto la oscuridad igual que envolvió al salón, al chalé, a la urbanización entera, pero él no se había molestado en encender la lámpara de araña, el suave brillo anaranjado de las velas era suficiente para iluminar unas teclas a las que no necesitaba mirar ya y una partitura cuyas notas tampoco necesitaba leer. Vida escapó del embrujo del metrónomo, tan interiorizado el ritmo que podría ser su propio pulso, y devolvió las manos al piano. El olor y el calor de la cera caliente en su nariz despertaron en él una dolorosa nostalgia. Cerró los ojos antes de posar el meñique y pulgar izquierdo en do sostenido, el derecho en sol sostenido. Imaginando allí fuera una luna plateada tan grande como solo existe en fantasías o fotografías retocadas, Vida se concentró en los latidos de su corazón hasta que uno de ellos coincidió con el chasquido del metrónomo. Entonces dejó que su sangre se rindiera a la música y tocó, una vez más, las primeras notas de la *Sonata número 14* de Beethoven.

Había aprendido a tocar esa composición de niño, escondido durante el recreo en el aula de música mientras el resto de sus compañeros jugaba al fútbol en el patio y, desde entonces, era la canción que siempre elegía para escapar, para disolver su triste realidad en la belleza de esa melodía y contrarrestar el dolor, la rabia o la pena que lo estuvieran haciendo sufrir en ese momento. En el aula de música del colegio, en primaria, la tocaba para acallar los insultos que le hubieran lanzado sus compañeros esa mañana, o para llenar el silencio al que lo condenaban, también ellos, retirándole la mirada, dándole la espalda, sin valorar lo mucho que le había costado a él atreverse a dirigirle la palabra a alguien para intentar entablar conversación, quizá hacer un amigo. Aunque fuera solo uno. Siguió tocándola en secundaria, por las tardes, en el piano de casa, repitiéndola sin cesar hasta que su madre le suplicaba que cambiara de canción, sin saber ella que su hijo la tocaba más fuerte para tratar de distraer unos pensamientos que lo asustaban, porque lo estaban convirtiendo precisamente en el insulto que le lanzaban aquellos antiguos compañeros de primaria. Presionaba las teclas con rabia para que la música retumbara en su cabeza y ocupara el espacio, cada vez mayor, que ocupaban ciertas fantasías con sus compañeros. Sobre todo con uno. El que siempre llevaba desabrochados los tres botones del polo blanco del uniforme. El que una vez le sonrió cuando tropezaron en la puerta, uno entrando y otro saliendo, e hizo sentir a Vida algo que no lograba sentir por ninguna de las chicas en las que centraban su atención el resto de los chicos de la clase. Un sentimiento que lo convertía en lo que no quería ser, lo que sus antiguos compañeros de primaria identifica-ron que sí era antes que él mismo, dando la razón a esas mentes prejuiciosas que, juzgándolo desde fuera, habían simplificado lo que para él resultaba tan complejo vivido desde dentro. Porque un niño no puede ser tan amanerado sin ser maricón. Y aunque en realidad sí puede, y las equivocadas podrían haber sido esas mentes cerradas como pasa en tantas otras situaciones, en esta ocasión, la de su propia vida, la explicación más obvia había sido la verdadera. Como ya dijo alguien que ocurría siempre. Pero con trece años, Vida todavía pensaba que, quizá, si tocaba las teclas de su piano aún más fuerte, hasta que lo envolviera por completo la casta subli-midad de la música clásica, desaparecerían de su mente los deseos que tanto lo asustaban. Y aunque Vida tocaba para luchar contra sí mismo, la propia hermosura de la melodía que sus dedos extraían a las teclas del piano familiar acababa evocando imágenes de sus dedos acariciando otro relieve, el pecho del chico del polo desabro-chado. O destellos de su sonrisa, de esos labios, de sus ojos verdes, del pelo negro, tan rizado. De su pantalón gris de uniforme, abro-chado a una cintura que ya era gruesa, musculada, como la de un hombre, no infantil y huesuda como seguía siendo la de Vida. La evocación continuaría hacia lo que habría por debajo de la cintura del chico del polo desabrochado, momento en que Vida casi araña-ría las teclas al presionarlas, porque debajo de su propia cintura también ocurría algo que lo avergonzaba todavía más. Y cuando ese algo que era puro deseo terminaba de dominarlo y sus dedos ya no podían seguir tocando —como si se hubieran vaciado de sangre al dirigirse esta a otra parte de su anatomía—, Vida corría al baño para desahogarse. Al acabar, decepcionado consigo mismo por haber sucumbido otra vez a los sucios pensamientos, furioso y es-forzándose por no llorar, saboreando ya una culpabilidad que lo acompañaría durante semanas, oiría a su madre gritar desde la cocina que por fin había parado con esa canción.

Su madre, siempre ajena al sufrimiento de su hijo cuando ni siquiera sabía lo que le estaba pasando, siguió ignorándolo cuando sí lo supo. Cuando lo descubrió una tarde que entró a la habitación y encontró a su hijo con los labios pegados a los de un chico con el polo desabrochado, los ojos verdes y el pelo rizado, que había subido al cuarto a estudiar con él. A Vida en ese momento la mirada decepcionada de su madre no le dolió, pues era solo una interferencia dentro del mágico sueño que parecía estar cumpliéndose frente a sus ojos ese día. Un mismo día en el que el chico del polo desabrochado, que nunca antes le había dirigido la palabra, le había propuesto en el recreo que estudiaran juntos esa tarde. Le dijo que no terminaba de entender las diferencias que el profesor apuntaba entre impresionismo y expresionismo y a lo mejor él se lo podía explicar. Vida lo que no podía entender es que alguien confundiera un grito de Munch con un amanecer de Monet, pero hubiera aceptado esa cita incluso para explicarle que, si él quería, la tierra era plana y la luna, de queso. Durante el resto del día, Vida no pudo ya concentrarse en ninguna de las clases. En todas ellas, su atención viajaba desde el reloj sobre la mesa del profesor al pupitre del chico del polo desabrochado, a quien solo veía de espaldas, cuchicheando con sus compañeros. Cuando sonó el último timbre de la tarde, Vida se levantó de su silla con el corazón trotándole en el pecho, los dedos apretados a sus cuadernos para disimular el temblor de sus manos. Esperó en el pasillo, viendo salir al resto de alumnos. Salieron todos, excepto el chico del polo desabrochado y sus amigos. Ante el marco de esa puerta, cada vez menos congestionado, la ilusión de Vida se fue transformando en temor al entender que iba a ser todo una broma. Un acuerdo entre esos chicos de la clase que nunca le hablaban y que ahora saldrían en grupo para verlo esperar allí solo, demostrando que se había tomado en serio la ridícula propuesta del chico del polo desabrochado. Le soltarían que su amigo jamás se acercaría a él, ni para pedirle ayuda con ninguna asignatura, ni mucho menos para llevar a cabo cualquiera de las sucias ideas que su mente desviada hubiera imaginado. Se reirían de él allí mismo, en su cara, como una jauría, señalándole por mariquita. A punto estaba de marcharse cuando el chico del polo desabrochado emergió del aula, a solas. No se acercó, pero con una inclinación de cabeza le hizo entender a Vida que prefería que se encontraran fuera, en la calle. Quizá no quería que nadie los viera juntos. Y si no quería que los vieran juntos era porque ese encuentro, la relación entera, iba a ser un secreto entre ambos. Y si esa relación tenía que ser un secreto, a lo mejor era porque de verdad al chico del polo desabrochado le ocurría lo mismo que a él. Que sentía lo mismo que todos los chicos de trece años, pero de manera diferente. Vida dejó pasar un tiempo prudencial para que su compañero alcanzara la salida del instituto y después dejó pasar un poco más. Partió entonces hacia el encuentro tratando de contener una sonrisa que estiraba sus labios, caminando ligero, más ligero que nunca, casi flotando porque un globo de emoción inflaba su pecho. Al encontrarse en la calle, ellos eran los dos últimos alumnos que se arremolinaban en torno a la salida. El chico del polo desabrochado sugirió que fueran a casa de Vida, que en la suya estaba su padre y prefería que no los viera juntos, una propuesta que fortaleció en su mente la teoría del romance prohibido. Al entrar en casa, Vida percibió en el rostro de su madre la sorpresa de verlo llegar acompañado de alguien, emocionada seguro ante la posibilidad de que su hijo por fin estuviera haciendo algún amigo. Pero Vida, en su cabeza, estaba haciendo algo más que un amigo. Cuando cerró la puerta de su dormitorio, las manos le sudaban tanto que se las secó en la colcha de la cama sin ser visto. El chico del polo desabrochado, sentado ya al escritorio con el libro abierto, se había quitado los zapatos del uniforme. Apoyaba las plantas firmes en el suelo, las rodillas caídas a los lados, muy separadas, los antebrazos sobre el escritorio. La postura, tan masculina, excitó a Vida, y al verlo mover los dedos de los pies dentro de sus calcetines, sintió estar compartiendo con él algo tan íntimo que fue incapaz de entender cómo un día que había empezado igual que todos los demás se había convertido en un día en el que el chico del polo desabrochado estaba pisando la alfombra de su habitación casi descalzo. El sueño imposible siguió haciéndose realidad desde que vio esos pulgares moverse arriba y abajo dentro del calcetín hasta el momento más imposible de todos. Un momento en el que, con los codos sobre la noche estrellada de Van Gogh, el chico del polo desabrochado acercó sus labios a los de Vida. Los dejó ahí unos segundos, hasta que Vida se atrevió a separarlos para dejar que entrara en su boca, por primera vez, una lengua que no era la suya. Y en ese mismo momento en el que Vida creyó entender lo que había llevado a Beethoven a escribir la *Sonata número 14*, su madre abrió la puerta del cuarto.

En sus ojos, Vida vio una mezcla de estupefacción, decepción y rechazo que no deberían existir jamás en los ojos de una madre. Y aunque ese destello de rechazo anunciaba ya un futuro de incomprensión y silencio entre ambos, en ese momento a Vida ni siquiera le preocupó, porque el chico más guapo del mundo acababa de besarle. Pero entonces el chico más guapo del mundo se levantó de un salto, con las manos alzadas como si lo hubieran pillado robando. Explicó a la madre de Vida que él no era eso que ella estaba pensando. Que su hijo sí lo era, pero que él no. Que él solo necesitaba una foto besándose con su hijo porque formaba parte de una serie de retos que se habían impuesto en su pandilla de amigos. A él le había tocado besar al pringado de la clase para sacarlo del armario, los demás tenían que cumplir otras hazañas igual de humillantes, como bailar en el despacho del director o quedarse en calzoncillos en la cafetería delante de un grupo de chicas. Para corroborar lo que decía, levantó su móvil de la mesa y mostró su última grabación en vídeo. En ella, se veía cómo, nada más entrar en el cuarto de Vida, colocaba el teléfono estratégicamente sobre su carpeta en el escritorio, capturando ya con la cámara la manera en que Vida se había secado las manos en la colcha, a sus espaldas, creyendo no ser visto, y también la manera en que se había quedado mirando los pies descalzos de su compañero. Vida ni siquiera había sido consciente de cómo se había mordido el labio inferior, gesto que sí quedó recogido en el vídeo. A continuación, en las imágenes, el chico del polo desabrochado dedicaba un guiño a la cámara y realizaba una cuenta atrás con los dedos, como quien va a comenzar un grabación preparada. Vida vio en el vídeo su propia cara de tonto perdiéndose en la verde mirada de su compañero, y cómo este le había acercado los labios de una manera que, vista desde fuera, resultaba claramente mecánica. Forzada. Y durante ese beso fugaz en el que Vida, con los ojos cerrados, sintió haber descubierto algo importante sobre su existencia, el chico del polo desabrochado miró a cámara y levantó un pulgar. La señal para indicar a sus amigos que había conseguido su reto. Para dejar aún más clara la finalidad del vídeo, el chico lo envió en ese mismo momento al chat de su pandilla. A Vida y a su madre les mostró la pantalla en la que enseguida aparecieron como respuesta símbolos de pulgares hacia arriba, caritas sonrientes y también caritas vomitando. Dando por demostrada su versión, el chico del polo desabrochado huyó del dormitorio sin volver a mirar a Vida. Su madre también se marchó, sin preguntar nada. Sin querer saber por qué los compañeros de clase de su hijo se lanzaban retos en los que besarle a él era tan humillante como desnudarse en una cafetería. Ella nunca más habló del tema y, aunque ahora ya supiera el malestar que llevaba a su hijo a tocar sin parar una misma canción para enmudecer sus propios pensamientos, siguió quejándose de que la tocara en bucle. A veces, cuando Vida recordaba ese episodio, se preguntaba si el chico del polo desabrochado también necesitaba meterle la lengua para cumplir el reto de sus compañeros.

Insatisfecho con la experiencia social del colegio y el instituto, Vida huyó al extranjero a estudiar la carrera de piano. Pero allí se encontró a sí mismo refugiándose de nuevo en la sonata de Beethoven, tocándola a solas en el conservatorio, por las tardes, cerca de la calefacción, para no regresar a la litera de su habitación compartida en un piso interior en la parte fea de aquella ciudad tan fría, mucho más que la suya, y en la que se hacía de noche mucho antes. Lo que trataba de acallar entonces eran nuevas voces dañinas que le pedían que se rindiera, que regresara al lado de su madre aunque ella no lo quisiera. Que podía huir a miles de kilómetros de casa, pero seguiría estando solo. Y que la vida, cuando duele, duele por dentro, así que da igual donde uno esté. Una de esas tardes, en la que llovía tanto que olía a tierra mojada incluso dentro del conservatorio, un estudiante de violonchelo se asomó a la puerta del aula de piano preguntando por un profesor que no estaba allí. Vida, con los dedos detenidos flotando sobre las teclas, respondió que no a esa pregunta, pero el estudiante de violonchelo enseguida le lanzó otra. Y después otra. Y otra. Y otra. Preguntas a las que Vida respondió que Albinoni, que desde siempre, que sin tomate, que Capricornio, que sí, que en el campo, que nunca, que Truman Capote, que ninguna de las dos, que tacos mexicanos, que siete, que no, que Lana del Rey... Siguieron preguntándose cosas hasta que un vigilante de seguridad abrió la puerta malhumorado obligándolos a abandonar el centro, momento en el que el estudiante de violonchelo lanzó a Vida otra pregunta más importante, la de si quería acompañarlo a su casa. Y Vida respondió que sí. La casa era un apartamento para él solo, propiedad de su familia, calentito y muy cerca del centro. A partir de esa primera noche, las dudas y conflictos de la adolescencia de Vida empezaron a sonar a lejanos recuerdos desafinados, porque entendió que solo siendo aquello que tanto pavor le había dado aceptar que era, podía ahora haberse enamorado de esta persona que acabó convertida en su mejor mitad. Un hombre que se sentaba cada noche a su lado al piano —después de encender unas velas porque decía que las llamas también tienen derecho a bailar— para tocar a cuatro manos a Beethoven, Chopin o Badalamenti. O que sacaba su violonchelo para tocar a dúo hasta que algún vecino molesto golpeara las paredes. Con él, Vida aprendió a querer. De él aprendió a quererse. Fue él quien transformó sus antiguos miedos y rechazos en orgullo y agradecimiento a la vida. Y fue él también quien, una madrugada, con las piernas enredadas entre las sábanas, posándole una mano sobre el vello sudoroso de su pecho, le dijo: «Bombear sangre al resto del cuerpo no es la labor más importante de un corazón».

Si Vida tuviera que elegir el momento más bonito de toda su existencia se quedaría con ese. Y a ese momento tuvo que aferrarse —a memorias de la piel de uno confundiéndose en la del otro— para no quitarse la vida cuando alguien se la quitó al hombre que le había enseñado a quererse. Una noche, en un bar, un tropiezo se convirtió en discusión. Una discusión, en pelea. Y en la pelea que acabó contagiada a todo el local, alguien rompió una botella de licor contra la barra y se la clavó en el cuello al estudiante, que no volvió a tocar el violonchelo. Vida pasó noches enteras hechizado por la imagen del estuche del instrumento, cerrado, siempre cerrado, en una esquina del mismo salón donde habían tocado juntos tantas veces viendo bailar las llamas de las velas al compás de sus melodías. No llamó a su madre, ni siquiera en los momentos en los que pensó que quizá no tendrían ya oportunidad de volver a verse. Pero qué más daba, qué podía decirle ella, si ni siquiera conocía, o sabía que existía, el estudiante de violonchelo. El hombre que había completado a su hijo. Vida olvidó cómo salir de casa, cómo comer, cómo vivir. Deseó que se le olvidara cómo pensar. Cómo respirar. Hasta que una madrugada, acurrucado sin dormir en el suelo a los pies de un piano que era incapaz de tocar y mirando al estuche cerrado de un violonchelo, se consumieron a la vez las tres velas que encendía para recordar el olor de sus mejores noches. Los fuegos apagados en sus balsas de cera lo dejaron en total oscuridad. Una luna llena plateada tan grande como solo existe en fantasías o fotografías retocadas brilló entonces en la ventana. Y desde algún lugar que podía ser su propia memoria llegó el sonido de un arco acariciando las cuerdas de un violonchelo, tocando las primeras notas de la *Sonata número 14* de Beethoven. La sonata *Claro de luna*. Sin ser consciente de que lo hacía, Vida se incorporó, escalando el pequeño banco del piano como si fuera el Everest de su dolor, y posó los dedos en las teclas por primera vez desde que alguien matara al estudiante de violonchelo. Tocó esa noche hasta que la luna desapareció en la ventana. Tocó al día siguiente. Tocó cada vez que le dolían los dedos por no poder tocarlo a él. Tocó porque no tenía otra manera de besarle. Tocó, tocó y tocó. Tocó durante toda la carrera,

hasta terminarla como el mejor estudiante de su promoción, conde-
corado por tal hazaña en una graduación a la que su madre no asistió. Una vez conseguido el título, Vida decidió regresar a su país
porque seguía echando de menos la luz y el calor, y porque le dolía
escuchar en la calle el idioma en el que alguien le dijo te quiero por
primera vez, pero escucharlo siempre en otras voces que no eran la
del estudiante de violonchelo. Vida se despidió de los padres de él
haciéndoles una única petición: que le dejaran llevarse su instrumento. La madre se besó los dedos y acarició las curvas del estuche
del violonchelo antes de cedérselo con una sonrisa. A su propia
madre, Vida ni siquiera le contó que regresaba a casa. Alquiló el
estudio más pequeño que encontró en el centro de la capital mientras se presentaba a decenas de pruebas y audiciones, hasta ganarse
una codiciada plaza fija en la Orquesta Nacional. Después de los
primeros diez años, pudo comprarse una casa en una urbanización
a las afueras de la ciudad. Lo primero que trasladó a ese chalé vacío
fue el estuche cerrado del violonchelo, que lo seguiría acompañando desde entonces en una esquina del salón, junto al sofá. A veces,
mirando cómo su sombra se alargaba por el suelo de madera oscura, hasta evaporarse con la llegada de la noche, Vida imaginaba que
era el estudiante de violonchelo quien se movía por la estancia, sus
pies acercándose al piano para encender unas velas que bailarían
frente a ellos mientras tocaban a cuatro manos aunque fuera una
última vez.

El metrónomo volvió a detenerse. Los dedos de Vida en las
teclas, también. Pero sobre el piano, entre el aparato que se había
quedado sin cuerda y las velas que amenazaban con extinguirse,
seguía estando la carta. Ni una decena de repeticiones del primer
movimiento de la sonata habían conseguido hacerla desaparecer.
Eran dos hojas manuscritas que él mismo había roto, tirado a la
basura, y después recompuesto con cinta adhesiva. Una carta que
encontró en el suelo de la entrada de casa al llegar. Tratar de miti-
gar el dolor que le había causado leer la carta era la razón por la que
esa tarde había necesitado refugiarse otra vez en Beethoven. Por-

que las palabras que esa madre había escrito sobre su hija habían hecho sentir a Vida que la conocía. Con la mano en el corazón, Vida se había emocionado al reconocer en la historia de esa chica episodios similares a la suya propia, como el acoso en el colegio o la lucha por defender una identidad diferente. Pero a continuación la madre explicaba lo que había ocurrido con su hija —Vida no conocía el caso, hacía años que vivía ajeno a la actualidad— y lo que revivieron entonces esas palabras fue el dolor inconmensurable que provoca una muerte injusta y absurda a manos de la violencia más gratuita. Vida al menos tenía el consuelo de que quien mató al estudiante de violonchelo había recibido la pena máxima y pasaría el resto de sus días buenos en la cárcel. Tan solo imaginar lo que sentiría esa madre al saber que los asesinos de su hija iban a salir a la calle le provocó un dolor físico en el corazón. Y fue en ese momento, por su propio bien, cuando Vida rompió la carta. La desechó en la basura y se quedó allí de pie, mirando a la nada, incapaz de procesar tanta información. Él siempre había pensado que no se debe dar al mundo lo que no quieres encontrar en él, y que la violencia jamás puede resolverse con violencia, porque, si no, estás generando lo mismo que quieres destruir. No tiene sentido combatir el dolor provocando más daño. Pero pasado un tiempo indeterminado, recogió los pedazos de papel del cubo y los pegó con cinta adhesiva. Vida había dejado la carta reconstruida sobre el piano, el único lugar en el que podía escapar de la realidad. Había encendido las velas y activado el metrónomo. Abrazado por el olor de la cera caliente y sintiendo cómo la sombra del estuche del violonchelo caminaba por su salón, Vida había paseado los dedos sobre las teclas del piano al tiempo que paseaba en su memoria por los recuerdos de su propia vida, tratando de tomar una decisión. Ahora que el metrónomo se había detenido por última vez, la decisión estaba tomada. Vida se levantó del piano y se sentó en el sofá. Con una mano, acarició el cuero del estuche del violonchelo, recordando el momento más feliz de toda su existencia. Con la otra, llamó al teléfono que encontró al final de la carta.

HIEL

Hiel se quitó el pantalón de trabajo. La camiseta. Los guantes. El chaleco amarillo. Lo metió todo sin doblar en la taquilla. Al día siguiente se quejaría de lo arrugadas que había dejado las prendas, se prometería que esta vez las doblaría mejor al acabar el turno, pero al acabar el turno volvería a quitarse el uniforme a toda prisa y a desecharlo en la taquilla hecho una bola, perpetuando un ciclo de diaria incomodidad. A medianoche, cuando llegaba a la planta fresco y recién desayunado, le resultaba muy fácil hacerse promesas, pero al terminar el turno a las ocho de la mañana, después de pasarse horas separando basura para reciclar en una cinta, lo único que quería era salir de allí, huir cuanto antes de ese mundo de cartones mojados, pañales, cáscaras de naranja y botes vacíos de detergente. Doblar una ropa manchada de tomate frito y yogur parecía una gigantesca pérdida de tiempo que tan solo retrasaría su escapada. Hiel, además, estaba ya acostumbrado a hacerse promesas a sí mismo. A cumplirlas, no tanto.

Sus compañeros también se cambiaban de ropa a su alrededor, haciendo chistes acerca de los objetos más inesperados que hubieran encontrado ese día en la cinta —semanas atrás apareció un consolador de color rosa entre cáscaras de plátano y sirvió para alimentar gracietas durante días—. La mayoría de ellos se reunirían ahora en el único bar del polígono, el mismo que acabarían de dejar vacío los compañeros del turno de mañana, tras apurar sus desayunos. Ellos habrían pedido café, los del turno de noche pedirían cerveza, o algún alcohol más fuerte, aunque el reloj ni siquiera marcara aún las nueve de la mañana. Cuando uno trabaja de noche, la mañana es su tarde, y ese es el momento en que apetece emborracharse con los compañeros. Hiel cerró su taquilla tratando de no escuchar al de plásticos hablar sobre lo fría y grande que sería la jarra de cerveza que se iba a pedir. Sobre su hombro cayó entonces la mano de un compañero, que olía a la solución desinfectante del dispensador del vestuario. Era el chico nuevo: treinta años menor que él y solo dos semanas en la planta. Conservaba aún la mirada limpia de quien no ha pasado un tercio de su vida clasificando los desechos de una gran ciudad. Le preguntó a Hiel si se iba con ellos al bar, y de guasa añadió que era un aburrido por no acompañarlos nunca. Que su mujer, sus hijas, su madre o con quien viviera seguro que se habían ido ya a trabajar o al cole y no estarían esperándolo en casa. Hiel quitó la mano sobre su hombro como si espantara una de las cucarachas que escalaban por sus brazos desde la cinta transportadora. Sin responder, echó la llave de su taquilla. Dirigió al joven una mirada llena de bilis, para que fuera aprendiendo que es mejor no meterse en los asuntos de los demás ni dar por hecho cómo es la vida de nadie. Después se encaminó a la salida del vestuario sorteando al resto de compañeros, quienes, con pantalones a medio subir y camisetas a medio poner, observaban el tenso desencuentro. Algunos trataron de detener la marcha de Hiel, pidiéndole que no se pusiera así, que el chico no sabía nada, que había preguntado con la mejor de sus intenciones. Otros se apresuraron en explicarle al chico, en voz baja, por qué había metido la pata. Y el encargado de pilas y baterías le gritó a Hiel que en el bar también podía beber cerveza sin alcohol o agua, que no entendía por qué era tan estricto consigo mismo. Hiel se detuvo con la puerta en la mano, pensando si responder. Raspó su lengua contra los dientes. Decidió continuar su camino sin decir nada. La puerta de vaivén se cerró tras él. Mientras se alejaba por la nave, oyó el murmullo que estalló en el vestuario. La siguiente puerta que encontró, la de salida al exterior de la planta, la cerró con un portazo tan fuerte como eran las ganas que tenía de callarles la boca a todos. Porque cuando bebía no pararon de recomendarle que lo dejara. Y ahora que lo había dejado no paraban de exigirle que lo llevara bien. La vida de los demás siempre parece tan sencilla... Las decisiones de los otros son muy fáciles de tomar.

En el exterior, de su mochila sacó unas gafas de sol. Se aproximaba el verano y la luz resultaba molesta desde temprano. Él, además, prefería ocultar sus ojos. Los ojos siempre dicen demasiado de uno mismo. También le gustaba echar las cortinas en casa. A sus espaldas oyó el silbido de un freno y se apartó para dejar pasar a un camión de basura que salía de la planta. En el reflejo de su enorme retrovisor, el conductor le dio las gracias levantando una mano. Él respondió con una mínima elevación de barbilla. Antes de trabajar allí, le parecía que los camiones de basura apestaban, ahora ni se molestaba en dejar de respirar cuando pasaban a su lado. Desde la calle entró corriendo una compañera, en dirección contraria a él, llegando tarde seguro al inicio de turno que había empezado hacía quince minutos. Hiel alcanzó la salida peatonal de la planta, a un lado de la garita de control y de las barreras que subían y bajaban controlando el acceso de los vehículos. Se dirigía a la única parada de autobús del polígono. Caminó con un dedo tocando la valla hasta que una voz gritó su nombre detrás de él. Era el vigilante de la garita, que se aproximaba con paso acelerado, agitando algo en la mano. Entre sonoras respiraciones para recuperar el aliento, le dijo que había llegado una carta a su nombre. Se quejó de que los empleados le complicaran la jornada de trabajo usando esa dirección para recibir cartas personales o paquetes de sus compras por Internet. Pero Hiel le explicó que él jamás usaba esa dirección para nada, y que tampoco esperaba ninguna carta. El vigilante dijo que entonces más le valía correr porque algún acreedor a quien debía dinero había descubierto dónde trabajaba. O que alguna mujer a la que hubiera dejado embarazada había dado finalmente con él. Llegó a proponer que se deshicieran de la carta, soltando una broma clásica en la planta sobre lo fácil que era para ellos tirar cosas a la basura. Pero Hiel se la arrebató de las manos. Que recordara, tenía pagadas todas sus deudas, e hijos desconocidos tampoco podían salirle —solo tenía una, aunque la hubiera perdido y llevara años sin verla—. El vigilante, con las manos en alto, le dijo que no se pusiera así, que tan solo estaba bromeando. Hiel no se disculpó, tan solo se volteó para seguir su camino hacia la parada de autobús. A sus espaldas, el vigilante, con tono burlesco, le dijo que llevaba una mochila muy bonita. Él se raspó la lengua contra los dientes.

Hiel abrió la carta sin detener su paso, con la idea de echarle un vistazo rápido y hacer con ella una bola que desechar en el contenedor de papel que había más adelante. Pero a medida que fue leyendo, sin ser siquiera consciente, sus pies redujeron la marcha. Hasta detenerse por completo. Se quedó allí de pie, junto a una farola que tenía los cables sacados y la bombilla rota, en el desolado paisaje de un polígono industrial en decadencia donde solo seguía funcionando la planta de reciclaje y el bar que subsistía gracias a su plantilla. El resto eran fábricas abandonadas, almacenes ocupados, viejas tiendas de liquidación de muebles. Hiel observó la firma al final de la carta, incapaz de separar sus ojos de ella. Incapaz de desleer lo que acababa de leer. Deseando hacerlo. Necesitando hacerlo. Se imaginó a sí mismo caminando hacia atrás, como si alguien rebobinara su vida, para regresar al momento en que el vigilante le había dado la carta. Esta vez, cuando el vigilante soltara el chiste habitual de lo fácil que era tirar cosas a la basura en la planta y le propusiera deshacerse de ella, Hiel accedería. Le diría que por supuesto, que la rompiera. Ni siquiera cogería el sobre. Le diría al vigilante que no esperaba ninguna carta de nadie y que él tampoco tenía por qué encargarse de repartir la correspondencia de los empleados. Que se la devolviera al cartero si acaso. Que le dijera que en esa fábrica no trabajaba nadie con su nombre. Hiel entonces se voltearía sin ninguna carta en sus manos y retomaría su camino hacia la parada del autobús hasta llegar al punto en el que se encontraba ahora, al lado de una farola con los cables sacados y la bombilla rota, solo que esta vez sus pasos no lo detendrían sino que seguiría su camino sin haber leído nunca esa carta. Sin embargo, ahí estaba. Quieto y con el sobre en la mano.

Un jolgorio de voces y risas lo alcanzó desde la entrada a la planta. Sus compañeros del vestuario salían ahora, en grupo, despidiéndose con brazos alzados del vigilante de la garita. Rieron mientras cruzaban la calle, camino del bar, en la acera contraria. Entraron sin saber que Hiel los observaba en la distancia. Sin sospechar que los miraba deseando convertirse en alguno de ellos. Tentado de hacerlo. De entrar al bar y nublar su mente como harían ellos, con cervezas, con licores. Con *whiskey*, que era lo que él bebía cuando bebía. Desde que regresó a la planta tras su baja médica, no había vuelto a pisar aquel bar. Había logrado resistirse todas las mañanas de sus turnos de noche, todas las tardes de sus turnos de mañana, todas las noches de sus turnos de tarde. Había pedido a sus compañeros que dejaran de invitarle, aun siendo seguramente el que más ganas tenía de ir. En ese momento, con la carta de una extraña entre sus manos, sintió más ganas que nunca. Ganas de apagar su mente a sorbos para no tener que pensar en las palabras que acababa de leer. Sus pies detenidos dieron un paso más, pero no hacia la parada del autobús, sino hacia la puerta del lugar donde podría anular la existencia de esa carta. O emborracharse hasta perderla de verdad, olvidar que la había recibido. Se imaginó entrando al bar y casi pudo oír las cáscaras de cacahuete crujiendo bajo sus pies, las cucharillas removiendo tazas, la espuma de la cerveza crepitando en la cima de una jarra que acercara a sus labios.

Hiel enderezó sus pasos, retomando su camino hacia el autobús. Aceleró la marcha para no arrepentirse. Tras realizar un giro a la izquierda, vio el vehículo accediendo a la calle, unos cientos de metros más allá. Tenía la frente empapada, la tela húmeda en las axilas, pero no había corrido tanto para sudar de esa manera. Murmuró palabras dirigidas al conductor a lo lejos, pidiéndole mentalmente que acelerara, que se diera prisa. Que llegara a la parada antes de que sus pies lo llevaran de vuelta al bar. Cuando por fin llegó, subió al autobús casi vacío como si el suelo de la calle fuera de lava. Acercó su tarjeta de transportes al lector generando un pitido y se acomodó en la última fila de asientos, la que más alejada estaba de las puertas. Sobre las rodillas se colocó la mochila y, sobre esta, las manos con la carta. Un joven flaco, con mono de obrero, sentado en el otro extremo de la fila y con un palillo en la boca, lo miró de reojo, concretamente a la mochila. Rascó su paladar en una contenida risotada de desprecio. Después devolvió la atención a su ventanilla mientras negaba ligeramente con la cabeza.

Hiel raspó la lengua contra sus dientes, tratando de contener el estallido que venía acumulando desde que el compañero lo hubiera invitado al bar en el vestuario. Desde que el vigilante se hubiera burlado de su mochila. La misma mochila que ahora hacía tanta gracia a ese flacucho que no rellenaba ni la mitad de su mono. Hiel incluso se mordió los labios para evitar responder, pero su cuerpo acabó respondiendo por sí mismo. Se incorporó con una sacudida. Con otra, se situó junto al obrero. Una tercera sacudida llevó su mano al cuello del flacucho, que resultó incluso más fino de lo que esperaba. Lo apretó, empujando la cabeza contra el cristal. Perlas de saliva cubrieron su rostro a medida que le gritaba que, si volvía a dirigir esos ojos de imbécil a la mochila de su hija, serían dos las manos que le pondría en el cuello. Para estrangularlo allí mismo, romper la ventanilla con su cráneo, y lanzar su cuerpo a una cuneta del polígono para que se lo comieran las ratas y cucarachas de la planta de reciclaje. El obrero partió su palillo con los dientes y, con los ojos inflamados de una cara cada vez más colorada, asintió. Hiel lo soltó y el obrero escupió los pedazos de palillo, recuperando el aliento al tiempo que el autobús paraba de un frenazo. Se cambió de sitio, sentándose en la parte frontal sin volver a mirar atrás. El conductor se levantó y preguntó a gritos qué mierdas pasaba. Amenazó con echarlos a ambos a la calle, pero Hiel aclaró que estaba todo solucionado, que no darían más problemas. El obrero, cuestionado por la mirada del conductor, confirmó, con un asentimiento, que estaba todo bajo control.

Mientras el autobús retomaba la marcha, Hiel recogió del suelo la mochila y la carta. También por correo le había llegado la notificación que hacía efectiva la orden de alejamiento interpuesta por su exmujer, para protegerse a sí misma y a la hija de ambos. Harta de vivir con un borracho, se había separado de él poco después de que la niña celebrara su segundo cumpleaños. Acordaron en ese momento que Hiel la tendría en fines de semana alternos. La cosa funcionó bien durante varios años, pero un sábado que la niña estaba con él, empezó a beber en el apartamento hasta desplomarse sobre la mesa del salón. Cuando su exmujer realizó por la noche la llamada rutinaria para comprobar qué tal iba el día, la niña respondió al teléfono llorando, diciendo que papá estaba tirado en el suelo sin moverse. Por suerte, la madre tenía llaves del apartamento. Entró a por su hija y llamó a la ambulancia para él. Esperó hasta que se lo llevaran en la camilla, pero no lo acompañó al hospital. Ni lo llamó para preguntar qué tal estaba. Solo habló con su abogado al lunes siguiente para solicitar la custodia completa y alejarlo así de ella y de su hija. Lo consiguió sin mucha dificultad. La madre prometió a Hiel que le dejaría volver a ver a su hija en el momento en que dejara de beber, castigo que él aceptó pensando que le serviría como medida de presión para dejar el alcohol. Para cuando lo consiguió —más bien para cuando la vida no le dio otra opción—, la niña ya era una adolescente que había crecido sin padre. Y no mostró ningún interés en conocer a ese borracho del que solo había oído hablar mal a su madre, su tía y sus abuelos. El primer cumpleaños de su hija en el que estuvo sobrio, Hiel le envió de regalo una mochila rosa con la cara de una princesa. Los pendientes y el collar que llevaba en el dibujo eran además bisutería real pegada a la tela. A él le pareció un efecto llamativo, pero, por lo que le contó su exmujer, la niña se había reído al verla. Tenía catorce años, le gustaba el *rock*, vestir de negro y usar esa mochila sería solo un recuerdo de lo poco que su padre la conocía. O lo poco que sabía de adolescentes en general. Desde entonces, en los cumpleaños, hasta la mayoría de edad, Hiel se había limitado a enviarle dinero, recibiendo un agradecimiento indirecto en boca de la madre, no de su hija. Hoy ella tenía ya veintiséis años, era una mujer adulta que habría aprendido que la gente comete errores en su vida, pero aún no había querido perdonarle. Ni conocerlo. A él, la mochila de la princesa le recordaba a su hija, al amor con el que la había comprado, así que decidió usarla para ir al trabajo. Con el paso del tiempo el rosa había perdido brillo y tan solo una de las joyas de plástico, la del pendiente izquierdo, permanecía adherida a la tela. Hiel no lograba entender que a la gente le llamara tanto la atención verle usando la mochila. Y tampoco soportaba que se rieran de ella, porque le recordaba a cómo se habría reído su propia hija cuando la desenvolvió en aquel cumpleaños.

Frotando una mano en su abdomen, Hiel trató de calmar la pena, la rabia y el enfado constantes con los que navegaba su día a día, la bilis acumulándose en su cuerpo ante cualquier contrariedad, por mínima que fuera. Quizá era él mismo quien creaba esas contrariedades, quizá era esa irritación con la que él respondía a todo la que hacía que el mundo fuera un lugar tan irritante. Igual que creaba un ciclo de diaria incomodidad al no doblar su uniforme al final de cada jornada, solo para molestarse a sí mismo al inicio de la siguiente, quizá había creado también un ciclo de perpetua insatisfacción con la vida. Hiel detuvo sus pensamientos. Estaba entrando en uno de esos bucles de autoanálisis que nunca acababan bien. Porque la única manera de detenerlos era bebiendo. Mojar con alcohol su cableado cerebral para provocar un cortocircuito en su cabeza. Atontar a esas estúpidas neuronas que no sabían hacer otra cosa más que pensar.

Sintiéndose aprisionado en su asiento, necesitó moverse para distraer su cuerpo. Aunque aún faltaban tres paradas para alcanzar la suya, se levantó y presionó el timbre. Estrujó impaciente la barra superior, esperando a que el autobús se detuviera. Saltó a la calle sin usar los escalones. Caminó con pasos acelerados hacia su casa, por las calles de la ciudad, esquivando a la gente en sus labores matutinas —gente que vería pasar por su lado a un gorila de metro noventa con una mochilita de princesa—. Aumentó la velocidad de su marcha como si pudiera huir de su propia cabeza. Como si pudiera escapar de esa carta que lo había expuesto al más amenazador de sus peligros: el deseo de anestesiar su cerebro. Arrolló a una mujer trajeada haciendo que se le cayera al suelo un vaso de plástico, café, hielos. Hiel no se detuvo. Maldijo la carta que tanto le pesaba en la mochila. Bastante le había costado aprender a alejarse de los problemas como para que ahora vinieran a buscarlo sin siquiera pedirlo. Se obligó a pensar en que no le debía nada a nadie. Nadie tenía derecho a pedirle explicaciones de nada. A él ni siquiera le hubiera importado morir borracho. A lo mejor hubiera sido lo mejor. Marcharse sin saber quién era, o que tenía una hija que no lo quería. Aceleró aún más esa absurda huida de sí mismo a la vez que empezaba a aceptar a donde lo iba a llevar. En su espalda, la mochila bailaba al ritmo de sus zancadas. Tras el brusco giro que dio para acceder a su calle, oyó cómo algo rodaba sobre la acera. Vio el pendiente de la princesa rodar hasta un sumidero, que se tragó la baratija como se estaba tragando la vida el tiempo que le quedaba por compartir con su hija. Con esa última pieza, la mochila había perdido todas sus joyas.

Hiel entró al portal. Subió los cinco pisos por la escalera. Dentro de casa, tiró la mochila sobre el sofá. Sacó la carta del bolsillo delantero. Con ella se fue a la cocina. Cogió el mechero junto a los fogones de gas. En el fregadero, prendió una de las esquinas del sobre y lo movió dirigiendo la llama por el papel hasta que tuvo que soltarlo para no quemarse. Al encender el grifo, láminas de ceniza negra desaparecieron por el desagüe. La esquina que había quedado sin quemar la tiró a la basura. Después se dirigió a la nevera. La abrió con manos temblorosas. De uno de los cajones inferiores sacó paquetes de cenas precocinadas. Debajo, apareció un *pack* de seis latas de cerveza. Que nadie le hubiera visto beber de nuevo no significaba que no lo hiciera. Y que Hiel estuviera acostumbrado a hacerse promesas no significaba que las cumpliera. Se bebió la primera lata de un trago, como cuando era un adolescente y les hacía un agujero en la base para ingerirlas a presión al tirar de la anilla. Se arrepintió enseguida. Quizá una segunda lata lo ayudaría a llevar mejor el arrepentimiento. Se la terminó pero no funcionó, tan solo empeoró las malas sensaciones. Al beberse la tercera lata, sus manos dejaron de temblar por completo. Un cálido flujo de sangre relajó su estómago. Y el volumen de los pensamientos en su cabeza resultó menos atronador. Continuó bebiendo una cuarta lata, una quinta, una sexta, hasta que se olvidó de que no debía beber y de que había recibido una carta. A él ni siquiera le hubiera importado morir en una de sus borracheras. A veces, seguía deseando que ocurriera.

PÍO

Pío colocó los pies en el bordillo. Dejó que el sol secara el sudor que cubría su cuerpo entero, sobre todo la espalda. La camiseta de tirantes, colgada ahora de la sombrilla de paja, estaba de un color gris mucho más oscuro del que era en realidad, mojada como la traía siempre tras la rutina en el gimnasio. A la sombra, en una de las tumbonas, había dejado el móvil, los auriculares, la gorra, el *smartwatch,* las zapatillas con los calcetines tobilleros dentro y el pantalón corto de chándal. Se había quedado solo con el bañador turbo que llevaba en lugar de ropa interior. Así se ahorraba tener que entrar en casa a cambiarse nada más llegar. La sensación de regresar del gimnasio, abrir el portón, atravesar el jardín y tirarse directamente a la piscina era uno de sus momentos destacados del día. Conectó el teléfono a unos altavoces instalados sobre el cenador del jardín y dejó puesta a máximo volumen una lista de reproducción con las mismas bandas de *rock* que escuchaba de adolescente —en el fondo nunca había dejado de serlo—. Ya en el bordillo, con una guitarra invisible, tocó tres acordes inventados del estribillo. Después se balanceó sobre los talones, equilibrándose con los brazos, y saltó. Manos, cabeza, hombro, cintura, pies. En ese orden entró su cuerpo al agua. El frescor lo invadió de golpe, aliviando el calor acumulado durante los cincuenta minutos de rutina hipertrófica. El frío sentaba bien a sus músculos, ese día había alcanzado los cien kilos en el *press* de banca y tenía los pectorales y bíceps especialmente congestionados. Mientras buceaba dando lentas brazadas, se concedió otro placer: el de aliviar su vejiga allí mismo, haciéndose pis en el agua hasta sentir un escalofrío de puro gozo. Acabar nadando en una disolución imperceptible de su propio orín era un precio muy bajo que pagar a cambio de disfrutar de los pequeños placeres de la vida. A Pío, en general, le gustaba disfrutar de la vida.

Su cabeza emergió del agua casi a mitad de piscina y, en un movimiento sin interrupción, comenzó a nadar. Media hora extra de ejercicio aeróbico sería el complemento perfecto para la rutina de pesas del gimnasio. Tras completar los cincuenta largos, salió de la piscina por el bordillo, sin usar la escalerilla. Pisando césped recién cortado, se dirigió a la zona de barbacoa, un espacio techado que era más bien una cocina exterior, con fregadero, fogones y hasta nevera. De esta, sacó un plato que le habían dejado preparado: kiwi, manzana, espinacas, pepino y jengibre, ya pelados y cortados. Tenía tres personas trabajando en casa: un matrimonio joven de inmigrantes a los que legalizó los papeles y que se dividía las labores de limpieza, cocina y mantenimiento, y un jardinero encargado de cuidar todo el exterior y la piscina. Pegada al film transparente que tapaba la fruta, la mujer del matrimonio le había dejado una nota que firmaba con una cara sonriente, deseándole buenos días. Pío olió la revigorizante acidez de aquella combinación de fruta y verdura antes de dejarla caer en el vaso de la batidora. Después exprimió encima medio limón, añadió hielo y se quedó mirando cómo los ingredientes se convertían en un delicioso *smoothie* antioxidante. Se lo bebió directamente del vaso de la batidora, su flequillo aún goteando agua de piscina sobre el envase. De regreso a las tumbonas, miró la hora en el *smartwatch*. Ignoró las notificaciones de correos electrónicos y mensajes, serían asuntos de trabajo que no era el momento de atender. Aún tenía una hora libre hasta su primera videoconferencia del día y pensaba disfrutar de la piscina, la mañana de calor y el subidón que le daban el ejercicio y el chute de vitaminas del batido. Ya después se pasaría la tarde entera frente al ordenador, pero ahora era momento de sol, cloro y *riffs* de guitarra. En otra esquina del jardín, a lo lejos, vio al jardinero subido a una escalera junto a una palmera. Desenredaba unas guirnaldas de luces de led con las que habían decorado los troncos de todas ellas, últimos restos de la fiesta del sábado. Una fiesta que Pío había organizado para celebrar que su última *app* había superado el millón de descargas. Era la quinta vez que lo conseguía, así que podría seguir manteniendo sin problemas esa casa, la piscina, el matrimonio que trabajaba en casa y al jardinero que enrollaba el cableado de la guirnalda. Pío silbó para llamar su atención y, con el pulgar alzado, le agradeció el trabajo que estaba realizando. El jardinero respondió imitando unos cuernos con las manos y sacudiendo la cabeza como si asistiera al mismo concierto *rock* que emergía de los altavoces en el cenador. O tal vez recordándole el desfase de la fiesta a la que él también asistió y que había terminado al amanecer con la mayoría de invitados tirándose vestidos o semidesnudos a la piscina.

De una de las mesitas junto a las tumbonas, Pío cogió un difusor de protector solar, pero, al ver que era de un factor muy alto, decidió no usarlo. Apenas iba a estar una hora al sol y prefería que la vitamina D alcanzara su piel sin barreras. Solo extendió un poco sobre la cicatriz de su tripa, por debajo del ombligo y hasta el comienzo del bañador. Aunque el corte estaba más que cicatrizado y era una marca más o menos discreta, aún tenía esperanza de que se difuminara un poco más —algo para lo que no convenía quemarla con el sol—. A él le daba un poco de rabia que su abdomen tan trabajado tuviera ese rastro de la herida, pero muchas de las chicas con las que se había acostado le decían que resultaba sexi. Quizá tenían razón. Y desde luego Pío no debería avergonzarse ni un segundo de esa cicatriz, porque esa cicatriz le había cambiado la vida. A ella le debía, sin ir más lejos, la cocina exterior, la piscina y las palmeras con guirnaldas de luz. Antes de tener esa marca en el vientre, él ya programaba aplicaciones para teléfonos móviles, pero se inclinó por la categoría de videojuegos, animado por el alto número de ventas y descargas que registraban. Se le antojó una manera apetecible de hacerse rico. Sin embargo, sus tres primeras creaciones apenas le resultaron rentables, así que tuvo que mantener su trabajo de oficina —sumergido en hojas de cálculo, anchos de columnas y fórmulas contables— para seguir pagando el alquiler. Entonces un inesperado diagnóstico médico desbarató toda su existencia, pero le dio también la lección más importante que había recibido nunca. Una que, de tan obvia, casi nadie aprende: la de que la vida se puede perder de un momento a otro. Del trance salió con la cicatriz en la tripa y una sensación de infinito agradecimiento a la vida, además de con una nueva obsesión por vivirla de la manera más saludable posible. Fue entonces cuando se apuntó al gimnasio, vigiló su dieta y se aficionó a los *smoothies* antioxidantes. Esa nueva preocupación por el bienestar impregnó su labor de programador de *apps*, dejando de lado la categoría de videojuegos e inclinándose por inventar algo relacionado con la salud, el deporte o el estilo de vida. Y aunque inicialmente aparcó por completo sus antiguos proyectos de juegos, al final fue una de esas viejas ideas la que le proporcionó su primer gran éxito. Buscando combinar la diversión y enganche que provoca un arcade con la actividad física de salir a correr, acabó encontrando la manera de mezclar el universo fantástico que había creado para aquel juego con el mundo real que rodeara al usuario en cada momento. La *app* hacía uso de la realidad aumentada para transformar sesiones de *running* en partidas de un videojuego: geolocalizando al corredor, transformaba en escenarios fantásticos las calles por las que este saliera a correr. El usuario entonces debía completar ciertas acciones para acceder a otra sesión de *running* más avanzada. Las instrucciones las recibía por parte de una voz en sus auriculares —en las primeras versiones de la aplicación era la voz del propio Pío—, voz que desempeñaba un papel a medio camino entre monitor deportivo y maestro de juego de rol. La aplicación se viralizó enseguida y el éxito fue arrollador, convirtiéndose en su primer superventas. Una vez que pudo dejar su trabajo de oficina —de su jefe se despidió, emocionado, con un abrazo de agradecimiento por ambas partes—, pudo también dedicar todo su tiempo al diseño de nuevas aplicaciones. Creó su propia empresa y contrató un equipo soñado. Juntos crearon más aplicaciones deportivas, pero también de nutrición, salud del sueño y técnicas de relajación. En poco tiempo, Pío ganó más dinero del que hubiera soñado nunca, y progresivamente pudo ir delegando todo su trabajo en jefes de departamento a los que él controlaba desde casa, esa mansión de diseño moderno, arquitectura cúbica, grandes ventanales, domótica en cada interruptor y un enorme jardín con piscina. Firmó la compra de esa, su primera propiedad inmobiliaria, por un par de millones, antes de cumplir los treinta y cinco. Consciente de lo afortunado que era, pero marcado para siempre por la lección que aprendió de la cicatriz, Pío no se olvidó de que el mundo está lleno de sufrimientos que el dinero puede aliviar y de que la generosidad de alguien puede, literalmente, salvar vidas. No dejándose cegar por los lujos y comodidades de sus nuevas circunstancias, se prometió donar el siete por ciento de todo lo que ganara a organizaciones benéficas de diferente índole. Incluso tenía una persona contratada para localizar casos concretos, individuales, a los que su dinero pudiera ayudar. Porque aunque a él le hiciera muy feliz saber que la facturación de su aplicación más reciente superaba a la de la aplicación anterior —y por eso organizaba fiestas en casa para celebrarlo con amigos y compañeros—, más feliz le hacía recibir fotos de una escuela de primaria construida con su dinero en algún poblado necesitado. O contratarle el mejor abogado del país a alguna persona sin muchos recursos, para ayudarle a ganar un juicio contra un jefe acosador o abusivo al que no podría haber ganado de otra forma. Desde que a Pío le cerraron aquella herida en la tripa, cada vez soportaba menos la injusticia, la maldad o el egoísmo dañino. No es que él antes fuera una persona egoísta, mala o injusta, pero limitaba sus actos de generosidad a su círculo cercano. Como si el mundo se acabara más allá de sus amigos y familiares. Cuando el mundo, en realidad, es muy grande. Y necesita de mucha ayuda.

Terminó de extender la crema solar por su abdomen, valorando lo aprendido, agradeciendo el cambio de valores en su vida. Repasó con el dedo el surco en su piel, dándose cuenta de que una cicatriz es solo un recuerdo de un mal superado. Y de que la piel de una cicatriz es siempre más dura que la de antes. Pío se acostó en la tumbona, los brazos hacia arriba en los lados del respaldo. Sonrió al cielo con los ojos cerrados. Movió el pie al ritmo del bajo de la canción que atronaba en los altavoces. También sacudió la cabeza con cada estribillo, murmurando la letra sobre haber perdido medio dólar y un corazón. El aire cálido que se levantaba de vez en cuando le traía el aroma de las flores de *buddleia* que crecían en la esquina más florida del jardín. Al paisajista que lo diseñó le pidió un jardín lleno de vida, como él. No quería solo plantas que rellenaran de verde aquel espacio —para eso existía el césped artificial—, él quería un jardín que oliera, que cambiara con las estaciones, un jardín donde las flores brotaran y después murieran, flores que atrajeran abejas, colibríes y mariposas. El paisajista dijo conocer el arbusto perfecto para eso último, y no se equivocó. Los ramilletes de pequeñas flores moradas no solo perfumaban cualquier rincón del jardín a donde llegara la brisa, sino que atraían a decenas de especies de mariposas y otros insectos en las horas de sol, regalándole a Pío un espectáculo que se quedaba embobado mirando muchas mañanas. El jardinero se quejaba de las complicaciones añadidas que suponía para él tener tanto bicho mientras regaba, recortaba o podaba las plantas, pero Pío le decía que incluso el aguijonazo de un bicho es un recordatorio de que seguimos vivos, despiertos. Que el picotazo de una abeja es el pellizco de la naturaleza para recordarnos que la belleza que nos rodea no es solo un sueño. La primera vez que le dijo eso último, el jardinero soltó una risotada como para desdeñar el comentario, pero al final de la jornada le confesó que le había parecido una observación muy bonita. Pasados unos días, le contó que la había usado durante una cita con una chica a la que había conquistado por completo con la metáfora. Que qué jardinero tan sensible era, había dicho ella. Pío chocó los cinco con su jardinero y le dio permiso para usar sus frases siempre que quisiera.

Justo en el momento en que recordaba el choque de manos entre ambos, sintió una mano viscosa posándose sobre él. Abrió los ojos para descubrir una huella de barro en su pecho. Era de la mano del jardinero, quien, de pie junto a su tumbona, se tapaba la risa con la mano limpia —se habría acercado sigiloso después de meter la mano en el charco de barro que se formaba bajo el rollo de la manguera—. Pío rompió a reír al tiempo que se incorporaba de la tumbona y formaba un látigo con su toalla. Logró asestar al jardinero dos sacudidas con la punta de la tela, en el trasero, que lo hicieron aullar entre carcajadas. Después, Pío se colocó bajo la ducha para quitarse el barro del pecho. Avisó al jardinero de que su venganza sería terrible, recordándole en broma que, por muy amigos que fueran, él seguía siendo su empleado y podía despedirlo cuando quisiera. También le comentó lo bien que le había visto pasárselo en la fiesta, mientras dibujaba en el aire las caderas de una mujer. El jardinero prometió contarle detalles más adelante, pero en ese momento señaló a la entrada de la casa. Le dijo que por eso se había acercado a la piscina, porque con la música no estaba oyendo los gritos del cartero. Pío salió de la ducha y vio a lo lejos al señor, que movía un brazo para atraer su atención. Enseguida inició una pequeña carrera hacia el portón de entrada de hierro forjado, un elemento heredado del antiguo propietario y que su arquitecto quiso conservar a pesar de un estilo barroco que poco tenía que ver con el de la nueva casa —a juicio del profesional, generaba un interesante contrapunto—. Saludó al cartero estrechándole la mano entre dos de los barrotes retorcidos. Al verlo acalorado, le ofreció también una bebida, podía traérsela de la nevera exterior, pero él la rechazó. Dijo que desde hacía unos años todo el líquido que entraba a su cuerpo tenía que salir poco después y prefería no tener que andar mendigando un baño dos casas más allá. Pío alabó entonces la salud de sus riñones, recordándole que siempre es mejor que la maquinaria funcione. Dándole a su comentario un giro pícaro, el cartero respondió que la maquinaria funcionaba muy bien, por suerte. Que a dos años de jubilarse estaba muy satisfecho de todo lo que podía hacer aún con su mujer. Pío rio el chiste y cogió la carta que el señor le entregaba. Se despidieron mientras Pío insistía en darle algo de beber y el cartero se subía a su moto negando con la cabeza.

Pío abrió el sobre sin reconocer el nombre del remitente. Apenas recibía correo en casa, intentaba mantener su domicilio privado fuera del radar. Si le solicitaban su dirección por la razón que fuera, la dirección que daba era la del estudio. Solo una vez accedió a que un equipo grabara un *tour* de la propiedad para un canal de arquitectura y diseño, pero en general prefería ser discreto con su vida personal. La letra escrita a mano en el sobre le hizo pensar enseguida que iba a ser una de esas cartas que acabaría delegando en la persona que gestionaba sus donaciones benéficas. No era la primera vez que recibía mensajes manuscritos de pacientes hospitalizados, o de sus familiares, pidiéndole ayuda para acceder a un mejor tratamiento en el extranjero. Padres, madres, abuelos desesperados que sabían de su lado filantrópico y escribían pidiendo ayuda. Él, que si pudiera ayudar a todo el mundo lo haría, delegaba tal decisión y el estudio de cada caso en la persona que tenía contratada para tal labor. Pero en cuanto empezó a leer la carta, caminando de vuelta a la piscina, comprendió que nada tenía que ver con lo que había imaginado. De hecho, necesitó sentarse en uno de los bancos sembrados a lo largo de todo el terreno. Aún vestido solo con el bañador, sintió el calor de la madera en el pliegue de los glúteos. Una gota de su cabello mojado cayó sobre el papel, emborronando una de las iteraciones de la palabra que más se repetía: Alegría. Cambió de hoja y terminó de leer la carta con la boca abierta. Después la dobló, la metió en el sobre y desvió su trayectoria hacia el rincón lleno de flores que atraía a tantas mariposas. La madre no decía nada al respecto en su mensaje, quizá no lo sabía o recordaba, pero él había hecho una donación a su causa hacía mucho tiempo, antes incluso de tener dinero. Siguió el caso por la televisión durante su hospitalización, con su corte en el vientre recién cosido. Fue precisamente en aquella cama donde nació dentro de él ese sentimiento filantrópico que tanto iba a marcarlo desde entonces, y las imágenes de aquella madre llorando la muerte tan injusta de su hija le llegaron muy hondo. Pío donó un cuarto de su sueldo de aquel mes a una cuenta bancaria rotulada en la pantalla. No era mucho, él aún trabajaba con hojas de cálculo en una oficina, pero algo ayudaría. Tiempo después, cuando ya había tenido una primera aplicación superventas en el mercado, volvió a toparse con el rostro de esa madre en el televisor. Hablaba a una multitud, sobre un escenario, con un micrófono, mientras los asistentes formaban con sus manos mariposas en el aire. La imagen volvió a emocionar a Pío, que esta vez pudo hacer una donación mucho mayor a su causa. Mirando ahora las mariposas revolotear sobre las flores de jardín que había elegido su paisajista, Pío recordó la imagen de miles de mariposas formadas con manos en la manifestación. Pensó en lo pequeño que era el mundo a veces, lo unidos que estamos todos en realidad. En cómo era posible que él hubiera sentido desde el principio esa conexión tan fuerte con el caso de Alegría y ahora, tantos años después, recibiera en su casa una carta de la madre a quien quiso ayudar cuando la vio emocionarse en aquella manifestación llena de mariposas. Recordó que el motivo de aquella concentración era exigir la pena máxima antes de iniciarse el juicio a los asesinos de la chica, pero también recordó que esa justicia no se había impartido. Él se había indignado tanto con la sentencia como el resto de la población y por eso entendía sin reservas lo que ahora le pedía la madre en la carta. Sin perder un segundo más, caminó hasta la tumbona y marcó el teléfono de su secretaria en el móvil. Primero le preguntó por su hijo, que había hecho unas pruebas importantes para una escuela de danza y, tras escuchar atento la respuesta, la avisó de que tendrían que reprogramar varias videoconferencias porque tenía que salir de viaje a la capital. Le pidió que fuera investigando los horarios de vuelo de la semana siguiente. Después, en esa misma pantalla, marcó mi número.

El día que iba a recibir la visita de las personas que respondieron a mis cartas, me senté a los pies de la cama en el cuarto de Alegría. Mi relación con su habitación vacía era muy compleja. A veces era el único lugar del mundo en el que estar viva dejaba de doler, porque era el único lugar del mundo en el que de verdad podía sentir su presencia: el olor de su cabello, el de su champú de cereza, permanecía en esa habitación impregnado en las paredes, la cama, en la ropa de su armario, como si ella todavía se paseara por allí con el pelo húmedo. Pero otras veces ese mismo cuarto vacío era el lugar donde su ausencia más dolía, porque era el lugar donde me daba cuenta de que lo único que me quedaba de mi hija era el olor de un cosmético impregnado en tejidos y pintura. Tuvieron que pasar algunos meses desde su muerte para que lograra reunir el valor de limpiarlo por primera vez. Ese día ordené el escritorio apilando su cuaderno de apuntes de la academia, algunos *flyers* de discotecas, uno de sus libros de mariposas, la última paleta de sombras de ojos que usó, una revista con algunas páginas dobladas marcando probablemente peinados que querría probar en clase, y varias cajitas de plástico de diferentes tamaños donde criaba a las orugas a medida que iban creciendo —después las trasladaba a cajas más grandes cuyos lados de cartón sustituía por tela mosquitera y que tenía guardadas en el altillo del armario—. También hice su cama, pero sin estirar mucho la sábana bajera, para no perder todos los pliegues que su cuerpo marcó en la tela la última vez que durmió allí, ni ahuecar la almohada, que era el foco principal del aroma a cerezas que inundaba el cuarto. Dormí muchas noches sentada junto a su cama, en el suelo, con la cabeza apoyada en el lateral del colchón, a la altura de esa almohada. Y aunque me moría de ganas de meterme bajo las sábanas y cubrirme con ellas para sentir como si mi hija me abrazara, no quería que mi olor corporal sustituyera al suyo en el tejido. Esa primera vez que entré a limpiar, también recogí algunas prendas del suelo —las dejé sobre una silla, pensando en cómo la habría regañado a ella por hacer lo mismo—, pero cuando empecé a barrer y en el recogedor aparecieron tres pelos de su cabello, experimenté la horrible sensación de estar borrando a mi hija de su propia habitación. Sin poder decidir qué hacer con esos pelos, incapaz de tirarlos a la basura como el resto de pelusas, volteé el recogedor para que cayeran al suelo. Tras ese primer intento frustrado de rehacer su habitación, el cuarto de Alegría se quedó prácticamente igual durante los siguientes doce años. Tan solo a veces, cuando entraba a hablar con ella aunque no estuviera allí —o a coger uno de sus libros de mariposas para pasar páginas viendo fotos de orugas y recordar su cara al mirarlas—, aprovechaba para quitar el polvo de las superficies con un trapo.

Sentada a los pies de la cama, el telefonillo sonó por primera vez. Había organizado el encuentro para recibir a cada una de las personas de manera escalonada. Aunque había hablado con todos por teléfono, y aunque algunos ya me habían contado gran parte de su historia, no tenía muy claro cómo iba a reaccionar a mi primer encuentro con ellos, por eso prefería compartir un momento íntimo con cada uno. De las siete cartas que envié, fueron cinco las personas que respondieron. Otras dos, que también pensé que querrían ayudarme —y que para mí eran igual de esenciales—, por alguna razón decidieron no hacerlo. Quizá nunca recibieron la carta. O quizá sí, y la rompieron asqueados ante mi propuesta, sintiéndose insultados tan solo por el hecho de que yo pensara que había una mínima posibilidad de que accedieran a ella. Quizá calificaron mi plan, como hizo mucha otra gente, de atrocidad, de locura, la manera más irracional de responder a la pérdida de una hija. Quizá se plantearon si lo que leían formaba parte de alguna broma macabra o incluso si yo era realmente quien decía ser. Pero no guardo rencor a quienes no me contestaron, tan solo infinito agradecimiento a los que sí lo hicieron. Al oír el primer timbrazo del telefonillo, mis manos se cerraron sobre la cama, estrujando la sábana. Porque aquel sonido confirmaba que mi plan iba a llevarse a cabo. Hasta esa tarde, la fantasía de enfrentarme a los asesinos de mi hija podía haber quedado solo en eso, en un prolongado desvarío que habría alimentado durante años para luego verlo desvanecerse. En un deseo frustrado que seguramente comparten todos los familiares de víctimas de asesinato y que nadie se atreve a llevar a cabo en realidad. Pero el del telefonillo era el sonido de una imaginación que empieza a materializarse. Una persona de verdad había venido a ayudarme y esperaba en la calle a que le abriera la puerta para terminar de trazar conmigo el plan de venganza. Me levanté de la cama con las piernas algo temblorosas, inseguros fueron mis primeros pasos a lo largo del pasillo. Pero cuando alcancé el telefonillo junto a la puerta de entrada, pisaba ya el suelo con toda la fuerza de mis talones.

El ascensor alcanzó mi planta del edificio y la puerta se desplegó. Dentro apareció una mujer ancha, unos veinte años mayor que yo, con dos trenzas de pelo gris cayéndole por delante de los hombros. Dio un pequeño respingo al descubrirme esperándola en la puerta de casa, al otro lado del descansillo, pero enseguida sonrió, tímidamente. A modo de saludo, movió los dedos de una mano en el aire. Nos quedamos mirando sin decir nada, ambas conscientes de lo que significaba ese primer encuentro. Sobre todo para mí. Aire debió de leer la expectación e incredulidad en mi rostro, porque asintió a una pregunta no formulada y se llevó las manos al pecho, como si tuviera que confirmarme que era todo verdad. Que estaba allí. Y también lo que traía consigo. En cuanto la tuve a mi alcance, cogí su mano. Pude sentir que ella también estaba nerviosa.

Dentro de casa, sin poder resistirlo más, y sin habernos dicho todavía una sola palabra, nos mezclamos en un abrazo. Aire era algo más alta que yo, también más gruesa, así que su cuerpo me rodeaba por completo. Ella realizó entonces una emocionada inspiración que ensanchó su pecho apretándolo contra el mío, momento exacto en el que rompí a llorar. De tristeza y de felicidad. Porque su profunda toma de aliento, ese pecho expandiéndose entre mis brazos, reavivaba la rabia y el dolor de haber perdido a Alegría, pero también traía consigo algo que llevaba años anhelando volver a sentir. Algo que había perdido para siempre, pero que, de esa manera transformadora en que mi hija entendía la vida, regresaba a mí ahora casi como un milagro. Otro milagro de los muchos que rodearon su existencia. Otra metamorfosis de esas que tanto la fascinaban. Porque cuando Aire completó esa respiración que me envolvía y dejó escapar su aliento cerca de mi rostro, volví a sentir sobre la piel un aire que procedía de los pulmones de mi hija.

Aire siguió abrazándome fuerte, respirando para mí, permitiéndome sentir cada inspiración, cada exhalación, dejándome llorar entre sus brazos mientras yo recordaba la agitada respiración de mi hija tras subir por las escaleras los once pisos del edificio. O su respiración pausada cada vez que veía cómo se abría la primera veta en la crisálida de una mariposa a punto de emerger. También su respiración deteniéndose de golpe cuando le metía una mano helada debajo del camisón después de haber estado tendiendo la ropa en invierno. O los sonoros suspiros agotados que me dedicaba cuando le insistía que apagara las luces de casa. Pensé en cómo la respiración de una persona marca la paz, el ansia, la tristeza o la desesperación de su espíritu, cómo se acelera, se pausa o se corta según la emoción, y me pregunté si no será en los pulmones donde reside el alma realmente. Aire respiró para mí hasta que me calmé. Y cuando por fin deshicimos el abrazo, me dirigió sus primeras palabras:

«Gracias por devolverme la vida».

Negué con la cabeza porque no era a mí a quien había que agradecérselo, sino a la niña que eligió el nombre de Alegría para sí misma. Conteniendo su propia emoción, y como si supiera exactamente lo que yo quería hacer, Aire se desabrochó, botón a botón, la camisa que llevaba. Al quitársela, se quedó vestida únicamente con un sujetador de color rosa. En broma, se disculpó por su gordura, dijo que había ganado todos esos kilos tras dejar de fumar. Más en serio, se disculpó por haber fumado. Me pidió permiso para coger mis manos y yo me dejé hacer. Colocó mis palmas justo debajo de sus pechos. Inspiró todo lo profundo que pudo y sentí cómo su caja torácica se expandía al máximo. Conmovida, imaginé los pulmones que, bajo la piel y las costillas, llenaban de aire ese pecho y de vida aquel cuerpo. Aunque ahora estuvieran dentro del cuerpo de Aire, los pulmones que se inflaban y desinflaban bajo las palmas de mis manos eran los mismos que habían elevado rítmicamente el pecho de mi bebé en su cunita. Los mismos que le permitían a mi hija jadear cerca de mi oído cuando escalaba hasta mi cuello después de una carrera por el parque. Y los mismos que inflaban sus mejillas para apagar las velas de otro cumpleaños o para hacer volar a soplidos todas las semillas de una flor de diente de león que hubiera encontrado en el césped de la piscina. De esos pulmones que ahora trabajaban a las órdenes de Aire salió también el último aliento que sentí de Alegría: el que me acarició la mejilla tras besarme en la cocina al despedirse de mí para siempre.

Aire me preguntó si quería ver la cicatriz. Me indicó que diera un paso atrás, que pusiera una rodilla en el suelo. Después recorrió con el dedo un trazado en forma de ola que atravesaba su tórax de un lado a otro, justo debajo del surco de sus pechos. Nunca había visto una cicatriz tan grande. Mirando el rastro de aquella herida, a la vez que escuchaba la serena respiración de Aire, me quedé maravillada por la perfecta manera en que los pulmones de mi hija seguían trabajando en otro cuerpo. Cuando escapé de mi embelesamiento, Aire se puso otra vez su camisa de cuadros, enrollando los puños de las mangas hasta los codos.

Sentadas a la mesa de la cocina, yo con un café y ella con un té, fue cuando me habló sobre la mañana en la que había recibido mi carta. Fue ella la que me describió el suave sonido de los aerogeneradores, la que me habló de las cosas que le decía el tendero del pueblo, de su predilección por los audiolibros o de lo arrepentida que estaba de haber maltratado su cuerpo durante años. Ella me describió detalladamente el color de los girasoles, el último latir del calor del horno que aún conservaba el pan esa mañana. Mientras hablaba en mi cocina, deshacía y rehacía sus trenzas de pelo blanco exactamente de la misma forma en que describía cómo lo había hecho en su casa mirando el sobre que yo le envié. También quiso ilustrar la manera en que había tomado aire, acalorada, al llegar a los pies de aquel molino, y para ello infló los pulmones al máximo. Yo imité su profunda inspiración y completé el ciclo de respiración con ella. Sonreímos como si disfrutáramos de una bocanada de ese aire de campo tan fresco que sabía dulce en la boca, que era la manera en que ella lo describía. Al relatarme el momento en el que terminó de leer mi carta bajo el molino, Aire me apretó una mano sobre el mantel para remarcar sus intenciones y me dijo:

«No dudé ni un segundo que vendría a verte. Que estaría aquí junto a ti. Para lo que me necesitaras».

Agradecí su ayuda y le pregunté por qué había necesitado el trasplante. Su respuesta fue que el tabaco es una de las peores adicciones que existen. Me contó que le habían diagnosticado enfermedad pulmonar obstructiva crónica poco después de cumplir los cuarenta y aun así había seguido fumando diez años más, ignorando la intensificación de los síntomas hasta que una mañana se despertó luchando por respirar y descubrió en el espejo su cara de color morado. Ya en ese punto, el agravamiento de su enfisema era tal que solo le dejaba una opción para seguir viviendo: un trasplante bilateral de pulmones. Tras veinte meses en lista de espera, recibió la llamada más ansiada durante una madrugada de hacía doce años, la misma madrugada en que mataron a Alegría. Ella nunca supo quién le había hecho ese regalo, pero siempre intuyó que, en algún momento, alguien contactaría con ella por ese motivo. Que la esposa, el marido, el padre o la hija de quien le hubiera donado los pulmones querría volver a sentir la respiración de su ser querido y acabaría dando con ella. Por eso, en cuanto recibió mi carta en su casa de campo y vio un sobre manuscrito, intuyó su origen. Y no se equivocó. Lo que jamás hubiera podido imaginar es que aquella carta iba a estar firmada por la madre de Alegría, una chica a la que tantas veces había visto en televisión y en portadas de periódicos. Aire me contó que recordaba el caso y que sentía muchísimo lo ocurrido. Aún estaba haciéndose a la idea de que esa desgracia que tanto la había conmovido hacía años estuviera tan íntimamente relacionada con ella. Y luchaba contra un pensamiento horrible que me confesó con cierta culpabilidad, el de que, de alguna manera, esos salvajes, y lo que le habían hecho a mi hija, habían salvado su vida. Le aclaré que esos salvajes no tenían nada que ver con su salvación, la que había decidido donar sus órganos era mi hija, no ellos. Volvió a pedirme perdón por fumar, y por haber necesitado los pulmones de Alegría. Me dijo sentirse mal también al pensar que esos pulmones deberían haberse donado a alguien que no fuera responsable de su propia enfermedad como lo era ella. Pero yo le aseguré que Alegría jamás habría pensado de esa manera. Y que si ella tenía alguna deuda que cubrir conmigo —que en realidad no la tenía—, solo con el hecho de haber respondido a mi carta y estar dispuesta a ayudarme la estaba pagando con creces. Aire se emocionó y repitió que haría lo que fuera por mí, que yo y mi hija le habíamos devuelto la vida. Algo mejor que eso, matizó, porque era una vida que ahora sí valoraba, no como la de antes. Después acercó una de mis manos a su boca y dijo:

«Gracias».

Dejó escapar la palabra en forma de cálido aliento entre mis dedos, recordándome que ese aire con el que hablaba seguía perteneciendo, de alguna manera, a Alegría.

Alegría decidió que quería ser donante de órganos la primera vez que supo que existía tal posibilidad. Estaba todavía en primaria cuando la recogí a la salida del colegio una tarde, y percibí lo enfadada que salía por la manera en que tiraba de su mochila de camino a casa, haciendo sonar las ruedas contra la acera más fuerte de lo habitual. Le había preguntado qué le ocurría nada más verla, pero ella no me respondió hasta que llegamos a la cocina. Allí, tras llenarse un vaso de batido de fresa y buscar una de sus pajitas con rizos para bebérselo —a veces le gustaba más montar el espectáculo de succionar una bebida rosa a través de un tubito lleno de vueltas que el propio batido—, me contó que dos compañeras habían querido reírse de ella. Que se habían inventado una mentira y que, por mucho que ella les había discutido que era imposible lo que contaban, las dos amigas se habían compinchado para hacerle creer que era verdad. Cuando le pregunté cuál era esa mentira, me contó que a la madre de una ellas, supuestamente, le habían metido dentro de la tripa una parte del cuerpo de otra persona. Y que esa parte ahora funcionaba dentro de ella como si fuera suya. Me costó entender de lo que hablaba —su explicación parecía realmente una fantasía que hubieran visto esas niñas en alguna serie de dibujos animados— hasta que, en algún momento de su perorata, mencionó la palabra «trasplante», palabra que según ella habían inventado esas niñas. Le pedí que la repitiera para asegurarme de lo que había oído. Alegría repitió la palabra dos veces, cada vez más molesta, a punto de enfadarse conmigo por dar la más mínima credibilidad a lo que hubieran dicho esas niñas. Sorbió fuerte por la pajita como para compensar su malestar con una inyección extra de bebida rosa y tuve que contener las ganas de comérmela a besos allí mismo por lo preciosísima que se ponía incluso cuando se enfadaba. Yo desconocía que a la madre de ninguna compañera de su clase le hubieran practicado tal intervención, pero lo de meterle un trozo del cuerpo de otra persona en la tripa tenía sentido si se refería a un trasplante de riñón, o quizá de hígado. Le pregunté a Alegría si las otras niñas habían mencionado alguno de esos órganos y ella asintió a regañadientes al oírme nombrar el segundo. Entonces le aclaré que sus compañeras no habían querido engañarla. Que de lo que hablaban, muy probablemente, era del trasplante de órganos. Le expliqué que era una solución que usaba la medicina para salvar la vida a ciertas personas y que consistía en, por ejemplo, cambiarles su propio hígado, cuando ya no funcionaba, por el hígado sano de otra persona. Alegría sorbió los últimos restos de batido con dos sonoras succiones antes de mirarme con los ojos muy abiertos y preguntar:

«¿De verdad se puede hacer eso?».

Su gesto asombrado me recordó al de la vez que vio salir una mariposa blanca en una caja de zapatos. Contesté que sí, que era una intervención que se practicaba con regularidad y buenos resultados, sin intuir el equivocado razonamiento que iba a realizar ella a continuación: «Qué bien, así las dos personas siguen viviendo tan felices», dijo. Tan buena le pareció la solución que me preguntó por qué no habíamos donado ya ninguna de nosotras nuestro hígado a otras personas que lo necesitaran. Negué con la cabeza antes de darle la mala noticia: que un órgano solo puede funcionar en uno de los dos cuerpos y que, quien lo donaba, dejaba de tenerlo. Por eso, salvo alguna excepción, una persona solo podía donar los órganos justo después de morir. Le expliqué que la gente que donaba órganos había decidido hacerlo antes de su muerte, sin saber siquiera si morirían lo suficientemente jóvenes como para resultar útiles. Que además debían haber dejado expresado ese deseo de manera clara a su familiares o en algún registro. Porque si no, serían ellos quienes tendrían que tomar la decisión en uno de los momentos más trágicos de sus vidas. Alegría se quedó pensativa, mordisqueando la pajita. Me preguntó si entonces ella no podía darle ninguna parte de su cuerpo a nadie ahora mismo. La abracé y le respondí que no, y que ojalá nunca pudiera. Pero la noté tan frustrada por no poder ayudar como ella quería, que se me ocurrió una idea:

«Si quieres, me puedes acompañar a donar sangre».

Un nuevo asombro redondeó su cara al tiempo que me preguntaba si eso también se podía. Le expliqué que sí, que eso se podía estando vivo, en cualquier momento, porque solo te sacaban una cantidad de sangre que luego el cuerpo reponía por sí mismo. Ella dijo que no solo me acompañaría, sino que también regalaría parte de su sangre, pero le advertí de que probablemente no dejarían donar a menores. En efecto, el día que fuimos a un centro de transfusión, ella no pudo donar. Tras salir de allí, creí que mi donación sería suficiente para que su generosidad quedara satisfecha y su conciencia, tranquila. Pensé que a Alegría se le iba a olvidar el asunto de las donaciones y los trasplantes enseguida. Pero una noche de algunas semanas después, mientras la arropaba y le deseaba felices sueños recordándole que ella era mi alegría, volvió a sacar el tema.

«Mamá, me gustaría donar mis órganos cuando me muera», dijo.

Oír a mi niña mencionar su muerte me dolió en el estómago, pero enfrenté el síntoma pensando que ella lo decía sin ser muy consciente de lo que hablaba. Le pedí que me hiciera hueco para sentarme en la cama y, peinándole un mechón por detrás de su oreja, le dije que era muy pequeña para andar pensando en esas cosas. Ella me lo rebatió recordándome que yo había dicho que la gente que donaba debía decidirlo antes de morir y que tenía que dejarlo expresado claramente, así que por eso ella me lo estaba comunicando a mí. Esquivé el tema diciéndole que tendría que dejarlo dicho a alguien más, que yo no podría ser la encargada de asegurarme de que sus órganos se donaran. Cuando preguntó por qué, le expliqué que, por suerte, la naturaleza es muy sabia y ha diseñado la vida de tal forma que las mamás se mueren antes que las hijas, que gracias a eso yo me iría antes que ella y nunca iba a tener que enfrentarme a un mundo en el que mi niña no estuviera. Ella se entristeció al darse cuenta de lo que implicaban mis palabras, pero le dije que el hecho de que una hija sobreviva a su madre no es triste sino natural. Que es solo cuando ocurre al revés cuando se convierte en tragedia. Me levanté de la cama para dar por finalizada la siniestra conversación, pero Alegría me cogió de la muñeca y me repitió que quería donar sus órganos.

«¿Dónde tenemos que ir a decirlo?», me preguntó.

Con tanta seriedad lo hizo que le prometí que, en cuanto cumpliera la mayoría de edad, iríamos a registrarla como donante. Entonces quiso saber cuánto faltaba para eso y yo, pensando que se desanimaría, le dije que mucho, que unos diez años. Pero ella, en lugar de quejarse o ser incapaz de encajar en su mente infantil la idea de un futuro tan lejano, me respondió que esperaría. Después se acomodó en la almohada y, cobijándose con la sábana, cerró los ojos con una sonrisa.

Aún hoy me avergüenza y me da pena recordar cómo, lo primero que hice tras salir de la habitación, fue buscar en Internet, en mi móvil, si las personas transgénero pueden ser donantes de órganos. Fue una duda que me asaltó de manera natural, tampoco quiero castigarme por ello, pero es horrible darse cuenta de cómo estamos educados en una transfobia tal que lleva a una madre a plantearse si los órganos de su propia hija son tan válidos como los de cualquier otra persona. Por suerte, la ciencia iba muy por delante de mi educación prejuiciosa y, salvo algunas páginas con claro sesgo religioso o político, los resultados que encontré confirmaban la perfecta viabilidad de los trasplantes procedentes de donantes trans. Incluso me emocioné al leer la manera en que un doctor respondía a esa pregunta específica en una entrevista, simplemente reformulando la pregunta a: «¿Puede un ser humano donar a otro ser humano?».

Después de aquella noche, creí que, a medida que creciera, a Alegría se le iba a olvidar el asunto de los trasplantes. Su mayoría de edad aún me sonaba muy lejana y, como sabía que su adolescencia la obligaría a afrontar importantes decisiones más trascendentales para su propia existencia, pensé que de este tema no volvería a acordarse. Pero sí se acordó. Casi todos los años hubo algún día en que mencionara el tema, incluso cuando atravesó las épocas más duras de acoso escolar o miedo a su propio desarrollo. Alegría podía estar sufriendo, a ella podrían maltratarla algunos compañeros de clase, pero eso no mermaba su interés por ayudar a otras personas. Igual que esperó a tener la edad en que yo le permití hacerse el tatuaje, aguardó pacientemente a su mayoría de edad para poder registrarse como donante de órganos.

Unos meses después de cumplir los dieciocho, entró en casa abriendo un sobre que había encontrado en el buzón. Era una tarjeta que confirmaba su registro nacional como donante de órganos. En la cocina, mientras yo colocaba la compra en la nevera, celebró lo satisfecha que se sentía de su decisión, opinando que todo el mundo debería ser donante, que es un desperdicio enterrar o quemar órganos funcionales cuando otra gente se muere por no tenerlos. Se quedó unos segundos en silencio, pensativa, como solía quedarse cuando creaba en su cabeza alguna de sus bellas imágenes e interpretaciones. Me explicó que, dentro de una crisálida, los órganos de una oruga se reconfiguran lentamente para convertirse en algo más grande, bonito y complejo que ella misma: una mariposa. Y que si de verdad llegaba el día en que ella donara todos sus órganos, también ella se reconfiguraría para convertirse en algo más grande, bonito y complejo que ella misma: la vida de varias personas.

«¿No te parece precioso?», me preguntó.

Le respondí que ningún supuesto en el que ella estaba muerta podía parecerme precioso. Ella aprovechó para informarme de que, de todas formas, la palabra de los familiares en caso de muerte podía ser fundamental para iniciar el proceso de donación y que la decisión debía ser inmediata, así que me dejaba a mí de encargada para la confirmación de sus deseos. Yo cerré la nevera de un portazo y le pedí que por favor dejara de hablar de su muerte, que eso no iba a ocurrir nunca. Ella puso una mano sobre mi hombro.

«Mamá, si me pasa cualquier cosa, soy donante de órganos», dijo al tiempo que me señalaba con la recién estrenada tarjeta de donante. «Como no lo hagas, me voy a enfadar mucho desde el cielo».

Al amenazarme con cómo se enfadaría en el cielo, la recordé enfadada en la mesa de esa misma cocina cuando hablábamos de trasplantes por primera vez, ella sorbiendo su batido de fresa con las cejas apretadas. Como me pasó en aquel momento, sentí tantas ganas de comérmela a besos que aparté la tarjeta con la que me advertía, la abracé fuerte y besuqueé su cara y su cuello hasta que se sacudió para librarse de mí. Entonces me miró a los ojos esperando una respuesta. Aguantó la mirada hasta que le confirmé que, aunque la posibilidad de la que me hablaba me resultaba aterradora, por supuesto que me encargaría de que se cumplieran sus deseos.

El timbre sonó por segunda vez. La taza de la que yo bebía chocó contra mis dientes. Aire me pidió que estuviera tranquila. Llevábamos un rato hablando de mi hija. Me gustó que se interesara más por la vida de ella que por su muerte: apenas preguntó por su asesinato, pero lo quiso saber todo sobre su decisión de hacerse donante, su nombre, su infancia, su transición. El telefonillo volvió a sonar y ella me repitió que estuviera tranquila, que solo tenía que recibir a quien viniera ahora igual que la había recibido a ella.

De nuevo, esperé con la puerta de casa abierta a que llegara el ascensor. De él emergió Pío, envuelto en una bocanada de suave fragancia masculina. Parecía que acabara de salir de una ducha en el gimnasio. Vestía vaqueros, camiseta gris ajustada y zapatillas deportivas blancas. Su piel y cabello revelaban afeitado y corte de pelo recientes, las suaves arrugas alrededor de sus ojos dejaban claro que aún no cumplía los cuarenta. Si Aire había permanecido los primeros minutos de nuestro encuentro en silencio, Pío empezó a hablar en el descansillo. Dijo que había llegado ese mismo día en avión. Me dio las gracias a mí y a mi hija. Por todo. Siguió hablando al acceder al salón, contándome que yo a lo mejor no lo sabía, pero él había donado dinero a mi causa años atrás, cuando ocurrió todo, sin saber siquiera que el riñón que le habían trasplantado era de Alegría. Que el problema con los suyos casi lo mata y la impresión de verse muerto a los veintipocos le había cambiado el enfoque de la vida que tenía hasta entonces. Y que eso solo había sido posible gracias al trasplante. Que no podía creerse que tuviera ahora enfrente a la madre de la chica que le salvó la vida. Se percató en ese momento de que ni siquiera me había dado la mano, o un beso, y me pidió que disculpara tal falta de educación, que estaba nervioso. Que cuando se ponía nervioso no paraba de hablar. Compensó su despiste con un achuchón tan cálido y sentido que me hizo añorar algo que nunca había conocido: el abrazo de un hijo. Teniéndolo cerca pude apreciar su mirada, tan inquieta como sensata. Una blanca sonrisa le iluminó el rostro cuando le dije que era muy guapo. Era más guapo que el novio más guapo que le hubiera imaginado jamás a Alegría.

Aunque era evidente que sí, le pregunté si se encontraba bien. Contestó que mejor que nunca y, como entendió cuál era realmente la intención de mi pregunta, añadió:

«El riñón de tu hija sigue funcionando a la perfección».

Me contó que apenas había tenido complicaciones después del trasplante, que su recuperación había sido espectacular y que desde entonces sus análisis eran impecables. De broma dijo que su sangre estaba tan limpia que se la rifaban en los centros de donación a los que iba, y que su orina era tan pura que podría hacerse rico vendiéndosela a quienes tuvieran que pasar un test de sustancias. Aprovechó su propio chiste para contarme que acababa de realizar una donación al comedor de un centro de drogodependientes de su ciudad. Tal y como había hecho Aire anteriormente, Pío me preguntó allí mismo, aún de pie en el salón, si quería ver la cicatriz. Asentí. Se desabrochó el pantalón y lo bajó, junto con los calzoncillos, hasta el inicio de un vello púbico tan recortado como el de sus sienes. Después levantó su camiseta ajustada, revelando una línea curva varios dedos debajo de su ombligo, cerca del hueso de la cadera. Me concedió permiso para tocarla y recorrí el surco con la yema de un dedo. Pensé en ella como en una cremallera cerrada que contenía una parte viva de mi hija. Un pedazo de Alegría que permitía seguir viviendo a un hombre tan sano y feliz como parecía Pío. Le pregunté si aún dolía a veces y me contestó que en absoluto.

«La piel de una cicatriz siempre es más dura que la de antes», me dijo. «Ahora es solo el recuerdo de un mal superado».

Sonreí con los ojos llenos de lágrimas al oírle hablar de un mal superado, envidiando lo dura y sana que se veía su cicatriz. Susurré que ojalá pudiera cicatrizar también la herida abierta que a mí me dejó la muerte de mi hija.

«Porque a mí me sigue doliendo como el primer día», le dije.

Él volvió a estrecharme entre sus brazos, sin despreciar ni negar mi dolor, sin decirme que ya tendría que haberlo superado porque había pasado demasiado tiempo —muchas personas me repetían esas palabras, quizá con la intención de ayudar, pero haciéndome sentir peor al culpabilizarme de mi tristeza, al remarcar lo débil que debía de ser por prolongar mi propio sufrimiento—. Al oído, me dijo que había venido precisamente a eso, a ayudarme a sanar la herida de la manera que yo considerase precisa. Añadió que para ello podía contar con él y con todos sus medios. En aquel momento yo aún no sabía que Pío tenía tanto dinero, así que no entendí el verdadero alcance de su ofrecimiento. Pero igualmente se lo agradecí, porque su presencia era más que suficiente.

En la cocina le presenté a Aire y ambos se saludaron como si se conocieran de antes, con un abrazo apretado. Sentados a la mesa de la cocina, Pío nos habló de cómo sus riñones empezaron a fallarle poco después de cumplir los veinte. Nos explicó que no existen horas más largas que las que se pasan en diálisis, ni días más cortos que los que se pasan volando, como si te sobraran, cuando precisamente no te sobran, mientras estás a la espera de recibir un nuevo órgano. Dijo que tampoco existe búsqueda tan frustrante como la de un riñón compatible entre tus familiares y amigos, todos ellos dispuestos a ofrecerte el regalo más valioso que existe, pero tú siendo incapaz de aceptarlo. Entonces, cuando el tiempo se le acababa y la esperanza se desvanecía, de pronto apareció el riñón de Alegría. Pío acarició mi mano al pronunciar su nombre. Me preguntó si esa tarde iba a venir también quien hubiera recibido su otro riñón, pero le dije que no. Aunque había escrito otra carta a la mujer que lo había recibido, ella era una de las que no me había contestado. Quién sabe, a lo mejor ni siquiera mantenía ya el riñón en su cuerpo después de que su sistema inmunológico lo hubiera rechazado y era por eso por lo que ya no sentía ninguna conexión con mi hija o agradecimiento hacia ella.

Pío dijo que a él, en cambio, el gesto de mi hija no solo le había salvado la vida, sino que se la había cambiado para siempre, a mejor. Que él había empezado a preocuparse por ayudar a la gente desde ese momento, así que yo tenía que estar muy feliz de saber que la generosidad de Alegría no terminaba en ellos —señaló a Aire y a sí mismo—, sino que seguía amplificándose y alcanzando a más gente cada vez. De alguna manera, todas las donaciones que él había hecho desde su recuperación en el hospital eran en realidad donaciones de la propia Alegría. Citó un proverbio chino que le habían enseñado unos diseñadores asiáticos de aplicaciones con los que trabajaba: que el aleteo de una mariposa puede crear un huracán al otro lado del mundo. Explicó que, para él, Alegría había sido ese aleteo de mariposa que había revolucionado su existencia como un huracán. Dijo también ser consciente de lo importantes que eran para mi hija las mariposas, así que estaba convencido de que nada era casualidad y todo estaba conectado. Le agradecí tan bonita reflexión en el momento que el timbre sonó por tercera vez.

Luz entró en casa con las manos en la boca, emocionada nada más verme. Durante unos segundos, por su edad y por su pelo rubio, creí ver un atisbo de cómo podría haber sido Alegría a los treinta y tantos. Ella no tenía hoyuelos en las mejillas pero sí una sonrisa luminosa como la de mi hija. Las curvas de su pecho, discretas, también eran similares a las de Alegría, si bien las de sus caderas eran mucho más pronunciadas. Y si mi hija, desde que se hizo el tatuaje, se había aficionado a los cuellos barco, amplios o dados de sí, Luz vestía una blusa con cuello firme, una prenda cómoda pero formal que podría usar sin problema para presentar el informativo. Se la veía una mujer asertiva, segura de sí misma, cómoda en su cuarta década. En solo un instante, imaginé que esa sería la década en la que mi hija ya habría conseguido abrir su propia peluquería, en la que se habría comprado un piso cerca del mío, en otro edificio del barrio. La década en la que, si no se hubiera casado aún, se quejaría de cómo todas sus amigas lo estaban haciendo ya. La década en la que quizá empezaría a tener ganas de ser madre y valoraría las opciones a su disposición. Cuando mis ojos se encontraron con los de Luz, ella mantuvo su mirada fija en la mía diciéndome muchas cosas sin pronunciar una sola palabra. Y las primeras que pronunció, cuando habló de verdad, fueron:

«Lo siento muchísimo. Nadie debería pasar por lo que has pasado tú».

La recibí en un abrazo agradeciendo sus palabras, a lo que ella añadió: «Vamos a hacer pagar a esos cabrones». Luz fue la primera en mencionar a los asesinos de manera directa aquella tarde, pero yo le dije que de ellos hablaríamos más tarde. Que yo ahora mismo lo único que quería era ver sus ojos. Separamos el abrazo sin soltarnos de las manos. Luz me miró fijamente, abriendo mucho los párpados, trasladándome a una escena familiar de Alegría bajo la bombilla de alguna lámpara de pie pidiéndome que mirara si se le había colado en los ojos algo de la purpurina con la que se los había maquillado. Una película brillante barnizó enseguida los ojos de Luz, igual que las lágrimas empezaron a humedecer los míos. Tanto me acerqué a su rostro, que vi mi reflejo en sus pupilas, mi imagen atravesando las mismas córneas con las que Alegría me vería a mí por primera vez, después de que la colocaron sobre mi pecho en el hospital, aún manchada de sangre y vernix. Las mismas córneas que filtraron durante diecinueve años la luz de su mundo, convirtiendo la realidad en imágenes que ella después analizaba con tanta sensibilidad. Gracias a esas córneas vio al hombre mayor que disfrutaba de un helado por las calles del barrio y también con ellas vio al actor de la serie que durante muchos años fue su *crush*, como a ella le gustaba definirlo —la primera vez que le pregunté qué significaba eso me contestó, entre risas, «significa que lo quiero en mi cama, mamá»—. Fue gracias a esas córneas que pudo ver los infinitos colores en tantas y tantas especies de mariposas de las que se sabía el nombre científico en latín. Y fueron también esas córneas las que se le cubrieron de lágrimas cuando Cerdo la encerró para intentar ahogarme en el váter o cuando me pedía por favor que detuviera su crecimiento si eso significaba que iba a convertirse en un chico. Mientras me asomaba a tantos recuerdos en los ojos de Luz, me asaltó un horrible pensamiento: el de que las últimas imágenes que habían compuesto esas córneas en los ojos de mi hija habían sido las de sus cinco asesinos amenazándola, insultándola, vejándola. Imágenes espeluznantes que se registraron como las últimas de una vida entera dedicada a buscar la belleza hasta en las escenas más cotidianas. Rostros sudorosos y llenos de odio estampándose sobre el brillo tornasolado de mariposas en la jungla. Qué injusticia tan grande, que el horror ganara a la hermosura solo por llegar después. Que la muerte venza a la vida solo por llegar la última. Luz debió de percibir el cambio en la energía de mis pensamientos, porque me dijo:

«Van a pagar por ello, estamos aquí para eso».

Asentí con rabia, recordando de pronto, con cruel contundencia, el motivo real del encuentro que estaba teniendo lugar en mi piso. La reunión estaba resultando tan emocionante y conmovedora para mí —milagrosos reencuentros con pedazos de Alegría—, que a ratos me olvidaba del verdadero objetivo de haber citado a los receptores de sus órganos. La presión de las manos de Luz en mis hombros me dejó muy claro que ella compartía mi rabia y que su disposición para conseguir el objetivo era total.

«Vamos a hacerlo», insistió.

Cuando encogió su sonrisa para ilustrar la seriedad de su entrega, me fijé en el lunar sobre su labio, la seña más distintiva de su rostro. Luz dijo que, a mi hija, le debía su visión, y que eso era lo mismo que deberle la vida a ella, y a mí, cualquier cosa que le pidiera. Allí mismo, las dos sentadas en el sofá mientras se oían las voces de Pío y Aire hablando en la cocina, Luz me relató emocionada la noche que había leído mi carta en su redacción casi vacía. Y cómo, desde ese mismo momento, había dejado de usar compulsivamente colirio para sus ojos. Me explicó que después de su trasplante había desarrollado una fobia a que sus córneas se secaran, se agrietaran. A que dejaran de funcionar o se cayeran sobre la mesa después de realizar algún movimiento brusco. Las imaginaba endureciéndose en contacto con el aire, transformándose en piel seca, cortante, que rasgaría sus globos oculares arruinándolos para siempre. Aunque la intervención había sido un éxito sin indicio alguno de rechazo, no conseguía apartar de su cabeza la idea de que eran un objeto ajeno a su propio cuerpo. Era una obsesión absurda, una hipocondría sin sentido que encima la hacía sentir culpable, desagradecida. En doce años no había sido capaz de superarla y solo lograba aliviar la preocupación aplicándose constantemente gotas de colirio. Así sentía que el tejido se hidrataba y adhería de nuevo a su globo ocular, como si fuera un pegamento sin el que aquellas córneas se desprenderían como lentillas de usar y tirar. Sin embargo, en el momento en que supo a través de mi carta que sus córneas habían pertenecido a Alegría, la fobia desapareció. Y las gotas de colirio dejaron de ser necesarias.

«No he vuelto a usarlas desde entonces», dijo.

Poner cara a su donante había sido el remedio que no sabía que necesitaba para aliviar su inquietud. Le pregunté si había llegado a perder la visión antes del trasplante y me dijo que no, pero que la progresiva deformación de sus córneas la hubieran abocado a ese destino. Un destino que, de haberse cumplido, la habría imposibilitado leer, acabar sus estudios, ser periodista y, en definitiva, llevar la vida que llevaba. Ciega, desde luego, no habría podido ser presentadora de informativos, que era su sueño desde niña, cuando se ponía las chaquetas de su padre a la hora de cenar y llenaba de papeles la mesa de la cocina.

«Claro que hubieras podido», le dije yo. «Habrías sido la primera presentadora ciega de informativos del mundo».

Lo pensé de verdad, porque la actitud implacable que Luz transmitía a través de la pantalla —y que resultaba aún más aplastante teniéndola frente a frente en mi salón— era la de una de esas personalidades que siempre acaban consiguiendo lo que quieren. Sonrió a mi comentario, aunque dijo que a veces deseaba no tener que dar ciertas noticias. Y que la inminente liberación de los asesinos de mi hija era una de esas noticias. Me contó que lloraba después del informativo, que miraba con asco las pantallas donde aparecían las imágenes de esos cinco cabrones. Que escupiría a los monitores si no supiera que la regañaría el realizador. Añadió que la primera vez que oyó hablar del caso, teniendo ella la misma edad que Alegría, vomitó de pena. O de miedo. O de un sentimiento tan terrible, mezcla de muchos, para el que ni siquiera tenemos una palabra. Enseguida se disculpó por considerar tan horribles sus sentimientos cuando quien de verdad habría experimentado los más crueles de los dolores sería yo. Me felicitó por mi entereza y por haber sabido salir adelante, pero le dije que, de lo primero, no tenía, y que, lo segundo, en realidad no lo había conseguido aún. Para que entendiera cuál era la realidad de mi situación, le conté que seguía durmiendo agarrada a un guante lleno de agua caliente y que el odio, la rabia y la tristeza que aún sentía eran lo contrario a salir adelante. Ella entrelazó sus dedos con los míos como si quisiera ofrecerme esa mano que tanto echaba de menos. Insistió que ella veía en mí una mujer entera, por dolida que estuviera. Me felicitó por mis intervenciones en los medios, por lo bien que me expresaba y por haberme esforzado siempre en hablar más de mi hija que de sus asesinos, que era justo el enfoque por el que ella luchaba en su informativo. Yo le agradecí que hubiera luchado por mí, sin conocerme siquiera, en esas reuniones de contenido de su redacción. Que me sentía honrada al saber que ella, una periodista respetada, consideraba correcta mi manera de expresarme. Le conté que no había tenido la oportunidad de estudiar de joven, que me limité a aprender leyendo todo lo que caía en mis manos, y ella me dijo que esa era la mejor manera de aprender. Después, mirándome a los ojos con una profundidad que anunciaba una sentencia importante, aseguró entender a la perfección que ahora quisiera tomarme la justicia por mi mano.

«Yo también querría matarlos», dijo.

Insistí en que de eso hablaríamos más tarde, cuando estuviéramos todos juntos. Todos ellos sabían, por mi carta, lo que yo quería hacer, pero no de qué manera. Le aclaré que yo no necesitaba que nadie hiciera nada que no quisiera. Y que nadie, salvo yo, tenía por qué matar a esos salvajes. Que jamás me atrevería a pedir algo así. Que para mí era suficiente con que me acompañaran. Ella asintió, pero añadió que estaba dispuesta a llegar hasta el final. Y que los ojos de mi hija merecían ver en primer plano los rostros agonizantes de sus asesinos. Tras decir aquello, me quedé prendada del brillo en sus ojos, del prisma de destellos en su córnea, como reflejos infinitos de los recuerdos de mi hija. Hablamos durante tanto tiempo en el salón, que el timbre volvió a sonar antes de que la hubiera llevado a la cocina. Allí, Aire y Pío mantenían una conversación sobre inmunosupresores, los medicamentos que tomaban para evitar el rechazo del órgano trasplantado. Les presenté a Luz y ambos dijeron haberla visto en televisión. Ella agarró una mano a cada uno y los besó en la mejilla como si, en lugar de estar conociéndose por primera vez, estuvieran reencontrándose.

171

Casi dos metros de hombre desgarbado aparecieron en mi descansillo cuando Hiel salió del ascensor, cuyo mecanismo suspiró aliviado al liberarse de su peso. Se quedó allí de pie, agarrado a las asas de una mochila rosa que resultaba muy pequeña para él.

«No quiero estar aquí», fue lo primero que me dijo.

Lo dijo enfadado, conmigo y con él mismo. Por cómo estrujaba las asas de su mochila parecía que podía darse la vuelta en cualquier momento o lanzarse escaleras abajo para no volver. Esperé en silencio, con la puerta en la mano, a que decidiera entrar o marcharse. Todos ellos habían tenido la opción de no responder a mi carta. Uno de los motivos por los que escribí en lugar de llamar fue el de darles libertad y distancia para tomar su decisión sin compromisos. Como acababa de decirle a Luz, no quería que nadie hiciera por mí, ni por mi hija, nada que no quisiera. Lo mío era una solicitud de ayuda, no un chantaje. Hiel miró al suelo. En nuestra primera, y muy breve, conversación por teléfono, me contó que había quemado mi carta. Que tuvo que volver a conseguir mi número —no le había costado mucho encontrarlo en Internet—. Me dijo que le había lanzado el conflicto moral más complejo de su vida, y eso que había tenido una vida difícil. No responder a mi petición le parecía detestable. Formar parte de lo que le proponía le parecía aún peor. Así que al final de una llamada colmada de dudas y recelo, concluyó que no sabía si vendría. Pero había venido. Aunque, de nuevo, las dudas y el recelo lo tenían frotando su calvicie en el descansillo. La indecisión culminó en una espalda erguida con la que dio dos firmes zancadas hacia el interior de mi casa.

«Gracias», le dije.

Si con Aire, Luz y Pío había sentido una conexión inmediata, incluso una potente necesidad de contacto físico, alrededor de Hiel sentí levantarse una barrera que exigía distancia, reforzada por su imponente altura y esquiva mirada. Era como una columna plantada en mitad de mi salón, una columna vestida con vaqueros sueltos, sujetos por un cinturón gastado. Por dentro de la cinturilla llevaba una camisa, también suelta, de mangas cortas pero que le llegaban hasta el codo, y anodinos zapatos marrones. De las prendas —o de su propia piel—, emanaba un ligerísimo aroma a basura que se le habría quedado impregnado en la planta de reciclaje a la que dirigí mi carta. Sin saber qué más decir, le pedí perdón por haberle enfrentado a ese dilema, quizá no calibré lo dolorosa que podía llegar a ser para alguien la información que revelaba en mis cartas. Hiel se encogió de hombros como si fuera algo evidente.

«Me aseguraron que nunca sabría quién era mi donante», murmuró.

Le confirmé que así era. Que la donación de Alegría fue anónima. Y que los datos de los receptores de sus órganos también se trataron como confidenciales. Mantenerlos en secreto fue una hazaña que se logró contra todo pronóstico. Que la información de la donación no se filtrara a la prensa, estando como estaba la muerte de mi hija en el punto de mira de todos los medios nacionales, exigió, de parte de los implicados, un enorme compromiso. Cuando, tiempo después, fui yo misma la que necesitó conocer sus identidades para pedirles ayuda, no me resultó nada sencillo dar con ellas. Al final, fue una de aquellas supuestas enemigas, una periodista de pelo corto y gesto esquivo, la que acabó filtrándome la información. Me reveló que una relación familiar de primer grado con un miembro del equipo médico —no entró en más detalles— le permitió enterarse de la donación desde los primeros días, incluso tuvo a su alcance las identidades de los receptores de los órganos. Reconoció que era una información exclusiva que pudo haber impulsado su carrera profesional, pero que, en contra de lo que piensa mucha gente acerca de los periodistas, son muchos los que no mercadean con información sensible y respetan los códigos deontológicos. «Eres la única persona a la que he revelado estos datos, y si lo hago es porque creo que te pertenecen», me dijo mientras me entregaba un portafolios que me pidió archivar o destruir. Hiel escuchó mis palabras sin mostrar ninguna reacción o empatía a lo que le contaba. Poco podía imaginar yo la pregunta que iba a soltarme a continuación:

«¿Tu hija era un hombre?».

Sus palabras dolieron como una bofetada. Ni siquiera había pensado nunca que ese detalle pudiera ser significativo para alguno de ellos. Enganché las manos detrás de mi espalda y hacia ellas reconduje mi indignación, clavándome las uñas en las palmas para liberar tensión.

«Mi hija era una mujer», respondí.

Hiel levantó la barbilla y me miró entre párpados casi cerrados, desconfiando de mi respuesta. Me dijo que sabía la verdad. Que desde que recibió mi carta había leído mucho sobre Alegría. Que era un caso que le sonaba lejanamente, uno más de esos sucesos que sacuden a un país y luego se olvidan, pero que tras descubrir lo que yo le había desvelado había pasado todos sus trayectos de autobús leyendo noticias sobre mi hija. Y que por eso sabía que era un hombre. Que además fue precisamente esa la razón por la que la mataron, porque los chicos de aquella banda habían encontrado algo que no esperaban. Apretando aún más mis uñas, le dije que la razón por la que esos salvajes mataron a mi hija fue porque ellos eran unos asesinos. Mi hija no tuvo ninguna responsabilidad en su muerte. Hiel aceptó la culpabilidad de los criminales, pero agregó que si mi hija hubiera sido una mujer de verdad, y no un hombre, no la habrían matado. Y que eso lo sabíamos todos. A lo largo de los años me había enfrentado a muchas opiniones como la de Hiel, a muchas noticias sensacionalistas que usaban la palabra hombre para referirse a una niña que jamás lo fue. Y aunque había aprendido a ignorarlas hasta el punto de que no me dolieran ni un poquito, nunca imaginé que alguien me soltaría algo parecido, a la cara, en el salón de mi casa.

«Mi hija era una mujer», repetí. «La mujer que te donó su hígado».

Mirando al suelo, me explicó que no podía quitarse de la cabeza la idea de que su nuevo hígado proviniera de una chica como mi hija. Que para él esas personas no llevaban vidas saludables que les permitieran donar sus órganos. Llegó a decir que prefería que le hubieran dado el hígado de una persona normal. Tuve que respirar hondo para no pedirle que abandonara mi casa en ese momento. Su ignorancia, su transfobia, podía tolerarlas. Lo que no podía permitir es que fuera tan desagradecido con el regalo de mi hija. Imaginé a Alegría escuchando esas palabras, descubriendo adónde había ido a parar una de sus donaciones. Pensé en ella para armarme de una rabia que me permitiera responder a Hiel con palabras tan ofensivas como las suyas, pero la imagen que apareció en mi mente fue la de una Alegría que escucharía lo que acababa de decir Hiel, le cogería de la mano y le diría: «Déjame que te explique cómo somos las personas como yo».

Alegría era muy buena para identificar de dónde emanaba el odio de los individuos. Si era de la ignorancia, del desconocimiento de una realidad que les resultaba desconocida y lejana —de la cual solo habían recibido referentes negativos en su educación y por tanto no eran más que ovejas malcriadas por nefastos pastores—, ella misma se esforzaba en tratar de sacarlos de su error. Enfrentando su odio con calma e información, les daba una lección de empatía transformando su primer encuentro con una persona transgénero en algo que nada tuviera que ver con lo que ellos hubieran imaginado que sería. La vi hacerlo una vez con una señora de la limpieza que quiso echarla del baño de mujeres de una estación de autobuses cuando descubrió algo que no le cuadraba. Lejos de montar una escena, Alegría la desarmó con cercanía, información y buenas maneras. Acabaron charlando en el lavabo mientras la de la limpieza le enseñaba fotos de sus hijos en el móvil y le contaba que tenían un primito que siempre se disfrazaba de bruja. «¿De bruja buena o de bruja mala?», preguntó Alegría, y ambas rompieron a reír hasta que las interrumpí para anunciar que, o salíamos corriendo, o perdíamos el autobús. Pero cuando mi hija percibía que el odio emanaba de un prejuicio mantenido en el tiempo, de una voluntad de discriminar a otras personas por considerar su vida errónea o inferior, su respuesta era el más implacable de los silencios. No perdía ni un segundo de su tiempo con esas personas. Solo sentía pena y compasión por los dueños de vidas tan pobres, tan tristes y pequeñas, en las que no había lugar para la diversidad. Decía que ellos mismos cerraban sus mentes hasta quedar aprisionados en una cárcel de odio. Ellos mismos empequeñecían su mundo hasta convertirlo en un mísero guijarro de arena. Y ese era el verdadero castigo que recibían por ser como eran, mucho más severo que cualquier palabra que ella pudiera lanzarles para hacerles más daño.

Esforzándome por emular lo que habría hecho mi hija, solté las manos de mi espalda y busqué las de Hiel, olvidándome de las barreras. Aunque sentí que el contacto físico lo incomodaba, lo prolongué mientras le decía que si estaba en mi casa era porque había querido venir. Y si había querido venir era porque quería ayudarme. Y si quería ayudarme era porque en realidad estaba agradecido de haber recibido ese hígado. Viniera de quien viniera. Hiel retiró sus manos y las metió en los bolsillos. Le pregunté si le quedaba algo más por decir, considerando que sería mejor que lo soltara todo de golpe. Murmuró una negación al suelo. Una negación que resultó ser mentira, porque días más tarde, en la siguiente cita, fue cuando me contó cómo había recibido mi carta. Me habló de la planta de reciclaje, del autobús, de la mochila. De su hija. Dijo que ella había sido la razón de que, a pesar de haber quemado mi comunicación, hubiera acabado contactándome. Porque lo único que de verdad entendía de toda mi historia era lo mucho que dolía perder a un hijo. Y a mí me había ocurrido de una manera aún más definitiva y horrible que a él. También me habló de su alcoholismo, y me confesó que había vuelto a beber incluso tras el trasplante. Trató de excusarse argumentando que solo llevaba un año de recaída, que esta vez lo tenía bajo control, que no bebía nada de mayor graduación que una cerveza, tal vez vino. Y que solo se rendía en los momentos que más lo necesitaba. Mi carta había sido uno de esos momentos. Saber que Hiel maltrataba de esa manera el órgano que le regaló mi hija, dolió más que las barbaridades que había dicho anteriormente.

Pío, Luz y Aire percibieron enseguida la distancia que Hiel marcaba. Aunque se levantaron para recibirlo, volvieron a sentarse a la mesa tras unos saludos mucho más fríos de los que habían compartido entre ellos. Vi que Pío se había preparado un vaso de agua con limón exprimido, desenvolviéndose en la cocina como si fuera suya —la tabla, el cuchillo y el exprimidor estaban ya fregados en el escurridor—. Luz miró la parte inferior de su muñeca, a donde caía la esfera de su reloj de pulsera, y me preguntó si faltaba alguien por venir. Respondí que sí mientras el corazón se me aceleraba al pensar en Vida.

La tensión en la conversación con Hiel había reducido la duración de nuestro encuentro, así que aún faltaba tiempo hasta que llegara Vida. En la cocina, Hiel se quedó de pie, sin aceptar ninguno de mis ofrecimientos de algo para tomar. Aire, que deshacía el extremo de una de sus trenzas para volver a anudarla enseguida, me preguntó si existía algún lugar al que pudiera ir a dejarle flores a Alegría. Que le encantaría mostrarle su agradecimiento, llevarle a la tumba un trozo del campo donde vivía, quizá unos girasoles. Pío y Luz acercaron sus sillas a la mesa, interesados también en mi respuesta.

Les conté que, tras morir en el hospital, y después de la extracción de los órganos viables para las donaciones y de realizarse la autopsia, había cremado los restos de mi hija. Luz me preguntó si se había conseguido la autorización del juez para extraer los órganos antes del examen forense. Expliqué que yo no recordaba nada de lo ocurrido en el hospital, salvo las apariciones inconexas de gente en medio de aquella niebla blanca que inundó los pasillos.

Pero según me contarían después, además de firmar la documentación necesaria para proceder a la extracción, grité a todo el que se me puso delante que eso era lo más importante para mi hija. Y que su deseo estaba por encima de lo que dijera nadie, fuera un juez, fuera un forense o fuera el director del hospital. Grité que se lo había prometido a mi hija en la cocina de casa. Grité que mi niña había decidido donar sus órganos a los nueve años mientras bebía batido de fresa con una pajita rizada, y nada, ni nadie, iba a frustrar ese deseo. Grité cosas que el personal no entendía, pero que dejaban muy clara mi intención y la de mi hija. Algunos testimonios tacharon mi actitud de agresiva y una enfermera llegó a declarar que la había escupido, pero otra auxiliar la desacreditó diciendo que no la escupí a ella, sino que salpiqué con saliva a media plantilla por el ímpetu con el que gritaba. Después sabría que, en realidad, mi palabra no estaba por encima de la de un juez, pero de algo servirían mis gritos porque el equipo médico consiguió el permiso para que la donación no se interrumpiera. Con uñas y escupitajos defendí el deseo de mi hija y cumplí la promesa que le había hecho apenas un año antes, junto a la nevera de casa, cuando la idea de que muriera resultaba inconcebible.

Aire me preguntó entonces dónde se encontraban sus cenizas, si aún las conservaba en casa en una urna o si las había esparcido o llevado a un cementerio. Le dije que para responder a eso tendría que hablarles de *La metamorfosis infinita*. Al oírme entonar aquello como si fuera un título, Aire dejó en paz su trenza. Pío y Luz intercambiaron una mirada interrogante. Incluso Hiel, en su destierro junto al fregadero, levantó la mirada hacia nosotros.

Les expliqué que así había titulado Alegría un cuento que escribió a los once años, cuando atravesó una breve temporada en la que le dio por querer ser escritora, algo que creo que hizo solo por imitación. Una vez me preguntó por qué yo siempre tenía una torre de libros en mi mesilla de noche y le contesté que porque quería ser escritora. No era una fantasía que yo verbalizara a menudo —solo la mantenía como un sueño inalcanzable para una mujer de la calle que apenas estaba retomando los estudios—, pero a Alegría le hizo gracia oírlo y durante un total de dos o tres semanas se empeñó a fondo en iniciar una carrera literaria. Su primera creación —además de la última y la única— fue un cuento que escribió a lápiz en el cuaderno de matemáticas del colegio. Mezclando su obsesión por las mariposas con las fantasías románticas que por aquel entonces veía en películas de dibujos animados, escribió una historia de la que me fue adelantando detalles sueltos, día tras día, hasta que llegó la noche del gran estreno. Duchada y en pijama, con el pelo húmedo recién peinado cayéndole sobre la espalda, Alegría llevó su cuaderno al salón y se sentó con las piernas cruzadas en el sofá, envuelta en una nube de olor a cereza. Impaciente, esperó a que yo terminara de recoger los restos de la cena, estrujando envoltorios de hamburguesas y cartones de patatas fritas de mi Burger King. Cuando me senté al otro extremo del sofá, Alegría procedió a leer.

El cuento narraba la historia de una princesa que vivía en un castillo. Vivía a solas con su padre, el rey, quien había asesinado a la reina ahogándola en el foso de los cocodrilos tras una pelea. A la princesa, lo que más le gustaba era salir a los jardines del castillo, que en primavera se cubrían de flores y atraían miles de mariposas. Podía pasarse el día entero mirándolas revolotear. Una mañana, apareció entre los arbustos un joven apuesto. Al descubrir que se trataba del jardinero, y que sus manos eran las responsables de que los jardines lucieran tan llenos de flores, la princesa se enamoró enseguida. En su primer encuentro, el jardinero le contó a la princesa que todas esas mariposas que los rodeaban venían del otro lado del mundo, que emigraban sobrevolando el océano para pasar la primavera y el verano en el castillo. Después, volvían a marcharse y por eso nunca se las veía en otoño o en invierno. La princesa cayó enamorada de la sabiduría y habilidad del jardinero y el jardinero se enamoró de la belleza y curiosidad de la princesa. Pero el suyo era un amor prohibido. Ella, como miembro de la realeza, no podía mantener una relación con un mísero jardinero. Se vieron a escondidas durante la primavera, durante el verano, ocultándose en las sombras de los arbustos, besándose entre flores y mariposas. En otoño, alguien informó al rey de la relación que mantenía su hija con el jardinero. Furioso, sintiéndose insultado por el amor de la princesa hacia un plebeyo, el rey apalabró ese mismo día una futura boda de su hija con el príncipe del reino vecino. Al jardinero, lo condenó al exilio al otro lado del océano. Se lo llevaría en barco uno de sus capitanes, que después quemaría la nave para que les fuera imposible regresar. La princesa lloró viendo cómo se llevaban al amor de su vida al barco, sabiendo que jamás volvería a verlo. Al pasar junto a ella, el jardinero le susurró algo al oído. El capitán lo arrancó de su lado, lo encadenó a la proa del barco y emprendieron la navegación. El rey organizó la boda entre la princesa y el otro príncipe al final de ese mismo otoño. Pero la princesa, en lugar de pasar tiempo con su nuevo marido, salía al jardín siempre que tenía oportunidad. Pasaba las horas allí de pie, como si esperara algo, ganándose castigos y regaños de su marido y de su padre. La princesa esperó bajo la lluvia y la niebla. Siguió esperando todo el invierno, temblando entre la nieve, soplando vaho a sus manos azules para calentarlas. Hasta que una mañana descubrió el verdor de un nuevo brote en uno de los arbustos. Y recordó con una sonrisa lo que el jardinero le había susurrado al oído antes de subir al barco y marcharse para siempre: «Para mí, no poder estar contigo es igual que no vivir. Por eso, cuando cruce el océano y llegue al otro lado del mundo, dejaré morir mi cuerpo. Lo haré sobre la tierra en la que crecen las plantas de las que se alimentan las orugas cuyas mariposas vienen al castillo en primavera. Así, mis restos alimentarán la tierra, la tierra alimentará a las plantas y las plantas a las orugas. Y cuando esas orugas se transformen en mariposas que estarán hechas de mí mismo, cruzaré el océano de vuelta al castillo. De vuelta a ti». La primavera empezó y la princesa, que seguía esperando, vio cómo el jardín se llenaba de flores. Y cómo empezaban a llegar las mariposas que venían del otro lado del mundo. En cada una, la princesa sentía regresar al jardinero, sobre todo cuando revoloteaban a su alrededor, posándose en sus mejillas, trayéndole de vuelta los besos y susurros de su amado. Así pasó la princesa los cien años que estuvo viva, esperando cada otoño y cada invierno a que llegara la primavera y, con ella, los besos del jardinero que fue su verdadero amor. Cuando la princesa enfermó, en su lecho de muerte, pidió a sus hijos un único deseo: que la enterraran bajo los arbustos del jardín del castillo. Su cuerpo acabó así transformado en las flores a las que regresaron año tras año las mariposas, y la princesa y el jardinero siguieron reencontrándose en cada primavera.

Tras leerme la historia, Alegría levantó la mirada de su cuaderno con una sonrisa y dos surcos de lágrimas bordeando sus hoyuelos. Quiso saber si me había parecido un cuento bonito. Yo le dije que era la historia de amor más bonita del mundo y que lo que contaba era una preciosa e infinita metamorfosis. «¿Cómo lo titulamos?», me preguntó ella, con los ojos muy abiertos, cogiendo el lápiz de la mesa de centro. Yo propuse el título más obvio, *El jardinero y la princesa*, pero ella se quedó pensando, buscando algo mejor. Todo era mejor visto a través de sus ojos. En algún momento, esos mismos ojos se iluminaron con el brillo de una revelación. Inspirada por mis palabras, Alegría llevó el lápiz a la portada del cuento y escribió: *La metamorfosis infinita*.

En la mesa de la cocina, Aire sorbió mocos y buscó una servilleta sobre la mesa para secarse la nariz. Pío dijo que era un cuento precioso para haber salido de la mente de una niña de once años y Luz me preguntó por qué no había seguido adelante con su idea de ser escritora. Le repetí que fue una fase pasajera y que la propia Alegría, cuando creció, releía ese cuento y lo calificaba de inverosímil, porque en realidad no existía ninguna mariposa que emigrara a través de los océanos. Decía que se habría pasado de fantasiosa porque acabaría de descubrir a la mariposa monarca. A lo que yo le contestaba que, por suerte, la letra escrita es mucho más libre que la realidad. Y que lo que había escrito era tan bonito que daba igual que fuera verdad o mentira. Pero Alegría no volvió a interesarse por escribir historias. Tuvo otras fases en las que quiso ser cantante, lepidopteróloga, trabajadora social, bailarina o encargada de Burger King como yo. Y cuando de verdad llegó el momento de elegir, optó por aprender peluquería en una academia del barrio. Como estaban haciendo muchas de sus amigas. Hiel se acercó a la mesa y me enseñó la mochila que llevaba, la que me había llamado la atención en el descansillo, por su tamaño y color. Señaló la princesa dibujada y me dijo que a su hija, de pequeña, también le encantaban las princesas. Que luego creció y las olvidó, pero que oír el cuento de Alegría le había recordado a su niña. Fue una de las pocas veces que Hiel mostró su lado más tierno.

Aire apretó la servilleta húmeda en su puño e insistió en saber dónde estaba entonces el cuerpo de Alegría. Dijo que les había contado un cuento muy bonito, pero no había contestado a su pregunta. Les conté que, cuando me entregaron las cenizas de Alegría, regresé a casa sin saber qué hacer con ellas. Mi primer instinto fue dejar la urna en su habitación para que siguiera allí conmigo, haciéndome compañía de algún modo. Pero enseguida me pareció que a ella no le gustaría estar encima de su escritorio como un mero adorno, como un flexo, así que le pregunté a ella en voz alta, a la habitación, qué quería que hiciera con sus restos. Busqué alguna respuesta en su estantería, en sus fotos pegadas a la pared, entre la ropa de su armario. En sus libros. Entonces abrí un cajón y, al fondo, encontré *La metamorfosis infinita*. Antes de tirar el cuaderno de matemáticas al finalizar el curso, Alegría había arrancado las hojas y las había grapado para conservar el cuento. Su propia caligrafía infantil respondió entonces a mi pregunta, revelándome en el hermoso destino que ella le inventó al jardinero lo que debía hacer yo con sus restos. Busqué en sus libros de mariposas su especie favorita, la que había decidido tatuarse, *Actias luna*. Investigué de qué se alimentaban sus orugas: abedul. En un vivero, compré el brote más pequeño que encontré de dicho árbol, no tendría más de un palmo de altura. Una mañana, con esa maceta y con las cenizas de Alegría, empecé a caminar y no me detuve hasta dejar el barrio muy lejos, la autopista muy atrás. Me adentré en calles que se convirtieron en caminos hasta desaparecer en un bosque de la periferia. Busqué una zona donde ya crecieran abedules, para asegurarme de que el árbol prosperaría. Deambulé entre los troncos sin decidirme por ningún pedazo de suelo, obsesionada con encontrar un lugar ideal o quizá queriendo retrasar el momento de separarme de las cenizas de mi hija. Entonces encontré un pequeño claro, un círculo de tierra que parecía estar echando de menos la presencia de un árbol. Allí cavé un agujero y en él vertí las cenizas, mezclándolas con la tierra. Después saqué el brote de abedul y lo planté en el agujero, asegurándome de que todas las raíces estuvieran en contacto con los restos de mi hija. Aunque no formaba parte de ningún ritual, acabé regando con lágrimas el brote recién plantado. Me prometí esperar el tiempo que hiciera falta hasta que ese árbol fuera lo suficientemente grande para alimentar a una colonia de orugas que yo misma me encargaría de llevar.

«¿Y ya las has llevado?», preguntó Aire.

Respondí que sí, lo había hecho la noche anterior. Ahora que sabía que el plan que quería trazar junto a ellos iba a salir adelante, era muy probable que se acabara mi tiempo de libertad y que no tuviera ya otra oportunidad para hacerlo. Así que unas semanas atrás había comprado en Internet un centenar de huevos de esa especie concreta de polilla —los había pedido a la misma granja de mariposas de la que mi hija obtenía sus ejemplares—. Los huevos eclosionaron y, durante tres días, mantuve a las pequeñas orugas en las cajitas de plástico de Alegría, alimentándolas con hojas que recogí de su abedul. Una vez que vi que las oruguitas comían con ganas, caminé hasta al bosque y las dejé, una a una, en las ramas del árbol que creció sobre los restos de mi hija. Les susurré un deseo, que crecieran y se convirtieran en las mariposas más bonitas que jamás hubieran existido, para que mi hija pudiera volar convertida en su mariposa favorita. Después, para despedirme del abedul, y como hacía cada vez que lo visitaba, me besé la mano y acaricié su tronco.

Aire se levantó de su silla y nos dio la espalda. Se sonó los mocos mientras decía que, desde que había entrado en esa casa, no había dejado de llorar, que teníamos que parar. Pío se acercó a consolarla y Luz añadió que ella tampoco había dejado de llorar desde que recibió mi carta.

«Yo llevo llorando los últimos doce años», dije.

La declaración sonó tan parecida al anuncio de la mano final ganadora de una partida de póquer que, a pesar de lo inapropiado que resultaba, Hiel se rio. Su risa incómoda se nos contagió a los demás y, aunque fuera solo para reducir la tensión, acabamos soltando risotadas nerviosas mientras negábamos con la cabeza. En ese momento, sonó el telefonillo, la última vez aquella tarde. Al ver cómo me llevaba la mano al corazón, todos entendieron quién venía. A Aire se le escapó un sollozo más y, con gesto ya resignado, cogió otra servilleta de la mesa para secar sus ojos. Pío, a su lado, sonrió para que no me preocupara por ella. Con un movimiento de cabeza, me indicó que fuera a responder al timbre.

A Vida quería verlo por primera vez ya dentro de casa, no en el descansillo iluminado por un fluorescente, así que abrí la puerta y esperé en mitad del salón a que entrara. Lo primero que vi de él fueron sus dedos, como correspondía a un pianista, asomando a la hoja de la puerta antes de empujarla. Después apareció su cabello castaño oscuro, el cual peinó, también con los dedos, retirando hacia atrás el flequillo, a ambos lados de la cabeza. Me fijé en lo redondeado de sus hombros, lo ancho de su espalda y lo anguloso de su mandíbula, pero fueron sus ojos los que retuvieron mi atención. Eran del color de la tierra, a donde se le notaba anclado. En ellos pude apreciar todo el amor y el sufrimiento que me había relatado al teléfono, si bien lo que predominaba en esa mirada era la sensata serenidad de quien ha conocido ambos y ha terminado aceptando que uno no puede existir sin el otro. En nuestra primera conversación, cuando me llamó después de romper y de reconstruir mi carta, Vida me contó su historia de una manera tan poética y hermosa como la música de la que me hablaba. Los dos lloramos al teléfono cuando me repitió la frase que le había dicho bajo las sábanas el estudiante de violonchelo: «Bombear sangre al resto del cuerpo no es la labor más importante de un corazón».

La mirada de Vida se humedeció al verme. También se llevó una mano a la boca para detener el temblor de su barbilla, los pelos de una barba corta y dura crepitaron entre sus dedos. Me acerqué a él con pasos cortos, casi arrastrados, preparando mi cuerpo, mi mente y mi alma para el reencuentro más anhelado de todos, también el que más me asustaba. Uno que iba a llenarme de amor, pero quizá también de sufrimiento, porque pocas veces existe el uno sin el otro. Él abrió los brazos, tanto para acogerme como para ofrecerme su pecho, donde ambos sabíamos que yo quería descansar. Al tocarnos por primera vez, un electrizante hormigueo nació en el punto donde se encontraron nuestras pieles. Vida entrelazó sus dedos con los míos, invitándome a acercarme más. La cercanía con su cuerpo, del que ya podía sentir su calor, me cortó la respiración. Vida susurró que me mantuviera tranquila, que todo estaba bien. Una de sus manos se escabulló de entre la mía para buscar el primer botón de su camisa negra, formal, como un elegante envoltorio para el regalo tan hermoso que traía. Mientras yo respiraba profundo tratando de recuperar el aliento perdido, Vida desabrochó un botón tras otro. Con dos dedos, dio un par de toques en la parte izquierda de su pecho descubierto, invitándome a que me apoyara en él.

«Ella sigue viva dentro de mí», dijo.

Rodeé su cintura con mi brazo, por dentro de la camisa abierta. Acerqué mi cara a su cuerpo, mi oreja se posó en su piel. Ale. Gría. Ale. Gría. Ale. Gría. Ale. Gría. Ale. Gría. Cada pulso dentro de ese pecho me devolvió el sonido que nunca debería dejar de escuchar una madre: el latido del corazón de su hija. El bombeo de aquella sangre en mi oído parecía pronunciar, sin cesar, su nombre. Ale. Gría. Ale. Gría. Ale. Gría. Me abracé al cuerpo de Vida como si fuera el de ella, vaciándome en un llanto de felicidad. Porque si el corazón de Alegría había vuelto a casa, entonces ella también había regresado por fin. Me permití pensar que su muerte había sido una horrible pesadilla, una que había sufrido mientras dormía en el sofá, esperándola aquella noche de jueves. Y que ahora la recibía de madrugada en el salón porque ella había atravesado el callejón sin problemas, como lo atravesaba tantas otras noches. Nadie se había interpuesto en su camino. Abrazada a Vida y al latido de su corazón, me deleité en la ensoñación aunque su vigorosa y cálida anatomía masculina me recordaran que ese no era el cuerpo de mi hija. Permanecí con los ojos cerrados disfrutando del latido, pensando en todas las veces que había agarrado a mi hija tan fuerte como para sentir ese mismo corazón latiendo sobre el mío: el desayuno en el que me dijo que era una niña, la vez que tomó sus primeras dosis de hormonas y supo que ella también iba a ser la mariposa que llevaba dentro, la noche en que lo sentí latir en las yemas de mis dedos, debajo de su pijamita, cuando le prometí que no permitiría que nadie volviera a hacerle daño. En todos esos momentos, y ahora dentro de Vida, el que sentía era el mismo corazón de mi bebé, el que escuché por primera vez en la décima semana de embarazo, latiendo entonces dentro de mí y formando parte, ya para siempre, de mi propia anatomía. Porque las madres no tenemos solo un corazón, sino que conservamos para siempre aquellos que empezaron a latir dentro de nosotras.

«Gracias por mantenerlo vivo», susurré.

Escuchando el corazón de Alegría palpitando de nuevo en el interior de otro pecho, creí sentirla a ella susurrándome una de esas revelaciones con las que siempre embellecía la realidad: la idea de que, entre el momento en el que oí el acelerado latido de mi bebé en una ecografía, y el instante en el que ese mismo corazón latía para sustentar ahora la vida de un hombre, lo que había ocurrido no era solo una terrible tragedia, sino también una preciosa metamorfosis. Ale. Gría. Ale. Gría.

«Gracias a ella por regalármelo», dijo Vida.

Escuché su voz, tan grave como la de un violonchelo, retumbar en su caja torácica, de la que me sentía incapaz de separarme. Cuando conseguí hacerlo, llevé una mano al mismo pedazo de piel, aún caliente, sintiendo ahora cada pulso en mi mano. Vida me miró a los ojos, compartiendo conmigo aquel milagro que palpitaba en nosotros, en mi mano y en su pecho.

«Estoy muy triste de que ella no esté aquí», le dije. «Pero muy feliz de que estés tú».

Llevé mis dedos a su cicatriz, una marca sorprendentemente recta y centrada en su pecho, como si lo hubieran abierto justo por la mitad. Pregunté por qué habían tenido que intervenirle. Me contó que, en su vida, le habían roto el corazón cuatro veces. La primera fue en el colegio, el chico del polo desabrochado que no solo se burló de él sino que le robó para siempre la magia del primer beso, convertido desde entonces en un mal recuerdo. La segunda, fue su propia madre quien se lo rompió, retirándole la mirada y dejando de interesarse por saber quién era su hijo en realidad. La tercera vez ocurrió tras perder al amor de su vida. Y aunque pensó que su corazón estaba tan destrozado que no podría volver a romperse, todavía iba a rompérsele una vez más. Y esta vez sería de manera literal. La definitiva. Poco después del asesinato del estudiante de violonchelo, tras regresar del extranjero, Vida empezó a notar que se fatigaba con facilidad, que se quedaba sin aire al subir escaleras, que el corazón se le disparaba sin motivo. Achacó todos los síntomas a la depresión y ansiedad con las que convivía desde siempre y que tanto se habían agravado desde la muerte del estudiante de violonchelo, así que no buscó la opinión de ningún médico. Hasta que un día, mientras ofrecía junto a su orquesta un concierto especial por el solsticio de invierno, la mano izquierda se le quedó inerte sobre el piano. Incapaz de seguir marcando los acordes del *adagio* de Albinoni que interpretaban, mantuvo la melodía con la mano derecha hasta que la presión que sentía en el pecho lo ahogó y su cuerpo se desplomó sobre las teclas, a la vista del público que abarrotaba el teatro. Así, antes de cumplir los treinta, sin previo aviso y sin vicios ni malos hábitos, Vida se encontró con un diagnóstico preocupante de miocardiopatía hipertrófica, cuya mejor solución era un trasplante. «Fue entonces cuando el corazón de tu hija empezó a latir en mi pecho», continuó Vida. Me prometió protegerlo y, sobre todo, me prometió usarlo. Me contó que, desde que sabía que pertenecía a alguien tan joven, sentía una mayor responsabilidad de vivir con ese corazón la vida que a ella le quitaron. No quería que el corazón de mi hija le sirviera para sobrevivir, quería que le sirviera para vivir. Dijo que el corazón es solo un órgano, pero el amor que vive en él es más grandioso que el cuerpo al que pertenece. Y que a él pertenecía ahora, por tanto, todo el amor que Alegría albergara en el suyo. Yo le avisé de que era mucho. Me preguntó si Alegría había tenido alguna pareja y respondí que ninguna seria. Sabía que había mantenido relaciones con algunos chicos del barrio, y no era raro que los fines de semana me contara que se había liado con este o con aquel en la discoteca. También usaba aplicaciones para ligar igual que el resto de sus amigas, pero a ninguno de esos chicos con los que quedaba una o dos veces se refirió nunca como novio. Ni siquiera al compañero de academia que durmió con ella en el dormitorio unas cuantas noches durante algunos meses y que luego desayunaba con nosotras en casa, compartiendo con mi hija susurros y codazos que yo fingía no ver.

Desde la cocina, llegó el murmullo de otras voces. Vida me preguntó si era el último en llegar. Respondí que sí y le confesé que para mí su presencia era la más importante, porque mi venganza no tendría ningún sentido si el corazón de Alegría no fuera testigo de ella. Él me contó que estaba muy nervioso con lo que pudiera contarles, que él siempre había pensado que la violencia no puede ser la solución a esa misma violencia, y que ni siquiera sucumbió a ese instinto cuando le arrebataron lo que más quería en el mundo. Le contesté que, con una condena como la que le habían impuesto al asesino del estudiante de violonchelo, quizá yo también me habría conformado. Pero no con la que habían recibido los asesinos de mi hija, que iban a salir de la cárcel cuando yo ni siquiera había superado el duelo de su muerte, si acaso es algo que se llega a superar en algún momento. Vida se puso serio, me tomó de las manos y dijo que por mí, y por mi hija, haría lo que fuera, lo que yo le pidiera. Que por eso había venido. Pero también me preguntó si de verdad creía que acabar con esos cinco hombres iba a hacerme sentir mejor. Esa misma pregunta se había repetido en mi mente a lo largo de los años, pronunciada en mi cabeza por la voz de Alegría. La imaginaba a ella suplicándome que me olvidara de sus asesinos, que me centrara en mí, en superar mi dolor. Que me consolara pensando en los años que sí compartimos, no en los que nos faltaron y que en realidad nunca estuvieron garantizados. Su voz, que era mi conciencia, trataba de hacerme ver que ella iba a seguir viva, para siempre, en mi recuerdo. Que ninguna banda de desalmados podría jamás borrarla de mi memoria. Y que eso significaba que, en realidad, ellos no habían ganado nada. Que no nos habían hecho ningún daño.

«No nos han hecho nada», llegaba a decirme.

Y lo hacía con tanto ímpetu que podía verla sentada a los pies del sofá mientras yo leía, o de pie junto a mí en el fregadero mientras pelaba patatas. Su presencia imaginada sonreía entonces para convencerme de que ese era el pensamiento que me sanaría. Insistía en que, si yo era lo suficientemente fuerte, sería capaz de perdonarlos. No por ellos, sino por mí. Porque mi felicidad era su verdadera derrota, no la rabia con la que pretendía castigarlos. Según Alegría, absolverlos era la manera definitiva, la única, de cortar el doloroso vínculo que me mantenía unida a sus cinco asesinos, alimentándome a través de tóxicos cordones umbilicales de un odio que solo me consumía a mí misma. En los peores momentos de silencio, su voz me susurraba que no tenía ningún derecho a involucrar a otras personas, mucho menos a quienes habían recibido sus órganos. Me exigía que me centrara en lo hermoso que había sido que su muerte se tradujera en nueva vida, que por favor no ensuciara su ofrenda con más muerte, ni con retorcidos planes de venganza.

Todo eso que la voz de Alegría había repetido durante años en mi cabeza era lo mismo que Vida quería hacerme valorar ahora con su pregunta. ¿Estaba segura de que matar a esos cinco salvajes iba a hacerme sentir mejor? No podía saberlo. Lo que sí sabía es que no hacerlo acabaría conmigo. Por eso, acallé una vez más la voz de esa conciencia que sonaba exactamente igual a la de mi hija y, apretando las manos de Vida hasta sentir el latido de su corazón en el pulso de sus muñecas, respondí:

«Estoy segura».

A Vida lo aguardaron los demás de pie en la cocina. Él los miró a todos como quien reconoce a viejos amigos, estableciéndose entre ellos un vínculo poderoso. Ni siquiera Hiel escapó del influjo que los atrajo unos a otros cuando, de manera espontánea, se fueron dando la mano hasta formar un círculo, como si algún tipo de memoria orgánica los empujara a recomponer el cuerpo de mi hija. Recordé las palabras de Alegría acerca de cómo, dentro de la crisálida, los órganos de una oruga se reconfiguran lentamente hasta convertirse en algo más complejo que ella misma. Luz me invitó a unirme a ellos, pero preferí no romper la vigorosa energía que irradiaba de aquel circuito de manos, tan solo me abracé al círculo por fuera. Ellos comprimieron el corro para que pudiera abarcarlo mejor. Después separaron sus manos y una decena de brazos se buscaron entre sí para fundirnos en un abrazo grupal en el que casi pude sentir que abrazaba a Alegría.

«Ella está aquí», dijo Vida.

En ese momento, entre nosotros se estableció una inmediata conexión familiar que ya no nos abandonaría. Al separarnos, les ofrecí visitar el dormitorio de Alegría, para que conocieran algo más de su mundo. Luz me recordó que, en realidad, sabían mucho de ella, que solo había que introducir su nombre en cualquier buscador para encontrar fotos de toda su vida. A Luz le gustaba mucho la que se hizo en el espejo del ascensor y Aire dijo que su favorita era una de Alegría de niña, en la piscina, vestida con un bikini que parecía hacerla muy feliz —le confirmé que aquel regalo de su octavo cumpleaños había sido muy importante para ella—. En la habitación, todos observaron la estancia con detenimiento, fijándose en los libros de la estantería, las fotos pegadas en las paredes, la hilera de calzado en una esquina. Aire dijo que el cuarto olía muy bien, como a una mañana de verano. Me preguntaron por sus amigas, por su academia, por su niñez, por la música que le gustaba, por el barrio. Vida observó en el tablón una ilustración de la mariposa verde que Alegría llevaba tatuada en el hombro y se fijó en su nombre en latín. «Luna…», susurró para sí mismo. El único que no preguntó nada sobre lo que veía en la habitación fue Hiel, pero me di cuenta de cómo sus ojos se redondearon cuando en un cajón, entre antiguos papeles escolares de Alegría, apareció una colección de pegatinas de princesas. Fui alargando la conversación sobre el pasado de mi hija como si, ahora que había llegado el momento, temiera abordar el motivo de nuestro encuentro. Cada vez que notaba que el volumen de las palabras decaía y las miradas de soslayo entre ellos aumentaban, señalaba un nuevo objeto en el cuarto de Alegría —su teléfono móvil, por ejemplo, de aspecto antiguo, pero que seguía encima de la cómoda, donde siempre lo dejaba, junto al espejo frente al que solía maquillarse— y les contaba cualquier historia asociada a ese objeto. Pero una de las veces en que estaba a punto de iniciar un nuevo viaje al pasado, seleccionando de la cómoda un rizador de pestañas, Luz me quitó el artilugio de las manos y me dijo:

«Vamos a hablar de lo que hemos venido a hacer».

Añadió que era el momento de que les concretara en qué consistía ese plan de venganza del que les hablaba en la carta. El nerviosismo tensó sus caras, pero también se produjo un asentimiento común. Pío dio la vuelta a la silla del escritorio de Alegría. Propuso que yo me sentara allí y ellos en la cama. Consideró que el cuarto de mi hija era el lugar perfecto para mantener esa conversación. Les confesé, algo avergonzada, que apenas había tocado la habitación desde hacía doce años, que las sábanas seguían siendo las mismas en las que ella durmió por última vez. Pío reafirmó su propuesta con una pequeña sacudida a la silla. Tras sentarme yo, los demás se fueron colocando en la cama. Hiel se sentó en una esquina a los pies del colchón, como si aún no descartara la posibilidad de marcharse. A su lado se puso Aire, acomodándose en el borde para no interferir demasiado con las sábanas. Vida se sentó justo enfrente de mí. Desabotonando los puños de su camisa negra, se remangó como quien se dispone a iniciar una labor importante. Luz, con la espalda muy recta, como si no me mirara a mí sino a un teleprónter, fue la cuarta en sentarse. Pío, el último, lo hizo ya a la altura de la almohada. Sus pies caían justo en el punto del suelo en el que tantas noches me había acurrucado a dormir, acompañando a una hija que ya no estaba allí. Como había ocurrido en la cocina, de manera espontánea, Pío le dio la mano a Luz, que se la dio a Vida, que se la dio a Aire. Aire buscó también la de Hiel, pero este se limitó a posarla sobre su rodilla y permitir que ella colocara la suya encima.

«Lo único que necesito es que estéis presentes», comencé.

Eso era lo más importante para mí, que estuvieran conmigo en el momento en que los matara. Que la parte de Alegría que aún latía en ellos fuera testigo de cómo Criminal, Matón, Idiota, Verdugo y Bicho veían levantarse a mi hija del suelo del callejón para defenderse como ella sola no pudo hacer. Si esos cinco salvajes abusaron de su número y de su fuerza para someter a una víctima indefensa que no tuvo opción de contraatacar, ahora esa víctima volvería a estar frente a ellos, multiplicada por cinco, para verlos morir. Las manos de quienes se encontraban en la cama se apretaron al imaginar la escena que les relataba. Luz preguntó si tenían que ser ellos mismos quienes los mataran, deteniendo con su pregunta el pestañeo de todos los demás. Confesé que esa posibilidad formó parte de la génesis de mi venganza. Que la idea de que Vida, con el corazón de mi hija latiendo en su pecho, empuñara un arma que disparara entre los ojos a los malnacidos que la patearon hasta matarla, me provocaba escalofríos. No se me ocurría una justicia más poética que esa. Pero antes incluso de que Vida replicara a mi fantasía, aclaré que era consciente de que no podía pedirles eso. Que a mí el dolor me había consumido hasta el punto de verme capaz de disparar a la cabeza a cinco personas, pero que entendía que ese dolor no les pertenecía a ellos. Y tampoco quería traspasárselo, mi intención no era retorcer sus valores morales como se habían retorcido los míos. Por eso, llegado el momento, sería solo yo quien apretaría el gatillo. Y sería yo la única culpable de las muertes de esos malnacidos, la única que tendría que rendir cuentas con la justicia. En un susurro, Aire concluyó que eso me condenaría a la cárcel de por vida. Tragué saliva antes de responder que aún no había decidido qué hacer después de matarlos. Ni siquiera descartaba la posibilidad de que, tras acabar con sus cinco vidas, acabara también con una sexta, la mía. La muerte no era algo que me preocupara ni me diera miedo. Ya había pasado épocas en las que había deseado morir, valorando seriamente el suicidio como vehículo para reencontrarme con Alegría —y si algo me había frenado era imaginar que, allá donde estuviera, ella pudiera recibirme con gesto decepcionado por haberlo hecho—. Aire sacudió la cabeza mostrando su desacuerdo. Dijo que no le gustaría participar en algo que desembocara en mi muerte. La de los cinco asesinos podía aceptarla, pero no la mía. Le aseguré que era solo una posibilidad, no mi intención. Y que la otra opción que había señalado ella, la de acabar encerrada de por vida, tampoco me preocupaba. Aceptaría el castigo, entendería merecerlo. Y todo habría valido la pena porque, aun entre rejas, disfrutaría de haber vengado la muerte de mi hija y de saber que en las calles había cinco violadores menos. Claro que también había una tercera opción: la de que la justicia siguiera siendo el circo que demostró ser tras la muerte de Alegría y yo saliera libre tras matar a cinco hombres a sangre fría. Todos captaron la ironía en mis palabras. Vida comentó que se le ocurría otra posibilidad: la de que yo escapara. Pero le dije que, en cuanto le contara cómo pensaba matarlos, se daría cuenta de que eso iba a ser imposible. Luz se echó hacia delante y me preguntó: «¿Tienes el arma?».

Asentí al tiempo que me levantaba para dirigirme a mi dormitorio. Detrás de todos los zapatos, en la parte baja del armario, guardaba el montón de cajas en las que vino cada par. Seleccioné una de entre las veinte apiladas. Con ella, regresé al cuarto, interrumpiendo una conversación susurrada que iniciaron en cuanto salí. Sentada en la silla frente a ellos, abrí la caja sobre mis rodillas. De debajo de varios papeles arrugados, saqué algo envuelto en una vieja camiseta de dormir. Aire y Vida ahogaron un grito cuando retiré la tela para descubrir lo que era. Un revólver. Con capacidad para seis balas.

Luz preguntó de dónde lo había sacado. Le hablé de los tres años que viví en la calle. De la nave llena de okupas, drogadictos y camellos en la que dormí durante un tiempo tras conocer al padre de Alegría. Les conté que le llamaba Cerdo. La nave seguía existiendo todos estos años después, más derruida, pero igual de habitada. Allí, conseguir el arma me había resultado solo un poco más complicado de lo que nos resultaba, por aquel entonces, conseguir algunas de las drogas que consumíamos. Lo verdaderamente difícil había sido aprender a usarla. Pagándole por cada hora que estuviéramos practicando, conseguí convencer al mismo chico que me había conseguido el revólver de que me enseñara a disparar. Era un joven de veintipocos años, con las dos cejas partidas, vestido siempre con el mismo pantalón de chándal azul, las mismas chanclas, y la misma camiseta de tirantes blanca con manchas de comida y sangre. A la novia con la que vivía en la nave acababa de dejarla embarazada. Para que me impartiera sus clases, teníamos que irnos a los alrededores de una cementera situada a una hora del barrio. Era el único sitio en el que, entre el ruido de la maquinaria de la fábrica y el tráfico en hora punta, podíamos disparar en el campo sin llamar la atención de nadie. Solo en una ocasión el vigilante de seguridad de la fábrica se dio un paseo por donde estábamos practicando, pero mi profesor de tiro se lo quitó de encima con un desparpajo callejero que me recordó al que me enamoró de Cerdo. El chico del chándal no tuvo ninguna confianza en mi capacidad de tiro: la primera vez que agarré el revólver delante de él, consideró que yo era muy pequeña y tenía la muñeca muy fina como para ser capaz de mantenerme firme y disparar con puntería. Pero tras pegar un primer tiro antes de que él acabara la frase, dijo que el odio con el que acababa de apretar el gatillo supliría cualquier carencia. Al quinto y último día de nuestras prácticas, confesó que, aunque no tenía ni idea de por qué necesitaba aprender a usar un revólver, se alegraba de no ser el objeto de mi ira. «Has disparado a matar incluso a estos árboles», fue la frase con la que dio por acabada su labor de maestro. En la habitación de Alegría, emulando lo que había aprendido, empuñé el arma hacia la ventana y apreté el gatillo. Apenas se escuchó el clic metálico del martillo —el tambor estaba vacío—, pero un sobresalto común sacudió la cama.

«Le caben seis balas, así que solo puedo fallar una vez», dije.

Pío entendió lo que eso significaba: que mi plan era matarlos a todos en el mismo momento. Preguntó dónde pensaba reunirlos. Aclaré que la respuesta a esa pregunta contestaría también a la sugerencia que había hecho antes Vida, la de que escapara después del crimen. Al volver a mencionar esa supuesta huida, Pío reveló la fortuna que poseía. Nos contó lo de su inmenso éxito con la venta de *apps* que mezclaban juego y salud, sorprendiéndonos a todos excepto a Luz, que dijo haber reconocido su cara en la cocina —la había visto en algunas listas de las personas menores de cuarenta años más ricas del país—. Pío me ofreció entonces todos sus recursos para hacer lo que proponía Vida, escapar. Me daría el dinero necesario para cualquier tipo de transporte, para viajar a donde hiciera falta, o también para mantenerme en la parte del mundo donde decidiera esconderme. Incluso empezó a plantearse de qué manera podría transferirme el dinero periódicamente sin que quedara registrado en ninguna cuenta, pero yo negué con la cabeza. Conmovida por su ofrecimiento, se lo agradecí con una mano en el corazón, pero le aseguré que no iba a ser necesario. Lo de huir no era una posibilidad.

«Porque mi venganza va a ser pública», anuncié.

Sus cabezas giraron buscando las miradas de los demás. Hiel rompió su silencio para preguntar si de verdad había dicho que pensaba matarlos en público. Reafirmé mis palabras sin atisbo de duda. Primero, porque la mejor manera de eximir a quienes habían venido a ayudarme sería convertir a miles de personas en testigos del crimen, que miles de ojos vieran que solo yo había apretado el gatillo que mató a los Descamisados. De todo mi plan de venganza, las únicas consecuencias que de verdad me preocupaban eran las que pudieran afectar a la vida de quienes recibieron los órganos de mi hija, así que asumir la totalidad de la culpa era parte imprescindible del plan. Solo el hecho de conocer mis intenciones y de ser cómplices en la ejecución del crimen ya podía implicarlos más de lo que a mí me gustaría, pero esos cabos aún podríamos atarlos sin dejar huella. Lo verdaderamente importante es que no existiera duda alguna de que la autora material de los cinco asesinatos era exclusivamente yo. Y por eso iba a encargarme de que todo el mundo me viera hacerlo. En los rostros de todos ellos, y en un suave suspiro de Vida, percibí un alivio que para mí también supuso un descanso, porque era una responsabilidad que quería quitarles de encima cuanto antes. Hiel secó una gota de sudor que resbalaba por un lado de su cara. Pío volvió a preguntarme en qué lugar pensaba matarlos.

«Para eso sí que voy a necesitar vuestra ayuda», dije.

Les pregunté si recordaban una gran manifestación estatal que se había celebrado durante el fin de semana anterior al inicio del juicio a los Descamisados. Hubo un par de asentimientos. Pío, además, soltó la mano de Luz y levantó las suyas, con las palmas hacia él. Enganchó los pulgares y dobló dos veces el resto de dedos, formando la mariposa que nació en esa misma concentración. Me preguntó si lo estaba haciendo bien y le dije que sí. Me contó que le había emocionado mucho aquella imagen. Los demás copiaron el gesto, excepto Hiel, dando vida a cuatro mariposas que revolotearon en el cuarto de mi hija. Cuando Vida hizo volar la suya hasta posarla encima de su corazón, me sequé lágrimas incipientes con las muñecas. Imitándole a él, Aire colocó sus manos a la altura de su pecho, sobre los pulmones. Pío llevó las suyas a la cicatriz en su vientre y Luz las situó en sus ojos. Mi garganta encogida me impidió seguir hablando hasta que deshicieron las mariposas y se dieron otra vez la mano. Les conté entonces que se estaba organizando una nueva manifestación de repulsa por la liberación de los asesinos, manifestación que tendría lugar en la misma plaza del centro donde se convocó la de hacía tanto tiempo. Yo volvería a formar parte de su cabecera y dispondría de quince minutos para realizar un discurso. Dicha manifestación tendría lugar en tres semanas, el sábado posterior a la liberación de los asesinos. Ellos iban a salir de las prisiones en las que se encontraban dentro de dos semanas, un lunes. Mi objetivo era atraparlos en el margen de cinco días que había entre su liberación y la manifestación. Varios medios habían informado de que todos tenían intención de volver a su barrio, donde seguían viviendo sus familias. En domicilios que yo ya tenía localizados. Además, en una red social que usaba con perfil falso para espiar a personas cercanas a ellos, había descubierto que en un local del vecindario —propiedad de un hermanastro de Criminal—, se planeaba darles una fiesta de bienvenida ese primer viernes. Por tanto, necesitaba que, entre nosotros seis, fuéramos capaces de atraparlos a ellos cinco. Después, los mantendríamos en custodia en un trastero que había alquilado con esa finalidad hasta el día de la manifestación. Ese día, en mi discurso, hablaría de que una condena justa es el único y paupérrimo consuelo que pueden obtener los familiares de una víctima de violación y asesinato. Diría que, a nuestras hijas, hijos, madres, hermanas o amigas ya nos las habrán arrebatado esos asesinos —nada podrá enmendar jamás el acto terrible que nos deja marcados de por vida—, así que la única esperanza que nos queda para no enloquecer es saber que, al menos, ese acto recibirá un castigo similar al daño que nos han provocado a nosotros. Ya no solo por calmar nuestro odio hacia esos criminales, sino para lanzar el mensaje de que esos actos tan terribles jamás quedan impunes, educando así a la sociedad y reduciendo en la medida de lo posible futuras instancias del mismo crimen. Cuanto más se castigue a los asesinos de mi hija, menos asesinos matarán a las hijas de los demás. Explicaría en mi manifiesto que, por eso, cuando el sistema judicial no imparte justicia, y los cinco salvajes que han matado a tu niña reciben un castigo que está a años luz del dolor que su crimen te ha causado, pierdes todo rastro de fe en la justicia y en la sociedad al completo. Y de esa forma, el último hilo que pudiera haberte mantenido atada a la cordura se rompe. El dolor te enloquece. Y cuando estás loca de dolor haces lo que sea por aliviarlo. Y como ya has perdido todo rastro de fe en la justicia y la sociedad al completo, decides que eres tú quien tiene que impartir justicia saltándote cualquier orden social.

«En el momento en que diga eso, haremos que los cinco asesinos aparezcan en el escenario», continué.

Porque sería justo en ese momento cuando yo sacaría el revólver y les dispararía uno a uno, antes de que nadie tuviera tiempo de reaccionar. Delante de miles de personas reunidas para clamar justicia, delante de cámaras de televisión y de periodistas de medios nacionales e internacionales, lanzaría al mundo el mensaje de que ya estamos hartos. De que personas como yo empezaremos a tomarnos la justicia por nuestra mano si las penas de los crímenes que matan a nuestras hijas siguen siendo doce ridículos años, o incluso menos. Terminé de contarles mi plan quedándome sin aliento, con los ojos húmedos y el dedo índice clavado en el pecho.

«Y mi hija, gracias a vosotros que estaréis presentes, habrá sido testigo de todo», concluí.

En mi mente refulgía una imagen de mí misma, salpicada por la sangre de Criminal, de Matón o de todos ellos, decidiendo en ese mismo momento lo que haría con la sexta bala. Si pondría fin a mi vida allí mismo, delante de miles de personas con la boca abierta y las manos formando mariposas, o si cargaría con las consecuencias de mis actos en una cárcel el resto de los días que me quedaran por vivir. Ninguna de las dos opciones me daba miedo, porque ambas me alejaban de la realidad que había vivido los últimos años y que ya no soportaba.

En el grave silencio que se apoderó de la habitación, de la casa entera, oí cómo corría el agua en las tuberías del edificio. También el clic de los dientes de Luz mordiéndose una uña. Yo había repasado el plan tantas veces en mi cabeza que lo solté con naturalidad, como si fuera una obviedad, pero en sus rostros pude leer el impacto que les había causado. Aire se tapaba la boca con una mano. En los ojos de Luz, que roía la uña de su dedo pulgar, brillaba una mezcla de emoción y furia, pero también de preocupación. Vida se echó el pelo para atrás con un hondo suspiro y Pío se frotó los brazos como si tuviera frío. Hiel huyó de mi mirada jugando con la cremallera de su mochila infantil.

«¿Qué os parece?», pregunté.

Aire dijo que lo que les acababa de contar era escalofriante, pero que le parecía una venganza justa. Incluso bonita. Horrible, pero también bonita, de alguna manera que no sabía explicar con palabras. Añadió que jamás se imaginó involucrada en algo así, pero que seguía dispuesta a ayudarme. Dijo que todos los que se encontraban en esa habitación le debían la vida a mi hija, y también a mí.

«Y si es esto lo que quieres que hagamos por ti, vamos a hacerlo», sentenció.

Miró a los demás, por si alguno quería contradecirla. Vida, Pío y Hiel permanecieron en silencio. Cada uno de ellos acabó asintiendo en momentos diferentes. Luz seguía mordisqueando su uña. Concentrada. Nada convencida. Al saberse cuestionada por las miradas de los demás, secó la saliva de su pulgar y dijo:

«Tu plan es inviable».

Reconoció haberse emocionado escuchándolo, consideró que la imagen de una madre vengando a su hija en público sería histórica y conseguiría que la noticia llenara informativos durante meses, avivando el más que necesario debate sobre ciertas penas y delitos. Podría incluso llegar a forzar cambios reales en la legislación. Sin embargo, lo que yo había enunciado como un mecanismo infalible era poco más que una fantasía. Un plan lleno de agujeros. El principal, que secuestrar a cinco personas no es nada sencillo. Y pensar que nosotros podríamos llevarlo a cabo era, directamente, una locura. Por mucho que superáramos en número a los Descamisados, no teníamos ninguna experiencia en actividades criminales —Hiel carraspeó—. Para complicar más las cosas, en cuanto salieran de la cárcel, los asesinos iban a estar muy observados, además de vigilados y perseguidos por los medios de comunicación. Resultaría imposible encontrar, en los primeros días tras la liberación, algún momento para atacarlos sin que nadie se enterara. Aun lográndolo, habría que retener a cinco hombres agresivos en un trastero, con el consiguiente peligro de fuga o rebelión. Y aun consiguiendo eso, ni se imaginaba cómo podríamos trasladarlos a la manifestación para hacerlos aparecer de pronto en el escenario en el momento justo. Bajé la cabeza, incapaz de responder a sus cuestiones. Sintiéndome avergonzada y tonta por haber estado tan cegada con mi plan como para no advertir lo problemático que resultaba. Pero Luz cogió mis manos y me dijo que la buena noticia era que aún teníamos tiempo para idear un plan mejor. Mantendríamos mi intención original, pero eliminaríamos los riesgos. Me preguntó si, como ella sospechaba, yo había diseñado el plan antes de saber quiénes eran ellos. Contesté que sí. Recalcó entonces que yo no había tomado en consideración que Pío era multimillonario, que Hiel medía dos metros o que ella misma era una conocida presentadora de informativos.

«Puedo conseguir que esos asesinos vengan a nosotros», dijo. «Y haremos que el mundo entero vea cómo acabas con ellos».

PARTE III

LA LABOR DE UN CORAZÓN

El día de la liberación de los asesinos desperté con la rotunda sensación de que el mundo estaba a punto de cometer un error. Tras nueve años —o doce, o mil, según los cuente o los sienta— elucubrando cómo me encontraría al llegar ese día, lo único que sentí fue la misma rabia, la misma indignación. Una minúscula parte de mí aún creía que, llegado el día, la condena me parecería justa de pronto. Que, de alguna manera, los años en prisión adquirirían sentido al cumplirse, que ganarían una nueva relevancia al completarse, porque eso es precisamente lo que se supone que es una condena: el justo castigo a un crimen. Al menos, eso es lo que yo creía que era, igual que pensaba que cuanto peor fuera un crimen, pero sería su castigo. Hasta lo ocurrido con Alegría, entendía la justicia de esa manera sencilla en la que la entendemos todos. Después, he entendido cómo funciona en realidad. Y en la realidad, el crimen más terrible que podía existir para mí —una atrocidad a la que una madre no debería enfrentarse ni en la peor de sus pesadillas— había recibido como castigo tan solo doce años. Doce años que, al completarse, seguían pareciéndome un castigo ridículo. En el cajón de mi cómoda aún guardaba bragas con más años de los que habían pasado esos salvajes en la cárcel.

Tampoco podía dejar de pensar que el alcance de ese error que el mundo estaba a punto de cometer no se limitaba a mí, a la madre vengativa incapaz de perdonar, sino que afectaba de igual forma a la sociedad a la que regresaban unos asesinos que, durante toda su estancia en prisión, no mostraron arrepentimiento alguno por lo que habían hecho. De vez en cuando, llegaba información de ellos a los medios —por declaraciones de algún compañero de cárcel que salía libre o algún familiar que los hubiera visitado—, y la postura de los Descamisados se mantuvo inalterable con el paso del tiempo: ellos no habían ni violado ni matado a nadie, solo ligotearon con un chico que los engañó haciéndose pasar por chica. Y por ese motivo, el chico se había ganado una merecida paliza, paliza con la que jamás pretendieron matarlo sino tan solo castigarlo por el engaño. Ese era el resumen que ellos seguían haciendo del suceso, hablando de Alegría en masculino. Por eso yo tenía muy claro que quienes regresaban a las calles eran las mismas personas que mataron a mi hija. Esos cinco salvajes volverían a emborracharse, drogarse y salir como bestias por las mismas calles en las que conocieron a Alegría. Y supondrían, para otras chicas, el mismo peligro que supusieron para ella. Igual que Cerdo me ahogó a mí en un váter lleno de pis y luego mató a otra mujer en cuanto tuvo oportunidad, los Descamisados, después de matar a patadas a una chica indefensa, harían lo propio con cualquier otra que se pusiera a su disposición, o que no les siguiera el juego.

Solo una vez, al cuarto o quinto año de condena, se filtró la noticia de que Idiota —el bajito de la perilla, el del ataque de amnesia durante toda la agresión— había solicitado tratamiento psiquiátrico para tratar de superar un sentimiento de culpa y arrepentimiento que lo tenía sufriendo ataques de ansiedad en su celda por las noches. El titular atrajo mi atención, creí estar leyendo, por fin, que al menos a uno de ellos le remordía la conciencia, pero en el texto de la noticia se aclaraba que el arrepentimiento del preso iba asociado al hecho de haber bebido y tomado drogas hasta el punto de acabar metido, sin ser siquiera consciente, en un altercado que le estaba costando años de prisión. En otras palabras, que de lo que se arrepentía era de haberse emborrachado hasta la ceguera y haber acabado en la cárcel, no de haber matado a mi hija. Suena parecido, pero no es lo mismo. En general, la integración de todos ellos a las tres prisiones a las que fueron destinados había sido satisfactoria. No es que mostraran buena conducta —todos protagonizaron peleas, motines y desafíos a la autoridad, amparándose en lo injusta que les parecía su condena—, pero se adaptaron sin grandes contratiempos a su nueva vida entre rejas. Ni siquiera fueron víctimas de eso que siempre se ha oído sobre los violadores en prisión: que a su llegada son rechazados por el resto de los presos e incluso violados a modo de irónico castigo. Desde luego suena hipócrita que unos delincuentes impartan justicia a su manera a otros delincuentes, pero quizá esa justicia de la sociedad paralela que se forma en una cárcel no es mucho más retorcida que la que imparten nuestros jueces en la sociedad real. No sé si una parte de mí se habría alegrado de oír que los Descamisados habían sido víctimas de tales abusos, lo que sí puedo admitir es que me decepcionó saber que no. Lo supe cuando entrevistaron en un *podcast* a un preso liberado que había convivido con Criminal y Verdugo. Era un programa de espíritu macarra y transgresor, así que la conversación era distendida e informal, no la entrevista seria de un medio de comunicación —incluso grababan el sonido de las latas de cerveza que iban abriendo en el estudio durante la grabación—. En confianza, el locutor se atrevió a preguntarle a su invitado sobre el mito de las violaciones a violadores dentro de las cárceles. Concretó que su verdadero interés era saber si alguien les había aplicado tal correctivo a los Descamisados. El invitado contestó que en absoluto, porque en la cárcel se supo enseguida que a quien habían violado en grupo era a un travelo —esa fue la palabra que usó él—, así que tampoco era tan grave. «Si hubieran violado a una menor, o incluso a una chica, todavía… Pero ¿a un travelo? Si esos la tienen más grande que tú y que yo», añadió el entrevistado. Ambos soltaron a continuación una carcajada que hizo que me arrancara de un tirón los auriculares con los que escuchaba el *podcast*.

Pío, Luz, Aire, Vida, incluso Hiel, todos ellos me aconsejaron que no viera la televisión el día de la liberación, que no mirara el móvil siquiera. La noticia había ido adquiriendo tracción a medida que se acercaba la fecha y, ya desde días atrás, había reporteros apostados a la salida de las tres prisiones, también en el barrio de los cinco asesinos. La tarde en que iban a abandonar la cárcel se había ido anunciando como un gran evento informativo que varios programas cubrirían en directo. Luz fue la que más me insistió en que no me hiciera daño viendo esas imágenes que inundarían cualquier pantalla a la que me asomara a partir del mediodía. Que no dejara entrar a los asesinos de Alegría al salón de mi casa a través del televisor, ni los metiera en mi cama mediante el móvil. Según ella, la única ocasión en la que yo necesitaría ver a los Descamisados una última vez sería en el momento en que apuntara mi arma hacia ellos cuando los tuviera de frente. Tras nuestra primera reunión en el cuarto de Alegría, el grupo habíamos vuelto a quedar varias veces para ir perfilando el nuevo plan propuesto por Luz. A Aire no le importó conducir la hora que había desde su casa hasta la mía en repetidas ocasiones, y Pío, que vivía en la otra punta del país, se había quedado en la ciudad desde nuestro primer encuentro. Aún sentado en la cama de mi hija aquella tarde, había llamado delante de nosotros a su secretaria para avisarle de que no volvía. Le había pedido que ajustara todos sus calendarios a ese traslado y que le reservara una habitación en el hotel de siempre, de manera indefinida.

A pesar de la recomendación de todos, y de las casi órdenes de Luz, lo primero que hice el día de la liberación fue encender la televisión. Sabía que las imágenes me desollarían, pero hacer como que los Descamisados no existían precisamente uno de los días que más presentes iban a estar en mi cabeza era tan bienintencionado como absurdo. Porque, en realidad, no habían dejado de estar presentes en mi vida ni un solo día. Ni una sola noche. A veces despertaba en mitad de la madrugada sintiendo el aliento de Criminal susurrándome al oído: «En realidad le gustó». Otras veces, al responder la llamada de un número desconocido, la voz ronca de Matón me decía al otro lado del aparato que la culpa de todo había sido mía por permitir que Alegría usara el callejón como atajo, justo antes de que alguien se presentara como representante de una compañía de Internet dispuesta a hacerme una gran oferta. No encender la televisión ese día no los iba a mantener fuera de mi mente. En doce años, no habían salido de ella.

El primero en abandonar su prisión fue Matón, el bestia tatuado que, en la foto del coche, aparecía sentado en el maletero. El que iluminó con el móvil la entrepierna de mi hija. El que gritó tantas veces con su voz ronca «sujétame o lo mato», refiriéndose a Alegría como un tío con peluca. Él había cumplido condena separado de todos los demás, por eso las imágenes de la conexión en directo lo mostraron caminando a solas hacia la salida, bajando un tramo de escaleras con un trote juvenil. Solo era un año mayor que mi hija. Con apenas treinta y dos, había cumplido ya la condena por haber matado y violado a una mujer. Si la última vez que lo vi en el juicio llevaba una camisa de manga larga que cubría sus tatuajes —ocultando quién era en realidad para suavizar su imagen de cara al jurado—, ahora llevaba una camiseta sin mangas, de baloncesto, mostrando orgulloso la tinta en su piel. El mensaje era claro: ya no sentía que tuviera nada que ocultar ni por lo que disculparse. Varios de los tatuajes eran nuevos, se los habría hecho allí dentro —en la sien identifiqué unas hojas de laurel que antes no tenía—. La cámara siguió la trayectoria de Matón desde fuera del recinto de la prisión, mostrándolo en la lejanía, haciendo repentinos *zooms* y barridos para no perderlo. Cuando alcanzó la salida, en torno a él se arremolinaron esa y otras cámaras, además de reporteros con micrófonos, teléfonos y grabadoras que apuntaron a su boca. Varias voces atropelladas, superponiéndose unas a otras, le preguntaron qué sentía, si se arrepentía de algo, si le parecía que se había hecho justicia, si quería mandar algún mensaje a la madre de la víctima, si tenía planes para ese día. Al ser aquella la prisión más lejana, de la que solo iba a salir uno de los acusados, no se sumaron a los periodistas muchos mirones, espontáneos o gente que hubiera ido a increparle, como sí ocurrió más tarde, y a lo grande, en las otras dos prisiones. Matón se limitó a seguir avanzando, apartando profesionales y aparatos con un brazo por delante. Mordiéndose el interior de las mejillas —nervioso o quizá tratando de contener una sonrisa—, sacudió la cabeza como respuesta a todas las preguntas, manteniendo un silencio que solo rompió una vez para decir:

«Lo único que sé es que hoy se acaba la injusticia más grande de la historia. Y que estoy deseando ver a mis colegas».

Oírle hablar animó a los reporteros, que contraatacaron con otra frenética retahíla de preguntas a las que no respondió. Tras apartar a los periodistas como ganado, inició una carrera en dirección a un coche detenido junto a la acera. Quien lo esperara allí dentro no salió a recibirle, tan solo encendió el intermitente que anunciaba la salida del vehículo. Algunas cámaras siguieron el esprint de Matón, pero la mayoría de los corresponsales dieron por cubierta la información. La reportera del canal que yo veía se volvió hacia su cámara y comenzó a resumir lo ocurrido. A sus espaldas, las imágenes mostraron cómo, antes de subirse al coche, con la puerta ya abierta, Matón pegaba un grito para llamar la atención de todos los medios. Una vez que se supo observado y grabado de nuevo, agarró los bajos de su camiseta de tirantes, con los brazos atravesados, y se la quitó en un rápido movimiento. Descamisándose en directo para todo el país. Después, cogió la prenda en un puño que alzó lo más alto que pudo y la sacudió un par de veces. Satisfecho con la airada reacción que provocó su gesto, se subió al vehículo. El coche se marchó quemando rueda.

Ese gesto final de Matón fue el momento que más trascendió de su liberación. Las imágenes de él descamisándose se hicieron virales enseguida, antes incluso de que saliera ninguno de sus compañeros. Miles de personas compartieron una foto que lo mostraba ya con el torso descubierto, el puño en alto ondeando la camiseta y una incuestionable mueca triunfal. La mayoría criticó el gesto al considerarlo una innecesaria provocación y una clara muestra de que los asesinos seguían sin mostrar arrepentimiento o siquiera respeto no solo a su víctima, sino a todas las víctimas de sucesos similares. Que en los primeros minutos de su recién recuperada libertad Matón hubiera decidido reivindicar su condición de descamisado —un apelativo que ya no solo identificaba al grupo de amigos agresores, sino que había acabado convertido coloquialmente en sinónimo de depredador sexual—, dibujaba un preocupante retrato de lo poco reformado que salía de prisión. También se contaron por miles los usuarios que compartieron la foto con la intención opuesta, la de servir de altavoz al mensaje que Matón quería mandar. Reforzar el gesto. Eran defensores del grupo de amigos o detractores del sentir general de repulsa que dominaba en la sociedad. Estos individuos acompañaron sus publicaciones con la etiqueta #OrgulloDescamisado, una malintencionada elección de palabra con la que pretendían insultar, de paso, a la comunidad LGTBI+ a la que pertenecía Alegría. Los colaboradores del programa que yo veía criticaron duramente esa retorcida apropiación del término.

Bicho e Idiota, que durante el transcurso del juicio y con el paso del tiempo acabaron considerados los parias del grupo, salieron un par de horas después de Matón. Lo hicieron de otra prisión, juntos pero con distancia entre ellos, como dos personas conocidas que coinciden en el camino hacia un destino común. Bicho seguía tan alto como siempre, aunque sus hombros habían caído con el tiempo, encorvando su espalda. Si en la primera foto del aparcamiento parecía un enorme y recio saltamontes, en televisión lucía ahora como un insecto palo al que podría llevárselo el viento. Despeinado y desaliñado como iba, hacía cuestionarse si la ducha era o no obligatoria en prisión. Retorcía la lengua dentro de la boca, como si estuviera buscando restos de comida. Caminando a su lado, Idiota parecía en comparación incluso más bajito de lo que ya era, pero Bicho perdía, también en comparación, el asalto de la higiene personal. El aspecto de Idiota, de gran pulcritud, era opuesto al de su compañero. Parecía recién duchado, afeitado. De la perilla que llevaba en los años de la agresión y el juicio no quedaba ni rastro. Además de zapatos formales, vestía un polo a rayas que parecía planchado y que se ajustaba a un cuerpo mucho más fuerte que antes, habría dedicado todo su tiempo libre a levantar pesas en el patio. Igual que en la célebre foto del maletero, cubría sus ojos con unas gafas de sol completamente negras, la montura pegada al rostro. Los dos iban charlando mientras atravesaban el centro penitenciario hacia la calle. Se les notaba contenidos. No intercambiaron ni una sonrisa, ni una gesticulación más afectada que otra, se limitaban a mover los labios y a asentir en turnos alternos.

A esa prisión no solo acudieron medios, como en el caso de Matón, sino también gente dispuesta a increparlos, aglomerada a la salida junto a cámaras y reporteros. El hecho de que Idiota centrara toda su defensa en que no recordaba nada de lo ocurrido en la noche del asesinato —a pesar de haber eyaculado sobre mi hija y haber sido, según sus amigos, el primero en agredirla— inspiró varias de las pancartas que lo recibieron. Una de ellas, levantada por un grupo de mujeres trans, era una reproducción enorme de la conocida imagen de la mancha de sangre en el suelo del callejón, sobre la que habían escrito en letras rojas y también sangrientas: *Acuérdate de lo que hiciste.* Otra, sobre una foto de la cara de Alegría, escribía: *¿Te acuerdas de ella?* En cuanto ambos alcanzaron la calle, a por ellos se lanzaron cámaras y reporteros, repitiéndose, como en la salida de Matón, la tempestad de preguntas atropelladas: qué sentís, creéis que se ha hecho justicia, qué vais a hacer hoy. Una periodista mal documentada quiso saber si pensaban visitar la tumba de Alegría. Por encima de las preguntas de los periodistas se colaban en la retransmisión los insultos del público presente que, a gritos, tachaba a los condenados de asesinos, cabrones, cobardes, violadores, animales, drogadictos, maltratadores. Ellos capearon el temporal con la cara dirigida al suelo, sin reaccionar a nada. Esquivando personas, improperios y preguntas, se dirigieron a una zona de aparcamiento donde, junto a una furgoneta blanca, los esperaban otros dos hombres de aspecto similar al de los Descamisados en las fotos de hacía doce años. La reportera identificó a uno de ellos como un primo de Bicho que había ofrecido declaraciones a los medios con asiduidad. El par recibió a sus amigos abriendo las puertas de la furgoneta para que subieran rápido, limitando los saludos entre ellos a unos apresurados toques en los hombros —se estarían reservando la efusividad de los abrazos y los vítores celebratorios para el interior del vehículo, seguro, o para el momento en que llegaran al barrio—. La furgoneta avanzó con dificultad entre el gentío que se arremolinaba en torno a ella. Algunas personas golpearon los laterales, el capó. Cámaras y fotógrafos impidieron el paso del vehículo tratando de captar las mejores imágenes a través de la luna delantera, cegadas como estaban las ventanillas. Varios pitidos, frenazos y acelerones fueron necesarios para que la furgoneta lograra abrirse camino y salir a la carretera. Una vez que lo consiguió, se alejó a toda prisa hasta confundirse en el tráfico, momento en que la cámara de la emisión que yo seguía volvió a enfocar a su reportera. En el barrio al que se dirigía la furgoneta, a los asesinos los esperarían padres, madres, hermanos, hermanas, amigos, defensores. Les darían un abrazo para recibirlos, como si regresaran de un largo viaje. De ese montón de familiares y conocidos del grupo, recibí, con el paso de los años, apenas dos amagos de disculpa: de la madre de Verdugo y de la abuela de Idiota. Disculpas escasas, insuficientes y poco sinceras, ausentes de verdadera empatía. La madre de Verdugo se dirigió a mí en una entrevista televisada, asegurando que podía imaginar el dolor de perder a una hija y que sentía mucho que tuviera que enfrentarme a ello. Pero lo dijo como si Alegría hubiera muerto en un terrible accidente que nada tuviera que ver con su hijo. Después, añadió que si pudiera borrar aquella noche de la vida de todos, lo haría sin dudarlo, porque todos habían salido perdiendo. Con esa ligereza equiparó la desgracia que suponía para ella la encarcelación temporal de su hijo con la tragedia definitiva que suponía para mí la muerte de mi hija. La abuela de Idiota me llamó por teléfono años después de conocerse la sentencia, al inicio de un verano en el que el aniversario del suceso sirvió para rellenar contenido en diferentes programas de televisión. Me confesó sentirse avergonzada del comportamiento de su nieto, aunque trató de defenderlo escudándose en lo intoxicado que iba, creyéndose la teoría de que el pobre no se enteró de nada. Según la abuela, era bastante peor la actitud del resto de la banda. Llegó a pedirme disculpas en nombre de su nieto, pero acabó estropeándolo todo cuando dijo que las chicas como Alegría no deberían mostrarse como algo que no son. Añadió que cualquier mujer sabe que calentar a un hombre es jugar con fuego y que por eso luego pasan las cosas que pasan. Sin saber cómo reaccionar, musité una ahogada palabra de agradecimiento como muestra de respeto a una señora mayor y colgué sin darle opción a decir nada más. Una vez que se me pasó el impacto, me sentí estúpida por haberle dado las gracias.

El alboroto que se vivió en la prisión de la que salieron Bicho e Idiota quedó en nada comparado con lo que se vivió en la prisión de la que salieron Criminal y Verdugo un poco más tarde. La liberación de Criminal, al que siempre se le consideró líder del grupo, atrajo, como se esperaba, la mayor cantidad de gente. Más de una hora antes de que abandonaran la prisión, el reportero desplazado a ella mostraba en sus conexiones a una tensa multitud blandiendo letreros, cartones, y entonando cánticos:

«¿Y-Ale-gría, qué-pen-saría?».

«¡Más-con-denados! ¡Menos-libe-rados!».

La uniformidad en las camisetas o pancartas dejaba claro que se trataba, en su mayoría, de asociaciones relacionadas con las luchas a las que afectaba el caso, pero también había un gran número de espontáneos locales. El reportero preguntó a un miembro de una de estas asociaciones si tenía algún sentido venir a mostrar su disconformidad con la liberación de unos presos que habían cumplido íntegra su condena, obteniendo como respuesta que lo que no tenía sentido era quedarse de brazos cruzados cuando cinco asesinos regresaban a las calles. Las primeras imágenes que se obtuvieron de Criminal y Verdugo al salir por la puerta del edificio los mostraron a ambos con un brazo sobre los hombros del otro, como dos amigos que regresaran de juerga. Comentaban algo que los hacía reír a carcajadas. Su aparición, y la actitud que mostraban, provocó un incremento inmediato del volumen de los cánticos.

Verdugo, el flaco cuyas costillas hacían sombra con el neón del coche en la primera foto del grupo, había ganado el peso suficiente para que su tripa superara el grosor de su cintura, al contrario que antes. Su antiguo rostro afilado lucía ahora redondeado, efecto potenciado por una papada que en el pasado no existía. La calvicie que antes disimulaba usando gorras —y que quedó al descubierto durante el juicio—, habría terminado arrasando todo su pelo, porque llevaba la cabeza rapada al completo. Vestía ropa cuya talla parecía no haber actualizado, la camiseta tan apretada que dejaba el ombligo al descubierto cada vez que se reía, y los pantalones tan ajustados que solo había podido subir la cremallera hasta la mitad de la bragueta. El corte anticuado de la pernera del pantalón, que se correspondía con la moda de hacía doce años, me llevó a pensar que las prendas eran de aquella época y que, poniéndoselas, Verdugo estaría cumpliendo alguna promesa que se habría hecho a sí mismo entonces. Criminal, el espartano desafiante de espaldas tan anchas como el propio coche en el que se hicieron la famosa foto, había perdido tanta masa muscular como peso había ganado su amigo. Aquellos desproporcionados volúmenes de sus músculos —que se supo había conseguido a base de ciclos de anabolizantes—, se habían desinflado. Aun así, el armazón que había quedado debajo era igualmente robusto y resultaba imponente. Amenazador. Sobreimpresionado en pantalla apareció en ese momento el comentario de un usuario de una red social que escribía sobre Criminal: *Reconozcámoslo: está bueno.* Por mucho que me hubiera acostumbrado a leer barbaridades similares con el paso del tiempo, aún me costaba estomagar ciertas opiniones. Entre la gente que se tomó el caso de mi hija como otra noticia más sobre la que hacer humor, se popularizaron tras el asesinato varios tests de Internet relacionados con los Descamisados, del tipo «¿Qué miembro de los Descamisados eres?», o encuestas como «¿A qué asesino de Alegría te tirarías?». Ese tipo de encuestas las solía ganar Criminal, con diferencia, transformando a un agresivo violador en una suerte de retorcido símbolo sexual. Es algo que me resulta incomprensible, aunque sea un fenómeno que se ha venido produciendo con célebres asesinos de la historia. Criminal, que festejaba su vigesimotercer cumpleaños la noche que mató a mi hija, acababa de celebrar, dentro de prisión, los treinta y cinco. Salía con la barba más larga que entonces, pero no lo suficiente para hacer desaparecer del todo la mancha lampiña a un lado del mentón. Sus características piernas arqueadas quedaban al aire con el pantalón corto vaquero que vestía —similar al de aquella noche— y seguía luciendo varias cadenas en cuello y muñecas.

El sonido de las carcajadas de ambos hombres alcanzó los micrófonos de las cámaras apostadas a la salida, provocando otro incremento de los abucheos y la indignación. Fue en ese momento cuando entró en escena la mujer que acabó compartiendo titulares y protagonismo con los liberados, una espontánea que se desmarcó de pronto del gentío y accedió al centro penitenciario sorteando la barrera de seguridad que prohibía el acceso a los asistentes. Aunque la explosiva carrera de la joven duró pocos segundos, fue tiempo suficiente para desatar el pánico entre los presentes y entre la audiencia del directo. El plano en mi televisor se sacudió a causa de un sobresalto del cámara o de la gente que le rodeaba. A gritos, el reportero preguntó qué estaba ocurriendo, qué hacía esa chica. Yo, que llevaba horas pegada a la televisión en un extraño estado ausente, tan concentrada como abstraída —muy pendiente de cada detalle, pero a la vez esforzándome por establecer una distancia que me protegiera del dolor que me infligían las imágenes—, tuve un único pensamiento: que esa joven se me iba a adelantar. Que los iba a matar antes que yo. Fue lo mismo que debió de pensar un guardia de seguridad que salió corriendo tras la espontánea y también la presentadora del magacín, porque exclamó sobre las imágenes que yo veía:

«¡Cuidado, cuidado, cuidado!».

Cuando la joven peligrosa alcanzó a los liberados, lo que hizo fue saltar amorosamente sobre Criminal, que la recibió con los brazos abiertos. Encaramada a él, con las piernas anudadas a su espalda, la chica le besó la cara y el cuello de una forma que me hizo preguntarme si no sabía lo que ese hombre había hecho a otra mujer como ella. Pero claro que lo sabía. Se trataba de una chica con la que Criminal estaba medio saliendo cuando ocurrieron los hechos y que, lejos de asustarse al descubrir que su ligue era un asesino, decidió apostar por la relación. Incluso cuando se supo que la sentencia los separaría durante tantos años. A través de cartas y más de un vis a vis, la pareja fue afianzándose entre rejas, sin que nadie lo supiera, ni siquiera la familia de ella. El mediático recibimiento que le estaba brindando a la salida de prisión era la particular fiesta sorpresa con la que ambos habían decidido hacer pública su relación. Qué motivo lleva a una mujer tan joven y libre a esperar más de una década por un hombre con ese pasado —y ese futuro— es algo que se me escapa.

El guardia de seguridad frenó su carrera y el susto general se calmó con un suspiro masivo que se escuchó a través de la pantalla, sustituido enseguida por un creciente murmullo. La cámara hizo un dramático *zoom* sobre la pareja. Ella vestía chanclas de dedo, mallas grises y una larga camiseta de tirantes de un rosa fluorescente que casi refulgía. Tenía un diente de oro, uno de los incisivos laterales. El pelo, negro de tinte, lo llevaba hacia atrás con una diadema elástica, ancha. De un hombro colgaba un bolso de piel de marca deportiva, blanco. Agarrada a la mano de su novio, acompañó a los dos presos en el último tramo hasta la salida. Lo hizo sonriendo, no solo a su pareja, sino también a las cámaras de televisión, presumiendo de su diente de oro. La gente que los esperaba a la salida retomó soflamas e insultos, pero ellos tres continuaron riéndose de su propia conversación de manera provocativa. Cuando alcanzaron la barrera de seguridad y el guardia se dispuso a retirarla, la joven le indicó que no lo hiciera, quería mantener unos segundos más la separación entre ellos y el gentío, quizá adivinando el caos que se desataría. A continuación, alzó los brazos tratando de atraer hacia ella toda la atención. La presentadora del magacín preguntó qué pretendía, a lo que el reportero contestó que no lo sabía. Ni él ni nadie. Ni siquiera Criminal o Verdugo, por las caras que ponían, parecían estar al tanto. La chica sacudió las manos en alto pidiendo silencio. Una sucesión de chistidos logró acallar el escandaloso tumulto. La joven anunció que quería pronunciar unas palabras, propuesta que reactivó abucheos pero también nuevos chistidos para exigir que la dejaran continuar. De su bolso, sacó entonces tres delgados paquetes triangulares, parecidos a sobres, de color azul celeste y con los bordes plateados. Entregó uno a Criminal y otro a Verdugo, el tercero se lo quedó ella. Lo sujetó de una manera estudiada, como si, para abrirlo correctamente, fuera necesario tirar de la solapa de una forma concreta. Los otros dos la imitaron. La chica se dirigió entonces a las cámaras y dijo que ese era un día de celebración. Un día en el que por fin recuperaban la libertad unos chicos a los que se la habían quitado injustamente. Ella se expresaba de otra manera, claro, sus palabras exactas fueron algo como: «Ya no están más presos unos chicos que nunca tuvieron que estarlo». Después explicó, también a su manera, que quería hacer algo especial para conmemorar el momento. Recordar para siempre, con un bonito homenaje, lo que había ocurrido en las tres prisiones de las que salían hoy los Descamisados. Algunos asistentes le preguntaron qué tenía en las manos. Otros le exigieron que interrumpiera el circo. Una mujer horrorizada gritó que le iba a pedir matrimonio al violador de su novio. La joven estiró los brazos para acercar el sobre a los objetivos de las cámaras. Un primer plano captó el temblor nervioso en sus manos. Antes de abrirlo, declaró que llevaba tiempo deseando anunciar al mundo lo mucho que amaba a su pareja. Y que ya era hora de que él y el resto de sus amigos pudieran volar libres. Tiró entonces de la solapa de su paquete, que se desplegó por completo. Al descubrir su contenido, el grito ahogado de varios asistentes resultó audible a través de mi televisor. El abucheo general fue tan potente que el aparato vibró sobre el mueble. «No, eso no…», escuché decir a la presentadora. La gente gritó:

«Cómo se atreve».

«Qué mala idea».

«Hay que ser hija de puta».

Incluso el rostro de Criminal dibujó un gesto de sorpresa. Porque lo que emergió del sobre que había desplegado la chica fue una mariposa, que escapó volando sobre las cabezas de los asistentes —por su tamaño, color naranja y venas negras reconocí que era una monarca—. La chica siguió el vuelo con la mirada como si observara un precioso espectáculo, sonriendo con su diente dorado e ignorando los gritos airados que se multiplicaron al otro lado de la barrera. Dedicándoles la particular ceremonia a Verdugo y Criminal, la joven les dijo:

«Por fin sois libres».

Con una elevación de barbilla, los instó a tirar de sus solapas, cosa que ambos hicieron aun conociendo la provocación que conllevaba, o quizás precisamente por ello. Del sobre de Criminal emergió otra monarca que voló enérgica hacia su libertad, pero del de Verdugo cayó una mariposa moribunda que aleteó agonizante a sus pies —no habría sobrevivido correctamente al empaquetado—. La chica recogió la mariposa del suelo y la lanzó al aire como si aún pudiera volar, condenándola a perderse entre el montón de cabezas para terminar cayendo otra vez al suelo, donde acabó pisoteada. Una foto de la mariposa muerta, con las alas destrozadas sobre el asfalto, ocupó aquel mes la portada de una publicación transgénero de cobertura nacional, acompañada por el titular *NOS SIGUEN PISOTEANDO*, en clara alusión a lo ocurrido con la propia Alegría. Si la apropiación del símbolo de la mariposa que acababan de llevar a cabo los asesinos había enervado a la muchedumbre, el definitivo desprecio con el que la chica se deshizo del ejemplar moribundo —dibujando una terrible e inequívoca metáfora de lo que habían hecho los asesinos con su víctima— terminó por hacer explotar el polvorín.

La barrera de separación se desplomó. Gran parte de los asistentes se echaron hacia adelante para encarar a los asesinos, como si quisieran pegarles. Apalearlos con las pancartas. Dos guardias de seguridad reaccionaron formando un escudo protector alrededor de los atacados. Encapsulados entre los dos guardias, que empujaban a todo el que se acercara, lograron desplazarse hasta el aparcamiento. A la carrera los persiguieron cámaras y reporteros en una retransmisión que se volvió caótica. Violentos movimientos de cámara, espaldas eclipsando la imagen, gruñidos, insultos, pérdidas de señal, fallos de audio y varios segundos de negro se colaron en un directo de infarto al que la presentadora del magacín asistió como una espectadora más, sin decir palabra. No se recuperó cierto orden hasta que el aullido de unas sirenas policiales anunció la aparición de coches patrulla, y cuatro agentes se encargaron de contener a la multitud.

«¡No los protejáis!».

«¡Dejádnoslos a nosotros!».

«¿Ahora tienen miedo?».

Eso gritaron unos. Otros alzaron las manos formando mariposas, reclamándoles a los asesinos la propiedad del símbolo que acababan de mancillar. Los tres alcanzaron el coche de la novia de Criminal todavía flanqueados por los guardias de seguridad, pero ya fuera del alcance de la muchedumbre. Los periodistas aún vociferaban preguntas al aire tratando de pescar una última declaración. Un reportero les preguntó qué opinaban de que su compañero se hubiera quitado la camiseta nada más salir de la otra prisión y si a ellos también les enorgullecía el apodo de los Descamisados. Criminal y Verdugo se miraron sorprendidos, no podían saber aún lo que había hecho su compañero. Pero la chica del diente de oro les confirmó la información y ellos rompieron a reír. Después se dijeron algo al oído y chocaron los puños. Se subieron al maletero del coche. Y allí arriba, delante de todos los asistentes, los medios y la policía, procedieron también a quitarse la camiseta. Verdugo la llevaba tan ajustada que se quedó atrapado en ella, Criminal le ayudó, desgarrándola por completo. Los dos alzaron los brazos con el pecho al aire, como si acabaran de ganar la copa del mundo. Respondieron a abucheos y silbidos con cortes de manga. Se regodearon en el malestar generado hasta que una de las sirenas de policía se reactivó, momento en que se metieron al coche y se marcharon, escoltados por los coches patrulla.

El reportero y la presentadora del magacín que yo veía comentaron sin disimular el asco que les había provocado la arrogancia de los liberados, lo repugnante que resultaba su orgullosa defensa del término «descamisado» y lo malintencionada que había sido la novia liberando precisamente mariposas. Sobre eso, días más tarde, la chica del diente de oro, convertida en la sexta persona más odiada del país por prostituir de tal manera el símbolo que todo el mundo asociaba a Alegría, declaró desconocer que la imagen de la mariposa era tan relevante —algo bastante difícil de creer en su caso, e imposible de aceptar en el de Criminal y Verdugo—. Contó que había asistido a una liberación de mariposas en la boda de una prima y que le había parecido algo muy bonito, que cualquiera puede comprar en Internet sobres con mariposas vivas para celebrar bodas y cumpleaños y que ella lo había hecho con la mejor de sus intenciones. Nadie la creyó.

En el extraño estado de abstracción en el que yo me encontraba, intentando procesar todo lo que veía de manera racional, pero sufriéndolo en el pecho y el estómago, lo último que recuerdo escuchar de la televisión fue la opinión de un abogado que trataba de hacer entender a la audiencia que los Descamisados eran ciudadanos libres que habían cumplido su deuda con la justicia. Y que el pueblo no tenía derecho a creerse juez y condenarlos de nuevo a otra sentencia de eterno rechazo social. Dejé de oírle porque el latido de mi corazón retumbó en mis oídos, aislándome de mi entorno. Rompí a sudar mientras regresaban a mí las imágenes que acababa de ver. Sus viles sonrisas sobreviviendo a la de Alegría. El puño en alto de Matón, apretando las mismas uñas con las que amordazó a mi hija hasta clavárselas en la cara. Idiota, tan pulcro, tan aseado como mi hija nunca volvió a estar después de que él la manchara con su semen. La lengua de Bicho retorciéndose dentro de su boca, la misma boca con la que succionó el cuello de ella, como una garrapata, convirtiendo un chupetón en mordisco. El pecho descubierto de Verdugo y de Matón, las mismas pieles sudorosas que, rezumando alcohol y droga, se frotaron contra el rostro de mi hija antes de que alguno le rompiera el cráneo. El pulso se me aceleró en los oídos al tiempo que atronaba en mi mente el eco de los gritos de Alegría en el callejón. Una oleada de furia calentó mi piel. Secó mi sudor de golpe, hasta mi saliva. La rabia era tanta que sentí ahogarme. Sabía que si la dejaba seguir creciendo acabaría asfixiándome. O tragándome una lengua seca y amarga que sentía como algo ajeno en mi propia boca. Fue mi mano la que inició la detonación, tratando de liberar la furia que iba a reventarme por dentro. Esa mano cogió el mando a distancia y lo arrojó contra el televisor. La pantalla se transformó en una telaraña de interferencias. Después sentí como si la mesa de centro se derrumbara, pero era yo misma la que la estaba tirando. Una taza explotó en el suelo. Los asientos del sofá volaron por la estancia, derribando una lámpara, los únicos dos marcos de fotos que tenía, un florero vacío. Con cada impacto notaba que mis pulmones se liberaban, permitiéndome respirar. Mis dedos buscaron la cremallera de un cojín para desgarrarlo por la mitad, soltando fibra que me hizo toser. El cuerpo que era mío pero no controlaba desgarró el resto de los cojines. Los hombros me dolieron cuando empujé el televisor al suelo.

Unas manos lanzaron el *router* contra la pared. Verlo saltar por los aires me hizo recuperar el movimiento de la lengua. Fue entonces cuando solté el grito que había estado conteniendo durante horas. Tiré de las cortinas hasta descolgar las barras y desarmar sus sujeciones. Las patas de una silla perforaron agujeros en la pared. Abandonada al llanto y a la destrucción de mi salón, agoté mis fuerzas hasta terminar tirada en el suelo, encogida en una esquina. Temblando de rabia. Con el pelo enredado y las manos raspadas, gateé dolorida sobre los escombros de mi ira, buscando el teléfono, si acaso había sobrevivido. Lo encontré junto al asa fragmentada de la taza. Dejándome caer de espaldas sobre pedazos de plástico y cristal, marqué el número de Luz. Contestó diciéndome que llevaba horas llamándome. Me preguntó si estaba bien. Si al final había visto la liberación. Si necesitaba compañía. Mis únicas respuestas fueron agónicas tomas de aire. Gemidos de dolor físico y del alma. Luz me pidió que me tranquilizara, pero cada vez que yo trataba de articular palabra, me atragantaba con mi propio llanto. Agarré el teléfono con ambas manos, pegándolo a mi boca. Sin apenas separar los dientes, entre espuma de saliva, le dije a Luz las únicas palabras que podían ofrecerme consuelo:

«Necesito que dejen de existir».

Ella se quedó en silencio al otro lado de la línea. Después la escuché tomar aire, dar unos pasos, cerrar una puerta.

«Hoy mismo recibirán mi llamada», dijo.

Un vértigo indoblegable me invadió entonces. Hizo girar el salón, mi mundo entero. Tirada en el suelo, imaginé los cristales que me rodeaban lloviendo sobre el techo, que ahora estaba debajo de mí, muy lejos. La mareante sensación confundió mi pensamiento hasta apagarlo. De aquel desmayo desperté con cortes en la piel, apretando en el aire la mano con la que trataba de agarrar la que Alegría me tendía en un sueño.

Poco después de mi primer encuentro con Luz y los demás —antes de la liberación de los asesinos—, Luz organizó una reunión con el director de su informativo, avisándole de que quería proponerle algo importante. Era el mismo director al que ella había pedido varias veces que hablaran más de Alegría que de sus asesinos en el informativo, y el mismo que siempre le respondía que ahora la actualidad eran ellos. Que lo que la audiencia deseaba secretamente era enfadarse viéndolos en televisión todo el día. Poder tenerlos en sus pantallas para insultarlos y sentirse bien consigo mismos por lo mucho que les indignaba que esos brutos hubieran asesinado a una mujer. Luego no harían nada de verdadera relevancia para solucionar el problema, pero ellos creerían que sí, y de paso habrían descargado la rabia que acumularían por otros motivos personales. Luz solía contradecirle asegurando que la gente prefiere sentirse bien antes que mal cuando ve la televisión, pero su director le pedía que no fuera ingenua. Que ya tenía experiencia suficiente para saber que los informativos lo que tienen que provocar es pena y miedo. Por eso, al director le pilló tan de sorpresa la propuesta que Luz le hizo en aquella reunión, nada más entrar en su despacho. El jefe incluso levantó la mirada de sus papeles, un gesto no tan común en un hombre que solía responder a todo mientras leía otras cosas. Empujando las gafas sobre su tabique con el pulgar, un tic nervioso que repetía a menudo, preguntó si acababa de decir lo que él creía haber oído. Luz asintió.

«Quiero entrevistar a los Descamisados», repitió. «En directo».

Según me lo contó ella cuando vino después a mi casa, el director le dedicó media sonrisa, que ya era mucho, pues era también el máximo de curvatura que alcanzaban sus labios incluso cuando recibían una felicitación del presidente de la cadena si el dato de audiencia de su informativo superaba al de la competencia. Le dijo a Luz que se alegraba de que empezara a aceptar quiénes eran ahora los protagonistas de la actualidad. Que si un informativo lo que tiene que provocar es pena y miedo, y con la muerte de Alegría ya explotaron la pena hasta agotarla —Luz me pidió perdón en nombre de su director por tratar el asesinato de mi hija como contenido explotable—, ahora era el momento de explotar el miedo: el terror que suponía que cinco violadores regresaran a las calles. Intrigado con el cambio de actitud de su presentadora, el director apartó sus papeles, se levantó de la silla y se sentó en una esquina de la mesa para preguntarle a Luz, más de cerca, a qué se debía ese nuevo interés por los criminales. Ella respondió que mirar a los ojos de esos asesinos era lo último que querría hacer como persona, pero que como periodista reconocía el valor de sus testimonios. Aclaró que jamás les daría voz si pudiera dársela a Alegría en vez de a ellos, pero que eso ya no era posible. Añadió que, desde que ella iniciara su carrera en informativos, el caso de Alegría era el que más le había removido por dentro, el único que la hacía llorar por mucha distancia profesional que estableciera con lo que leía en el teleprónter. Preguntar a los protagonistas de tal atrocidad por qué lo habían hecho, qué sentían ahora, o lograr que reconocieran públicamente algo de arrepentimiento, podía aportar un mínimo de sentido a algo que no lo tenía. O terminar de definir a esos individuos como el mal en la tierra. Repasando la conversación en mi casa, Luz reconoció que era verdad casi todo lo que le había dicho a su director, excepto que nada que pudieran decir esos salvajes daría ni el más mínimo sentido a lo ocurrido.

«Lo importante es que la propuesta le ha gustado», dijo Luz.

La idea de la entrevista había sido la principal modificación de Luz a mi plan original. Si ella lograba reunir a los asesinos en un plató para hacerles una entrevista, entonces ellos solitos se pondrían a nuestra disposición. A mi disposición. Algo que tampoco iba a ser sencillo de conseguir. A pesar de que a su director le había encantado la sed profesional de su presentadora estrella, y de que estaba igualmente convencido de que sería una poderosa entrevista que reventaría audímetros, la cadena tendría que valorar las consecuencias que le acarrearía a nivel de imagen pública. Qué tipo de reacciones generaría que dieran voz a unos criminales denostados por la mayor parte de la sociedad. La presión de ciertas asociaciones y colectivos o una simple campaña viralizada en redes sociales podría generar un boicot de la audiencia a la cadena, boicot que posteriormente desembocara en una retirada de unos anunciantes a los que la cadena, en calidad de empresa privada, se debía por completo. Todo ello contando, además, con que los propios Descamisados accedieran a hacer la entrevista, cuando lo más probable era que no quisieran volver a mencionar, nunca más, la noche en la que ocurrieron los hechos. El director le había dicho a Luz que, si él fuera uno de ellos, desde luego que de sus labios no volvería a salir jamás el nombre de Alegría. «Y sabiendo cómo son, preferirán emborracharse que venir a responder tus preguntas», avisó mientras se subía las gafas, vaticinando que podían pasar diez años, o veinte, antes de que los criminales quisieran conceder una entrevista. Y que incluso cuando eso ocurriera, era más probable que publicaran un libro, en el que podrían medir cada palabra que les escribiera un redactor adjudicado por la editorial que se hubiera hecho con la exclusiva. El director añadió que, además, si conseguían la entrevista, sería él mismo quien la haría, que para eso era el director y quería llevarse la gloria de presentar el que sería seguro el especial informativo más visto en la historia de la cadena. A Luz debió de torcérsele el gesto pensando que eso truncaría los planes, porque el director le dijo enseguida que no pusiera esa cara, que era una broma, que a él le bastaba con dirigirlo. Y que esa entrevista tenía que hacerla una mujer, iban a tener que estar muy atentos a ese tipo de detalles si querían evitar críticas y boicots. Volviendo a su silla, y a dirigir su mirada a los papeles que había apartado sobre la mesa, el director le dijo a Luz que hablaría con los mandamases de la cadena para ver si merecía la pena siquiera levantar un teléfono. En mi casa, Luz dijo que, por tanto, nos tocaba esperar. Sobre lo que había dicho el director de que el especial reventaría audímetros, añadió: «Y eso que ni siquiera sabe lo que va a ocurrir de verdad en ese plató, va a ser el programa más repetido de la historia de este país».

La propuesta de entrevista fue avanzando en la cadena, en discretas reuniones en despachos y con llamadas y correos confidenciales. Una de las primeras condiciones que se estableció fue que los asesinos no recibieran ningún pago o contraprestación por la entrevista, para que nadie acusara a la cadena de compensar económicamente a los responsables de la muerte de una mujer. Luz me contó que la cadena estaba evitando usar en sus conversaciones la palabra «asesinos» en favor de «homicidas» o «criminales», porque a ellos mismos no les interesaba calificarlos como tal si pretendían colocarlos luego en horario estelar de su programación. Con el mismo fin de aniquilar todo cariz comercial en la entrevista, la cadena asumió que no podría incluir ningún tipo publicidad en el espacio. Igual que los criminales no debían enriquecerse con la muerte de una mujer, tampoco convenía que lo hiciera la cadena si no quería ser acusada de comercializar la tragedia —«Que en realidad es lo que hacemos siempre con los informativos y los documentales sobre sucesos, pero bueno», opinó Luz al respecto—. Los directivos de la cadena y de informativos acordaron, por pura estrategia, enfocar el especial únicamente como un ejercicio de interés periodístico, nunca como un contenido sensacionalista que buscara grandes audiencias. Aunque todos supieran que las conseguiría y ese fuera realmente el objetivo de la cadena, que podría compensar la falta de publicidad durante la entrevista elevando los precios en los espacios de debate anterior y posterior al propio especial informativo.

Todo marchó favorablemente para el plan hasta que una nueva imposición de la cadena lo descarriló por completo, al exigir que no hubiera público presente en el plató. Procurando reducir al máximo la intervención de factores externos, se decidió que fuera una entrevista íntima y controlada en la que no pudiera colarse ni un aplauso ni un abucheo. Ni un insulto. Cuando Luz me comunicó por teléfono la imposición, le dije que abortábamos el plan. Que no tenía ningún sentido llevarlo a cabo si en el plató no iban a estar presentes Aire, Vida, Pío y Hiel —sentados en primera fila, lo más cerca posible de los Descamisados—, además de Luz en su mesa de presentadora. Ella sabía que, para mí, lo más importante de mi venganza, además de que fuera pública y la fueran a ver millones de personas, era que los órganos de Alegría estuvieran presentes en el momento en que la llevara a cabo. Sus ojos, sus pulmones, su hígado, su riñón y su corazón tenían que ser testigos de la muerte de quienes se la provocaron a ellos. A ella. Para eso había escrito yo las cartas. Nada tenía sentido si no lo conseguíamos. Luz comprendió mi postura, me prometió que hablaría otra vez con su director.

Días después, contesté a una videollamada suya. «Lo he conseguido», dijo, mirándome a través de la pantalla del móvil. Había convencido a la cadena ofreciéndoles la presencia de un público formado únicamente por miembros registrados en alguna de las asociaciones que hubieran estado presentes en manifestaciones anteriores contra los Descamisados. Era una forma efectiva de ganarse el apoyo de esos colectivos y de que la cadena reafirmara su postura de rechazo al crimen: ceder los asientos de detrás de las cámaras a personas afectadas por la violencia de aquellos que iban a ocupar los asientos delante de esas mismas cámaras. Así se compensaba de alguna manera el protagonismo que iban a ofrecer a los criminales. Uno de los directivos implicados entendió que, de cara a la audiencia y a la reacción popular, era un excelente movimiento estratégico, pero podía complicar la negociación con los propios homicidas, que no accederían a tal escenario sin exigir representación entre el público de sus familiares o defensores. Luz sonrió al contarme que, a eso, el director de la cadena había respondido: «Es nuestra cadena y el público lo ponemos nosotros, además, nadie tiene por qué contarles a esos cabrones quiénes estarán en el público». Añadió satisfecha que había logrado hacerse también con la responsabilidad de seleccionar a los asistentes, recordando a su jefes la buena relación que tenía con muchas de las asociaciones tras años de trabajo conjunto en multitud de noticias. Los ojos de Luz, que durante toda la videollamada habían estado dirigidos a algún otro rincón de la pantalla, miraron directamente a la cámara de su móvil y, observándome fijamente, dijo:

«Así que Hiel, Vida, Pío y Aire estarán allí, en primera fila».

Otra mejora que poseía el plan diseñado por Luz era que reducía al mínimo la participación de ellos cinco, puesto que ya no me ayudaban en la caza y captura de los asesinos. Y eso suponía un gran alivio para mi conciencia. Se les podría seguir considerando cómplices del crimen si se descubría que sabían lo que yo iba a hacer y no lo evitaron. O si se revelaba que estaban sentados en la primera fila del público para cumplir con mis deseos. Pero eso nadie tenía por qué saberlo. Sería un secreto que los seis nos llevaríamos a la tumba. E incluso si en algún momento salía a la luz —si el mejor investigador de la historia se daba cuenta de que entre el público se encontraban los receptores de los órganos trasplantados de mi hija y eso le resultaba lo suficientemente sospechoso como para abrir una línea de investigación en esa dirección— asumiría yo todas las culpas. Alegaría que los había amenazado, chantajeado y forzado para que hicieran lo que les pedía. Incluyendo las presiones a Luz para organizar la entrevista. Después de haber matado a cinco hombres a sangre fría me creerían también capaz de haber organizado algo así. Por si acaso, por si yo misma no sobrevivía a la venganza, había dejado esa misma confesión grabada en vídeo —Aire se ofreció a custodiarla en caso de que fuera necesario usarla en algún momento futuro—. Pero, en realidad, nada de eso sería necesario. Porque un asesinato de cinco hombres, grabado en directo por varias cámaras, se resuelve solo: la única culpable es la madre vengativa que los ha disparado uno a uno a la vista de millones de testigos.

Aún quedaba por resolver cómo sería mi aparición en el programa. Si aparecería como invitada —como una parte acordada del especial en el que la madre de la víctima se enfrenta cara a cara con los asesinos—, si me sentaría entre el público, o incluso si irrumpiría de entre bastidores como una espontánea. Luz, igual que había conseguido imponer la asistencia de público, exigió a los directivos mi participación en la entrevista, pero ellos consideraron que, esto sí, era algo que había que discutir con los Descamisados.

Lo de seleccionar un público formado por detractores de los invitados era ya una estrategia poco noble, pero podría pasarse por alto porque la gestión de su público es una responsabilidad de la cadena. Pero invitar al plató a la madre de la víctima era otra historia, no podían sacarla a traición en mitad de la entrevista. Además, hacer creer a los Descamisados que tenían cierto control sobre el contenido y que la cadena estaba abierta a dialogar con ellos era una buena manera de conseguir que concedieran la entrevista en primer lugar. «Tenemos que elegir bien las batallas», concluyó el director del informativo en esa reunión, colocándose las gafas con el pulgar. Después recordó a Luz que, a pesar de todos los esfuerzos de la cadena por diseñar un formato de entrevista que fuera informativo y no ofendiera ni a la audiencia, ni a los anunciantes, ni a los implicados, y por mucho que las negociaciones internas de la cadena hubieran prosperado, al final la emisión del especial dependía únicamente de que esos homicidas accedieran a conceder la entrevista. Y para eso habría que convencerlos de que el tiempo de televisión que les ofrecía la cadena era la oportunidad más valiosa de la que dispondrían jamás para empezar a lavar su imagen. Que dar la cara en una entrevista televisada podía ser determinante en el curso de su futura integración social. El director confesó que, sinceramente, y al no haber dinero de por medio, dudaba que unos cafres de la calaña de los Descamisados pudieran valorar la importancia de esos conceptos. Pero a lo mejor sus familiares, o un abogado avispado, sabría aconsejarlos sabiamente. Luz solicitó entonces ser ella misma quien se pusiera en contacto con los criminales, en cuanto salieran de prisión. El director mostró las palmas indicando que le dejaba vía libre.

«Voy a conseguir que acepten», dijo Luz.

Se lo dijo a él y me lo repitió después a mí, cuando nos vimos en su coche algo más tarde. Faltaban solo dos días para la liberación. Ella, con tanta sinceridad como había hecho su director, expuso que nuestro plan se derrumbaría si los asesinos no accedían a la entrevista, pero también anunció que no pensaba aceptar un no por respuesta. Y que iba a llamarlos el mismo día que abandonaran la prisión. En ese mismo momento, teniéndola muy cerca, percibí cómo las córneas de mi hija brillaban de convicción en sus ojos antes de que ella sentenciara:

«Lo voy a conseguir».

Tras recuperar la conciencia después del desmayo, limpié y desinfecté los cortes en mis manos antes de arreglar el destrozo que mi ataque de rabia había provocado en el salón. Barrí cristales, pedazos de plástico, fundas y rellenos de cojines. Coloqué la televisión en su sitio. El daño a la pantalla parecía irreparable. El *router* tampoco se podría salvar. Los agujeros que había perforado en las paredes con las patas de la silla eran más grandes que mi puño. Las dos únicas fotos que tenía enmarcadas en el salón habían caído al suelo. Ambos marcos se habían desarmado. También se habían roto los cristales protectores. Sacudí añicos de las fotografías antes de tirar lo demás a la basura. En una de las fotos, aparecíamos Alegría y yo en el piso de acogida, durante uno de esos domingos de grandes desayunos. Ella sujetaba los cubiertos en perpendicular a la mesa, preparada para engullir la tortuga a la que Tía Tortitas había dado forma con la masa. Dedicaba a cámara una sonrisa que era todo dientes. Yo también miraba al objetivo, con el meñique en la boca y los ojos muy abiertos, como si me hubieran pillado in fraganti —le acababa de robar sirope a mi hija mojando el dedo en sus tortitas—. Ninguna de las dos salíamos especialmente guapas, pero la belleza de la imagen residía en el momento. Quien hubiera disparado la foto captó uno de esos instantes que acaban conformando la vida, por cotidianos que parezcan. Después de tanto dolor y tanta pérdida, he aprendido que, en el cofre de memorias que uno va atesorando mientras vive, acaba teniendo el mismo valor un desayuno rutinario con tu hija que una planeadísima visita a un parque de atracciones. O incluso más. Quizá era la riqueza de ese cofre al que al final acaba reducida una vida lo que permitía al señor mayor del que me habló mi hija seguir disfrutando de algo tan sencillo como el sabor del chocolate de una heladería de barrio. De rodillas en el salón, mirando la foto, pensé que, el día que yo muriera, no me importaría que el último recuerdo que procesara mi mente fuera el de ese desayuno en el piso de acogida. Que mis sentidos se apagaran oyendo reír a Alegría, oliendo las tortitas calientes, saboreando la dulzura del sirope en mi boca y acariciando su tierno bracito mientras veía brillar en su rostro la luz de aquella mañana en la que mi hija todavía existía. La otra foto era un retrato de Alegría, un año antes de que muriera. Se lo había hecho ella misma con una aplicación del móvil. Sin maquillar, casi sin peinar, aparecía en blanco y negro, mirando a cámara en un primer plano tan cercano que se apreciaba la textura porosa de la piel, los detalles en el trazado del iris. Su sonrisa era la protagonista de la imagen, mostrando sus colmillos algo torcidos y, sobre todo, la profundidad de sus hoyuelos. Esos hoyuelos, tan marcados, fueron la razón por la que le pedí a ella, después de que me enseñara la foto en el teléfono sin darle mayor importancia, que me la imprimiera en papel del bueno. Le dije que quería enmarcarla. Alegría no se veía mejor que en otras —«Mamá, por favor, salgo mucho más guapa aquí», me decía, enseñándome alguna en la que ponía cara de foto, apretando los morros, con rímel, pintalabios y sombra de ojos—, pero yo prefería el retrato en blanco y negro en el que reconocía el rostro natural de mi hija, con sus hoyuelos y sus colmillos torcidos. A pesar de su desacuerdo, a los pocos días me la trajo impresa en el mejor papel fotográfico que le ofrecieron en la copistería. Esta foto la compartí con una periodista para un artículo especial que escribió con motivo del quinto aniversario del asesinato y, desde entonces, era otra de las más usadas por los medios. Dejé las dos fotos, sin marco, de pie sobre la misma mesita de la que habían caído, junto a una lámpara cuya pantalla y bombilla había roto también uno de los cojines que lancé. Terminado de recoger el desastre, con la televisión y el *router* estropeados, tan solo podía enterarme de las noticias a través de la conexión de datos del móvil. Pero no quise hacerme más daño, ya había pagado un precio demasiado alto por seguir la liberación en directo. Cada vez que volvía a sentir la tentación de abrir un periódico digital, o una red social, estiraba los dedos para que se abrieran los cortes que me había hecho en las manos y el dolor físico me quitara las ganas.

Aparte de Luz, con su llamada anterior al desmayo, los demás también se pusieron en contacto conmigo esa tarde —excepto Hiel—. A Aire, que llamó la primera, le conté el ataque de rabia que había sufrido. Se ofreció a venir a verme para hacerme compañía. Dijo que no le costaba nada coger el coche, que en una hora estaba en mi barrio. Si lo prefería, incluso, podía recogerme para que volviéramos juntas a su casa. Que el campo me vendría bien para desconectar. Podríamos pasear por la mañana junto a los girasoles, preparar un delicioso desayuno con mantequilla y huevos de los que le dejaba en el buzón el dueño de la tienda del pueblo. Sería una buena forma de que el tiempo pasara más rápido. Aire adivinó lo ansiosa que me encontraba por tener noticias de la llamada que iba a hacer Luz a los asesinos y me pidió que tuviera paciencia. Me recordó que ese día Luz apenas iba a intentar contactar con ellos, que la respuesta podría demorarse. Que se iba a demorar, seguro. Y que atormentarme en casa esperando sus novedades no era la opción más saludable. Sería mucho mejor que cambiara de escenario y que estuviera acompañada. Que en su casa, además, no estaríamos solas, porque una familia de erizos se había instalado en su porche recientemente. Por la tarde, podríamos pasear hasta los molinos donde leyó mi carta, disfrutar de un atardecer que apagaría el sol y encendería los pilotos rojos de los aerogeneradores. A esa hora, el campo olía especialmente bien. Con una profunda toma de aire que me permitió oír los pulmones de mi hija en funcionamiento, me dijo:

«Podríamos respirar aire puro juntas. Tú, yo y Alegría».

Agradecí su intención pero rechacé su propuesta, recordando una frase que me había dicho Vida cuando me contó su historia:

que la vida, cuando duele, duele por dentro, así que da igual donde uno esté. Por muy apetecibles que resultaran las bucólicas descripciones que Aire hacía de su entorno, alejarme de mi piso no me iba a hacer sentir mejor. Ella insistió en que, entonces, vendría a verme, a darme un abrazo. Pero le dije que podía llamar a Vida, que vivía más cerca. O a Pío, su hotel no estaba lejos de mi casa. No quería obligarla a hacer más viajes de los necesarios, ya había hecho unos cuantos. Y, si todo iba bien, tendría que hacer otros pronto, cuando los seis tuviéramos que reunirnos para preparar la entrevista en directo de Luz. Aire me contó que ella también había seguido la cobertura de la liberación por televisión y no podía dejar de sentir que algo andaba mal en el mundo, que esos malnacidos no tenían que estar en la calle. Pío se mostró igual de indignado en una nota de voz que me había mandado tras ver a Criminal, descamisado, subido al maletero del coche de su novia. Le respondí horas después con otra nota de voz a la que él contestó enseguida con una llamada. Con su conversación enérgica y una sonrisa que se apreciaba incluso a través del teléfono, me pidió que desviara la atención de los cinco asesinos durante un momento, que me concentrara en su voz. Me preguntó cómo habían sido los años de Alegría en el instituto. Me di cuenta de lo que intentaba, había preguntado por el instituto de mi hija para distraerme —como podía haber preguntado por las mariposas o por la academia de peluquería—, pero mostró un interés genuino en lo que le contaba. Sentada en el armazón de lo que quedaba de sofá, hablándole de los cambios que Alegría experimentó durante esos años, los Descamisados desocuparon momentáneamente mi cabeza. Si interrumpimos la conversación, fue porque timbró el telefonillo, no porque me hubiera quedado sin nada que contar —apenas había llegado aún a la sentada que hicieron compañeros y profesores cuando Alegría fue injustamente expulsada por aquella horrible directora—. En la pantalla del videoportero me saludaba Vida, y así se lo anuncié a Pío al teléfono antes de despedirme de él.

Vida entró en casa disculpándose por no haberme avisado,

pero sabía que, de haber llamado, le habría dicho que no era necesario que viniera. Igual que sabía que sí era necesario que viniera, porque yo no podía enfrentarme sola a lo que había ocurrido esa tarde. Ni estar sola esa noche. Oírle decir eso me dejó sin palabras, tan solo me encogí de hombros ante la evidencia. Él me envolvió entonces en el mejor abrazo que podía recibir en ese momento, uno que contenía el latido del corazón de mi hija. Cuando aumentó la presión de sus brazos, intuí que estaba mirando a su alrededor y descubriendo el destrozo en el salón. Yo me refugié aún más en aquella cálida y reconfortante oscuridad pulsátil. El tornado de emociones que me había ido devastando por dentro a lo largo de todo el día se escapó en un suspiro exhausto que me vació por completo. Vida me guio, sin que yo lo hubiera pedido, y sin soltarme, hacia mi dormitorio. A oscuras, abrió la cama, me sentó en ella y empujó mis pies para obligarme a que me tumbara, como habría hecho Alegría en algún futuro que nunca ocurrió en el que yo era una anciana asistida por su hija. Cuando me arropó, intenté decir algo, pero el agotamiento lo convirtió en apenas un murmullo. Vida susurró que no me preocupara por nada, que cerrara los ojos y durmiera. En un parpadeo vi cómo dejaba en mi mesilla un vaso de agua. En otro, lo vi colocar junto al vaso el retrato en blanco y negro de Alegría. Después note cómo él se sentaba a mi lado en la cama, sobre la colcha. Anunció que me haría compañía hasta que me durmiera y que luego se trasladaría al sofá del salón, que iba a quedarse en casa toda la noche y prepararme el desayuno por la mañana. Quise decirle que no había sofá —que había desgarrado los cojines como una desquiciada—, pero no sé si llegué a mover los labios.

«Voy a probar una cosa», susurró él.

Adormecida como estaba, no supe lo que hacía mientras permaneció en silencio largo rato. Entonces sonó una alerta de mensaje en mi móvil, que se había quedado en el salón. Vida lo trajo a la cama y me apretó el hombro con delicadeza, para que hiciera el esfuerzo de abrir ese mensaje que él mismo acababa de enviarme.

Era un archivo de audio. Al reproducirlo, escuché el latido del corazón de Alegría. Tan asombrado como yo, me explicó que había querido comprobar si era posible grabar el sonido de un corazón con el móvil. Pegando el micrófono del aparato a su pecho descubierto, con la camiseta levantada, lo había conseguido. Señaló como evidencia el archivo que latía en mi teléfono y añadió:

«Así podrás escucharlo siempre que quieras».

Colocó el móvil bajo mi almohada antes de regresar a su lugar en la cama.

Los días pasaron casi tan lentos como los primeros tras la muerte de Alegría, días de una pegajosa tristeza que ralentizaba el tiempo hasta hacerlo sentir que marchaba hacia atrás. La sensación empeoró cuando pasó de largo el sábado posterior a la liberación de los asesinos, cuando tuvo lugar la masiva concentración de repulsa en la que, según mi plan, debía de haber llevado a cabo mi venganza. En la manifestación, aparecí, como estaba programado. Solté también el discurso que tenía pensado, ese sobre cómo una condena justa es el único y paupérrimo consuelo que pueden obtener los familiares de una víctima de violación y asesinato. Pero cuando terminé de hablar, solo hubo aplausos, no disparos ni sangre salpicando a nadie. Había imaginado durante tanto tiempo que ese sería el momento en que acabaría con sus vidas, que detestaba cada minuto que pasaba desde ese, cada minuto de vida y libertad extra de la que los asesinos disfrutaban. Entonces llamaba a Luz preguntando si sabía algo nuevo. La llamé cada mañana, cada tarde, cada noche. Ella insistía en que prefería ahorrarme el estrés de la negociación, me pedía paciencia, prometiendo que me llamaría la primera en cuanto se confirmaran hitos relevantes. Pero yo ansiaba conocer cada detalle, la exprimía hasta que me los contaba. Así supe que Luz no obtuvo respuesta de ninguno de ellos en la tarde de la liberación en que trató de contactarlos. Supe que, días después, una de las madres le gritó al teléfono que nunca, en su puta vida, ni su familia, ni la de los amigos de su hijo, ni nadie en todo el barrio hablaría jamás con la prensa, acusando a Luz de tener muy poca vergüenza por llamarlos después de haberles destrozado la vida, como si Luz representara a todos los medios de comunicación. En otra llamada, un padre avisó a Luz de que dejara de perseguirlos si no quería acabar como la chica del callejón, amenaza que desató un griterío en la casa de ese padre y una inmediata interrupción de la llamada.

Tras el fracaso de sus primeros acercamientos, Luz se personó en el barrio de los Descamisados y llamó a la puerta de todas sus casas. En la de Verdugo, apagaron la luz y se quedaron en silencio tras el primer timbrazo. En la de Bicho, uno de sus hermanos, hablando con el ojo en la mirilla, exigió a Luz que abandonara el barrio inmediatamente, sin siquiera abrir la puerta. Criminal sí abrió la suya, en calzoncillos, para increpar a Luz a gritos hasta que huyó intimidada por el creciente número de mirones que el escándalo atrajo a su casa a pie de calle. A Matón se lo encontró en un cruce antes de llegar a su domicilio. Al verla acercarse, él se puso un casco de moto que llevaba en el codo y caminó con la visera bajada sin prestarle atención ni por un instante, hasta meterse en su portal y cerrarlo con llave. En la última casa a la que Luz llamó, la más pobre y apartada del barrio, le abrió la puerta una señora mayor que la invitó a entrar —era la abuela de Idiota, la misma que me había llamado hacía unos años para disculparse a su manera—. Aseguró que su nieto no era un mal chico y que el mundo necesitaba saberlo. Que un niño de tres años que se quedó huérfano cuando sus padres murieron de sobredosis junto a él en el colchón donde dormían los tres juntos en una furgoneta abandonada no podía ser un monstruo. Que cómo iba a ser un monstruo un niño al que había criado ella solita, sin apenas dinero pero con todo el amor del mundo, un niño al que nunca le faltó una sopa caliente a la hora de cenar aunque tuviera que quitársela ella de la boca. La abuela fue a buscar a su nieto y, después de una conversación murmurada tras una puerta, logró que se sentara a escuchar lo que Luz había ido a proponerle. Idiota fue el primero en acceder a la entrevista. Dijo que se lo estaba pidiendo su abuela y que ya era hora de que él hiciera algo por ella. Cuando me lo contó, Luz aclaró: «Una infancia difícil no justifica lo que le hizo a tu hija».

A mí tampoco me conmovían las palabras de Idiota, ni se me olvidaba que esa misma abuela blanqueaba las acciones de su nieto echándole la culpa a Alegría por ser mujer. Por ser trans. Lo único que me emocionaba de ese encuentro era que podía suponer un primer paso en el camino de los Descamisados hacia el plató de la entrevista. De hecho, acabó suponiéndolo. Desde que esa misma noche Luz llamara a su director para informarle de que había conseguido el sí de Idiota —«¿El que se corrió encima?», fue la pregunta que hizo su jefe para confirmar de quién hablaban—, los avances se precipitaron. Usando como argumento que Idiota estaba dispuesto a hablar, Luz reenfocó su estrategia la segunda vez que se presentó en casa de Criminal, que volvió a abrir la puerta en calzoncillos. Le dijo que, si no acudía al plató para matizarlo, Idiota podría contar que fue él quien llevó la mano a la entrepierna de Alegría. Fue él quien le dijo a los demás lo que había encontrado. Y que eso, de alguna manera, lo hacía responsable de todo lo que ocurrió después, porque si él no hubiera reaccionado con tanto asco a los genitales que tocó, nadie más se habría enterado. Y quizá entonces hubieran dejado marcharse a Alegría y ninguno de ellos habría acabado en la cárcel. Criminal se calentó solo de pensarlo y se defendió frente a Luz allí mismo, haciendo aspavientos en la puerta de su casa, aclarando que no solo él se quedó asqueado al tocar a Alegría, que los demás también y que Idiota, precisamente, hasta vomitó. Luz le contestó que ella ya lo sabía, que había leído el sumario del caso, pero que el público no, y que por eso era un error grave dejar pasar su oportunidad de explicarse en plató como iba a hacer Idiota. Una vez que Criminal se sumó a la entrevista, él mismo se encargó de convencer a Matón. Y teniéndolos a ellos tres, Luz ya no necesitó rogarles que hablaran a Bicho y Verdugo. Simplemente les hizo ver lo mal que quedarían si fueran los dos únicos del grupo que permanecieran callados. Bicho dijo que sí mientras se peleaba con un hermano que no le dejaba abrir la puerta —probablemente el mismo que tampoco se la había abierto a Luz en su primera visita—, y Verdugo llamó, él mismo, a una centralita de la cadena preguntando por «esa mujer que da las noticias».

Aun con los cinco Descamisados dispuestos a hacer la entrevista, el tiempo siguió pasando. Un tiempo en el que las llamadas entre ellos y la cadena se hicieron frecuentes, involucrando cada vez a más gente: representantes, abogados, directivos, familiares. Se propusieron y se descartaron cachés, se acordaron y censuraron preguntas, se establecieron condiciones. Se rechazaron y concedieron vetos. Se dieron ultimátums y portazos. Hubo una dimisión en el canal. En total, tuvieron que transcurrir tres semanas más, eternas y pegajosas, para que Luz me llamara una tarde y me dijera las palabras que tanto había deseado escuchar:

«Hay fecha», anunció.

Luz activó la pantalla de su teléfono. Miró la hora. Dijo que faltaban tres minutos para que la cadena anunciara la entrevista y enviara la nota de prensa al resto de medios. Nos avisó de que su móvil explotaría a partir de ese momento, pero que no pensaba atender a nadie hasta que cesara la conmoción inicial. Incluso su director de informativos le había aconsejado que se marchara del estudio y desconectara durante las primeras horas tras el anuncio. La cadena tenía una previsión sobre cómo se desarrollaría la polémica y, gracias a las precauciones que se había autoimpuesto durante la negociación de la entrevista, confiaba en poder ir apagando fuegos a medida que se produjeran. Cuando la opinión pública atacara a la cadena por comercializar con la tragedia, esta respondería que no habría anunciantes durante el especial. Cuando la atacaran por crear espectáculo a partir de la muerte de una mujer, aclararía que contaba con el apoyo de los representantes de multitud de asociaciones feministas, transgénero o de víctimas de agresiones sexuales, que además iban a sentarse como público en el plató.

«Y cuando nos ataquen por no dar voz a las víctimas», continuó Luz, «anunciaremos que tú también formarás parte del especial. Que les preguntarás cara a cara a los asesinos de tu hija».

Era la primera confirmación que obtenía de que me sentaría frente a ellos durante el directo. Ya no tendría que saltar desde el público o aparecer por detrás del decorado. Me levanté de la silla y abracé a Luz, que había estado contándonos las novedades mientras paseaba en círculos por mi cocina, desde el fregadero a la nevera. Le di las gracias por haberlo conseguido, pero ella cedió el mérito a los propios asesinos. Dijo que se les había ofrecido la opción de censurar mi participación y ninguno lo había hecho, asegurando que hablar conmigo no les suponía ningún problema. Su actitud, probablemente, respondía más a un alarde de chulería que a un gesto de buena voluntad, pero eso era lo de menos. Lo importante era que iba a tenerlos frente a frente, lo que aumentaba considerablemente las opciones de que mi venganza fuera un éxito. Aire, Vida y Pío, presentes también en la cocina, celebraron el avance. Pío alzó su vaso de agua con limón como si fuera una copa de champán. A ellos se dirigió Luz a continuación:

«Y vosotros tenéis vuestro sitio reservado en primera fila. Vamos a estar todos muy cerca».

Yo sonreí porque eso significaba que Alegría estaría muy próxima a mí, pero Aire aumentó la velocidad con la que deshacía y rehacía sus trenzas. El único que faltaba en la reunión era Hiel, que no había respondido a llamadas ni mensajes. Le volví a llamar en ese momento, pero tampoco hubo respuesta. El teléfono que sí sonó fue el de Luz, habían pasado los tres minutos. Se quedó mirando a la pantalla iluminada, que vibró sin cesar encadenando llamadas. Silenció y volteó el aparato para que no nos molestara y nos detalló las posiciones que ocuparíamos cada uno en el plató. El especial iba a durar una hora y yo estaba escaletada para aparecer alrededor del minuto veintidós. Tal y como habíamos planeado, el revólver lo habría llevado Luz al estudio anteriormente. Ella, como parte habitual de la plantilla del edificio, conocía todos los controles y a quienes los realizaban, y le resultaría mucho más sencillo colar el arma en algún momento de alguna jornada previa a la entrevista que a mí ese mismo día. Ahora que mi participación además era oficial, la cadena me pondría un camerino, lugar privado perfecto para que Luz me entregara el revólver. Estábamos a martes y la entrevista era ese sábado por la noche, así que aún le quedaban cuatro días para conseguir infiltrarla. Fui a mi dormitorio y regresé con la caja de zapatos donde la guardaba. Al entregársela, le dije:

«Nada de esto está ocurriendo en realidad. Todo lo he hecho yo sola sin que tú supieras nada».

Extendí el mensaje a los demás. Una llamada se saltó el bloqueo silencioso del móvil de Luz, que vibró sobre la mesa. Mordiéndose el labio superior, nos dijo que solo uno de sus contactos estaba programado para hacer eso. Antes de que respondiera, vi en la pantalla que se trataba de su director. Luz se fue al salón para atender la llamada. Aunque empezó la conversación en voz baja, la terminó a gritos. Y las frases que escuchamos desde la cocina nos fueron preparando para lo peor. Al regresar, Luz nos confirmó la mala noticia:

«No hay entrevista», dijo.

El pelo enredado con el que había vuelto evidenciaba lo acalorada que había sido su discusión. Dio varias vueltas a la cocina, masajeándose la frente, murmurando que no se lo podía creer. Parpadeó varias veces seguidas y me preguntó si tenía algo de colirio en casa. Le recordé que no lo necesitaba. Entonces me preguntó si tenía algo de alcohol y le ofrecí botellas de alta graduación, pero se conformó con una cerveza. Tras dar un trago que acabó con la mitad del botellín, se apoyó en una encimera, cruzada de brazos. Esperé a que se calmara antes de preguntarle qué había ocurrido. Nos explicó que la cadena estaba recibiendo una lluvia de llamadas de anunciantes dispuestos a retirar sus publicidades de la parrilla del sábado por la noche, tras ver cómo ardían las redes sociales llamando al boicot del especial informativo. Era algo que ya se esperaba, y la cadena tenía previsto compensar la pérdida de publicidad durante la entrevista con los ingresos que obtendría de los programas previo y posterior a ella, cuyas audiencias se vaticinaban históricas. Pero ahora esos programas también estaban llamados al boicot, lo que dejaría a la parrilla de la cadena con más de tres horas sin publicidad. Solo ese tiempo ya era algo muy difícil de sostener para el canal, pero es que además algunas marcas, por precaución, se estaban retirando por completo de la programación del sábado. Un día entero sin publicidad era del todo inviable para una cadena privada y comercial como la de ellos.

«Lo siento», dijo Luz.

Se encogió de hombros indefensa ante esos números. Nos miramos todos en silencio. Mis ojos se dirigieron a la caja de zapatos que contenía el revólver. La manifestación en la que yo había planeado matar a los asesinos ya había tenido lugar. La entrevista televisada al final no se iba a producir. A lo mejor lo que tenía que hacer era olvidarme de la parte pública de mi venganza. Matarlos uno a uno, yendo de casa en casa como había hecho Luz en su barrio. Que padres y madres en salones, cocinas y dormitorios fueran los únicos testigos de mi venganza, y así entendieran, de la peor manera, como tuve que aprenderlo yo, lo que duele que maten a tu hijo. Pío rompió el silencio con una pregunta:

«¿De cuánto dinero estamos hablando?».

Luz sacudió la cabeza, haciéndole entender a Pío que, si estaba insinuando lo que creíamos, se olvidara de ello. Pero él insistió. Preguntó si una donación anónima de un millonario filantrópico interesado en que se emitiera la entrevista podría volver a hacerla viable para la cadena. Preguntó también si podría ceder los espacios publicitarios que contratara a organizaciones no gubernamentales o benéficas. Luz dijo que tendría que hablarlo con su jefe, y él con más directivos, pero suponía que sí. Pío solicitó una cifra. Luz le dijo que era un disparate, que la facturación publicitaria de un día de televisión era astronómica. Ni siquiera ella la sabía, solo podría dar una aproximación. Él le entregó su móvil con la aplicación de la calculadora abierta. Le instó a escribir la cantidad si tan difícil le resultaba pronunciarla. Con una sonrisa escéptica, Luz tecleó un número que no alcancé a ver. Pío observó la pantalla. Su mano libre acarició sobre la camiseta el lugar donde estaba la cicatriz de su trasplante. Entonces apagó la pantalla y me miró. Me dijo que, si yo quería, el plan seguía adelante. Tan agradecida como avergonzada de recibir tal regalo, asentí entre lágrimas, casi disculpándome. Vida y Aire se dieron la mano.

La noche anterior a la entrevista, Aire se quedó a dormir en mi casa —no quería arriesgarse a sufrir ningún imprevisto en la carretera al día siguiente—. Conocedora de mi situación con la sábanas de Alegría, ni siquiera me pidió dormir en su cama, adecentamos entre las dos el maltrecho sofá del salón para que pudiera acostarse. Tras ajustar la funda de la almohada, y como llevaba haciendo durante todo el día, marqué el número de Hiel, que seguía sin responder desde nuestra reunión anterior. Un último tono dio paso a un pitido de desconexión.

«No va a venir», repetí.

Se lo había dicho varias veces a Aire a lo largo de esa tarde. También que, ya desde el mismo día en que los conocí a todos, intuí que Hiel me iba a fallar. Porque él no agradecía de la misma manera que los demás el regalo de vida que supuso su trasplante de órgano. Aire aún intentó darme esperanzas, asegurándome que aparecería al día siguiente, aunque fuera en el último minuto. Dijo que tenía que estar enterado de la entrevista porque lo estaba todo el país. Que quizá no quería hablar de ello cada día, ni asistir a nuestras reuniones, pero que conocía el plan y sabía lo importante que era para mí su presencia. Que lo único que yo le había pedido era eso, estar presente. Y que era muy poco pedir. Sería muy ingrato por su parte no atender a mi petición después de que mi hija le hubiera salvado la vida. Asentí a sus palabras, aunque no me las creyera. Entonces, en el momento en que terminaba de ahuecar la almohada, sonó el teléfono. Era Hiel.

Empezó a hablar antes de que yo dijera nada, pero lo que emanaron del aparato no fueron palabras sino balbuceos. Gritaba, gemía, susurraba y se atragantaba en una verborrea alcohólica difícil de entender. Decía algo sobre el derecho, que yo no lo tenía. Sobre estar loca. Sobre transexuales y gente de la calle. Parecía estar llorando mientras mencionaba a su hija, o quizá hablaba de la mía. Continuó su letanía sin atender a mis interrupciones, sin escuchar mi voz pidiéndole que se calmara. Soltó un discurso baboso, indescifrable, hasta que, en mitad del soliloquio, resultaron perceptibles las palabras:

«… llamar a la policía».

Incluso Aire las entendió, porque pegó su oído al teléfono con gesto alarmado. Después, Hiel se quedó en silencio, solo respirando. Yo conocía bien esa respiración, la del borracho que cae entre dormido e inconsciente en un clímax de su melopea. A Cerdo solía ocurrirle al llegar del bar, cualquier madrugada, tras frotarse contra mí en la cama hasta mancharnos, estuviera yo despierta o no. Justo después de que sintiera su humedad en el muslo, las nalgas o la espalda, su cerebro se apagaba y su cuerpo iniciaba la trabajosa respiración de garganta. La misma que oía ahora a través del teléfono. El recuerdo de aquel patético ronquido de Cerdo, apestando mi habitación y mis sueños, desató un grito que le hubiera dirigido a él, pero dirigí a Hiel. Exigiéndole que despertara. Que me explicara qué era eso que acababa decir. Su respiración se interrumpió al otro lado. Lo oí carraspear, como si de verdad despertara de un largo sueño, con los labios secos. Y como si ese largo sueño hubiera diezmado su borrachera, habló de pronto con mayor claridad, en un tono más calmado. Aún arrastraba las palabras, pero poseía la particular lucidez del ebrio. Con cierta serenidad me confirmó que iba a llamar a la policía. Detener lo que yo pensaba hacer. Se había dado cuenta de que él a mí no me debía nada. Y que yo era una loca vengativa que no tenía ningún derecho a arrastrarle a hacer algo que no quería hacer solo porque mi hija, que en realidad era un hijo, le hubiera donado un hígado. Un hígado que él ni siquiera quería. Porque él preferiría haberse muerto que seguir viviendo esta vida en la que su hija no quería ni verlo. Y si ahora esa hija, para colmo, se enteraba de que él había formado parte de lo que yo planeaba hacer al día siguiente, entonces no querría saber de él nunca más. Pero, a lo mejor, si actuaba como un héroe y detenía mi salvajada, si su llamada a la policía salvaba la vida de cinco hombres que ya habían cumplido condena y el mundo se enteraba de ello, entonces su hija encontraría una razón para querer volver a verlo. Dijo que yo ya nunca podría ver a mi hijo porque lo habían matado. Que eso era algo que yo estaba obligada a aceptar. Que no pretendiera que él renunciara también a su hija para siempre. De todas las barbaridades que me soltó, aparte de mentiras y falsas acusaciones, lo más hiriente fue oírle describir a los asesinos como a cinco hombres que ya habían cumplido su condena, y a Alegría como a mi hijo. Pero lo que de verdad me destrozó fue imaginar el hígado de mi niña maltratado por el alcohol que ese desagradecido estaba metiendo en su cuerpo. Aire debió de imaginar lo que sentía, porque llevó mi mano a su pecho, mostrándome el buen uso que ella sí hacía del órgano de Alegría. Con gestos, me pidió que sincronizáramos las respiraciones, que contuviera la explosión de rabia. Que no le dijera a Hiel nada que lo llevara a cumplir su amenaza. Dudando de que pudiera contenerme ante tanta ofensa, Aire me susurró que le pasara el teléfono. Él reconoció la nueva voz y dijo que no tenía nada que hablar con esa vieja gorda que me seguía el rollo como todos los demás.

«No tienes por qué venir, no tienes por qué ayudarme», le dije yo a Hiel. «Pero no impidas que los demás lo hagan».

Usé el tono más conciliador que fui capaz de conseguir, casi muda por el esfuerzo. Aire me hizo un gesto de aprobación con el pulgar y me instó a que siguiera hablando. Después se fue a la cocina. Volvió con un montón de documentación que habíamos ido acumulando durante nuestros encuentros. Me enseñó un papel donde aparecía la dirección de Hiel, queriendo saber si era la correcta. Asentí mientras seguía hablando con él. De la silla donde lo había dejado, Aire cogió su bolso y me enseñó la llave de su coche. Hice ademán de acompañarla, pero negó con un dedo. Me indicó que le siguiera dando conversación a Hiel. Entendí que quería que lo distrajera hasta que ella tuviera tiempo de llegar a su casa. Mostré mi disconformidad con la idea, sería más seguro que fuéramos las dos, pero Aire sacudió la cabeza. Señaló el sofá para que me sentara a conversar con Hiel y se marchó antes de que yo tuviera tiempo de reaccionar.

En el teléfono estalló una carcajada trastornada de Hiel, con la que se atragantó. Sin moverse de donde estuviera, lo oí toser y escupir. Se burlaba de la opción que acababa de ofrecerle, la de no ayudarme, no venir. Dijo que lo que tendría que haber hecho yo era no escribirle. No darle información. Que toda la culpa era mía. Que él no tenía por qué saber que su hígado era el de una travesti violada. Que su vida ya era pura porquería antes, pero que yo había terminado de enterrarlo en basura. Y que la basura de su vida no se podía reciclar como la de la planta. Censurando mis verdaderos pensamientos, le pedí perdón. Hubiera dicho cualquier cosa con tal de calmarlo. Despreció mis disculpas con un soplido de nariz que casi pude sentir, igual que casi podía oler su aliento alcoholizado. Después oí la fricción inconfundible del tapón de una botella de licor al abrirse. Oí que la llevaba a sus labios, que tragaba líquido. Oí cómo abría la tapa de algún otro recipiente. Y una especie de crujir metálico, como una traca de pequeñas detonaciones plásticas. Sus palabras volvieron a convertirse en un flujo ininteligible de murmullos, hasta que terminaron por transformarse en un doloroso lamento que culminó en un ronquido. Se había quedado dormido otra vez. Me quedé vigilando su sueño. Mientras no se despertara, no llamaría a la policía. Su casa no estaba muy lejos, Aire no tardaría en llegar.

Cuando lo hizo, oí a través del teléfono unos fuertes golpes contra la puerta de Hiel. Él gruñó. Lo imaginé despertando sin saber dónde estaba o qué había pasado. Su móvil cayó al suelo, ni siquiera se acordaría de que estaba hablando conmigo. Ahí, como agazapada en un rincón, invisible, espié con el oído la escena que después Aire me completó con sus descripciones. Ella se había encontrado el portal abierto. Subió al quinto piso donde vivía Hiel y aporreó la puerta. Hasta que no se vio delante de aquel hombre de casi dos metros, sudado, enfadado y maloliente, Aire no se había parado a pensar en lo peligroso y descompensado de aquel enfrentamiento. Después de que él la llamara gorda, vieja, y de que amenazara con dinamitar mi plan, Aire se había dejado llevar por un arranque de rabia y valentía que la había arrastrado a su puerta sin siquiera saber muy bien qué pretendía. ¿Convencerlo de que no llamara a nadie? ¿Obligarlo a no hacerlo? La valentía y la imprudencia se transformaron en miedo. Pero el miedo se desvaneció en cuanto vio el estado en el que se encontraba aquella mole de sombras que era Hiel. Agarrado al pomo, luchaba por mantener el equilibrio y acabó desplomándose contra la pared. Quedó sentado en su pasillo de entrada, farfullando palabras que Aire no entendió. Ella entró, cerró la puerta. La cantidad de alcohol que Hiel había tomado lo tenía al borde de la inconsciencia. Convertida en muleta, Aire lo ayudó a levantarse, a caminar hasta un sofá, donde lo dejó caer como un peso muerto. El temblor del desplome se sintió a través del teléfono. También escuché un grito ahogado de Aire. Su voz susurrada crepitó en mi oído tras recoger el aparato. Me contó que veía muchos frascos y blísteres de medicamentos sobre una mesa. Leyó el nombre de los fármacos y reconocimos antidepresivos, ansiolíticos, antiinflamatorios, analgésicos. Le pregunté cuántos había tomado. Aire me dijo que todos, porque estaban vacíos. Abofeteó inmediatamente a Hiel, gritándole para que reaccionara. Él abrió los ojos y dijo que tenía que llamar a la policía. Que tenía que detener un crimen. Por su hija. Y entonces Aire tuvo una idea.

«Tengo a la policía al teléfono», escuché que le decía a él. «Cuéntales todo».

Le pasó el mismo móvil con el que hablaba conmigo. Hiel, en su estado de aturdimiento, me avisó de que al día siguiente, en un programa de televisión, en directo, la madre de esa chica a la que violaron entre cinco tíos, hace mil años, pensaba matarlos. Me pidió que la policía hiciéramos pública esta llamada, y su nombre, para que su hija supiera que papá era un héroe. Me preguntó si lo habíamos apuntado todo, si estábamos mandando ya coches patrulla a detener a esa mujer. Asentí aunque no pudiera verme, no me atreví a hablar para que mi voz no rompiera su delirio. Él solo cerró los ojos y murmuró:

«Ahora dejadme morir en paz. No quiero despertar más».

En un susurro, Aire me preguntó qué hacer. Hiel debió de pensar que se lo preguntaba a él, porque, con una de sus últimas respiraciones, le pidió que le acercara la mochila. Aire la encontró colgada en el respaldo de una butaca. Era la pequeña mochila rosa que llevaba cuando lo conocimos en mi casa. Dentro solo había un papel, una carta escrita a mano. Leyendo las primeras frases, y las últimas, Aire entendió que se trataba de una nota en la que se despedía para siempre de su hija. Tuvo que leerla entera para asegurarse de que no le desvelaba nada a ella sobre nuestro plan. Cuando colocó la mochila sobre el pecho de Hiel, él sonrió. Se acurrucó, abrazándola, hacia un lado del sofá.

Ya en casa, Aire me contó que, después de colgarme, había querido borrar el registro de esa llamada en el teléfono de Hiel. Y que, al abrir la lista de llamadas, había visto las últimas realizadas por él. Eran un montón de llamadas enviadas que no le habían contestado. Más de una treintena de intentos, a lo largo de los últimos días, que no habían querido responderle. Y otros veinte tan solo en las últimas horas. Todas las llamadas eran al mismo contacto: MI PRINCESA. A Aire se le quebró la voz al contármelo. Yo pensé en el hígado de mi hija, muriendo en otro cuerpo, envenenado por una dosis letal de alcohol y pastillas. Otro final horrible que Alegría no se merecía. Aire dijo entonces que deberíamos dormir. Intentarlo, al menos. Me confesó que estaba muy nerviosa, que tenía mucho miedo a que llegara el día de mañana.

«¿Tú no?».

Negué con la cabeza. Entonces me preguntó si de verdad estaba tan segura de lo que iba a hacer.

«Es la única opción», respondí. «Ya no tengo nada más que perder».

Ella me dijo que sí tenía algo que perder. Mi libertad. Mi casa. Trató de hacerme ver que, después de matar a los Descamisados, la ausencia de Alegría iba a dolerme igual. Que no me engañara a mí misma pensando que iba a servir de alivio. Y que, en la cárcel, no podría luchar contra la ausencia de mi hija entrando a su cuarto para ver sus libros de mariposas. Ni podría sentarme junto a su cama para recordar el olor de su cabello, aunque fuera apenas un vestigio que se desvanecía en su almohada. Una mirada mía le recordó que existía otro camino, el de la sexta bala, que me libraría, por fin, de todas las ausencias, pero ella negó con la cabeza. Una película de lágrimas cubrió sus ojos, en los que percibí el bullir de un montón de pensamientos. Fuera lo que fuera lo que estaba pensando, no dijo nada. Tan solo se esforzó por sonreír. Abrazadas, las dos nos desahogamos sobre el sofá convertido en cama. Esperé a que se acostara para apagarle la luz.

Esa noche, por si era la última, me concedí el deseo al que me había resistido durante tanto tiempo. Por primera vez desde su muerte, en lugar de quedarme sentada en el suelo a un lado de la cama de Alegría, me metí en ella y me tapé con sus sábanas. Aspiré lo que aún quedaba del olor de su piel, del aroma de las cerezas en su pelo, imaginando que no solo me abrazaba la tela sino también mi hija. Y que juntas dormíamos una última vez.

«Eres mi alegría», susurré a la oscuridad.

El conductor del coche que me llevaba al plató me avisó de que no podría dejarme en la entrada principal de la cadena. Me contó que centenares de personas se habían desplazado hasta allí, como en una concentración. Que era por una entrevista que la presentadora de informativos iba a hacer esa noche a los Descamisados, aquellos bestias que mataron a una chica. Me preguntó si conocía el caso. Contesté que sí, sin identificarme. En los asientos traseros, iba mirando en el móvil unas fotos que me había enviado Luz desde un ventanal de su redacción, mostrándome lo mismo de lo que hablaba el conductor: un enjambre humano similar al que esperó a Criminal y Verdugo a la salida de su prisión, agolpado ahora a la entrada de la cadena. Eran una mezcla de prensa, curiosos, miembros de asociaciones que condenaban a los asesinos pero no a la entrevista, integrantes de otras asociaciones que criticaban por igual a los asesinos y a la cadena que les daba cabida, víctimas de agresiones sexuales… Luz lo describió como un crispado polvorín de odio. «Entonces son como yo», respondí en un mensaje. Me contó que habían aparecido también simpatizantes de los Descamisados, con emblemas y pancartas, pero que conformaban una irrisoria minoría a la que los demás asistentes increparon e insultaron hasta que acabaron obligándolos a abandonar el lugar. Si aún quedaba algún defensor de los asesinos entre aquel gentío, más le valdría mantenerlo en secreto. A Luz le preocupaba que hubiera tanto alboroto, tan pronto, aún faltaban horas para que comenzara la emisión. No quería que la situación escalara hasta el punto de comprometer la seguridad de los trabajadores de la cadena o de suponer algún impedimento para la realización del directo. Pronto necesitarían incrementar la seguridad para contener a la gente. El conductor me dijo que había recibido órdenes de dejarme en la parte de atrás del edificio, que alguien saldría a recogerme. Añadió que, aun así, tendríamos que atravesar la aglomeración. Ya antes de llegar a ese punto, identifiqué en la calle personas que se dirigían hacia allá. Lo supe porque llevaban la polilla verde de Alegría en camisetas o muñequeras. Un chico portaba una pancarta llena de mariposas que formaban un corazón. Pensé en Vida. Otra pancarta mostraba el logotipo de la cadena, tachado, acusándola de ser cómplice de los asesinos. Aproximándonos a la entrada, el conductor pitó para que la gente se apartara. Habíamos alcanzado la garita que daba la bienvenida al recinto de la cadena, la única barrera de contención entre el montón de gente aglutinada y el edificio que alojaba el estudio donde tendría lugar la entrevista. Me pareció ver mucha más gente a mi alrededor de la que había en las fotos que me había enviado Luz. El conductor bajó su ventanilla para que pudiera identificarme la mujer de la garita de seguridad. Además de ella, me identificó también alguien de la concentración, una joven con flequillo y los lados de la cabeza rapados.

«¡Es la madre de Alegría!», gritó.

En mi ventanilla aparecieron rostros cuyos ojos se ensancharon al verme. Alertaron a la gente que tenían cerca. Un montón de personas rodeó el coche enseguida. Sonreí a quienes me saludaban al otro lado del cristal. Me lanzaban besos. El conductor me regañó por no haberle avisado de quién era yo, se quejó de que sus jefes nunca le informaban de nada. Que le daban órdenes pero no explicaciones. Pitó varias veces a la multitud, amenazando con ponerse en marcha de nuevo. Le pedí que no lo hiciera. Cuando empecé a bajar mi ventanilla, me dijo, apurado, que no sabía si tenía permiso. Que eso era justo lo que sus jefes querrían evitar. Antes de que terminara la frase, varias manos habían entrado ya al coche, buscando la mía. Un estruendo de voces me avasalló: «Lo sentimos», «Basta ya», «Pregúntales cómo duermen», «No todos los hombres somos así», «Habría que matarlos», «Yo también soy trans», «Mi hija se llama Alegría», «Hablas muy bien». Estreché cada mano, dándoles las gracias por su apoyo. Oí revolucionarse el motor, el conductor pisando el acelerador para avisarme de que teníamos que marcharnos. La chica del flequillo que había gritado mi nombre metió la cabeza por la ventanilla del conductor y, exaltada, me dijo que si los asesinos pasaban en coche por ahí, me olvidara de verlos, porque iban a cargárselos entre todas. Le pedí calma, era importante que la entrevista saliera adelante.

«Calmadas no hemos conseguido nada», respondió.

Me hubiera gustado decirle que yo pensaba igual que ella —y que esa noche iba a hacer justo lo que ella proponía—, pero me limité a darle la razón con un asentimiento. Invadiendo aún más el espacio del conductor, la chica buscó mi mano y me la apretó tan fuerte que me clavó unas uñas pintadas de verde, hasta que la mujer de seguridad tiró de ella y el conductor cerró airado la ventanilla. El coche cruzó la barrera de seguridad, que volvió a descender enseguida. Por la luna trasera vi cómo la gente me decía adiós, levantaba puños en el aire llamando a la acción. Alzaron sus pancartas para que las leyera. Muchos de ellos formaron mariposas con las manos. Me prometí guardar esa imagen de una multitud animándome para cuando me sentara frente a los asesinos y buscara el arma en el bolsillo interior de mi chaqueta.

El coche se detuvo en la parte trasera del edificio. Le di las gracias al conductor que, sabiendo ahora quién era yo, me dijo que sentía mucho lo que me había ocurrido. Y que si algún hijo de puta llegara a tocarle un pelo a su niña, no respondería de sus actos. Culminó la frase con un prolongado bufido mientras sacudía la cabeza, ilustrando que sería capaz de cualquier barbaridad. Sé que es una opinión que comparten muchos padres cuando se imaginan víctimas de algo así. Desde el asesinato de Alegría, muchos se han acercado a mí para confesarme lo mismo. Me han dicho, rabiosos, que, si tocaran a sus hijos, no se quedarían de brazos cruzados. Y, sin embargo, a la hora de la verdad, pocas noticias hay sobre padres que se hayan tomado la justicia por su mano, ni siquiera en casos de niños torturados de maneras más inhumanas que Alegría. Pocas venganzas hay para tantas víctimas. Quizá sea porque todo el mundo es más civilizado que yo, porque yo no entiendo cómo esos padres han tenido la fuerza para aceptarlo, soportarlo. Para seguir viviendo en un mundo en el que los asesinos de tus hijos siguen respirando el mismo aire que tú.

Una chica con dos teléfonos en una mano y un tercero colgando del cuello me abrió la puerta del coche. Cogí las perchas con ropa que había colgado de una de las agarraderas. Ella se disculpó por tener que hacerme entrar así, por detrás, pero no habían previsto que se formara tanto jaleo ahí mismo, en la cadena. Antes de acceder al edificio, me señaló dos enormes puertas negras, como de salida de emergencia, al mismo nivel del suelo en el que nos encontrábamos. Me susurró que ese era el estudio donde íbamos a grabar, pero que ya me lo enseñarían luego por dentro. Accedimos al edificio, registramos mi entrada, recorrimos pasillos, subimos pequeños tramos de escaleras, cambiamos de planta en ascensor y, al final de un largo corredor, la chica de los tres teléfonos me señaló una puerta con un folio pegado en el que estaba escrito mi nombre. Mi camerino. Era un pequeño cuarto con un sofá, una televisión, una mesa, un armario sin puerta, un espejo enorme y un aseo. Me invitó a acomodarme y a usar el teléfono junto a la puerta si necesitaba algo. Me dijo que la presentadora de informativos —así se refirió a Luz— vendría a verme en cuanto pudiera. Luz aún tardó un rato en aparecer. Cuando lo hizo, entró al camerino sigilosa, con una bolsa de una tienda de ropa en la mano, cerrada con grapas. La abrió de un tirón. Dentro había una caja envuelta en papel de regalo que no reconocí de inmediato. Hasta que Luz me dijo:

«Es la caja de zapatos. Está aquí dentro».

Me recomendó que no la abriera hasta el último momento, que todavía podría entrar alguien al camerino. Y que yo tendría que abandonarlo para pasar por maquillaje. Me preguntó si había traído la chaqueta que habíamos seleccionado y se la señalé, colgada de la barra del armario sin puerta. Luz se llevó las manos a la boca, como si la visión de esa prenda y su bolsillo interior en la misma estancia en la que se encontraba la caja con el revólver fuera la confirmación definitiva de que el plan salía adelante. Me preguntó si estaba triste, nerviosa, aterrada o si tenía dudas. Respondí que no. Dijo que ella sí, que ahora, de repente, estaba todo eso y más: asustada, intranquila y llena de dudas. Le recordé que ella era solo una periodista haciendo su trabajo, una entrevista a personajes de actualidad. Y que no podía conocer las oscuras intenciones que albergaba su invitada. Me preguntó qué tal había pasado la noche, cómo estaba Aire. Respondí que se había quedado en mi casa, que vendría más tarde. El público estaba citado hora y media antes del inicio del especial. Luz lo sabía, ella misma había añadido los nombres de todos ellos a la lista. También había colocado carteles nominativos en sus butacas, en primera fila. Quiso saber si había hablado con los demás y le confirmé que sí. A Vida lo había notado sobrecogido, apenas me respondió con monosílabos mientras se preparaba. A Pío también lo había notado nervioso. Me preguntó por Hiel, si había respondido por fin a mis llamadas. Desviando la mirada, contesté:

«No creo que venga».

Aire y yo habíamos decidido no contar nada, de momento, para no añadir más tensión a esa noche. Luz intentó animarme diciendo que seguro que aparecería en el último minuto. Que a ella le parecía el típico hombre que va de duro pero que por dentro es un pedazo de pan. Y que seguro que había entendido lo importante que era para mí que estuviéramos todos unidos en esto. Yo lo puse en duda. Alguien llamó a la puerta. «Escóndela», susurró Luz señalando la bolsa con la caja. La coloqué en la base del armario sin puerta, junto a una bolsa de plástico en la que yo había traído un par de zapatos. Luz se aseguró de que estuviera fuera de la vista antes de abrir la puerta. Un auxiliar de producción, con gorra, la avisó de que la buscaban en los despachos. Los manifestantes estaban armando una buena allí fuera. «Ahora alguno de ellos está emitiendo esta *performance* en *streaming*», dijo, mostrando en su teléfono imágenes de la concentración en directo. Noté cómo Luz apartaba el móvil para que yo no las viera. Le dijo al chico de la gorra que subiría enseguida a los despachos y le cerró la puerta. Le pregunté qué había visto, qué era eso que estaban emitiendo. Ella me advirtió que no quería verlo, eran solo soflamas, demandas y cánticos de la gente en la calle. En mi móvil, en el buscador de una red social, introduje el nombre de Alegría junto a la palabra *performance*. Apareció un perfil de usuario que emitía en directo. En las imágenes reconocí la entrada a la cadena. El gentío colapsaba ya el tráfico de la calle por la que yo había llegado. La cámara del móvil enfocaba un espacio despejado en el suelo. Era un círculo, entre el montón de gente, delimitado por decenas de personas dadas de la mano. En mitad del círculo, había una chica desnuda, tirada en el asfalto. Tenía las piernas llenas de heridas, morados los brazos, cortada la cara. De su cabeza emanaba un charco de sangre demasiado roja. Violentos espasmos sacudían su cuerpo entero, emulando una agónica muerte que no llegaba nunca. Al acto se sumaron entonces siete personas vestidas de negro, surgidas entre la multitud, con guantes negros y máscaras, también negras, que ocultaban sus rostros. Se arrodillaron en torno al cuerpo y empezaron a manosearlo, ajenos a su sufrimiento, sin brindarle asistencia. Después mojaron sus dedos en el charco de sangre demasiado roja y escribieron letras sobre su cuerpo tembloroso hasta formar una palabra: *SOCORRO*.

«Quítalo», dijo Luz. «Es de mal gusto».

Añadió que entendía el mensaje, que era una crítica artística a la impasibilidad de la población ante crímenes como el de mi hija, pero que esos muchachos deberían tener en consideración que yo podía acabar viendo esas imágenes. Y que bastante había sufrido ya con la realidad como para que ahora una estudiante de arte se disfrazara de mi hija de esa forma. Enfadada de verdad con lo que veía, señaló un detalle en el brazo de la víctima en la pantalla: llevaba tatuada la mariposa de Alegría. Dijo que esos muchachos lo estaban llevando muy lejos, que no eran conscientes de las emociones que algo así podía detonar en mí. Yo la tranquilicé y le dije que eso no me ofendía. Que estaban mostrando su apoyo a mi causa, aunque fuera de forma extrema, y que un cuerpo con moratones de mentira, manchado de pintura roja, no era nada comparado con las imágenes a las que llevaba doce años enfrentándome en mis peores pesadillas. Le expliqué que podía despertar sola, de madrugada, empapada en sudor en mi cama y con la garganta adolorida por unos gritos que no sabía si había llegado a proferir, habiendo soñado, otra vez, con la violación de mi hija. Pero no tal como ocurrió, sino siendo Alegría la niña del bikini en la piscina. Luz se llevó una mano al corazón como si le doliera. Dijo que nunca sabría, ni ella ni nadie, por lo que yo había pasado en realidad.

«Es imposible de imaginar», añadió.

Era la primera persona que me decía algo así. En general, todo el mundo me decía y me ha seguido diciendo que podía imaginarse mi dolor. Pero tratar de imaginar el dolor de perder a una hija es tan imposible como tratar de imaginar la felicidad de tenerla cuando aún no se ha tenido. Por eso, quienes juzgan mis actos con palabras, sin haber vivido lo mismo que he vivido yo, no tienen realmente el derecho de hacerlo.

Luz me abrazó, tenía que subir a esos despachos, pero avisó de que aún bajaría a verme una vez más. Me quedé sola en el camerino viendo en mi móvil la final de la *performance*. Las personas sin rostro de las máscaras negras se subieron al cuerpo inerte de la víctima, sus botas marcando huellas de sangre y suciedad en sus carnes. Vi que en realidad la chica amoratada no estaba desnuda como pensaba, sino que llevaba tanga y sujetador, de tallaje mínimo y del color de su piel. La gente rompió a aplaudir a su alrededor, pero ella se mantuvo en su papel, tirada en el suelo sin moverse, hasta que se interrumpió la emisión. Mis ojos se dirigieron entonces a la bolsa con la caja envuelta en papel de regalo en el armario. Pude escuchar el eco de mis disparos, practicando en los alrededores de la cementera.

Los Descamisados llegaron todos juntos en un vehículo de nueve plazas. El alboroto en la calle había obligado a la cadena a retrasar su llegada hasta poco más de media hora antes de que empezara la entrevista, procurando reducir al máximo su estancia en las instalaciones. Aunque bienintencionada, la medida provocó que la aparición de los asesinos se produjera cuando el número de personas que abarrotaba la entrada de la cadena era aún mayor. A pesar de no haber sido convocada, ni designada como tal, la aglomeración se había transformado en manifestación, solo que mucho más caótica y desordenada por su carácter improvisado.

A mí, más de una hora antes, el mismo auxiliar de producción con gorra que había ido a buscar a Luz me recogió en el camerino para llevarme a peluquería y maquillaje. Allí, una maquilladora con las manos decoradas de henna me recibió con un sentido abrazo antes de invitarme a sentarme en el sillón giratorio. Me preguntó si quería algo en especial, dijo que podía pedirle lo que quisiera, que yo era muy guapa para ir tan poco maquillada. Le pedí que me trabajara lo mínimo, lo que fuera indispensable para las cámaras y los focos. Yo nunca había usado mucho maquillaje y el público lo sabía. Esa noche, precisamente, lo último que quería era salir guapa. Solo quería que la audiencia viera el verdadero rostro de una madre destrozada. La maquilladora asintió, respetando mi argumento. «Lo que tú quieras, bonita», me dijo. Después, el auxiliar de la gorra me ofreció enseñarme el plató, sería la última oportunidad que tendríamos antes de que entrara todo el público. Lo visité con un escalofrío permanente, viendo las cinco sillas vacías que aguardaban la llegada de los cinco asesinos. Y viendo, sobre todo, la silla situada enfrente de ellos, la que ocuparía yo. Luz estaría en todo momento sentada entre nosotros, en el vértice de una disposición triangular que encaraba a las cámaras y al público. En primera fila, no muy lejos del área de grabación, leí los carteles con los nombres reales de Aire, Pío, Vida y Hiel. Íbamos a estar muy cerca. Reconocí también las dos grandes puertas negras que había visto antes desde fuera, al nivel del suelo. Como había supuesto, estaban señalizadas como salida de emergencia.

De vuelta a mi camerino, me cambié a la ropa con la que iba a salir a plató, los zapatos. Fue entonces cuando supe que llegaban los Descamisados, porque la algarabía de voces, gritos y cánticos en la calle —que había resultado audible en oleadas intermitentes— estalló de forma estrepitosa. Busqué de inmediato información en el teléfono. Pequeños vídeos compartidos en redes sociales mostraban un monovolumen negro, de cristales tintados, avanzando con dificultad entre el gentío. Quien lo condujera tocaba el claxon sin cesar, además de haber activado las luces de emergencia. También el limpiaparabrisas, para ahuyentar las manos que trataban de golpear la luna delantera. En uno de los vídeos, durante unos instantes, el vehículo llegó a ser zarandeando por la muchedumbre, balanceándose en sus amortiguadores. En todas las secuencias, el audio era una agresiva retahíla de insultos, amenazas, gritos y golpes al monovolumen. La opacidad de las ventanillas protegió a los asesinos, de quienes no se obtuvo ninguna imagen durante todo ese tramo, a pesar de que decenas de teléfonos fotografiaron el vehículo desde diferentes ángulos. Cuando lograron atravesar la barrera de seguridad —un vídeo mostraba la parte trasera del vehículo alejándose del gentío, dirigiéndose a la cadena— una lata de refresco rodó por el suelo, lanzada por alguien.

También explotó un botellín de cristal en algún sitio. El volumen del griterío volvió a ascender alcanzando un nuevo clímax. Lo oía en el camerino como si la gente estuviera al otro lado de la puerta, en los pasillos. La escandalosa apisonadora de gritos fue adquiriendo una determinada cadencia, para acabar convertida en una secuencia melódica que repetía el nombre de mi hija como en una canción:

«Alegrí-aaa. Alegrí-aaa. Alegrí-aaa».

Sentí como si una muralla sonora se levantara en torno a la cadena, aprisionando a los asesinos, encerrándolos dentro de una fortaleza construida con piedras de odio hacia ellos y de amor a mi hija. Del baño de mi camerino, cogí papel higiénico para enjugar mi emoción antes de que las lágrimas arruinaran el sutil trabajo que había realizado sobre mis ojos la maquilladora de manos decoradas de henna. Me miré al espejo, colocando los hombros de la chaqueta.

Sonó mi teléfono, era Vida. Habíamos prometido que, para reducir riesgos, no habría más llamadas entre nosotros, y mucho menos dentro de la cadena. Por eso, cuando se lo cogí, lo primero que hizo fue disculparse. Después, dijo que necesitaba recordarme algo de viva voz, pero se calló a mitad de la siguiente frase. Porque ambos sabíamos lo que quería decirme y porque mi suspiro le hizo saber que yo no quería escucharlo. Querría repetirme, por última vez, que no lo hiciera. Que no los matara. O que, al menos, no disparara la sexta bala. No contra mí. Que él, y los demás, me querían viva y me acompañarían pasara lo que pasara. Me visitarían allá donde me encontrara. Que no me dejarían sola. Vida me había hecho prometérselo en nuestra despedida final en persona. Me recordó sus noches sin dormir, sus días sin comer, deseando morir para reunirse al otro lado con el estudiante de violonchelo. Pero también me recordó que, de haberse marchado, jamás habría recibido el regalo más grande que la vida aún guardaba para él: el corazón de mi hija. Intentó hacerme creer que, de la misma manera, quizá la vida aún guardaba algún regalo para mí. El más grande. En aquel momento, agradecí sus palabras con un abrazo, al tiempo que susurraba una negación sobre su hombro. No podía prometerle eso. Porque hacía años que se me había agotado la esperanza y porque a mí la vida ya me había hecho el mejor regalo posible, solo que unos asesinos me lo habían arrebatado. Al teléfono desde plató, Vida siguió prolongando su silencio, concediéndome el tiempo necesario para meditar todo eso que no estaba diciéndome, recordándome su petición sin pronunciar una sola palabra. Cuando consideró oportuno, me dijo que, para despedirse, iba a colocar el teléfono unos segundos sobre su pecho.

Tras el paso de los Descamisados por la entrada, el alboroto en la calle había reducido su cualidad escandalosa a la de bullicio. Lo oía en el camerino como el rugir de un mar peligroso pero lejano. La perversa energía que acompañaba a los cinco asesinos se había trasladado ahora al interior del edificio. Era la primera vez, desde el juicio, que estaba tan cerca de ellos. Solo de pensarlo me daban ganas de desgarrar el papel de regalo, abrir la caja, sacar el arma y correr por los pasillos hasta encontrarlos. Dispararles uno tras otro mientras les preguntaba si de verdad pensaban que ya habían pagado sus deudas. Si de verdad pensaron que la madre de Alegría iba a quedarse contenta con hacerles unas preguntas en el plató. Les gritaría que eso hubiera hecho la mujer que era antes de que me ahogaran en un váter lleno de pis. La mujer que era antes de que mataran a mi hija. Pero esa mujer ya no existía. Y la mujer que era ahora no iba a quedarse mirando cómo ellos continuaban viviendo sus míseras vidas después de que hubieran destruido la mía.

La puerta del camerino se abrió. Me volví con un sobresalto. Era Luz. Al verme vestida, maquillada, dijo que me veía muy guapa. Yo sacudí la cabeza. Ella sí que estaba guapa, y no porque la hubieran peinado ni aplicado sombra de ojos, sino porque su porte y su mirada transmitían una seguridad y una inteligencia que resultaban magnéticas. Ella había elegido un traje tan formal como neutral, sin adornos, azul oscuro. La chaqueta tenía un corte casi masculino, pero lo compensaba con la femineidad de una falda ajustada justo por encima de la rodilla. Me dijo que era la última vez que podía venir a verme. El ambiente se había caldeado mucho con la llegada de los Descamisados y el director le había pedido que fuera a saludarlos mientras los maquillaban. Fingió una arcada silenciosa al decirlo y a mí se me escapó un bufido al pensar que los asesinos merecían ser recibidos como invitados con algún tipo de prestigio. Luz me aclaró que era solo una formalidad. La negociación había sido tan dura que hasta que no salieran los cinco a plató nadie iba a respirar tranquilo en la cadena. Deambulé por el camerino sacudiendo las manos, los brazos. Empezaba a sentir una rabia similar a la que me llevó a destrozar mi salón, pero esta vez no podía liberarla. Luz me sujetó, me pidió que me calmara.

«Es que los siento tan cerca…», le dije.

Los puños se me cerraron solos. Ella los tomó entre sus manos y me explicó que a los Descamisados los estaban maquillando en sus propios camerinos. Así se evitaba que caminaran por los pasillos expuestos al personal de la cadena. Muchos de los trabajadores estaban en contra de la entrevista y podían insultarlos o filtrar alguna fotografía antes del inicio del directo. También me confirmó que Aire, Vida y Pío estaban ya sentados en sus sitios. Le dije que lo sabía, que me había llamado Vida desde plató. Chasqueó la lengua, molesta. Recordó la promesa que habíamos hecho de no establecer ningún contacto dentro de la cadena. Nos estábamos jugando mucho, sobre todo ella, como para cometer estos errores en el último momento. Me pidió que borrara el registro de esa llamada, le confirmé que ya lo había hecho. A esas alturas, como habíamos quedado, todos habríamos borrado de nuestros teléfonos cualquier rastro de mensaje o llamada compartida entre nosotros. Pío incluso recomendó destrozar los móviles por completo, ofreciéndose a comprar terminales nuevos para todos. Luz añadió, indignada, que la que seguía vacía era la silla de Hiel. No se podía creer que nos estuviera fallando de esa forma. Sobre todo a mí, pero también a ellos. Tuve que apretar mucho los dientes para no contarle lo que sabía. Ella me recordó el minuto exacto de la entrevista en el que estaba prevista mi aparición. El veintidós. Dijo que podría retrasarse, pero no adelantarse. Alguien vendría a buscarme momentos antes para bajarme a plató, seguramente el auxiliar de la gorra al que ya conocía. Hasta ese momento, nadie tenía por qué venir a verme, pero aun así me sugirió sacar el revólver de la caja lo más tarde posible. Encendió el televisor y me recomendó que siguiera la entrevista desde el momento en que empezara. Así podría fijarme en cómo estaban sentados ellos, si alguno tenía tendencia a estar echado hacia delante o hacia atrás, o a apoyarse sobre un brazo o sobre el otro. Sería importante a la hora de acertar con…, en lugar de usar una palabra, Luz formó una pistola con los dedos y señaló cinco puntos frente a ella. Después, realizó una toma de aire tan profunda que su pecho se desinfló al dejarlo escapar. Como hacía siempre que quería decirme algo importante, buscó mis ojos con su mirada, para que fueran las córneas de mi hija las que me hablaran, y dijo:

«No quiero que esta sea nuestra última despedida».

Permanecí en silencio, incapaz de prometerle nada.

La cabecera con la que comenzó el especial usaba la sintonía de los informativos de la cadena sobre imágenes del caso. En el televisor de mi camerino apareció la foto de los cinco asesinos posando frente al maletero de su coche, también la última que se había hecho Alegría bajando en el ascensor. Una ráfaga de portadas de prensa mostró titulares emblemáticos que resumían el caso y un veloz montaje de imágenes de numerosas concentraciones a lo largo de los años resumió el clamor social generado. A cámara lenta, se destacaba el momento en el que el hombre sordo levantó sus manos para formar la primera mariposa. La cabecera terminaba con el vídeo de Alegría de niña, bailando como Shakira, congelándose en su rostro infantil para después disolverse en el de su retrato adulto en blanco y negro. En un efecto curioso que nadie habría diseñado pero ocurrió, esa última imagen de la cara de Alegría se fundió con el rostro de Luz en plató, los ojos de ambas superponiéndose en una preciosa metáfora visual del trasplante. Subí el volumen antes de que empezara a hablar. Luz estaba sentada en una silla de frente al público, sin mesa de por medio. Con el rictus más serio que le había visto nunca, dio la bienvenida a los espectadores. Después, anunció que entraban en plató los Descamisados. Presentó a los cinco por su nombre, uno a uno. Se fueron sentando en sendas sillas dispuestas en una fila ligeramente diagonal, a la derecha de Luz. El orden de entrada, y en el que quedaron colocados, del más lejano al más próximo a ella, fue: Matón, Idiota, Verdugo, Bicho y Criminal. Los cinco iban vestidos más formales de lo que acostumbraban en su vida real. No llegaban al nivel del juicio, donde casi parecían disfrazados, pero ninguno vestía sus habituales camisetas de tirantes, pantalones de chándal o gorras. Y Criminal llevaba menos cadenas de las que solía lucir. Vestían polos y camisas de manga corta —Matón la llevaba larga, de nuevo tapando sus tatuajes—, pantalones vaqueros sin rotos ni abrasiones —excepto Idiota que llevaba un chino—, y zapatos o zapatillas muy limpias. Su aspecto era el de hombres adultos que no saben vestir bien pero a los que sus madres o mujeres les han dicho que se pongan guapos. El público había recibido la indicación de no aplaudir, abuchear o hablar, así que la entrada se produjo en un silencio total en el que resultaron audibles los pasos de los invitados, su respiración, el crujido de sus sillas al sentarse. Verdugo recibió a Bicho chocándole los cinco, gesto que sonó como una fuerte palmada en plató. Al mirar al público, en la cara de todos ellos se dibujó un gesto contrariado. No entendí la razón hasta que una cámara lo enfocó. Obedeciendo a la orden de permanecer en silencio, pero incapaces de resistirse a mostrar su rechazo a los invitados, gran parte del centenar de asistentes los estaban recibiendo formando mariposas con las manos. En primera fila vi a Vida, Pío y Aire, que me enviaban además un mensaje privado al tener cada uno la mariposa situada sobre su órgano. La silla que Hiel había

261

dejado vacía la ocupaba otra persona desconocida. Ocho mujeres de una fila intermedia llevaban las manos pintadas. La mitad de ellas, de rosa, blanco y azul claro, los colores de la bandera trans. Y la otra mitad, en posiciones alternas, las llevaban pintadas de verde pálido, de tal forma que replicaban la polilla de Alegría cuando colocaban las manos en la posición correcta. Reconocí en sus camisetas el logotipo de la agrupación a la que pertenecían: una casa de acogida gestionada por ellas mismas, un hogar levantado por y para mujeres transexuales excluidas socialmente —mujeres sin hogar, sin ayudas, con problemas de adicciones y abocadas a la prostitución—, tristemente acostumbradas a ser víctimas de una violencia similar a la que había acabado con la vida de mi hija. Criminal susurró algo al oído de Bicho, como si fuera un secreto, pero lo dijo lo suficientemente alto para que lo recogiera su micrófono, cosa que probablemente pretendía:

«Ya empezamos con las encerronas».

Luz evitó sucumbir tan pronto a la provocación y aprovechó la supuesta intención secreta del comentario para pasarlo por alto e iniciar la entrevista como la tenía pensada, con un sereno recibimiento y mostrando gratitud a los invitados por participar en el especial. Había una estructura pactada con ellos y algunas preguntas acordadas que Luz no podía saltarse. Tal era el caso de la primera: por qué habían accedido a realizar la entrevista. Ofrecieron respuestas que sonaron aprendidas, incluso ensayadas. Igual que la ropa que vestían no les representaba, tampoco lo hacían las palabras que salían de sus labios. Bicho dijo que nunca se les había dado la oportunidad de explicarse públicamente como iban a hacer esa noche, gesto que agradecían a la cadena. Criminal añadió que no tenían nada que ocultar y, a lo mejor, sí había cosas aún por desvelar que la sociedad desconocía. Verdugo e Idiota, asintiendo efusivamente, soltaron frases vacías de contenido, aludiendo a términos abstractos como corrección política, juicios populares y sensacionalismo de los medios. Idiota se trabó al decir la palabra «sensacionalista», sería la tercera vez en su vida que la pronunciaba y le resultó tan complicada como un trabalenguas. Matón fue el único que se salió del guion que le hubieran escrito y soltó una respuesta explosiva. Sin ninguna reserva, en esa primera intervención, nombró al feminismo radical y al movimiento LGTBI+ como responsables de sus condenas. Luz endureció el tono pero mantuvo la templanza, pidiendo al resto de los Descamisados que desarrollaran la respuesta de su amigo. Todos, incluida Luz, se enzarzaron en un debate que a mí, a esas alturas, ya me daba igual. Me aburría. Llevaba años escuchando acalorados argumentos especulativos y análisis ideológicos sobre el momento cultural y social concreto en el que cinco hombres habían matado a mi hija transgénero, eruditos de distintos campos buscándole al suceso diferentes interpretaciones teóricas. Pero, para una madre, que violen y asesinen a tu hija no posee diferente significado según la ideología imperante, las leyes del país o lo que diga al respecto ninguna mente ilustrada o movimiento social. Es algo que le dolió igual a una madre que lo sufriera hace dos siglos y que le dolerá de la misma forma a la madre que se enfrente a ello dentro de tres décadas.

Yo miré el reloj en mi teléfono. Lo único que me interesaba era que los asesinos debatieran de cualquier cosa durante veintidós minutos, hasta que alguien viniera a buscarme para llevarme frente a ellos y pudiera cerrarles la boca para siempre. Pero tan solo habían pasado seis minutos. Luz había dicho que mi aparición podía retrasarse, no adelantarse, así que aún quedaba tiempo. También me había aconsejado no sacar el arma hasta el último minuto, pero me entraron dudas. ¿Y si venía alguien a recogerme demasiado pronto? ¿Y si el auxiliar de la gorra tenía alguna otra cosa que hacer y prefería venir a buscarme antes de lo pactado y hacerme esperar un poco más detrás del decorado en plató? En el momento en que alguien abriera la puerta del camerino, ya no podría recuperar el revólver. Preocupada ante tal perspectiva, decidí no esperar más.

Cogí del armario la bolsa que me había dado Luz. Me encerré con ella en el baño. Sentada sobre la tapa del váter, saqué la caja. Rasgué el papel de regalo. El revólver seguía envuelto en la misma vieja camiseta de dormir. Lo examiné con ambas manos, comprobando que todo estuviera en su sitio. Cargado con las seis balas, lo guardé en el bolsillo interior de la chaqueta. Deseché la caja, la bolsa y el papel de regalo en el cubo de basura. Frente al espejo, realicé el movimiento que había practicado un millón de veces antes: el de llevar mi mano derecha al bolsillo interior del lado izquierdo de la prenda para sacar el revólver. Lo había ensayado de pie, sentada, con las piernas cruzadas, las piernas juntas —incluso los días posteriores a entregarle el arma a Luz, había seguido practicando con diferentes objetos: unas tijeras, un cuchillo—. Tenía más que aprendida la forma específica en la que debía dejar colocada el arma en el bolsillo para que no hubiera ninguna posibilidad de enganche en el momento de la extracción. Mi mano conocía el punto exacto de la solapa por el que acceder al interior de la chaqueta. Y mis dedos sabían cómo entrar en la abertura del bolsillo para agarrar la empuñadura en tiempo récord. También había tenido la precaución de escoger una chaqueta que no se deformara al sentarme. Aun con una espiral de inquietud girando en mi estómago, realicé el movimiento de forma impecable. Ningún nerviosismo o pánico escénico me haría titubear, ni siquiera en el directo.

En el televisor del camerino, Bicho hablaba ahora de su experiencia entre rejas, esforzándose por hacerlo sonar más injusto que morir a patadas en un callejón o que acudir a un hospital de madrugada para que te digan que tu niña ha muerto con diecinueve años. Me abstraje de sus palabras, de las de todos ellos, atenta únicamente a sus posiciones en el plató. En una de mis reuniones con los demás, tanto Vida como Pío opinaron que, aun en el caso de que pudiera sentarme en el directo frente a ellos, era bastante probable que no me diera tiempo a dispararles a todos. Tendría que ser muy rápida para conseguirlo. Suponiendo que no fallara ningún tiro, los dos o tres primeros a los que disparara caerían seguro. Pero el cuarto y el quinto habrían tenido tiempo de reaccionar, ya fuera atacándome o protegiéndose. Aire propuso que estableciera un orden, que decidiera a quiénes tenía más ganas de matar y les disparara primero a ellos. Pero mi respuesta fue clara: «Quiero matarlos a todos». Luz apuntó entonces que ellos estarían sentados en un orden determinado en el plató y que lo más eficiente sería que la trayectoria de mis disparos siguiera ese orden. Por tanto, serían ellos mismos quienes, sin saberlo, decidirían su suerte. En el televisor, observé el orden en el que habían ocupado la fila de sillas. Había dos formas de verlo: empezando por un extremo o por el otro. Si disparaba primero a Criminal —la silla más cercana a Luz—, serían Idiota y Matón los que más opciones tendrían de escapar. Si, por el contrario, empezaba por Matón, serían Bicho y Criminal los que disfrutarían de ese privilegio. Yo no estaba dispuesta a aceptar ninguna de las dos opciones, ni que se salvara Criminal ni que se salvara Matón, solo por estar en los extremos. Tampoco permitiría que Idiota, después de eyacular sobre mi hija, saliera ileso. La única opción era matarlos a todos. Saqué el revólver y apoyé el cañón en la pantalla, sobre la cabeza de Criminal. Después sobre la de Bicho. La de Verdugo. La de Idiota. Y la de Matón. El arma tintineó contra el televisor como en un siniestro brindis. A continuación, deletreé el nombre de Alegría moviendo el cañón de un extremo a otro de la fila de sillas, de la cabeza de Criminal a la de Matón, en un sorteo que decidiría por qué extremo empezar a disparar. A, Matón. L, Criminal. E, Matón. G, Criminal. R. I. A. El revólver apuntaba a Matón. Empezaría por él.

Aún con el arma sobre la pantalla, unos nudillos llamaron a la puerta del camerino. Muda por el susto, incapaz de responder, se repitió el toque de nudillos. Y la puerta se abrió con urgencia. Me volví sacando la mano del bolsillo, donde acababa de esconder el revólver. Quien entraba era un chico de pelo largo y barba hasta el pecho. Se presentó como un técnico de sonido y se disculpó por irrumpir de esa manera en mi camerino. Explicó que le había surgido un imprevisto que lo tendría ocupado durante mi salida a plató, que era el momento en que me hubiera puesto el micrófono, y por eso necesitaba dejarme microfonada con antelación. Me mostró una petaca y un cable, me pidió que abriera los brazos.

Atendí a la indicación sin prever cuál iba a ser su siguiente movimiento. Antes de que me diera cuenta, tenía sus brazos metidos dentro de mi chaqueta. Su codo rozaba el bulto del revólver en el bolsillo interior. Alcé hombros y codos para intentar separar la prenda de su piel. Con los bajos de la chaqueta casi paralelos al suelo, imaginé el arma deslizándose hasta la abertura en la tela para acabar cayendo al suelo. Contuve la respiración. Incluso cerré los ojos como si así pudiera desaparecer. Si el técnico descubría que portaba un arma, sería el fin de todo. No solo truncaría el plan de esa noche, sino que imposibilitaría cualquier venganza futura. Porque los Descamisados ya sabrían que eso era lo que yo buscaba. Las manos del técnico se movieron por mi espalda. Noté su respiración en mi cuello mientras enganchaba algo a la cintura de mi pantalón. Me explicó que eso era la petaca. Y que ahora necesitaba meter un cable por dentro de mi blusa, para pinzar el micrófono en el cuello de la prenda. Preguntó si prefería hacerlo yo. Eso implicaría moverme, bajar los brazos y que el revólver en el bolsillo rozara su cuerpo de nuevo. Sin abrir los ojos, sacudí la cabeza para que continuara. El cable serpenteó sobre la piel de mi vientre y mi pecho, guiado por los dedos del técnico, quien, con total profesionalidad y respeto, completó su trabajo. Una vez que se separó de mí, relajé la respiración. Abrí los ojos y bajé los brazos con precaución. El técnico, que conocía mi historia y habría percibido mi tensa reacción a la cercanía de nuestros cuerpos, asoció ambas ideas y llegó a una conclusión errónea, porque me dijo:

«No todos somos como esos cabrones».

Le dije que ya lo sabía, que no era necesario aclarar algo así, pero evité corregir su deducción para no tener que explicarme mejor. Antes de marcharse, en un tono más de broma, señaló el micrófono y me recomendó que no contara ningún secreto en voz alta, porque a partir de ese momento todo lo que dijera alimentaba el auricular de algún compañero. Me recordó que lo tuviera en cuenta también si usaba el baño, para después despedirse con dos palmadas en el marco de la puerta, la cual dejó abierta. En cuanto sus pasos se alejaron por el pasillo, la cerré. Llevé una mano al revólver como si necesitara asegurarme de que aún seguía ahí, que era verdad que el técnico no lo había descubierto y que tampoco se había caído al suelo. Con un suspiro de alivio, empuñé el arma dentro del bolsillo. Y la dejé colocada de la manera precisa.

En la televisión, Luz preguntaba a los invitados si, como se había dicho en prensa, era habitual que el grupo de amigos compartiera a sus mujeres en sesiones de sexo en grupo. Matón se apresuró en puntualizar que lo que ocurrió en el callejón no fue sexo en grupo, y Criminal dijo que no iba a contestar a esa pregunta por respeto a su pareja sentimental actual, con la que llevaba doce años de relación estable. Cogí el mando a distancia y enmudecí el sonido al completo. No soportaba escucharlos. En mi teléfono, chequeé las redes sociales para ver qué reacción estaba generando la entrevista. Convertida en primera tendencia nacional, los comentarios se sucedían a tal velocidad que era imposible leerlos todos. La reciente mención que Criminal había hecho de su pareja sentimental copaba en ese momento unas actualizaciones plagadas de insultos a la chica del diente dorado, fotomontajes y pequeñas animaciones del momento en que lanzó a volar la mariposa muerta. También seguían subiendo contenido los manifestantes apostados a la salida de la cadena, cuyo clamor aún resultaba audible en el camerino. Vi una foto de la chica amoratada del tanga y el sujetador encaramada a un semáforo. Ondeaba una bandera blanca con el símbolo femenino dibujado a mano con pintura roja, la misma que había usado como sangre sobre su cuerpo. Su boca dibujaba un desencajado grito de furia, igual que la de varios asistentes que aparecían en la parte inferior de la fotografía, apelotonados en torno al poste del semáforo. Entre ellos se encontraban los otros siete componentes de la *performance* —los que llevaban máscaras negras—, que alzaban ahora el mismo número de pancartas: listones de madera con un cartón pegado en la parte superior, cada uno con una letra. Al juntarlas, escribían, entre todos, el nombre de mi hija: *A-L-E-G-R-Í-A.*

El reloj en la esquina de mi móvil marcó el minuto veinte de espera. El auxiliar de la gorra estaría a punto de venir. Abandoné el torrente de violencia, horror y tristeza que inundaba la red social y, en el buscador de Internet, introduje el nombre de Alegría. Pretendía llenar mi pantalla con su cara, pero, junto a las fotos de ella, aparecieron también en los resultados imágenes de los asesinos, del callejón, de mis participaciones en las manifestaciones, de mariposas. Busqué entonces su vídeo bailando como Shakira. Lo puse a volumen máximo, aunque lo oyera también ese compañero que tenía no sé qué auricular que alimentaba mi micrófono. Viendo a Alegría sacudir su cinturita, me recordé a mí misma grabando aquel vídeo, con un móvil viejo y con el uniforme de la hamburguesería oliendo a frito. Recordé cómo, en aquel momento, tras la desaparición de Cerdo, pensé que lo peor de mi vida ya había quedado atrás. Y que el futuro, por duro que fuera, siempre merecería la pena vivirlo, porque mi hija estaría en él y no había nada en el mundo que quisiera más que compartir cada día de mi vida con ese saquito de felicidad que comía patatas fritas sobre el mostrador. Justo en el momento en que ella sonreía a cámara con sus dientes llenos de kétchup y sal, el auxiliar de producción abrió la puerta del camerino:

«Entras», me dijo.

En el estudio, nos movimos entre bastidores por un laberíntico entramado de paneles de decorado antiguos y actuales, esquivando cajas, cables y personal. El auxiliar me situó en un punto exacto detrás de un panel, mostrándome la abertura por donde entraría al directo, y qué camino debía seguir hacia mi silla. Lo hizo todo con mímica. Después susurró una única palabra al micrófono de su *walkie-talkie* y, dedicándome un gesto de ánimo con los pulgares elevados, se marchó. A mi lado apareció, entre las sombras, la maquilladora de las manos de henna. Dio un sorbo a una cerveza sin alcohol que sacó de su cinturón de brochas. Dejó el botellín sobre un baúl de vestuario. Después, corrigió mi maquillaje con un par de pinceladas, me arregló el pelo con los dedos y me aplicó bálsamo labial. Durante el proceso, me dijo que todo el público y el equipo me apoyaban. Antes de irse, llevó su boca a mi oído y susurró:

«Destrózalos».

De pie tras el decorado, en aquella peculiar penumbra que olía a laca, al calor de los focos y a corriente eléctrica, cuadré mis hombros en la chaqueta. Apenas una lámina de madera me separaba de las cámaras, del público, de Luz. De los asesinos de mi hija. Antes de abandonar el camerino me había mirado una última vez en el espejo del baño y, a pesar de haber comprobado que la prenda y el arma estaban perfectamente ajustadas, de pronto sentí como si el revólver pesara más que un fusil. Notaba mi chaqueta torcida hacia un lado, el bajo casi tocando mis tobillos. Me imaginé saliendo a plató con esa prenda mal puesta que delataba un contenido sospechoso. A un regidor deteniendo mi entrada para requisarme el revólver delante de todos, antes de que pudiera usarlo. Vi al público, a los manifestantes, al mundo entero, decepcionado con mi patético, inexperto y torpe amago de venganza. La visión se desvaneció cuando escuché mi nombre al otro lado del decorado. Una inmediata descarga de adrenalina me ancló a la realidad. La chaqueta me quedaba perfecta, el volumen del revólver se desdibujaba por completo con la caída de la tela. Nadie podía imaginar lo que contenía. Mi nombre lo había pronunciado Luz, pero no para darme paso aún. Avisaba de mi inminente aparición en plató con un repaso de algunas de mis intervenciones más populares en medios y manifestaciones. Entre ellas, escuché el audio del momento en que mi voz se rompía pronunciando el nombre de mi hija a una plaza abarrotada antes de desmayarme. También una acalorada discusión que mantuve por teléfono, en un programa matinal, con uno de los abogados de los Descamisados. Tras el resumen, Luz recordó a la audiencia que se les había ofrecido a los invitados la opción de no coincidir en el directo con la madre de la víctima, pero que ellos, unánimemente, y por respeto hacia mí, habían aceptado tal encuentro. Justo después, la voz de Luz aumentó de volumen, anunciando, ahora sí, mi entrada. La espiral nerviosa de mi estómago se revolucionó. En el interior de mi cabeza retumbaron los latidos de mi corazón. Y Luz pidió al público, no que recibieran, sino que acogieran:

«A la madre de Alegría».

Apreté los puños y di un paso hacia la abertura en el decorado. Cinco pasos me separaban de la silla que debía ocupar. El brillo de los focos, su reflejo en las superficies brillantes del plató, me cegó durante un instante. Lo primero que pude discernir fue al público, y a ellos dirigí la mirada mientras avanzaba. Inhabilitados para aplaudir, me recibieron formando mariposas con las manos. Una de las mujeres trans que las llevaba pintadas de colores fue la primera en levantarse, ovación silenciosa que imitaron el resto de los asistentes. Cuando alcancé mi silla, el público entero estaba en pie, aleteando con los dedos. En una esquina de mi campo de visión ubiqué a Aire, Vida y Pío, pero evité, como habíamos quedado, mirarlos directamente, para que nadie estableciera ningún vínculo particular entre nosotros. Mientras me sentaba, me sacudió otra oleada del mismo temor que había sentido entre bambalinas, imaginando que la chaqueta se abría, que el revólver caía al suelo a la vista de todos. Luz me dio la bienvenida y, con su mano izquierda, a modo de condolencia pública, apretó las mías, entrelazadas en mi regazo. Nuestras sillas estaban tan cerca como lo estaban la suya y la de Criminal, a su derecha. Luz me dijo que quería que me sintiera protegida, acompañada y segura. El tacto de su piel me comunicaba otras muchas cosas que no podía decirme. Decenas de cabezas asintieron en el público. Después realizó una observación:

«Todavía no has mirado a los cinco hombres que tienes delante».

No me atrevía. Percibía su presencia como algo oscuro, grotesco. Palpitante e inhumano. Una manifestación física y monstruosa de mis años de dolor. Tan ajenos a mí y tan parte de mí como un tumor en el cerebro de un enfermo. Esos cinco hombres eran el regusto a naranja en la garganta tras vomitar. Eran el sudor con aroma a antidepresivos que ya no podía diferenciar de mi olor corporal. Eran el sol burlándose de mí al otro lado del ventanal en el hospital. Era yo misma arañándome en la ducha, golpeándome contra la bañera para provocarme unos moratones tan negros como los que vi en el cadáver de Alegría. Luchando contra esos pensamientos, negué con la cabeza a la afirmación de Luz. En alguna reunión, Aire me había preguntado si de verdad me sentía preparada para sentarme delante de los asesinos. Si me veía capaz de mantener la serenidad en el momento clave. Muy segura de mí misma, le había contestado que sí. Pero golpeada por tantos malos recuerdos en la silla del plató, ni siquiera era capaz de mover los labios para pronunciar una palabra. Seguí negando mientras notaba los ojos ardiendo, las lágrimas inundándolos. Mostrar debilidad era justo lo que no quería. Una de las cámaras se aproximó a mí, buscando el primer plano de mi emoción. La música dramática en el plató incrementó su volumen. Gente del público decidió saltarse las normas:

«¡Que nos dejen aplaudir!»

«¡Esa mujer nos necesita!».

«¡Estamos contigo!».

Luz ordenó silencio con un dedo en la boca, al tiempo que un regidor corría a amonestar a los espontáneos. La presentadora recordó al público que todos habían aceptado las estrictas condiciones impuestas para el directo, y sabían que incumplirlas podía costarles la expulsión de plató. Advirtió que ese era el primer y último aviso que iba a dar al respecto. Tan cerca de mí como estaba, me cogió de la mano otra vez, ofreciéndome apoyo de la manera en que cualquier presentadora lo haría con su invitada. Pero cuando nuestras miradas se encontraron, las dos supimos que ese gesto iba mucho más allá de una cordialidad profesional. Su mano era una inyección de fuerza para que no me derrumbara justo ahora. Hubiera deseado mirar también a Aire, a Pío, a Vida, para recibir la energía de todos ellos como en aquel primer abrazo conjunto en mi cocina, pero no podía arriesgarme a mirarlos. Tenía que conformarme con saber que estaban allí, casi tan próximos como Luz. Como había comprobado en mi primera visita al plató, las distancias eran mucho más cortas de lo que parecía por televisión, así que los tenía realmente cerca. Luz me concedió más tiempo, desviando la atención hacia los asesinos. Les preguntó si tenían algo que decirme. Oí cómo uno se aclaraba la garganta. Otro se acomodó en su silla. Otro solo suspiró. Permanecieron en silencio hasta que uno de ellos dijo que esperaba que yo estuviera bien:

«Yo le diría eso. Que espero que esté bien».

Era la voz de Idiota. Diciendo que deseaba que yo estuviera bien, como si estar bien fuera una posibilidad. Como si fuera una decisión que yo pudiera tomar. Aún sin mirarlos, sacudí la cabeza, tanto negando que estuviera bien como incrédula ante una realidad en la que el asesino de mi hija me deseaba, con esa ligereza, que yo estuviera bien. Me dieron ganas de volarle la cabeza. Y casi me entraron ganas de reír al recordar que eso era justo lo que había ido a hacer al plató. Me había afectado tanto la cercanía física de los asesinos, me había dado tanto asco oler sus desodorantes, que, desde mi entrada, me había transformado en la misma mujer a la que Cerdo retorcía la muñeca para conseguir que le pidiera perdón, yo a él. Pero oír la voz de Idiota reavivó una furia cuyo calor secó las lágrimas de mis ojos. Y con ellas se evaporó también la sumisión. Volví a sentir la presencia del revólver como algo enorme en mi bolsillo, pero no como un volumen delator que arruinaría mi plan, sino como el volumen poderoso que era. Disfruté de la dureza vigorizante del arma en mi chaqueta, tan enorme y tan incontenible como las erecciones con las que los asesinos mancharon de semen su ropa interior mientras manoseaban a mi hija acorralada. Y me quedé sin razones para no mirarlos.

Alcé la barbilla hacia ellos. Me dolió apreciar en sus rostros el paso de los años que le habían robado a mi hija. Iba a responder algo a las palabras de Idiota, pero no le encontré ninguna finalidad. ¿Para qué decirle que no había vuelto a estar bien nunca? ¿Y que no iba a volver a estarlo jamás? Solo mirarlos ya me parecía suficiente respuesta. Mis ojos les dirían todo lo que necesitaban saber. Me atreví a pasearme por los de ellos y no encontré nada que los redimiera. Ni rastro de comprensión o empatía. Los de Criminal estaban tan vacíos de sentimiento que sentí lo mismo que si mirara a su calavera, ancha y simiesca. Bicho miró a distintos puntos de mi cara pero no a mis ojos. Verdugo sí lo hizo, apretando las cejas como preguntándose por qué los miraba así. Idiota parpadeó, sorprendido de que sus sentidas palabras, ese deseo tan superficial de que yo estuviera bien, no hubieran surtido el efecto deseado. Matón, mientras yo lo miraba, dejó escapar un suspiro por la nariz, como el detenido que se aburre en una rueda de reconocimiento, y dijo:

«Ya ha pasado mucho tiempo».

Con ese argumento quiso invalidar mis sentimientos porque, según él, ya aburrían. Eran antiguos. Permanecí callada. Ante mi continuado silencio, el hastío en su rostro se fue completando con otras microexpresiones de asco, de pena. Y de odio. De él hacia mí. Como si fuera yo la que le hubiera hecho algo a él. El arma en mi chaqueta ya no solo pesaba. Ahora también despedía calor. La notaba calentándose sobre mi cuerpo, debajo del corazón, como un segundo latido cada vez más furioso. Luz me ofreció la palabra, invitándome a preguntarles lo que quisiera.

«¿Qué le hicisteis?».

Era la misma pregunta que había lanzado al blanco vacío que me envolvió en el hospital, seguida de otra pregunta que también repetí ahora:

«¿Por qué?».

Se miraron unos a otros evitando responderme, hasta que Criminal, dirigiéndose a Luz, dijo que no iban a someterse a un nuevo juicio. Desveló que habían pactado con la cadena su libertad de no responder a preguntas a las que ya hubieran respondido frente a la justicia. En un juzgado ya habían detallado todo lo que hicieron esa noche, lo que no hicieron y los motivos. Y por ello habían sido sentenciados y habían cumplido una condena. No tenían por qué volver a pasar por lo mismo. Después, me señaló con la cabeza y añadió:

«Además ella ya sabe lo que pasó. Lo que hicimos nosotros y lo que hizo su hija».

Varias lenguas chasquearon entre el público, como había ocurrido tantas veces durante el juicio, casi siempre después de que intervinieran los acusados. El revólver ardió en mi pecho. Una parte de mí se alegraba de que me lo estuvieran poniendo tan fácil. Los hombres que tenía frente a mí eran los mismos salvajes del callejón, las mismas bestias del juicio, los mismos cafres de la liberación. No es que pudieran haber dicho o hecho nada que cancelara mi plan en el último segundo, después de doce años esperando el momento, pero el vacío de sus ojos y lo desalmado de su trato hacia mí tan solo reafirmaron mis ganas de llevarlo a cabo. De pronto, me sentí en ventaja. Porque me sobraban fuerzas y rabia para acabar con esos cinco despojos humanos. Porque tenía un revólver con balas que llevaban sus nombres escritos. Y porque estaba rodeada de mi hija, de sus órganos vivos, arropándome. Sus ojos, sus pulmones. Su corazón. Esos pobres asesinos no sabían que toda esta entrevista a cuyas preguntas no querían responder era tan solo una emboscada y que me daba igual que no respondieran. No sabían que yo había aprendido a disparar. Y tampoco podían imaginarse que, gracias a un precioso milagro muy parecido al de la metamorfosis de las mariposas, se encontraban acorralados por los órganos vivos de su víctima. Esa chica a la que dejaron morir sola en un callejón había regresado frente a ellos de la mano de su madre. Y de la de Luz. De la de Vida. De la de Pío. Y de la de Aire. Sentí las manos de todos ellos uniéndose a la mía, dotándola de poder. De mis labios se escaparon dos palabras:

«Os odio».

Criminal se quejó a Luz. Matón le dijo que yo no tenía por qué insultarlos. Los otros tres se sumaron a la reclamación, los rostros de todos ellos dirigidos a la presentadora. Formaron un barullo de voces que sonaba a jauría. Mi mente agregó a sus ladridos en plató el eco que habrían provocado en el callejón. Y vi una imagen de esos mismos animales atacando a la presa indefensa que era mi hija. Las palpitaciones en mi mano derecha se sincronizaron con las palpitaciones del arma en el bolsillo de la chaqueta. Ambas latían, deseando juntarse. Ansiando el próximo latido. El diseño de nuestro plan no incluía el momento exacto en que yo sacaría el arma. Era importante que fuera algo inesperado —no solo para los asesinos, sino también para mis cómplices—, de tal forma que las imágenes recogidas en el directo mostraran genuina sorpresa en sus caras, sobre todo en la de Luz, y no levantaran ninguna sospecha en posibles investigaciones. Ni yo misma sabía en qué momento sacaría el revólver, había confiado en que sería mi instinto el que se encargaría de elegirlo. Y ese fue el momento que mi instinto eligió. Porque los cinco salvajes miraban a Luz sin prestarme atención, así que los pillaría desprevenidos. Y porque, en realidad, cualquier momento es el perfecto para que los asesinos de tu hija reciban el castigo que se merecen.

Mi mano entró en el bolsillo de la chaqueta con la precisión ensayada. Agarró la empuñadura con la misma firmeza de siempre. En una esquina de mi campo de visión vi el sobresalto de Vida en su asiento, anticipando lo inevitable. Pude sentir el corazón de Alegría acelerándose dentro de su pecho. Ale. Gría. Ale. Gría. Sincronizándose con el mío. Ale. Gría. Ale. Gría. El revólver asomó por la solapa mientras me levantaba de la silla y daba un paso adelante, hacia Matón. Oí los gritos del público en cuanto estiré el brazo, justo antes de disparar la primera bala. La cabeza de Matón, que ni siquiera tuvo tiempo de mirarme, explotó en rojo. Idiota sí me estaba mirando cuando le disparé a él. La bala le entró por la frente apagando sus ojos de inmediato. Verdugo se protegió la cara con las manos, pero el disparo atravesó ambas palmas y acabó impactando en su boca abierta, con la que profería un grito que se enmudeció de golpe. A Bicho lo encontré encaramado a su silla, sentado en el respaldo, tratando de huir. La bala le entró por la garganta, activando un aspersor de sangre que me salpicó entera. Y a Criminal, que saltaba a por mí para intentar detenerme, le disparé en la cara. Su rostro, su punto calvo en la barba, desaparecieron al mezclarse en una masa de carne sin forma.

Había imaginado tantas veces cómo ocurriría todo, cómo disfrutaría viéndolos morir frente a mis ojos, provocándoles el mayor destrozo posible, que lo vi ocurrir de verdad. Con el ruido de cada disparo en el plató imaginé a la perfección los detalles de ese destrozo, en perfectas secuencias ralentizadas. Llegué a ver el laurel que Matón tenía tatuado en la sien desdibujarse como un garabato cuando su cráneo se abrió. Los globos oculares de Idiota tiñéndose de rojo desde dentro. La bala que entró por la garganta de Verdugo, reventando su nuca al salir. A Bicho vomitando sangre desde la herida en su garganta, con arcadas que no llegaban a su boca. Pedazos de la cabeza de Criminal cayendo al suelo al separarse de su calavera simiesca. Pero esas imágenes de mi sangrienta venganza cesaron cuando fue otra cabeza la que golpeó el suelo. La mía. Y con el impacto remitió la enajenación provocada por el odio.

Entonces vi a los cinco asesinos escapando de sus sillas, escalándolas de espaldas para huir de mí. Yo me retorcía a sus pies, sin entender qué estaba pasando. Por qué no había sacado el revólver, o si se había quedado enganchado en el bolsillo después de todo. Pero mi mano apretaba, firme, la empuñadura del arma. Pensé que quizá no había llegado a disparar, pero sentía los músculos del antebrazo tensos ante el retroceso de las cinco balas. Igual que en la cementera. Y también olía a pólvora, a metal caliente. Descubrí una mano apretando mi muñeca, como un cepo que atrapara la pata de un animal rabioso. Reconocí los dedos de esa trampa al imaginarlos tocando el piano. Lo que no comprendía era por qué me agarraban con tanta fuerza. Ni por qué Vida estaba encima de mí, inmovilizándome con el peso de todo su cuerpo. Le pregunté qué estaba haciendo, pero la voz no me salía, o no se oía. Los gritos del público resultaban ensordecedores. Tan atronadores como los disparos, cuyas detonaciones aún pitaban en mis oídos. Una marabunta de pies tropezó con el obstáculo que formábamos Vida y yo en el suelo. Dejé escapar un alarido desde el estómago, vomitando mi impotencia, mi derrota. Luché contra el cepo de la mano de Vida. Quería acercar el revólver a mi sien. En el tambor aún quedaba una bala, y yo estaba tan harta de vivir en un mundo en que el que los asesinos de mi hija seguían vivos que, si no podía matarlos a ellos, la que tendría que irse sería yo. Reunirme con Alegría si se me daba la opción o pudrirme para siempre en el infierno de quienes no saben perdonar. Llevaba doce años viviendo en él de todas formas. Vida golpeó mi mano contra el suelo para que soltara el arma. Yo la agarré con más fuerza. No iba a dejar que nadie me privara del único alivio posible a tanto dolor. Conseguí levantar la muñeca en el intento de dirigir el cañón a mi cabeza. Vida metió un dedo en el gatillo y lo apretó. El cristal de un foco estalló en el techo. El resto del armazón se balanceó y precipitó al suelo salpicando chispas. El peligroso impacto provocó más gritos, redirigió la estampida del público. Un vigilante de seguridad apareció detrás de Vida, pretendía separarnos, pero la corriente humana se lo tragó antes de que pudiera alcanzarnos. El público huía a ninguna parte, corriendo en círculos por el plató, tropezando con los cables. Todos buscaban y nadie encontraba la puerta de salida ubicada en una esquina recóndita del espacio. Las sillas vibraban, también el decorado, como en un terremoto. En algún lugar, el regidor llamaba al orden. Luz pedía calma a gritos. Yo sacudí las piernas, los brazos, la cintura. El cable de mi micrófono se rompió en el forcejeo. Necesitaba quitarme a Vida de encima. Me asfixiaba él y me asfixiaba la noción de que mi venganza hubiera sido un fracaso. Entonces noté cómo él salía flotando, despedido hacia arriba por un impulso de mi cadera que no podía haber sido tan poderoso. Era Criminal quien lo estaba levantando, tirando de los hombros de su camisa para deshacerse de él como un estorbo. Tras quitárselo de en medio, me levantó a mí de las solapas de mi chaqueta. Me preguntó, a gritos, si de verdad había pensado matarlos. Salpicándome con saliva, me llamó loca, hija de puta. Me sacudió con tanta ira que no lograba mantener el cuello erguido. Él mismo lo detuvo con una mano enorme y sudorosa, como la de Cerdo. Y así, cogida del cuello, colgando como una liebre muerta, me llevó detrás del decorado, arrollando gente a su paso. Algunas personas intentaron detenerlo, pero Criminal era una apisonadora. Atravesamos la penumbra laberíntica de los bastidores hasta un rincón. Mi espalda y mi cabeza chocaron contra los ladrillos negros de una pared. Mis pies se sacudían lejos del suelo. Mis dedos luchaban contra su mano en tensión, una soga al cuello que me asfixiaba. Su rostro enrojecido, con venas hinchadas, era exactamente el que había imaginado que se escondía tras sus declaraciones en el juicio, cuando ya reconocí en sus ojos la misma chispa de furia incontrolada que brillaba en los de Cerdo cada vez que se le calentaba el puño y me lo estampaba en la cara.

Siguió insultándome mientras yo pataleaba a dos palmos del suelo. Dejé de pelear contra la soga de dedos que me ahogaba y ataqué su cara. Clavé uñas en sus ojos, su nariz. Tiré de sus labios, tocando la lengua asquerosa con la que habría chupado la piel de mi hija. Me vi igual que Alegría, acorralada contra una pared, sometida a la fuerza de esta misma bestia, ella en la oscuridad del callejón y yo en la penumbra de aquella esquina olvidada en el plató, entre paneles de decorado. Quizá pensó que iba suplicarle por mi vida, pero me negué a darle ese placer. Si quería matarme, que lo hiciera, una segunda mujer muerta a sus manos podría por fin llevarlo a la cárcel de por vida. Quizá era esa, al final, mi verdadera venganza. Quizá era él, al final, quien me permitiría reencontrarme con mi hija. Entonces oí romperse una botella, en algún rincón de las sombras a mi alrededor. Pensé en la cerveza sin alcohol de la maquilladora. Debajo de la mandíbula de Criminal, apareció un cristal, tan afilado como irregular. Los restos de un botellín partido por la mitad.

«Suéltala», dijo Vida.

En su mirada había una rabia que no le había visto nunca. Una rabia que parecía haber arrasado con la combinación de amor y sufrimiento que convivía habitualmente en sus ojos y que tanto los embellecía. Esa rabia era más oscura. Más profunda. Tan rotunda y aplastante que destruía todo lo que esos ojos hubieran aprendido, sustituyendo el amor que brillaba en ellos cuando recordaba las tardes de lluvia en el conservatorio, por el odio opaco con el que apretaba una botella rota contra el cuello de alguien que valía mucho menos que él. Ser testigo de la transformación en esos ojos me resultó descorazonador. Porque, aunque era una rabia poderosa que aplacó a Criminal, el cambio parecía más una derrota que una victoria. Y el único perdedor era Vida. De repente me vi reflejada en esos ojos que se opacaban y me pregunté si tan descorazonador habría sido para Aire, Luz y los demás ver esa transformación en mí.

Criminal obedeció a lo que Vida le ordenaba, los dedos en mi cuello se aflojaron. Tragué saliva y tosí al tiempo que mis pies regresaban al suelo. Criminal le pidió a Vida que no hiciera ninguna tontería. Se lo suplicó hasta que redujo la presión del cristal sobre su cuello. Entonces, se sacudió por sorpresa en un amago por apropiarse del arma, pero Vida reaccionó a tiempo, apretándola más fuerte debajo de su mandíbula. Supe que estaba recordando la pelea en el bar donde murió el estudiante de violonchelo. Recordando cómo alguien había matado al amor de su vida con un arma tan similar. Alguien del perfil de Criminal. Los turbios ojos de Vida estarían pensando en lo apropiado que resultaba que recibiera ese mismo castigo. Y sentí que ya no era yo la que se estaba vengando. Era Vida. Lo imaginé empujando ese cristal para seccionar la yugular de Criminal, como debería haber hecho para defenderse el estudiante de violonchelo en lugar de permitir que se la seccionaran a él. Pero esa visión respondía solo al retorcido esquema de asesinatos y venganzas con el que yo filtraba la realidad, porque Vida se dio por satisfecho en cuanto vio que Criminal se calmaba y dejaba de ser una amenaza. Y cuando el sometido levantó las manos para manifestar que aceptaba su derrota, Vida dejó caer a sus pies el cuello de la botella. A unos pasos de ellos, yo luchaba aún por recuperar la respiración, encorvada. Con las manos en las rodillas, tosí al suelo. Vida se acercó a atenderme, momento en que oímos un gruñido de Criminal.

Se abalanzó a por nosotros con tal violencia que tan solo me dio tiempo a cubrirme la cara con las manos. Vida me envolvió con sus brazos, agazapándonos los dos contra la pared como si nos protegiéramos ante la caída de una bomba. En lugar de recibir el esperado impacto, oímos un alarido de dolor. Un gorgoteo. Al deshacer nuestra coraza y destapar mis ojos, vi a Criminal detenido a medio camino, como si se hubiera frenado en seco. Una mano sujetaba el botellín roto a la altura de su garganta. Esta vez, las puntas afiladas del cristal sí habían atravesado su piel. Estaban clavadas en la carne, a un lado del cuello. Seccionando venas y arterias. Las sombras encubrían a la persona a quien pertenecía la mano, pero vi que estaba pintada de color verde pálido. Esa misma persona dijo:

«Basta ya».

La mano soltó el cristal y regresó a la oscuridad de la que había emergido. Se perdió entre bambalinas, mezclándose con el centenar de personas que seguía arremolinándose en el plató, desorientadas por su propia estampida. Los ojos de Criminal se inundaron de terror. Un terror similar al que inundaría los de mi hija cuando el asesino fue él. El terror que tantas veces había deseado ver en su cara imaginando que era yo quien se lo había provocado, tras dispararle. Con sus manos al cuello, peleando contra el cristal que se le resbalaba entre tanta sangre, Criminal se desplomó sobre uno de los paneles del decorado, derribándolo. Ese panel derribó otro, y otro, iniciando una reacción en cadena que acabó tumbando no solo los decorados antiguos almacenados, sino también el del especial informativo. El público esquivó, entre gritos de susto y auxilio, la caída de los paneles. Criminal quedó tirado sobre uno de ellos.

Algunas personas tropezaron con su cuerpo, otras le pasaron por encima. Matón e Idiota, que se movían entre la gente con el cuello erguido, buscando a sus compañeros, corrieron al lugar donde lo vieron desplomarse. Empujaron a su paso a un señor mayor, a otras mujeres con las manos pintadas, a un auxiliar de producción que intentaba poner orden. Un nuevo estruendo atronó en el interior del plató. Provenía de la salida de emergencia que daba a la calle. Desde fuera, una tormenta de golpes arreciaba contra las enormes puertas negras, como otro motín que, en lugar de luchar por salir, luchaba por entrar. Alguien me cogió de la muñeca, también a Vida.

«Hay que salir de aquí», dijo Luz.

Tiró de nosotros con decisión, guiándonos entre el decorado destrozado, serpenteando entre cajas, cables, grúas y pedestales de cámara. Iba despeinada, sudando. La salida de emergencia latía como algo vivo, a punto de explotar. Caminando por detrás de las sillas del público, alcanzamos una puerta que Luz abrió con llave. Accedimos a un pasillo oscuro. Tras doblar dos esquinas, llegamos a una sala de edición, acristalada, con varios monitores. Dentro estaban Aire y Pío. Ella soltó la trenza que anudaba y me recibió con un abrazo, reforzado por un profundo suspiro. Él acarició mi cuello, preocupado por las marcas que habían dejado los dedos de Criminal. Negué con la cabeza dando a entender que no quería hablar de ello. Cuando recuperé el aliento, les pedí perdón por haber fracasado. Pío aclaró que él no tenía sensación de fracaso, sino todo lo contrario. Yo estaba ahí, con ellos, viva, y eso a él le parecía una victoria.

En una mesa larga de la sala, descansaban dos ordenadores con teclados de colores y cuatro monitores en total. A tres de ellos, llegaba aún la señal de las cámaras del plató, cuyos planos y ángulos cambiaban a merced de los golpes que recibieran del público alborotado. Luz, que había perdido su chaqueta y micrófono, nos explicó que las cámaras seguían grabando, pero no emitiendo. Realización había interrumpido el directo poco después del quinto disparo. En la emisión había llegado a verse cómo me levantaba y también la inesperada irrupción de Vida en escena, casi a la vez. Después pincharon una cámara dirigida al público, plano sobre el que se escucharon mis cinco erráticos disparos y se vio a la audiencia entrar en pánico. Fue suficiente para que el país entero entendiera a través de sus televisores lo que yo pretendía. Luz mostró en la pantalla de su móvil una red social en la que todos los mensajes hablaban de lo sucedido. Los diez temas en el top de tendencias estaban relacionados con la entrevista. Había etiquetas como #AsíNo, #EstoEsUnPasoAtrás y #STOPViolencia, pero la que encabezaba el palmarés era #JUSTAVENGANZA. Luz la presionó y la pantalla se llenó de mensajes plagados de exclamaciones, mayúsculas, iconos. Deslizó el pulgar por un carrusel interminable de opiniones: *Ya era hora!!, Por fin alguien se atreve, DULCE VENGANZA!!!!, TRANSGRESIÓN, Amor de madre, 5 menos, Yo haría lo mismo, TRANSformando el futuro!, A por ellos!* A continuación, Luz señaló el monitor donde se veía la salida de emergencia del plató. Dijo que quienes empujaban desde fuera, intentando entrar, opinaban como esa mayoría de su teléfono. Eran los manifestantes aglomerados en el exterior de la cadena, que, tras oír los disparos, habían invadido el recinto como un pelotón.

«Vienen a por ellos», dijo Luz.

El público en el interior del estudio luchaba por escapar a través de la misma salida de emergencia, imposible de abrir con la gente agolpada al otro lado. El único vigilante de seguridad que se encontraba presente en el plató durante la grabación avanzó entre el gentío, con la porra levantada. Vida señaló un punto de otro monitor, donde se encontraban los paneles caídos del decorado. En un instante en el que se redujo la densidad de piernas, quedó al descubierto el cuerpo ensangrentado de Criminal. Luz preguntó si era lo que parecía. Asentimos, aclarando que no lo habíamos hecho ninguno de los dos. En mis ojos debió de adivinar la firme intención de no revelar ningún detalle acerca de la identidad de quien lo hubiera hecho, porque ni siquiera me preguntó. Aire dirigió nuestra atención a otro monitor, que mostraba a Matón e Idiota avanzando, juntos, hacia la salida de emergencia. Quienes los veían pasar a su lado, los empujaban, les ponían zancadillas. Matón gritaba a un móvil delante de su boca, tratando de establecer con alguien un diálogo que resultaba imposible en mitad de la algarabía. La mano con la que sujetaba el teléfono estaba manchada de sangre —probablemente de Criminal, tras haber intentado atenderlo en el suelo—. Pío buscó a Bicho y Verdugo en el resto de monitores, pero no los encontró. Un aumento en el volumen de los gritos antecedió al desbloqueo de las puertas de emergencia, que se abrieron hacia fuera hasta la mitad de su recorrido. Aunque el embudo favorecía a quienes querían salir, el número de personas en el exterior era tan elevado que acabaron dominando el sentido de la corriente. El plató se llenó enseguida de personas con pancartas, banderas. Palabras escritas sobre la piel en caras, pechos y brazos. Puños en alto. Reconocí, en cabeza, a la chica amoratada del tanga y el sujetador, casi cubierta del todo por pintura roja. También identifiqué a la chica del flequillo y uñas verdes que me había cogido la mano en el coche de producción.

Ante la llegada de esa nueva horda de gente, Matón respondió abriéndose la camisa de manga larga desde el abdomen, haciendo saltar los botones. Descamisándose. Izó la prenda con los brazos tatuados, desafiante. Esa camisa rota era su pancarta, su bandera. Y su pecho descubierto, el manifiesto con el que anunciaba que no iba a dejarse vencer. Dio un codazo a Idiota para que lo imitara, y el idiota de él acató la orden. Se quitó el polo y lo hizo girar en el aire, como si fuera un estandarte de algo. Lo único que ambos consiguieron con tal exhibición de arrogancia fue desvelar su posición a quienes entraban en el plató, que vieron ambas prendas agitarse por encima del resto de cabezas. La corriente de manifestantes se dirigió a ellos. Los rodearon, los increparon, los insultaron con bocas abiertas como óvalos. Los Descamisados no se amilanaron ante la provocación. Increparon a quienes los insultaban. Matón empujó a un hombre con camiseta sin mangas que se acercó más de la cuenta. La chica amoratada desenganchó de su tanga la bandera blanca con el símbolo femenino escrito en rojo. La desplegó con rabia delante de la cara de los asesinos. Sus siete acompañantes vestidos de negro, con máscaras y guantes, hicieron lo mismo con sus pancartas, acariciando con los cartones las cabezas de los Descamisados para provocarlos. Matón arrebató una de las pancartas y trató de partir el listón de madera con la rodilla. Era tan grueso que no lo consiguió ni con tres golpes. Rabioso, acabó rompiendo solo el cartón, en el que aparecía escrita la letra *A*. Arrancó después la bandera blanca de las manos de la chica. El repentino tirón la hizo trastabillar, en dirección a él. Acabó agarrándose a su cuerpo tatuado para no caer. Asqueado, Matón se la quitó de encima con un empujón que la lanzó despedida contra la multitud. Cayó al suelo entre el montón de piernas, derribando a otros asistentes. Un grito común de indignación llenó el estudio. La muchedumbre los acorraló aún más, cerrando el círculo que los acechaba. La chica amoratada atacó de nuevo y, esta vez, Idiota se defendió con una patada en el vientre. Entonces uno de sus compañeros vestidos de negro alzó el listón de su pancarta sobre la cabeza de Matón. Antes de que lo dejara caer, el encuadre que veíamos giró bruscamente a un lado y la escena desapareció del monitor. Alguien habría golpeado el pedestal de la cámara en el plató. Ahogamos un grito conjunto y nos quedamos mirando en la pantalla un plano insustancial de un par de sillas volcadas en el suelo, mientras intuíamos cómo habría continuado el enfrentamiento. Otro de los monitores enfocaba una esquina del estudio, donde varias personas se habían sentado, protegiéndose de la violencia y evitando ser arrolladas por la desbandada. El tercer monitor estaba en negro. Aunque ya no veíamos lo que ocurría en el plató, seguíamos oyendo los gritos. Los golpes. Las carreras. El impacto de cuerpos. También empezamos a escuchar, lejanas, sirenas de policía, ambulancias, bomberos, o todas a la vez. Las oímos por los altavoces de la sala de edición hasta que también nos llegaron a través de las paredes, directamente desde el exterior. Envueltos por el aullido de las sirenas aproximándose, y por el fragor del tumulto en el plató, señalé las extrañas imágenes de destrucción en los monitores frente a mí y dije:

«No era esto lo que yo pretendía».

Busqué los ojos de Vida para preguntarle por qué. Por qué había detenido lo inevitable. Lo que ya estaba planeado. Vida miró a Luz, a Pío, a Aire. Me respondió que, igual que todos ellos, había querido cumplir mis deseos hasta el último minuto. No porque estuviera de acuerdo con lo que yo quería hacer, sino porque sentía que me debía la vida. Pero sentado en el plató, en el instante decisivo, se había dado cuenta de que él, a quien de verdad le debía la vida, no era a mí, sino a mi hija.

«Y el corazón de tu hija no quería que lo hicieras».

Me recordó que bombear sangre al resto del cuerpo no es la labor más importante de un corazón. Y concluyó que la labor del corazón de Alegría había sido detenerme. Al escuchar aquello, y pensar en esa imagen, rompí a llorar. Aire realizó una emocionada inspiración, llenando sus pulmones de vida y de alivio. Pío acarició el lugar donde estaba su cicatriz, esa que él definía como el recuerdo de un mal superado. Los ojos húmedos de Luz se iluminaron con el brillo de las sonrisas más bonitas de Alegría. Vida me abrazó tan fuerte que sentí el corazón de mi hija latiendo sobre mi pecho, como la vez que la abracé a ella en aquel desayuno en el que me dijo por primera vez que era una niña. Aire fue la primera en unirse a un abrazo al que enseguida se sumaron Pío y Luz. La suma de todos ellos evocó memorias de mi niña corriendo por el césped para colgarse de mi cuello y abrazarme hasta con las piernas. Recordé cómo, en el hospital, viendo salir el sol en aquella primera mañana sin mi hija, maldije el mensaje esperanzador que supuestamente contiene un amanecer, porque a mí la única esperanza que me quedaba por albergar era la de volver a abrazar a mi hija, y esa era una esperanza que ya no tenía ningún sentido. Sin embargo, Alegría volvía a abrazarme ahora, dando quizá la razón a ese sol que sale todos los días para recordarnos que siempre hay esperanza.

En la sala de edición, permanecimos los cinco unidos en un abrazo familiar hasta que, en los monitores, vimos cómo las luces de coches policiales coloreaban el plató.

Sola, recorrí el pasillo de vuelta al estudio. Acabábamos de salir todos de la sala de edición, pero los demás se habían ido con Luz hacia el interior de la cadena, para después dispersarse por todo el edificio. Esa parte del plan no iba a cambiarla, yo sería la única responsable de lo ocurrido en el directo. Aunque Vida había quedado implicado en el incidente, mantendríamos que, desde su posición privilegiada en los asientos de primera fila, había adivinado mis intenciones y había actuado como un héroe para detenerme. El plan de venganza lo había urdido yo sola. Abrí la misma puerta por la que nos había colado Luz. En el plató, miembros de la policía imponían orden a gritos, exigiendo a todo el mundo que abandonara las instalaciones por la salida de emergencia. La primera en percatarse de mi presencia fue una agente que ayudaba a levantarse a varias personas refugiadas bajo una mesa llena de cables. Al verme, sacó su arma y corrió hacia mí gritando que no me moviera. Obedecí. También ofrecí mis manos, juntas, invitando a que me esposara. Mientras ella procedía a la detención y enumeraba mis derechos, le aclaré que no llevaba el revólver y que tampoco pensaba resistirme. Ella ajustó el metal a mis muñecas hasta pellizcarme. Me impulsó a caminar agarrándome del codo.

Tras los primeros pasos, desde los asientos desmantelados del público, llegó el tenue aplauso de un pequeño grupo de mujeres, algunas con las manos pintadas. Un policía les gritó que no se detuvieran, que continuaran su camino hacia la salida, pero una de ellas dijo que se había torcido el tobillo y necesitaba asistencia médica. El policía le contestó que tenían urgencias mucho más importantes que atender, que usara a dos de sus amigas como muletas y saliera como pudiera. Entre los escombros de los paneles del decorado, reconocí el cuerpo de Criminal en el suelo, custodiado por otro agente. La herida en su garganta ya no fluía, pero tenía la ropa empapada en sangre oscura —el olor llegaba hasta donde me encontraba—. No había en su cuello rastro del cristal, alguien se lo habría llevado. Seguí avanzando al ritmo que me imponía la mujer policía. En mitad del plató, cerca de donde se encontraba mi silla durante la entrevista, personal sanitario desplegaba camillas para atender a una decena de heridos, aunque la mayoría se iba levantando por su propio pie. Entre ellas, la chica amoratada. En el suelo, un médico, o enfermero, buscaba pulso en el cuerpo de Matón —por la cara que ponía, parecía no encontrarlo—. Otro realizaba un protocolo de reanimación en el pecho de Idiota. La agente dirigió mi cara al frente para que dejara de mirar. Aproximándonos a la salida de emergencia, las luces giratorias de los vehículos policiales me deslumbraron. Quise protegerme los ojos con las manos, pero mi escolta me las bajó enseguida. Me amenazó con esposarme a la espalda si no la obedecía, avisándome de que era una postura mucho más incómoda.

En el exterior se agolpaba todavía una multitud, mezcla de gente del público, de los manifestantes, e incluso personal de la cadena que no quería perderse el espectáculo. Varios profesionales atendían heridas, ataques de ansiedad, llantos. Algunos testigos respondían sin problemas a las preguntas de los agentes, pero otros aprovechaban la confusión para huir en cuanto salían del estudio —se escabullían sorteando personas, ambulancias, camillas—. Así vi escapar a varios de los que llevaban máscaras negras. Dos de los testigos que declaraban junto a un policía eran Bicho y Verdugo. Ambos sangraban por la nariz, los dos la tenían rota. Bicho, además, tenía un labio partido, y Verdugo, una ceja abierta. A pesar del calor de la noche, llevaban mantas sobre los hombros, como abrigándose del susto. En su papel de víctimas, resultaban mucho menos amenazadores, y esa fue la primera vez, en doce años, que mirar a sus rostros no me encogió el estómago hasta doler. Antes de alcanzar el coche de policía en el que iban a transportarme a comisaría, alguien se dio cuenta de que era yo la que salía esposada y gritó:

«¡Es la madre de Alegría».

Una mujer dijo:

«¡Soltadla!».

Y una voz masculina añadió:

«¡Hemos sido todas!».

Los gritos provenían de una facción aún numerosa de manifestantes que, a pesar de estar contenidos por un cordón policial, se resistían a abandonar la escena. Cuando los miré, todos colocaron las manos de la misma manera, formando el gesto que no dejaba de conmoverme. La policía me abrió la puerta trasera del coche patrulla, instándome a subir. Yo fijé los ojos en todas esas personas que también creían que mi hija merecía otro tipo de justicia. Sabiendo a lo que me arriesgaba, me liberé de la agente y, antes de que me atrapara, logré subirme al maletero del vehículo. Desde allí arriba, y a pesar de las esposas, alcé mis manos al cielo nocturno, formando una mariposa que voló en la noche, como las favoritas de Alegría. Como la que ella llevaba tatuada en la piel. Dedicándoles el gesto a la multitud que aplaudía y vitoreaba, luché por mantener la mariposa en vuelo hasta que la agente me redujo, separando mis manos para esposármelas a la espalda.

PARTE IV

ACTIAS ALEGRIA

Supongo que es ahí, retorciéndome sobre el maletero de un coche policial, donde acaba la historia de mi venganza, esa historia que ahora interesa a todo el mundo, aunque a mí me sigue pareciendo menos importante que la historia de mi hija. Porque la historia de mi hija no es la historia de cómo su madre quiso vengarse de los cinco salvajes que la asesinaron. Si he querido escribir la verdadera historia de mi venganza es porque se trata de una historia que se está quedando sin contar, eclipsada por las falsedades de la versión que he ofrecido en los interrogatorios, la misma versión que declaré en el juicio, la que mantengo frente a los medios e incluso la que comparto en el comedor con las compañeras. La verdad de lo que ocurrió solo quedará recogida en este libro, y es una verdad que no se conocerá hasta después de mi muerte. Y de la de Aire, Luz, Pío y Vida, sea cual sea el último de nosotros en irse. Como les prometí infinidad de veces, a ellos los mantendré libres de culpa hasta que ya no importe, hasta que el último de ellos, o alguno de sus hijos, haga público el contenido de estas páginas. Por supuesto, los que he usado nunca han sido sus nombres reales, solo los que yo he elegido para ellos en esta historia. Porque de mi hija aprendí que es muy bonito cuando alguien se llama como aquello que los define. Y para mí, pensar en ellos es pensar en el aire que permite respirar a unos pulmones, en la luz que brilla en unos ojos, la vida que habita en un corazón. En el pío sentimiento de preocuparse por los demás. Tan solo uno de ellos me dejó en la boca un sabor tan amargo como la hiel.

Conmigo, la justicia fue más implacable que con los asesinos de mi hija. Mi intento de asesinato se juzgó sin ambigüedades, sin dobles lecturas, sin prorrateo de la culpa, con más agravantes que atenuantes. Y con mi confesión. Confesé hasta el más mínimo detalle que se me preguntó, aunque fuera en mi propio perjuicio. Hablé del tiempo que llevaba planeando la venganza, conté dónde conseguí el arma, cómo aprendí a usarla. Confirmé que mi objetivo, hasta el último instante, hasta el momento exacto en que disparé el revólver en directo, era matar a esos cinco hombres. La frialdad de algunas de mis declaraciones me costó la pérdida del apoyo de sectores de la sociedad que hasta entonces habían sentido simpatía hacia mí. A muchos les costaba entender que una persona que parecía tan racional, que se expresaba tan bien y que describía a su hija de una manera tan bella, tan llena de amor, fuera capaz de hacer algo tan horrible. Consideraban que el desenlace que le di a mi historia la ensuciaba, que era una pena haber culminado mi duelo, mi viaje de superación, sucumbiendo a un instinto tan primitivo como el de la venganza. De alguna manera, parecía sorprenderles más la violencia con la que yo respondí a cinco asesinos que la violencia con la que esos cinco asesinos patearon a una mujer hasta matarla. Muchos líderes de movimientos sociales que me habían aupado a la categoría de símbolo hasta ese momento renegaron de mí por haberme convertido en un trágico ejemplo de cómo hacer mal las cosas, de la lucha mal entendida. Decían que ningún fin justifica según qué medios. Y que yo había perdido toda la razón con mis formas. También me acusaron de, en tan solo unos segundos, haber hecho retroceder varios años la lenta y esforzada carrera de esos movimientos en pos de la igualdad y la paz. A esos movimientos pedí un millón de disculpas si de verdad se habían sentido damnificados por mis actos, pero también repetí hasta la saciedad que yo solo era una madre herida de muerte por el horrible asesinato de su hija. Y que las lecturas intelectualizadas e interpretaciones especulativas que otros hicieran de mi tragedia personal no eran responsabilidad mía.

Las leyes no cambiaron tras lo sucedido en el directo, como Luz había vaticinado que podría ocurrir si mi acción generaba el suficiente debate social. El suceso tan solo se convirtió en el contenido favorito de todos los medios ese verano, un contenido al que siguieron regresando a lo largo del año y han seguido convirtiendo en actualidad tiempo después, cada vez que se produce algún avance en cualquiera de las múltiples ramificaciones que surgieron del mismo caso. Las investigaciones por las muertes de Matón e Idiota se alargaron y complicaron con masivos interrogatorios a todo el público presente durante la entrevista, interrogatorios que no resultaron esclarecedores puesto que, en el momento de ser apaleados, quienes se encontraban realmente en el estudio eran los manifestantes que habían entrado desde la calle, cuyos nombres no habían quedado recogidos en ningún registro. Las grabaciones de las cámaras del plató arrojaron decenas de nuevos sospechosos, hacia quienes se fue encauzando la investigación. En algún momento, tanto la chica amoratada de la *performance* como parte de sus acompañantes enmascarados fueron considerados sospechosos, pero las mismas imágenes que los inculparon acabaron absolviéndolos al demostrarse que los golpes que ellos propinaron fueron defensivos, reaccionando a las agresiones que habían iniciado Matón e Idiota. Además, tanto la chica amoratada como sus compañeros enmascarados presentaban heridas y lesiones de considerable gravedad. Al final, la muerte de Matón e Idiota acabó considerándose resultado de un pateo masivo, una mezcla de estampida y agresión multitudinaria que hacía imposible determinar a unos autores materiales concretos, sobre todo cuando la mayoría de los presentes huyeron en cuanto escucharon aproximarse las sirenas de la policía. Si del pateo que mató a mi hija nadie fue del todo responsable porque quedó diluido entre sus cinco asesinos, el que acabó con Idiota y

Matón se lo repartieron unos cincuenta agresores anónimos. Bicho y Verdugo, los dos descamisados que salieron con vida del tumulto, también han seguido ocupando páginas, píxeles y minutos, reapareciendo en los medios por diversos motivos. Las últimas noticias que recuerdo haber visto hacían referencia a que uno de ellos se casó y el otro provocó, conduciendo borracho, un grave accidente de tráfico a la entrada de una población. O quizá ambas noticias se referían al mismo, ya he dejado de prestarles atención. En cuanto al cuerpo de Criminal, no logró encontrarse el arma homicida, aunque se dedujo que la sección en su cuello lo había provocado el cristal de una botella rota, de la cual se encontraron fragmentos en la escena del crimen. Se me acusó a mí de haber sido la responsable de su muerte, de haber aprovechado el caos para matarlo de esa otra forma después de haber fallado con el revólver. Propuse que me condenaran también por ello si acaso facilitaba la investigación, pero dejé claro que no había sido yo. Que ojalá hubiera sido yo. Varias pruebas materiales, como el ángulo con el que se practicó la herida o la ausencia de manchas de sangre en mi ropa, descartaron enseguida mi involucración en el crimen. De la mano pintada de verde que vi salir de la oscuridad jamás dije nada. Eso hubiera reducido el número de sospechosos a cuatro, las cuatro mujeres que llevaban las manos de ese color y de las cuales había imágenes grabadas durante la entrevista. Es probable que aquella mujer nos salvara la vida esa noche, a Vida y a mí, así que no haría nada que pudiera inculparla. Sobre todo cuando tengo constancia de que todas las mujeres de esa casa de acogida ya han sufrido en sus vidas demasiada violencia. De la misma violencia de la que se valen individuos como Criminal para matar a personas como esas mujeres. A día de hoy, la novia de Criminal —la chica del diente de oro— y los padres de Matón siguen exigiendo que se encuentre a los responsables de las muertes de sus familiares. Organizan manifestaciones en las que claman justicia pidiendo que se encierre de por vida a los asesinos de sus novios, de sus hijos, acusando de inútil al mismo sistema del que no se quejaban cuando no eran ellos los damnificados.

Aunque su situación no sea la misma que la mía, no puedo dejar de pensar que ahora esa novia, y esos padres, entenderán mejor lo desgarrador y paralizante que llega a ser el dolor de la pérdida. O, quién sabe, quizá un hermanastro de Criminal esté planificando una venganza contra mí. Quizá, como decía Vida, la violencia solo genera más violencia y hemos entrando en un círculo vicioso del que todos saldremos perdiendo. De Idiota no hay ningún familiar que busque justicia para él —su abuela falleció poco después de la entrevista, algunos medios dijeron que de pena—, pero su nombre y su foto aparece casi siempre junto a la de sus amigos en concentraciones y noticias al respecto.

Yo no perdí todo el apoyo, en absoluto. Fueron muchas las personas que siguieron defendiéndome, que entendieron lo que yo había hecho y consideraron mi caso la más extrema consecuencia de un sistema judicial fallido. La revista dominical de un periódico llevó a portada una foto mía, esposada, dedicando el gesto de la mariposa a quienes me aplaudieron en el exterior del plató. El número fue un especial monográfico que analizaba el caso de Alegría desde su asesinato hasta mi condena, enfocándolo desde varios ángulos y dando voz a muchos de los implicados. En su editorial, la directora del medio establecía paralelismos entre aquella foto mía, sobre el maletero del coche patrulla, y la foto original de los Descamisados en el maletero de otro coche, el suyo. Decía que entre la imagen de ese maletero abierto en el que bebían cinco hombres que acabaron matando a una chica y la imagen del maletero cerrado sobre el que la madre de esa chica daba forma con las manos a una mariposa, se había producido la historia más salvaje y fascinante de su larguísima carrera como periodista. A mí me definió como «una justiciera tan conmovedora como problemática». En el mismo texto, la directora se alegraba de que el símbolo de la mariposa no hubiera quedado solo asociado a mi venganza, ni manchado de sangre, porque le parecía un gesto precioso. De hecho, aún hoy se siguen viendo manos levantadas formando mariposas en manifestaciones contra la violencia y marchas del Orgullo LGTBI+.

Mi hija también ha seguido recibiendo homenajes, como el enorme mural que apareció una mañana en la fachada lateral de uno de los edificios entre los que discurre el callejón donde la mataron. Ocupando toda la superficie de ese bloque de catorce pisos, un grupo de artistas pintó durante la noche una reproducción del conocido retrato en blanco y negro de mi hija, el de la foto que tenía enmarcada en el salón. Aunque se consideró un acto vandálico realizado sin permisos, la obra artística atrajo visitantes desde el primer día. También el interés de los medios. La popularidad que alcanzó el retrato fue tanta que el barrio se planteó mantenerlo. Dos votaciones populares —una de los vecinos del bloque, seguida por otra de todo el distrito— se saldaron con una amplia mayoría defendiendo la permanencia del dibujo. De hecho, se le concedió al grupo de artistas el tiempo que necesitaran para mejorar o terminar el trabajo furtivo de aquella noche, lo que les permitió añadir al retrato una explosión de color en forma de miles de mariposas —todas científicamente correctas— que escribían el nombre de *ALEGRÍA*. Desde entonces, el enorme rostro de mi hija ilumina la vista de quienes pasean por el barrio. El arte ha transformado el horrible lugar donde ella murió en una de las esquinas más bonitas de la ciudad. Yo aún no he podido ir a ver personalmente el mural, pero guardo unas reproducciones que me mandó el grupo de artistas tras finalizar su obra. También, de cuando en cuando, recibo fotos de personas que lo visitan.

Pero, sin duda, la muestra de cariño hacia Alegría que más me ha emocionado la recibí en forma de carta hace no mucho. Provenía de un país asiático, aunque el nombre del remitente parecía nacional. Y lo era. De hecho, era un hombre que había nacido y crecido muy cerca de nuestro barrio. Se presentaba como un entomólogo que llevaba cerca de diez años realizando diferentes investigaciones en selvas y montañas orientales. Había abandonado nuestro país poco después de que se conociera la sentencia a los asesinos de Alegría y había seguido el caso con tanto interés como tristeza. El entomólogo conocía toda la historia del tatuaje y el símbolo de manos. Se sentía muy identificado con mi hija por ser casi vecinos y, sobre todo, debido a la pasión por los lepidópteros que él también había tenido desde niño, hasta el punto de haberlo convertido en su profesión. El motivo de su carta era comunicarme que, en una de sus últimas expediciones, había tenido la suerte de dar con un ejemplar de mariposa desconocido hasta la fecha. Una nueva especie de la que él era el descubridor y a la que, por tanto, tendría el privilegio de bautizar. Se trataba de una mariposa nocturna, un satúrnido del género *Actias*, el mismo al que pertenecía la especie favorita de mi hija. En la carta me proponía que, si yo estaba de acuerdo, le gustaría registrar la nueva especie como *Actias alegria*. Sería un pequeño homenaje, en su nombre y en el de la comunidad entomológica, a la chica que llenó de mariposas las manos de tanta gente. Me mandaba una foto del espécimen, y pude comprobar que era realmente parecida a la que Alegría llevaba tatuada. Del mismo color verde pálido, tenía también colas en las alas posteriores y ocelos de aspecto lunar, pero el entomólogo me explicaba que poseía suficientes diferencias taxonómicas para ser considerada una nueva especie. Lloré sobre el papel mientras respondía a su carta, agradecida, asegurándole que dar nombre a una mariposa era el mejor regalo que podía hacerle a mi hija.

Esa carta la recibí y la respondí ya en prisión. Por intentar matar a cinco hombres pasaré más años en la cárcel de los que pasaron ellos cinco por matar a mi hija. Pero ya he dejado de perder el tiempo pensando si eso es justo o no. Para qué. Desde que comencé a planear mi venganza supe que ese era uno de los posibles desenlaces. El otro era estar muerta. Y aunque siempre pensé que morir no me hubiera importado —todavía lo pienso a veces—, cada vez son más los momentos en los que me sorprendo valorando la vida. Y poco a poco estoy empezando a entender de nuevo el mensaje de esperanza que contiene un amanecer. Quizá esta nueva serenidad me llega porque finalmente, aunque fracasara, llevé a cabo el plan de venganza que me tuvo consumida durante tantos años. O quizá porque, de alguna manera que no creí posible, el dolor esté realmente condenado a desaparecer y las heridas estén diseñadas para sanar, para dejar cicatrices que solo sean el recuerdo de un mal superado, como suele repetirme Pío. En realidad, creo que la causa más probable de mi lenta recuperación es que Vida, Luz, Pío y Aire están devolviendo a mi vida todo el amor que se marchó con mi hija. Cuando perdí a Alegría no solo perdí el amor que ella me daba, sino que perdí también todo el amor que yo le daba a ella. Perdí mi capacidad de amar, que es la manera más efectiva de que el odio acabe asolándolo todo. Pero después de conocerlos a ellos, de sentir su agradecimiento y su entrega, he empezado a amar a estas cuatro personas como si fueran mis otros hijos, unos hijos en cuyos cuerpos siguen vivas partes del de mi hija. A veces me sobrecojo al pensar que todo lo ocurrido forma parte de un plan perfecto que mi hija urdió para aliviar mi dolor. Que fue ella quien me mandó a las personas necesarias en mi plan de venganza para después dinamitarlo todo con su propio corazón. Pero dejando a esas personas conmigo.

Los cuatro vienen a visitarme a menudo. El corazón de Vida ha empezado a latir otra vez al son de melodías tan bellas como su sonata favorita de Beethoven. O como las que toca para deleite del nuevo hombre que se sienta a su lado en el banco del piano. Ya le he dicho que me hace muy feliz saber que el corazón de Alegría está experimentando el amor romántico que no conoció en el cuerpo de mi hija. La nueva pareja de Vida no toca ningún instrumento, como el estudiante de violonchelo, ni tiene educación musical, pero precisamente por eso se queda aún más fascinando al ver tocar a Vida, porque para él es como si hiciera con la música una magia que no sabe explicar y ante la que solo cabe rendirse. Una tarde, él también vino a verme, de la mano de Vida. Quería darme las gracias en persona, a mí y a mi hija, por haber permitido que Vida siguiera vivo. Así, él había tenido la oportunidad de conocerlo, y gracias a esa oportunidad se sentía ahora la persona más afortunada del mundo. Admirando, como si fuera un milagro, la mera existencia del hombre al que daba la mano, realizó una descripción de Vida que logró emocionarme: «Vida es un hombre con el corazón de una mujer». Me pareció una observación tan bonita, de tantas maneras, tan respetuosa con mi hija, que supe que el corazón de Alegría no se equivocaba al amar a ese hombre. La prensa, los medios y las redes consideraron a Vida el héroe que frustró mi sangrienta venganza, pero él huyó de la atención mediática desde el principio. Jamás se desveló nuestro vínculo anterior. Cuando viene de visita a la cárcel, se le considera simplemente el improbable amigo que hice aquella noche. Igual que me hice amiga de la presentadora de informativos.

Luz fue la más afectada por todo lo que ocurrió en televisión, pero nunca se ha quejado, ni me ha confesado arrepentirse de lo que hicimos. Ella y gran parte del equipo que organizó la entrevista perdieron su trabajo tras un fulminante correctivo que la cadena aplicó tratando de buscar culpables. Tres muertos y decenas de heridos en una emisión en directo era un balance del que no podían salir indemnes de cara a la opinión pública. Algunas cabezas tuvieron que rodar. Luz me contó que su director, ese hombre que tan bien me cayó siempre por cómo ella lo describía, ahora me culpaba a mí de tantos despidos y dimisiones. Decía que, aunque podía llegar a disculpar la irracionalidad de los actos de una madre destrozada por el asesinato de su hija, condenaba que yo no hubiera previsto las consecuencias que mi *vendetta* personal podía tener para tanta gente. Y no le falta razón. Ahora Luz trabaja en otra cadena compartiendo plató con su mismo compañero de siempre, aquel clásico presentador de pelo blanco y guapura televisiva. También está embarazada de él. El otro día, con los ojos tan brillantes como los de Alegría en un día de piscina, me informó de que iban a tener una niña. O, al menos, eso es lo que había anunciado la ecografía. Recomendé a Luz que esperara a que sea su propia hija, o su hijo, quien le diga dentro de unos años cuál es su género. No he querido preguntarle si ya tienen pensado cómo van a llamarla, pero ella siempre ha dicho que Alegría le parece un nombre muy bonito.

Aire, cada vez que viene, me saluda de la misma forma: llevando mi mano a su pecho antes de realizar una honda respiración con los pulmones de mi hija. En su casa de campo, sigue disfrutando cada mañana de ese aire tan puro que le sabe dulce en la boca. Como me repite siempre, ha superado por tantos años la esperanza de vida tras su trasplante, que no deja de agradecer cada nueva respiración, nunca sabe si será la última. Un día entró a la sala de visitas con semblante grave. Cuando dijo que tenía algo que contarme, temí que trajera malas noticias. Lo que traía en realidad era una confesión. Me contó que, la noche en que fue a casa de Hiel, en realidad sí había llamado a una ambulancia. No se imaginó capaz de vivir el resto de su vida sabiendo que había dejado morir a un hombre, ni aun cuando ese hombre hubiera querido suicidarse. En los pocos segundos de que dispuso para tomar la decisión, se convenció de que Hiel no se recuperaría de su intoxicación a tiempo para delatar mi plan de venganza. Y si llegaba a hacerlo, nadie tomaría en serio el desvarío de un suicida que despierta tras una dosis letal de pastillas. Después de colgarme a mí, Aire llamó a emergencias desde el mismo teléfono de Hiel. Pidió ayuda susurrando la dirección y dejó abierta la puerta de casa. Días después descubrió que no habían llegado a tiempo, que Hiel murió igualmente en ese sofá, pero ella al menos tenía el consuelo de saber que hizo todo lo que pudo por salvar su vida. Aire terminó su confesión llorando, pidiéndome perdón por haberme mentido aquella noche, por haber puesto en peligro mi plan. A lo que yo le contesté que cada vez tenía más claro que no era yo la que había diseñado ningún plan.

Pío coge un avión desde donde vive para visitarme todos los meses. Dice que aprovecha para venir a verme cuando está en la ciudad por cuestiones de trabajo, pero yo sé que es al contrario, que él viene específicamente por mí y ya de paso aprovecha para hacer cosas en la ciudad. También asegura que, gracias a los negocios que gestiona en estos viajes, ha ganado ya mucho más dinero del que puso para que la entrevista saliera adelante. Pero yo sé que miente, que lo dice solo para hacerme sentir bien y restarle importancia al dinero que se gastó. Lo que sí es verdad es que sus empresas no dejan de dar beneficios y que ha podido aumentar el porcentaje de los ingresos que dedica a causas benéficas. Son varias las donaciones que ha hecho ya a organizaciones de derechos transgénero. En la sala de visitas, siempre me habla de cómo será su próxima *app* y me pide opinión sobre la nueva causa a la que quiere apoyar.

En cuanto a mí, termino de escribir esto a mano, en mi celda, aprovechando el tiempo del que dispongo hasta que me apagan la luz. Por las noches, cuando miro a la luna por la ventana, recuerdo la metamorfosis infinita del cuento que escribió mi hija. El bosque de la periferia donde se encuentra el abedul que creció sobre las cenizas de Alegría no está lejos de aquí, así que cada noche imagino que, como aquel jardinero a su princesa, ella viene a visitarme convertida en una nube de mariposas nocturnas de color verde pálido. En el cuento, lo último que la princesa pedía a sus hijos era que la enterraran bajo los arbustos del jardín del castillo, y yo ya he pedido algo similar a los míos. Les he pedido que, cuando muera, donen todos mis órganos a quien pueda necesitarlos. Y que entierren después mis cenizas a los pies del mismo abedul en el que descansa mi hija. Así yo también podré demostrar que, como decía ella, la vida es un milagro en constante transformación. Porque mis pulmones volverán a respirar y darán aliento a otra persona. El próximo latido de mi corazón palpitará en otro cuerpo. Mis restos sobre la tierra nutrirán, junto a los de mi hija, las raíces de un árbol cuyas hojas servirán de alimento a una nueva generación de orugas. Y cuando esas orugas que estarán hechas de nosotras mismas realicen al mismo tiempo la que para mí será la más bella de las metamorfosis, Alegría y yo volveremos a encontrarnos. Y podremos volar, juntas de nuevo, y ya para siempre, convertidas en mariposas.